O MULATO

Aluísio Azevedo

2ª Edição

ESCALA
www.escala.com.br

Coleção Grandes Mestres da Literatura Brasileira

Coleção Grandes Mestres da Literatura Brasileira
Produção: Carlos Eduardo de S. Kataoka
Revisão: Maria Zenólia de Almeida
Comentário da obra: Prof. Luiz Augusto de Xavier

EDITORA ESCALA LTDA.

Avenida Profª Ida Kolb, 551 – Casa Verde
CEP- 02518-000 – São Paulo – SP
Tel.: +55 (11) 3855-2100
Fax.: +55 (11) 3857-9643
Internet: www.escala.com.br
E-mail: escala@escala.com.br
Caixa Postal: 16.381
CEP- 02599-970 – São Paulo/SP

O Mulato
ISBN 85-7556-727-6

Distribuição exclusiva para todo o Brasil:
Fernando Chinaglia Distribuidora S/A
Rua Teodoro da Silva, 907 – Grajaú
Rio de Janeiro – RJ – +55 (21) 3879-7766
Números anteriores: +55 (11) 3855-1000

O Autor

Aluísio Tancredo Gonçalves de Azevedo nasceu em São Luís do Maranhão, em 14 de abril de 1857, e faleceu em Buenos Aires, Argentina, em 21 de janeiro de 1913.

Filho do vice-cônsul português David Gonçalves de Azevedo e de D. Emília Amália Pinto de Magalhães e irmão mais novo do comediógrafo Artur Azevedo. Sua mãe, d. Emília casou-se aos 17 anos, com um rico e ríspido comerciante português. O temperamento brutal do marido determinou o fim do casamento. D.Emília refugiou-se em casa de amigos, até conhecer o vice-cônsul de Portugal, o jovem viúvo David. Os dois passaram a viver juntos, e por não contraírem segundas núpcias, isso virou um escândalo na sociedade maranhense.

Da infância à adolescência, Aluísio estudou em São Luís e trabalhou como caixeiro e guarda-livros. Revelou desde cedo um grande interesse pelo desenho e pela pintura, o que certamente o auxiliou na aquisição da técnica que empregará mais tarde ao caracterizar os personagens de seus romances. Em 1876, embarcou para o Rio de Janeiro, onde já se encontrava o irmão mais velho, Artur. Matriculou-se na Imperial Academia de Belas Artes, hoje Escola Nacional de Belas Artes. Para manter-se fazia caricaturas para os jornais da época, como O Fígaro, O Mequetrefe, Zig-Zag e A Semana Ilustrada.

Com a morte do pai, em 1878, foi obrigado a voltar a São Luís para tomar conta da família. Ali começou a carreira de escritor, com a publicação, em 1880, do romance Uma Lágrima de Mulher, típico dramalhão romântico. Ajuda a lançar e colabora com o jornal anticlerical O Pensador, que defendia a abolição da escravatura, enquanto os padres mostravam-se contrários a ela. Em 1881, Aluísio lança O mulato, romance que causou escândalo entre a sociedade maranhense, não só pela crua linguagem naturalista, mas, sobretudo, pelo assunto de que tratava: o preconceito racial. O livro caiu no desagrado da sociedade provinciana maranhense, mas agradou à Corte. Retornou ao Rio de Janeiro, enfrentando dificuldades econômicas, o que o levou a escrever somente para sobreviver.

Quase todos os jornais da época tinham folhetins, e foi num deles que Aluísio passou a publicar seus romances. A princípio, eram obras menores, escritas apenas para lhe garantir a sobrevivência. Depois, surgiu nova preocupação no universo de Aluísio: a observação e análise dos agrupamentos humanos, a degradação das casas de pensão e sua exploração pelo imigrante, principalmente o português. Dessa preocupação resultariam duas de suas melhores obras: Casa de pensão (1884) e O cortiço (1890). De 1882 a 1895 escreveu sem interrupção romances, contos e crônicas, além de peças de teatro em colaboração com Artur de Azevedo e Emílio Rouède.

Aluísio não criou tipos, pois, não se detinha a analisar as almas de seus personagens, nem enveredou pela psicologia individual, mas limitou-se a lidar com as massas. Em O Cortiço, são freqüentes os diálogos e observa-se nela o relacionamento dos episódios. Condensou variados aspectos da sociedade da época: o português ambicioso, o fidalgo burguês, o negro, o mestiço, a luta pela vida num ambiente tipicamente brasileiro. Aluísio de Azevedo pode ser chamado realista objetivo em busca da realidade externa. Foi membro da Academia Brasileira de Letras, sendo o primeiro a ocupar a cadeira n. 4.

Em 1895 encerrou a carreira de romancista e ingressou na diplomacia. O primeiro posto foi em Vigo, na Espanha. Depois serviu no Japão, na Argentina, na Inglaterra e na Itália. Passara a viver em companhia de D. Pastora Luquez, de nacionalidade argentina, junto com os dois filhos, Pastor e Zulema, que Aluísio adotou. Em 1910, foi nomeado cônsul de 1ª classe, sendo removido para Assunção. Depois foi para Buenos Aires, seu último posto. Ali faleceu, aos 56 anos. Foi enterrado naquela cidade. Seis anos depois, por uma iniciativa de Coelho Neto, a urna funerária de Aluísio Azevedo chegou a São Luís, onde o escritor foi sepultado definitivamente.

Obras

Romances

Uma Lágrima de Mulher – 1880

O Mulato – 1881

Memórias de um Condenado – 1882 (reed.: A Condessa Vésper)

Mistério da Tijuca – 1882 (reed.: Girândola de Amores)

Casa de Pensão – 1884

Filomena Borges – 1884

O Homem – 1887

O Coruja – 1890

O Cortiço – 1890

O Esqueleto (em colaboração com Bilac) –1890

A Mortalha de Alzira – 1894

Livro de uma Sogra – 1895

Contos

Demônios – 1893

Crônicas

O Touro Negro – 1938

Resumo Comentado de O Mulato

Apontado como obra inaugural do naturalismo brasileiro, O Mulato é um romance escrito em terceira pessoa e retrata a vida interiorana do Maranhão, seus costumes, sua gente e seus preconceitos à época do fim da Guerra da Tríplice Aliança.

com a precisão, legibilidade e fidelidade próprias do estilo naturalista Aluísio Azevedo criou uma narrativa que ora pende para o Romantismo, ora para o Realismo/Naturalismo. E não são poucos os aspectos românticos percebidos nesse romance, começando com o forte apelo ao maniqueísmo, as figuras de herói e heroína perfeitas, supervalorização do amor, o drama de um amor impossível entre dois primos, impedido pelas barreiras do preconceito, das tradições e da intolerância. Também temos a presença do suspense e a descrição do personagem Raimundo, ou até mesmo algumas descrições das paisagens e lugares.

Daí alguns estudiosos afirmarem que o romance é mais romântico do que naturalista.

Segundo alguns críticos, Raimundo é cientificamente inverossímil, pois sendo filho de pai branco e mãe negra retinta, jamais poderia ter as características que são descritas pelo autor, principalmente os olhos azuis. Realmente, Aluísio não poupou adjetivos para descrever o mulato, idealizando-o extremamente.

"Raimundo tinha vinte e seis anos e seria um tipo acabado de brasileiro, se não fossem os grandes olhos azuis, que puxara do pai. Cabelos muito pretos, lustrosos e crespos, tez morena e amulatada, mas fina,- dentes claros que reluziam sob a negrura do bigode, estatura alta e elegante, pescoço largo, nariz direito e fronte espaçosa. A parte mais característica de sua fisionomia era os olhos grandes, ramalhudos, cheios de sombras azuis, pestanas eriçadas e negras, pálpebras de um roxo vaporoso e úmido,- as sobrancelhas, muito desenhadas no rosto, como a nanquim, faziam sobressair a frescura da epiderme, que, no lugar da barba raspada, lembrava os tons suaves e transparentes de uma aquarela sobre papel de arroz.Tinha os gestos bem educados, sóbrios, despidos de pretensão, falava em voz baixa, distintamente, sem armar ao efeito, vestia-se com seriedade e bom gosto; amava os artes, as ciências, a literatura e, um pouco menos, a política."

Contudo a obra prevalece como naturalista, pois é marcada pelo determinismo; mostra a face vil e cruel do ser humano; investiga os traços antagônicos das pessoas, confrontando o bem e o mal numa visão naturalista do mundo e mostrando de modo satírico as atitudes de certas personagens, como veremos no trecho que se segue e que descreve uma conversa (fofoca)D. Bibiana, Lindoca, Amância e Maria do Carmo se referindo a Raimundo:

"- Ele não é feio... a senhora não acha, D. Bibina ?... segredava Lindoca à outra sobrinha de D. Maria do Carmo, olhando furtivamente para o lado de Raimundo.

- Quem? O primo d'Ana Rosa?

- Primo? Eu creio que ele não é primo, dona !

- É! sustentou Bibina, quase com arrelie. É primo sim, por parte de pai !...

Por outro lado, Maria do Carmo segredava a Amâncla Souselas:

- Pois é o que lhe digo, D. Amáncía: muito boa preta!... negra como este vestido! Cá está quem a conheceu!...

E batia no seu peito sem seios. – Muita vez a vi no relho. Iche !

- Ora quem houvera de dizer!... resmungou a outro, fingindo ignorar da existência de Domingas, para ouvir mais. Uma coisa assim só no Maranhão! Credo!

Características naturalistas percebidas no romance:

Descrição pormenorizada dos fatos e das personagens que compõem a trama

Veja a nitidez com que o autor retrata o ambiente da cidade (descrição de São Luiz):

"Era um dia abafadiço e aborrecido. A pobre cidade de São Luís do Maranhão parecia entorpecida pelo calor. Quase que se não podia sair à rua: as pedras escaldavam; as vidraças e os lampiões faíscavam ao sol como enormes diamantes; as paredes tinham reverberações de prata polida; as folhas das árvores nem se mexiam; as carroças d'água passavam ruidosamente a todo o instante, abalando os prédios, e os aguadeiros, em mangas de camisa e pernas arregaçados, invadiam sem cerimônia as casas para encher as banheiras e os potes. Em certos pontos não se encontrava viva alma no rua; tudo estava concentrado, adormecido; só os pretos faziam as compras para o jantar ou andavam no ganho."

Anticlericalismo

A igreja não foi poupada, e, na pessoa do padre Diogo (depois cônego), hipócrita, devasso, manipulador e duas vezes assassino.

Crítica social

Pendendo sempre para o grotesco, caricatural, alguns tipos são usados para se fazer uma denúncia social; é o caso da velha Maria Bárbara, colérica, perversa e preconceituosa ao extremo; o rico comerciante Manoel Pescada, grosseiro e interesseiro; o padre, que mais serve ao diabo que a Deus; D. Amância, fofoqueira, oportunista e bisbilhoteira.

Denúncia do preconceito racial

Como fora escrito no auge da Campanha Abolicionista, o romance serviu para Aluísio manifestar sua postura de não neutralidade, imparcialidade, que caracteriza os autores realistas/naturalistas. Ao contrário, ele toma partido do mulato, do homem de cor, idealizando exageradamente o personagem Raimundo, que mais parece o herói dos romances românticos, tamanha ingenuidade, bondade e amor platônico por Ana Rosa. Também ele ignora a sua condição de homem negro. E sua descoberta configura-se um momento hilário do romance.

Não idealização da mulher

Trata o amor de Ana Rosa e Raimundo como algo sensual, carnal, trazendo-o para o plano real, longe dos devaneios próprios dos românticos. Talvez até com um pouco de exagero, tendo em vista a gravidez de Ana Rosa: algo, se não impossível, raríssimo para a época.

Podemos citar também o adultério da esposa de José com o padre.

O triunfo do mal sobre o bem

Diferente do Romantismo, em que o bem e o amor sempre prevalecem no final do romance, em O Mulato vemos os crimes ficarem impunes e os responsáveis até serem contemplados ao final da trama. O Dias, assassino do protagonista, acaba se casando com Ana Rosa, heroína que fazia par com o personagem principal, Raimundo; o padre, assassino direto da mulher do José e indireto do Raimundo, é promovido a cônego.

Enredo

Com a morte da filha, Maria Bárbara deixa sua fazenda para ir morar com o genro, Manuel Pescada, e com a neta, Ana Rosa, em São Luís do Maranhão. De trato muito difícil com os escravos, Maria Bárbara passa a comandá-los aos berros e sovas, o que muito desagrada Pescada, que às vezes chega a arrepender-se de tê-la trazido para sua casa.

José da Silva, fazendeiro, ex-comerciante de escravos e irmão de Manoel Pescada, era casado com D. Quitéria Inocência de Freitas Santiago, viúva, sem filhos e muito rica. Mesmo sendo extremamente religiosa, achava que escravo não era gente e o simples fato de alguém não ser branco, já era um crime. Não tiveram filhos. José teve um, Raimundo, com uma ex-escrava alforriada de nome Domingas. Era tido como afilhado, mas a atenção que o marido devotava a esse afilhado,fez com que D. Quitéria descobrisse a verdade sobre o menino. E num ataque histérico, a chibatas e queimaduras a ferro em brasa, a senhora quase mata Domingas. Depois do ocorrido, Quitéria, aconselhada pelo jovem vigário, Padre Diogo, refugia-se na propriedade da mãe. José vai buscá-la, flagrando-a em adultério com o padre. Transtornado, a estrangula, matando-a na frente do sacerdote que, para se livrar do escândalo, sugere a José um pacto de silêncio mútuo; para todos, a esposa teve morte natural e, assim, foi enterrada.

Desgostoso, José deixa a fazenda para Domingas e mais três pretos velhos, que já alforriara, e parte para São Luís, a fim de liquidar seus bens e, em seguida, voltar a Portugal com o filho Raimundo. Ele e o menino hospedam-se na casa do Pescada, em São Luís. Mas, logo adoece e, impossibilitado de embarcar, recebe visitas diárias de seu "fervoroso" amigo, Padre Diogo. Este vai conquistando a amizade da família e quando nasce Ana Rosa, Pescada e esposa escolhem-no para padrinho.

Como tivesse se restabelecido, José insiste em voltar para a fazenda. Mas é morto, bem perto da casa, em uma emboscada, para desespero de Domingas. Mundico é enviado pelo tio ao padrinho em Portugal, segundo o desejo do pai.

Após estudar na Europa, onde se forma em advocacia, Mundico volta à terra natal, com o propósito de vender as propriedades do pai e se estabelecer no Rio de Janeiro e se hospeda em casa do tio Manoel Pescada, que, interessado apenas no lucro que teria, auxiliando o sobrinho na venda das terras, passa a paparicá-lo, mesmo sabendo que o mulato no seio de sua família geraria comentários desfavoráveis na sociedade local. Padre Diogo, agora Cônego Diogo, conselheiro da família, concorda com o argumento de Pescada.

O Cônego, por algum motivo que só a ele compete, mostra-se adversário natural de Raimundo. O que ele temia, no fundo, era ser descoberto por aquele. Por isso queria vê-lo bem longe de São Luís. Na casa do tio, Raimundo, alheio às histórias envolvendo sua mãe, empenha-se em descobrir os mistérios em torno de seu nascimento e da morte paterna. Acredita que, voltando à fazenda de São Brás, será possível desvendar o passado e reconstruir sua história.

Ana Rosa, segundo as descrições das donzelas da época, aos quinze anos, já sentia as transformações operadas em seu corpo e espírito, e sonhava com um marido *"o homem da sua casa, dono de seu corpo, a quem ela pudesse amar abertamente como amante e obedecer em segredo como escrava"*.

O pai via no seu caixeiro, Luís Dias, moço trabalhador, distinto, econômico e com tino para o comércio, as qualidades de um futuro genro. Este, porém, esperava resignado a decisão da moça, que nem de longe queria ouvir falar do assunto.

Era de Raimundo que ela gostava, pois a convivência com o primo despertara em Ana Rosa uma grande paixão.A moça passava o dia pensando nele, idealizando o contato com o seu corpo.

Raimundo, que até então ainda não havia reparado na beleza da prima, numa manhã à mesa do café, nota-lhe as mãos claras, os dentes asseados, a frescura da pele, a boca e os cabelos fartos. Mas, fica só nisso, dedicando-lhe uma afeição e atenção fraternais. Mas a moça torna-se pálida, chamando a atenção de todos. Achavam que tal estado só se curaria com casamento. Padre Diogo e D. Bárbara, que nunca viram com bons olhos a presença do mulato no seio familiar, acham que para acertar o casamento da menina com o Dias, Raimundo deve sair de casa o mais rápido possível. Ana Rosa não quer Luís Dias para esposo e o Pescada, que punha o interesse financeiro acima de tudo, acha que o amigo Diogo estava criando coisas sem fundamento, pois fora o próprio Mundico que sugerira casamento para a prima.

Ana Rosa tinha o hábito de bisbilhotar o quarto de Raimundo. Às vezes ficava horas a fio, remexendo, vasculhando tudo que pertencia ao rapaz. Uma vez Raimundo a surpreendera e a repreendera pelo seu ato. Ela se declarou apaixonada por ele. Depois de muito embaraço, choro, desculpas e a promessa do rapaz de que iria casar-se com ela, Ana Rosa consentiu em sair do quarto.

Raimundo e o tio partem para o Rosário, após muitos adiamentos, e durante a viagem, o rapaz conhece um portuguesinho que lhe conta muita coisa sobre a fazenda São Brás e seus moradores. Fica sabendo que o Cônego Diogo tinha sido o pároco da região e que era muito ligado ao pessoal da fazenda. Depois, passam pela cruz de madeira, à beira da estrada, que marca o local da morte de seu pai. Os guias não vão além dela, temendo a maldição existente no lugar.

Manoel e o sobrinho chegam à fazenda ao anoitecer. O administrador Cancela, que conhecera Raimundo, ainda menino, hospeda-os com alegria. Na manhã seguinte, após as transações comerciais, partem bem cedo para São Brás. Ali, com muita emoção, olhando as datas nas lápides das sepulturas do pai e de D. Quitéria, Raimundo conclui que era filho bastardo.

No dia anterior havia pedido Ana Rosa em casamento e Manuel negara sem dizer a razão. Desconfiando que esse seria o motivo, Insiste para que o tio lhe conte a verdade, e este lhe diz que Domingas está viva, e é a velha negra louca, que Raimundo encontrara momentos atrás. O conhecimento dos fatos serviu para que o moço soubesse por que o caso amoroso dele com a prima tornava-se proibido. Mas ele descobre que não ´pode mais viver sem o amor de Ana Rosa.

O pai conta a Ana Rosa o ocorrido, denigre a imagem do primo e esta tem um ataque histérico. Enquanto isso, Raimundo leva o Cônego Diogo a seu quarto e conta-lhe suas suspeitas. Mas o velho Cônego, num jogo de retórica brilhante, força Raimundo até a lhe pedir desculpas. Diogo desce as escadas entre resmungos: "Deixa estar, que me pagarás". Sete dias depois, Raimundo deixa a casa do tio, esperando o dia da partida do vapor para o Rio.

Manoel e o Cônego se dirigem ao porto para dizer adeus a Raimundo que, após alguns momentos de indecisão, acerca de sua viagem, vai ao quarto de Ana Rosa, que o proíbe de sair e terminam fazendo amor, ouvindo, ao longe, o assobio do vapor, partindo. Raimundo resolve instalar-se no Caminho Grande e os dois, que se comunicam por carta, marcam um dia para fugirem dali e de todos.

O Cônego se alia ao Dias e este, instruído por aquele, passa a controlar os movimentos e cartas recebidas por Anica, para contar ao padre. Após três meses, o Cônego e Dias descobrem o plano dos amantes e aparecem na hora exata, acompanhados de um juiz. Arma-se um escândalo; Ana Rosa fala que está grávida, chocando a todos. O cônego rebate, dizendo que a afilhada continua pura; aquilo era apenas um recurso para forçar o casamento. Diogo aconselha Raimundo a ir embora de São Luís para não ser processado, mas o moço não vai, ficando firmemente decidido a se casar com Anica.

Percebendo que Raimundo se tornava cada vez mais um inimigo perigoso, o astuto cônego começa a arquitetar a morte do rapaz; para isso usará Dias. O jovem reluta sobremaneira, mas a raposa velha, usando toda sua retórica, o convence finalmente, usando o argumento de que: *"quem o seu inimigo poupa, nas mãos lhe morre"*. Após vagar pela noite, Raimundo resolve voltar para casa e, ao abrir a porta, é atingido pelo revólver de Dias. Mundico, com um gemido, tomba morto contra a parede. Quando o vê morto, Ana Rosa aborta. Após seis anos, ela reaparece, em uma festa pública, casada e feliz com o Sr. Dias - o assassino de Raimundo. Sua preocupação é cuidar dos três filhos e também do marido, percebida na fala que finaliza o romance: *"Agasalha bem o pescoço Lulu! Ainda ontem tossiste tanto à noite, queridinho"*.

O MULATO

Aluísio de Azevedo

I

Era um dia abafadiço e aborrecido. A pobre cidade de São Luís do Maranhão parecia entorpecida pelo calor. Quase que se não podia sair à rua: as pedras escaldavam; as vidraças e os lampiões faiscavam ao sol como enormes diamantes; as paredes tinham reverberações de prata polida; as folhas das árvores nem se mexiam; as carroças de água passavam ruidosamente a todo o instante, abalando os prédios; e os aguadeiros, em mangas de camisa e pernas arregaçadas, invadiam sem cerimônia as casas para encher as banheiras e os potes. Em certos pontos não se encontrava viva alma na rua; tudo estava concentrado, adormecido; só os pretos faziam as compras para o jantar ou andavam no ganho.

A Praça da Alegria apresentava um ar fúnebre. De um casebre miserável, de porta e janela, ouviam-se gemer os armadores enferrujados de uma rede e uma voz tísica e aflautada de mulher, cantar em falsete a "gentil Carolina era bela", do outro lado da praça, uma preta velha, vergada por imenso tabuleiro de madeira, sujo, seboso, cheio de sangue e coberto por uma nuvem de moscas, apregoava em tom muito arrastado e melancólico: "Fígado, rins e coração!" Era uma vendedeira de fatos de boi. As crianças nuas, com as perninhas tortas pelo costume de cavalgar as ilhargas maternas, as cabeças avermelhadas pelo sol, a pele crestada, os ventrezinhos amarelentos e crescidos, corriam e guinchavam, empinando papagaios de papel. Um ou outro branco, levado pela necessidade de sair, atravessava a rua, suado vermelho afogueado, à sombra de um enorme chapéu-de-sol. Os cães, estendidos pelas calçadas, tinham uivos que pareciam gemidos humanos, movimentos irascíveis, mordiam o ar querendo morder os mosquitos. Ao longe, para as bandas de São Pantaleão, ouvia-se apregoar: "Arroz de Veneza! Mangas! Mocajubas!" Às esquinas, nas quitandas vazias, fermentava um cheiro acre de sabão da terra e aguardente. O quitandeiro, assentado sobre o balcão, cochilava a sua preguiça morrinhenta, acariciando o seu imenso e espalmado pé descalço. Da Praia de Santo Antônio enchiam toda a cidade os sons invariáveis e monótonos de uma buzina, anunciando que os pescadores chegavam do mar; para lá convergiam, apressadas e cheias de interesse, as peixeiras, quase todas negras, muito gordas, o tabuleiro na cabeça, rebolando os grossos quadris trêmulos e as tetas opulentas.

A Praia Grande e a Rua da Estrela contrastavam, todavia, com o resto da cidade, porque era aquela hora justamente a de maior movimento comercial. Em todas as direções cruzavam-se homens esbofados e rubros; cruzavam-se os negros no carreto e os caixeiros que estavam em serviço na rua; avultavam os paletós-sacos, de brim pardo, mosqueados nas espáduas e nos sovacos por grandes manchas de suor. Os corretores de escravos examinavam à plena luz do sol, os negros e moleques que ali estavam para ser vendidos; revistavam-lhes os dentes, os pés e as virilhas; faziam-lhes perguntas sobre perguntas; batiam-lhes com a biqueira do chapéu nos ombros e nas coxas, experimentando-lhes o vigor da musculatura como se estivessem a comprar cavalos. Na Casa da Praça, debaixo das amendoeiras, nas portadas dos armazéns, entre pilhas de caixões de cebolas e batatas portuguesas discutiam-se o câmbio, o prego do algodão, a taxa do açúcar, a tarifa dos gêneros nacionais; volumosos comendadores resolviam negócios, faziam transações, perdiam, ganhavam, tratavam de embarrilar uns aos outros, com muita manha de gente de negócios, falando numa gíria só deles, trocando chalaças pesadas, mas em plena confiança de amizade. Os leiloeiros cantavam em voz alta o preço das mercadorias, com um abrimento afetado de vogais; diziam: “mal-rais” em vez de mil-réis. À porta dos leilões aglomeravam-se os que queriam comprar e os simples curiosos. Corria um quente e grosseiro zunzum de feira.

O leiloeiro tinha piscos de olhos significativos; de martelo em punho, entusiasmado, o ar trágico, mostrava com o braço erguido um cálice de cachaça, ou, comicamente acocorado esbrocava com o furador, os paneiros de farinha e de milho. E, quando chegava a ocasião de ceder a fazenda, repetia o preço muitas vezes, gritando, e afinal batia o martelo com grande barulho, arrastando a voz em um tom cantado e estridente.

Viam-se deslizar pela praça os imponentes e monstruosos abdomens dos capitalistas; viam-se cabeças escarlates e descabeladas, gotejando suor por debaixo do chapéu de pelo; risinhos de proteção, bocas sem bigode dilatadas pelo calor, perninhas espertas e suadas na calça de brim de Hamburgo. E toda esta atividade, posto que um tanto fingida, era geral e comunicativa; até os ricos ociosos, que iam para ali encher o dia, e os caixeiros, que “faziam cera” até os próprios vadios desempregados, aparentavam diligência e prontidão.

A varanda do sobrado de Manoel Pescada, uma varanda larga e sem forro no teto, deixando ver as ripas e os caibros que sustentavam as telhas, tinha um aspecto mais ou menos pitoresco com a sua bela vista sobre o rio Bacanga e as suas rótulas pintadas de verde-paris. Toda ela abria para o quintal, estreito e longo, onde, à mingua de sol, se minavam duas tristes pitangueiras e passeava solenemente um pavão da terra.

As paredes, barradas de azulejos portugueses e, para o alto, cobertas de papel pintado, mostravam, nos seus desenhos repetidos de assuntos de caça, alguns lugares sem tinta, cujas manchas brancacentas traziam à idéia joelheiras de calças surradas. Ao lado, dominando a mesa de jantar, aprumava-se um velho armário de jacarandá polido, muito bem tratado, com as vidraças bem limpas, expondo as pratas e as porcelanas de gosto moderno; a um canto dormia, esquecida na sua caixa de pinho envernizado, uma máquina de costura de Wilson, das primeiras que chegaram ao Maranhão; nos intervalos das portas simetrizavam-se quatro estudos de Julien, representando em litografia as estações do ano; defronte ao guarda-louça um relógio de corrente embalava melancolicamente a sua pêndula do tamanho de um prato e apontava para as duas horas. Duas horas da tarde.

Não obstante, ainda permanecia sobre a mesa a louça que servira ao almoço. Uma garrafa branca, com uns restos de vinho de Lisboa, cintilava à claridade reverberante que vinha do quintal. De uma gaiola, dependurada entre as janelas desse lado, chilreava um sabiá.

Fazia preguiça estar ali. A viração do Bacanga refrescava o ar da varanda e dava ao ambiente um tom momo e aprazível. Havia a quietação dos dias inúteis, uma vontade lassa de fechar os olhos e esticar as pernas. Lá defronte, nas margens apostas do rio, a silenciosa vegetação do Anjo da Guarda estava a provocar boas sestas sobre o capim, debaixo das mangueiras; as árvores pareciam abrir de longe os braços, chamando a gente para a calma tepidez das suas sombras.

— Então, Ana Rosa, que me respondes?... disse Manoel, esticando-se mais na cadeira em que se achava assentado, à cabeceira da mesa, em frente da filha. Bem sabes que te não contrario... desejo este casamento, desejo... mas, em primeiro lugar, convém saber se ele é do teu gosto... Vamos... fala!

Ana Rosa não respondeu e continuou muito embebida, como estava, a rolar sob a ponta cor-de-rosa dos seus dedos as migalhas de pão que ia encontrando sobre a toalha.

Manoel Pedro da Silva, mais conhecido por Manoel Pescada, era um português de uns cinqüenta anos, forte, vermelho e trabalhador. Diziam-no atilado para o comércio e amigo do Brasil. Gostava da sua leitura nas horas de descanso, assinava respeitosamente os jornais sérios da província e recebia alguns de Lisboa. Em pequeno meteram-lhe na cabeça vários trechos do Camões e não lhe esconderam de todo o nome de outros poetas. Prezava com fanatismo o Marquês de Pombal, de quem sabia muitas anedotas e tinha uma assinatura no Gabinete Português, a qual lhe aproveitava menos a ele do que à filha, que era perdida pelo romance.

Manoel Pedro fora casado com uma senhora de Alcântara, chamada Mariana, muito virtuosa e, como a melhor parte das maranhenses, extremada em pontos de religião; quando morreu, deixou em legado seis escravos a Nossa Senhora do Carmo.

Bem triste foi essa época, tanto para o viúvo como para a filha orfanada, coitadinha, justamente quando mais precisava do amparo maternal. Nesse tempo moravam no Caminho Grande, numa casinha térrea, para onde a moléstia de Mariana os levara em busca de ares mais benignos; Manoel, porém, que era já então negociante e tinha o seu armazém na Praia Grande, mudou-se logo com a pequena para o sobrado da Rua da Estrela, em cujas lojas prosperava, havia dez anos, no comércio de fazendas por atacado.

Para não ficar só com a filha "que se fazia uma mulher" convidou a sogra, D. Maria Bárbara, a abandonar o sitio em que vivia e ir morar com ele e mais a neta "A menina precisava de alguém que a guiasse, que a conduzisse! Um homem nunca podia servir para essas coisas! E, se fosse a meter em casa uma preceptora - Meu bom Jesus! - que não diriam por aí?... No Maranhão falava-se de tudo! D. Maria Bárbara que se decidisse a deixar o mato e fosse de muda para a Rua da Estrela! Não teria que se arrepender... havia de estar como em sua própria casa - bom quarto, boa mesa, e plena liberdade!"

A velha aceitou e lá foi, arrastando os seus cinqüenta e tantos anos, alojar-se em casa do genro, com um batalhão de moleques, suas crias, e com os cacaréus ainda do tempo do defunto marido. Em breve, porém, o bom português estava arrependido do passo que dera: D. Maria Bárbara, apesar de muito piedosa; apesar de não sair do quarto sem vir bem penteada, sem lhe faltar nenhum dos cachinhos de seda preta, com que ela emoldurava disparadamente o rosto enrugado e macilento; apesar do seu grande fervor pela igreja e apesar das missas que papava por dia, D Mana Bárbara, apesar de tudo isso, saíra-lhe "má dona de casa".

Era uma fúria! Uma víbora! Dava nos escravos por hábito e por gosto; só falava a gritar e, quando se punha a ralhar, - Deus nos acuda! - incomodava toda a vizinhança! Insuportável!

Maria Bárbara tinha o verdadeiro tipo das velhas maranhenses criadas na fazenda. Tratava muito dos avós, quase todos portugueses; muito orgulhosa; muito cheia de escrúpulos de sangue. Quando falava nos pretos dizia "Os sujos" e, quando se referia a um mulato, dizia "O cabra". Sempre fora assim e como devota, não havia outra: Em Alcântara tivera uma capela de Santa Bárbara e obrigava a sua escravatura a rezar aí todas as noites, em coro, de braços abertos, às vezes algemados. Lembrava-se com grandes suspiros do marido "do seu João Hipólito" um português fino, de olhos azuis e cabelos loiros.

Este João Hipólito foi brasileiro adotivo e chegou a fazer alguma posição na secretaria do governo da província. Morreu com o posto de coronel.

Maria Bárbara tinha grande admiração pelos portugueses, dedicava-lhes um entusiasmo sem limites, preferia-os em tudo aos brasileiros. Quando a filha foi pedida por Manoel Pedro, então principiante no comércio da capital, ela dissera: "Bem! Ao menos tenho a certeza de que é branco!"

Mas o Pescada não compreendeu a esposa, nem foi amado por ela; a virtude, ou talvez simplesmente a maternidade, apenas conseguiu fazer de Mariana uma companheira fiel; viveu exclusivamente para a filha. É que a desgraçada, desde os quinze anos, ainda no irresponsável arrebatamento do primeiro amor, havia eleito já o homem a quem sua alma teria de pertencer por toda a vida. Esse homem existe hoje na história do Maranhão, era o agitador José Candido de Moraes e Silva, conhecido popularmente pelo "Farol". Fez todo o possível para casar com ele, mas foram baldados os seus esforços, nem só em virtude das perseguições políticas que, tão cedo, atribularam a curta existência daquela fenomenal criatura, como também pela inflexível oposição que tal idéia encontrou na própria família da rapariga.

Entretanto, o destino dela se havia prendido à sorte do desventurado maranhense. Quem diria que aquela pobre moça, nascida e criada nos sertões do Norte, sentiria, como qualquer filha das grandes capitais, a mágica influência que os homens superiores exercem sobre o espírito feminino? Amou-o, sem saber por quê. Sentira-lhe a força dominadora do olhar, os ímpetos revolucionários do seu caráter americano, o heroísmo patriótico da sua individualidade tão superior ao meio em que floresceu; decorara-lhe as frases apaixonadas e vibrantes de indignação, com que ele fulminava os exploradores da sua pátria estremecida e os inimigos da integridade nacional; e tudo isso, sem que ela soubesse explicar, arrebatou-a para o belo e destemido moço com todo o ardor do seu primeiro desejo de mulher.

Quando, na Rua dos Remédios, que nesse tempo era ainda um arrabalde, o desditoso herói, apenas com pouco mais de vinte e cinco anos de idade, sucumbiu ao jugo do seu próprio talento e da sua honra política, oculto, foragido, cheio de miséria, odiado por uns como um assassino e adorado por outros como um deus, a pobre senhora deixou-se possuir de uma grande tristeza e foi enfraquecendo, e ficando doente, e ficando feia e cada vez mais triste, até morrer silenciosamente poucos anos depois do seu amado.

Ana Rosa não chegou a conhecer o Farol; a mãe, porém, muito em segredo, ensinara-lhe a compreender e respeitar a memória do talentoso revolucionário, cujo nome de guerra despertava ainda, entre os portugueses, a raiva antiga do motim de 7 de agosto de 1831. "Minha filha, disse-lhe a infeliz já nas vésperas da morte, não consintas nunca que te casem, sem que ames deveras o homem a ti destinado para marido. Não te cases no ar! Lembra-te que o casamento deve ser sempre a conseqüência de duas inclinações irresistíveis. A gente deve casar porque ama, e não ter de amar porque casou. Se fizeres o que te digo, serás feliz!" Concluiu pedindo-lhe que prometesse, caso algum dia viessem a constrangê-la a aceitar marido contra seu gosto, arrostar tudo, tudo, para evitar semelhante desgraça, principalmente se então Ana Rosa já gostasse de outro; e por este, sim, fosse quem fosse, cometesse os maiores sacrifícios, arriscasse a própria vida, porque era nisso que consistia a verdadeira honestidade de uma moça.

E mais não foram os conselhos que Mariana deu à filha. Ana Rosa era criança, não os compreendeu logo, nem tão cedo procurou compreendê-los; mas, tão ligados estavam eles à morte da mãe, que a idéia desta não lhe acudia à memória sem as palavras da moribunda.

Manoel Pedro, apesar de bom, era um desses homens mais que alheados às sutilezas do sentimento; para outra mulher daria talvez um excelente esposo, não para aquela, cuja sensibilidade romântica, longe de o comover, havia muita vez de importuná-lo. Quando se achou viúvo não sentiu, a despeito da sua natural bondade, mais do que certo desgosto pela ausência de uma companheira com que já se tinha habituado; contudo, não pensou em tornar a casar, convencido de que o afeto da filha lhe chegaria de sobra para amenizar as canseiras do trabalho, e que o auxílio imediato da sogra bastaria para garantir a decência da sua casa e a boa regra das suas despesas domésticas.

Ana Rosa cresceu, pois, como se vê, entre os desvelos insuficientes do pai e o mau gênio da avó. Ainda assim aprendera de cor a gramática do Sotero dos Reis; lera alguma coisa; sabia rudimentos de francês e tocava modinhas sentimentais ao violão e ao piano Não era estúpida; tinha a intuição perfeita da virtude, um modo bonito, e por vezes lamentara não ser mais instruída. Conhecia muitos trabalhos de agulha: bordava como poucas, e dispunha de uma gargantazinha de contralto que fazia gosto ouvir.

Tanto assim que, em pequena, servira várias vezes de anjo da verônica nas procissões da quaresma E os cônegos da Sé gabavam-lhe o metal da voz e davam-lhe grandes cartuchos de amêndoas de mendubim, muito enfeitados nas suas pinturas, toscas e características, feitas a goma-arábica e tintas de botica. Nessas ocasiões ela sentia-se radiante, com as faces carminadas, a cabeça coberta de cachos artificiais, grande roda no vestido curto, a jeito de dançarina E, muito concha, ufana dos seus galões de prata e ouro e das suas trêmulas asas de papelão e escumilha, caminhava triunfante e feliz no meio do cordão das irmandades religiosas, segurando a extremidade de um lenço do qual o pai segurava a outra. Isto eram promessas feitas pela mãe ou pela avó em dias de grande enfermidade na família.

E crescera sempre bonita de formas. Tinha os olhos pretos e os cabelos castanhos de Mariana, e puxara ao pai as rijezas de corpo e os dentes fortes. Com a aproximação da puberdade apareceram-lhe caprichos românticos e fantasias poéticas: gostava dos passeios ao luar, das serenatas; arranjou ao lado do seu quarto um gabinete de estudo, uma bibliotecazinha de poetas e romancistas; tinha um Paulo e Virgínia de biscuit sobre a estante e, escondido por detrás de um espelho, o retrato do Farol, que herdara de Mariana.

Lera com entusiasmo a Graziela de Lamartine. Chorou muito com essa leitura e, desde aí, todas as noites, antes de adormecer, procurava instintivamente imitar o sorriso de inocência que a procitana oferecia ao seu amante. Praticava bem com os pobres, adorava os passarinhos e não podia ver matar perto de si uma borboleta. Era um bocadinho supersticiosa: não queria as chinelas emborcadas debaixo da rede e só aparava os cabelos durante o quarto crescente da lua. “Não que acreditasse nessas coisas”, justificava-se ela, “mas fazia porque os outros faziam. “ Sobre a cômoda, havia muito tempo, tinha uma estampa litográfica e colorida de Nossa Senhora dos Remédios e rezava-lhe todas as noites, antes de dormir. Nada conhecia melhor e mais agradável do que um passeio ao Cutim, e, quando soube que se projetava uma linha de bondes até lá, teve uma satisfação violenta e nervosa.

Feitos os quinze anos, ela começou pouco e pouco a descobrir em si estranhas mudanças; percebeu, sentiu que uma transformação importante se operava no seu espírito e no seu corpo: sobressaltavam-na terrores infundados; acometiam-na tristezas sem motivo justificável. Um dia, afinal, acordou mais preocupada; assentou-se na rede, a cismar. E, com surpresa, reparou que seus membros ultimamente se tinham arredondado; notou que em todo seu corpo a linha curva suplantara a reta e que as suas formas eram já completamente de mulher.

Veio-lhe então um sobressalto de contentamento, mas logo depois caiu a entristecer: sentia-se muito só, não lhe bastava o amor do pai e da velha Bárbara; queria uma afeição mais exclusiva, mais dela.

Lembrou-se dos seus namoros. Riu-se "coisas de criança!..."

Aos doze anos namorara um estudante do Liceu. Haviam conversado três ou quatro vezes na sala do pai e supunham-se deveras apaixonados um pelo outro; o estudante seguiu para a Escola Central da Corte, e ela nunca mais pensou nele. Depois foi um oficial de marinha; "Como lhe ficava bem a farda!... Que moço engraçado! Bonito! E como sabia vestir-se... Ana Rosa chegou a principiar a bordar um par de chinelas para lho oferecer; antes, porém, de terminado o primeiro pé, já o bandoleiro havia desaparecido com a corveta "Baiana". Seguiu-se um empregado do comércio. "Muito bom rapaz! Muito cuidadoso da roupa e das unhas!..." Parecia-lhe que ainda estava a vê-lo, todo metódico, escolhendo palavras para lhe pedir "a subida honra de dançar com ela uma quadrilha".

— Ah tempos! Tempos!..

E não queria pensar ainda em semelhantes tolices. "Coisas de criança! Coisas de criança!..." Agora, só o que lhe convinha era um marido! "O seu", o verdadeiro, o lega! O homem da sua casa, o dono do seu corpo, a quem ela pudesse amar abertamente como amante e obedecer em segredo como escrava. Precisava de dar-se e dedicar-se a alguém; sentia absoluta necessidade de pôr em ação a competência, que ela em si reconhecia, para tomar conta de uma casa e educar muitos filhos.

Com estes devaneios, acudia-lhe sempre um arrepiozinho de febre; ficava excitada, idealizando um homem forte, corajoso, com um bonito talento, e capaz de matar-se por ela. E, nos seus sonhos agitados, debuxava-se um vulto confuso, mas encantador, que galgava precipícios, para chegar onde ela estava e merecer-lhe a ventura de um sorriso, uma doce esperança de casamento. E sonhava o noivado: um banquete esplêndido! E junto dela, ao alcance de seus lábios, um mancebo apaixonado e formoso, um conjunto de força, graça e ternura, que a seus pés ardia de impaciência e devorava-a com o olhar em fogo.

Depois - via-se dona de casa; pensando muito nos filhos; sonhava-se feliz, muito dependente na prisão do ninho e no domínio carinhoso do marido. E sonhava umas criancinhas louras, ternas, balbuciando tolices engraçadas e comovedoras, chamando-lhe "mama!".

— Oh! Como devia ser bom!... E pensar que havia por aí mulheres que eram contra o casamento!...

Não ! Ela não podia admitir o celibato, principalmente para a mulher!... "Para o homem— ainda passava... viveria triste, só; mas em todo o caso — era um homem... teria outras distrações! Mas uma pobre mulher, que melhor futuro poderia ambicionar que o casamento?. . Que mais legítimo prazer do que a maternidade; que companhia mais alegre do que a dos filhos, esses diabinhos tão feiticeiros?..” Além de que, sempre gostara muito de crianças: muita vez pedira a quem as tinha que lhas mandasse a fazer-lhe companhia, e, enquanto as pilhava em casa, não consentia que mais ninguém se incomodasse com elas; queria ser a própria a dar-lhes a comida, a lavá-las, a vesti-las, e acalentá-las. E estava constantemente a talhar camisinhas e fraldas, a fazer toucas e sapatinhos de lá, e tudo com muita paciência, com muito amor, justamente como, em pequenina, ela fazia com as suas bonecas. Quando alguma de suas amigas se casava, Ana Rosa exigia dela sempre um cravo do ramalhete ou um botão das flores de laranjeira da grinalda; este ou aquele, pregava-os religiosamente no seio com um dos alfinetes dourados da noiva, e quedava-se a fitá-los, cismando, até que dos lábios lhe partia um suspiro longo, muito longo, como o do viajante que em meio do caminho já se sente cansado e ainda não avista o lar.

Mas o noivo por onde andava que não vinha? Esse belo mancebo, tão ardente e tão apaixonado, por que se não apresentava logo? Dos homens que Ana Rosa conhecia na província nenhum decerto podia ser!... E, no entanto, ela amava...

A quem?

Não sabia dizê-lo, mas amava. Sim! Fosse a quem fosse, ela amava; porque sentia vibrar-lhe todo o corpo, fibra por fibra, pensando nesse - alguém - íntimo e desconhecido para ela; esse - alguém - que não vinha e não lhe saía do pensamento, esse - alguém - cuja ausência a fazia infeliz e lhe enchia a existência de lágrimas.

Passaram-se meses - nada! Correram três anos. Ana Rosa principiou a emagrecer visivelmente. Agora dormia menos; estava pálida; à mesa mal tocava nos pratos.

— O pequena, tu tens alguma coisa! disse-lhe um dia o pai, já incomodado com aquele ar doentio da filha. Não me pareces a mesma! Que é isso, Anica?

Não era nada!...

E Ana Rosa sobressaltava-se, como se tivera cometido uma falta. “Cansaço! Nervos! Não era coisa que valesse a pena!...“

Mas chorava.

— Olha! Aí temos! Agora o choro! Nada! É preciso chamar o médico!

— Chamar o médico?... Ora papai, não vale a pena!...

E tossia. “Que a deixassem em paz! Que não a estivessem apoquentando com perguntas!...”

E tossia mais, sufocada.

— Vês?! Estás achacada! Levas nesse “Churra, chrum! chrum chrum!”.

E é só: "Não vale a pena! Não precisa chamar o médico!...' Não senhora! com moléstias não se brinca!

O médico receitou banhos de mar na Ponta d'Areia.

Foi um tempo delicioso para ela os três meses que aí passou. Os ares da costa, os banhos de choque, os longos passeios a pé, restituíram-lhe o apetite e enriqueceram-lhe o sangue. Ficou mais forte; chegou a engordar.

Na Ponta d'Areia travara uma nova amizade - D. Eufrasinha. Viúva de um oficial do quinto de infantaria, batalhão que morreu todo na Guerra do Paraguai. Muito romântica: falava do marido requebrando-se, e poetizava-lhe a curta história: "Dez dias depois de casados, seguira ele para o campo de batalha e, no denodo da sua coragem, fora atravessado por uma bala de artilharia, morrendo logo a balbuciar com o lábio ensangüentado o nome da esposa estremecida."

E com um suspiro, feito de desejos mal satisfeitos, a viúva concluía pesarosa que "prazeres nesta vida, conhecera apenas dez dias e dez noites..."

Ana Rosa compadecia-se da amiga e escutava-lhe de boa-fé as frioleiras. Na sua ingênua e comovida sinceridade facilmente se identificava com a história singular daquele casamento tão infeliz e tão simpático. Por mais de uma vez chegou a chorar pela morte do pobre moço oficial de infantaria.

D. Eufrasinha instruiu a sua nova amiga em muitas coisas que esta mal sonhava; ensinou-lhe certos mistérios da vida conjugal; pode dizer-se que lhe deu lições de amor: falou muito nos "homens", disse-lhe como a mulher esperta devia lidar com eles; quais eram as manhas e os fracos dos maridos ou dos namorados; quais eram os tipos preferíveis; o que significava ter "olhos mortos, beiços grossos, nariz comprido".

A outra ria-se. "Não tomava a sério aquelas bobagens da Eufrasinha!"

Mas intimamente ia, sem dar por isso, reconstruindo o seu ideal pelas instruções da viúva. Fê-lo menos espiritual, mais humano, mais verossímil, mais suscetível de ser descoberto; e, desde então, o tipo, apenas debuxado ao fundo dos seus sonhos, veio para a frente, acentuou-se como uma figura que recebesse os últimos toques do pintor; e, depois de vê-lo bem correto, bem emendado e pronto, amou-o ainda mais, muito mais, tanto quanto o amaria se ele fora com efeito uma realidade.

A partir daí, era esse ideal, correto e emendado, a base das suas deliberações a respeito de casamento; era a bitola, por onde ela aferia todo aquele que a requestasse. Se o pretendente neo tivesse o nariz, o olhar, o gesto, o conjunto enfim de que constava o padrão, podia, desde logo, perder a esperança de cair nas graças da filha de Manoel Pedro.

Eufrasinha mudou-se para a cidade; Ana Rosa já lá estava. Visitaram-se.

E estas visitas, que se tomaram muito íntimas e repetidas, serviram mutuamente de consolo, ao afincado celibato de uma e a precoce viuvez da outra.

Havia, empregado no armazém do pai de Ana Rosa, um rapaz português, de nome Luís Dias; muito ativo, econômico, discreto, trabalhador, com uma bonita letra, e muito estimado na praça. Contavam a seu favor invejáveis partidas de tino comercial, e ninguém seria capaz de dizer mal de tão excelente moço.

Ao contrário, quase sempre que falavam dele, diziam "Coitado!" e este - coitado - era inteiramente sem razão de ser, porque ao Dias, graças a Deus, nada faltava: tinha casa, comida, roupa lavada e engomada, e, ainda por cima, os cobres do emprego. Mas a coisa era que o diabo do homem, apesar das suas prósperas circunstâncias, impunha certa lástima, impressionava com o seu eterno ar de piedade, de súplica, de resignação e humildade. Fazia pena, incutia dó em quem o visse, tão submisso, tão passivo, tão pobre rapaz - tão besta de carga. Ninguém, em caso algum, levantaria a mão sobre ele, sem experimentar a repugnância da covardia.

Elogiavam-no entretanto: "Que não fossem atrás daquele ar modesto, porque ali estava um empregadão de truz!"

Vários negociantes ofereceram-lhe boas vantagens para torná-lo ao seu serviço; mas o Dias, sempre humilde e de cabeça baixa, resistia-lhes a pé firme. E, tal constância opôs às repetidas propostas, que todo o comércio, dando como certo o seu casamento com a filha do patrão, elogiou a escolha de Manoel Pedro e profetizou aos nubentes "um futuro muito bonito e muito rico".

— Foi acertado, foi! diziam com o olhar fito.

Manoel Pedro via, com efeito, naquela criatura, trabalhadora e passiva como um boi de carga e econômico como um usuário, o homem mais no caso de fazer a felicidade da filha. Queria-o para genro e para sócio; dizia a todos os colegas que o "seu Dias" apenas retirava por ano, para as suas despesas, a quarta parte do ordenado.

— Tem já o seu pecúlio, tem! considerava ele. A mulher o quisesse, levava um bom marido! Aquele virá a possuir alguma coisa... é moço de muito futuro!

E, pouco a pouco foi se habituando a julgá-lo já da família e a estimá-lo e distingüí-lo como tal; só faltava que a pequena se decidisse... Mas qual! ela nem queria vê-lo! Tinha-lhe birra; não podia sofrer aquele cabelo à escovinha, aquele cavanhaque sem bigode, aqueles dentes sujos, aquela economia torpe e aqueles movimentos de homem sem vontade própria.

— Um somítico! classificava Ana Rosa franzindo o nariz.

Uma ocasião, o pai tocou-lhe no casamento.

— Com o Dias?... perguntou espantada.

— Sim.

— Ora, papai!

E soltou uma risada.

Manoel não se animou a dizer mais palavra; à noite, porém, contou tudo em particular ao compadre, um amigo velho, íntimo da casa - o cônego Diogo.

— *Optima saepe despecta!* sentenciou este. É preciso dar tempo ao tempo, seu compadre! A coisa há de ser... deixe correr o barco!

No entanto, o Dias não se alterara; esperava calado, pacificamente, sem erguer os olhos, cheio sempre de humildade e resignação.

II

Assim era, quando Manoel Pedro, na varanda de sua casa, pedia à filha uma resposta definitiva a respeito do casamento. Já lá se iam três meses depois da estada na Ponta d'Areia.

Ana Rosa continuou muda no seu lugar, a fitar a toalha da mesa, como se procurasse aí uma resolução. O sabiá cantava na gaiola.

— Então, minha filha, não dás sequer uma esperança?...

— Pode ser...

E ela ergueu-se...

Bom. Assim é que te quero ver...

O negociante passou o braço em volta da cintura da rapariga, disposto a conversar ainda, mas foi interrompido por umas passadas no corredor.

— Dá licença? disse o cônego, já na porta da varanda.

—Vá entrando, compadre!

O cônego entrou, devagar, com o seu sorriso discreto e amável.

Era um velho bonito; teria quando menos sessenta anos, porém estava ainda forte e bem conservado; o olhar vivo, o corpo teso, mas ungido de brandura santarrona. Calçava-se com esmero, de polimento; mandava buscar da Europa, para seu uso, meias e colarinhos especiais, e, quando ria, mostrava dentes limpos, todos chumbados a ouro. Tinha os movimentos distintos; mãos brancas e cabelos alvos que fazia gosto.

Diogo era o confidente e o conselheiro do bom e pesado Manoel; este não dava um passo sem consultar o compadre. Formara-se em Coimbra, donde contava maravilhas; um bocadinho rico, e não relaxava o seu passeio a Lisboa, de vez em quando, "para descarregar anos da costa..." explicava ele, a rir.

Logo que entrou, deu a beijar a Ana Rosa o seu grande e trabalhado anel de ametista, obra do Porto, feita de encomenda. E batendo-lhe na face com a mão fina e impregnada de sabonete inglês:

— Então, minha afilhada, como vai essa bizarria?

Ia bem, agradecida. Sorriu.

— Dindinho está bom?

— Como sempre. Que notícias de D. Babita?

Estava de passeio.

— Pois não vê a casa sossegada? interrogou Manoel. Foi à missa e naturalmente almoçou por aí com alguma amiga. Deus a conserve por lá! Mas que milagre o trouxe a estas horas cá por casa, seu compadre?

— Um negócio que lhe quero comunicar; particular, um bocado particular.

Ana Rosa fez logo menção de afastar-se.

— Deixa-te ficar, disse-lhe o pai. Nós vamos aqui para o escritório.

E os dois compadres, conversando em voz baixa, encaminharam-se para uma saleta que havia na frente da casa.

A saleta era pequenina com duas janelas para a Rua da Estrela. Chão esteirado, paredes forradas de papel e o teto de travessinhas de paparaúba pintadas de branco. Havia uma carteira de escrita, muito alta, com o seu mocho inclinado, um cofre de feno, uma pilha de livros de escrituração mercantil, uma prensa, o copiador ao lado e mais um copo sujo de pó, em cujas bordas descansava um pincel chato de cabo largo; uma cadeira de palhinha, um caixão de papéis inúteis, um bico de gás e duas escarradeiras.

Ah! ainda havia na parede, sobre a secretária, um calendário do ano e outro da semana, ambos com as algibeiras pejadas de notas e recibos.

Era isto que Manoel Pedro chamava pomposamente "o seu escritório" e onde fazia a correspondência comercial. Aí, quando ele de corpo e alma se entregava aos interesses da sua vida, às suas especulações, ao seu trabalho enfim, podiam lá fora até morrer, que o bom homem não dava por isso. Amava deveras o trabalho e seria uma santa criatura se não fora certa maniazinha de querer especular com tudo, o que às vezes lhe desvirtuava as melhores intenções.

Quando os dois entraram, ele foi logo fechando a porta, discretamente, enquanto o outro se esparralhava na cadeira com um suspiro de cansaço, levantando até ao meio da canela a sua batina lustrosa e de bom talho. Manuel havia tomado um cigarro de papel amarelo de cima da carteira e acendia-o sofregamente; o cônego esperava por ele, com uma notícia suspensa dos lábios como espantado, a boca meio aberta, o tronco inclinado para a frente, as mãos espalmadas nos joelhos, a cabeça erguida e um olhar de sobrancelhas arregaçadas através do cristal dos óculos.

— Sabe quem está a chegar por aí?... perguntou afinal, quando viu Manoel já instalado no mocho da secretária.

— Quem?

— O Raimundo!

E o cônego sorveu uma pitada.

— Que Raimundo?

— O Mundico! o filho do José, homem! Teu sobrinho! Aquela criança que teu mano teve da Domingas...

— Sim, sim, já sei, mas então?...

— Está a chegar por dias... Ora espera...

O padre tirou papéis da algibeira e rebuscou entre eles uma carta, que passou ao negociante.

— É do Peixoto, o Peixoto de Lisboa.

— De Lisboa, como?

— Sim, homem! Do Peixoto de Lisboa, que está há três anos no Rio.

— Ah!... isso sim, porque tinha idéia de que o pequeno deveria estar agora na Corte. Ah! chegou o vapor do Sul...

— Pois é. Lê!

Manuel armou os óculos no nariz e leu para si a seguinte carta datada do Rio de Janeiro: "Reverendíssimo amigo e Sr. Cônego Diogo de Melo. Folgamos que esta vá encontrar V. Reverendíssima no gozo da mais perfeita saúde. Temos por fim comunicar a V. Reverendíssima que, no paquete de 15 do corrente, segue para essa capital o Dr Raimundo José da Silva, de quem nos encarregou V. Reverendíssima e o Sr. Manuel Pedro da Silva, quando ainda nos achávamos estabelecidos em Lisboa. Temos também a declarar, se bem que já em tempo competente o houvéssemos feito, que envidamos então os melhores esforços para conseguir do nosso recomendado ficasse empregado em nossa casa comercia! E que, visto não o conseguirmos, tomamos logo a resolução de remetê-lo para Coimbra com o fim de formar-se ele em Teologia, o que igualmente não se realizou, porque, feito o curso preparatório, escolheu o nosso recomendado a carreira de Direito, na qual se acha formado com distinções e bonitas notas.

"Cumpre-nos ainda declarar com prazer a V. Reverendíssima que o Dr Raimundo foi sempre apreciado pelos seus lentes e condiscípulos e que tem feito boa figura, tanto em Portugal, como depois na Alemanha e na Suíça, e como ultimamente nesta Corte, onde, segundo diz ele, tenciona fundar uma empresa muito importante. Mas, antes de estabelecer-se aqui, deseja o Dr. Raimundo efetuar nessa província a venda de terras e outras propriedades de que aí dispõe, e com esse fim segue.

Por esta mesma via escrevemos ao Sr. Manoel Pedro da Silva, a quem novamente prestamos contas das despesas que fizemos com o sobrinho."

Seguiam-se os cumprimentos do estilo.

Manoel, terminada a leitura, chamou o Benedito, um moleque da casa, e ordenou-lhe que fosse ao armazém saber se havia já chegado a correspondência do Sul. O moleque voltou pouco depois, dizendo que "ainda não senhor, mas que seu Dias a fora buscar ao correio".

— Homem! Ele é isso!... exclamou Pescada. O rapaz está bem encaminhado, quer liquidar o que tem por cá e estabelecer-se no Rio. Não! Sempre é outro futuro!.

— Ora! Ora! Ora! soprou o cônego em três tempos. Nem falemos nisso! O Rio de Janeiro é o Brasil! Ele faria uma grandíssima asneira se ficasse aqui.

— Se faria...

— Até lhe digo mais... nem precisava cá vir, porque... continuou Diogo, abaixando a voz, ninguém aqui lhe ignora a biografia; todos sabem de quem ele saiu!

— Que não viesse, não digo, porque enfim... "quem quer vai e quem não quer manda", como lá diz o outro; mas é chegar, aviar o que tem a fazer e levantar de novo o ferro!

— Ai, ai!

— E demais, que diabo ficava ele fazendo aqui? Enchendo as ruas de pernas e gastando o pouco que tem... Sim! Que ele tem alguma coisinha para roer... tem aquelas moradas de casa em São Pantaleão; tem o seu punhado de ações; tem o jimbo cá na casa, onde por bem dizer é sócio comanditário, e tem as fazendas do Rosário, isto é - a fazenda, porque uma é tapera...

— Essa é que ninguém a quer!... observou o cônego, e ferrou o olhar num ponto, deixando perceber que alguma triste reminiscência o dominava.

— Acreditam nas almas do outro mundo... prosseguiu Manoel. O caso é que nunca mais consegui dar-lhe destino. Pois olhe, seu compadre, aquelas terras são bem boas para a cana.

O cônego permanecia preocupado pela lembrança da tapera.

— Agora... acrescentou o outro, o melhor seria que ele se tivesse feito padre.

O cônego despertou.

— Padre?!

— Era a vontade do José...

— Ora, deixe-se disso! retrucou Diogo, levantando-se com ímpeto. Nós já temos por aí muito padre de cor!

— Mas, compadre, venha cá, não é isso...

— Ora o quê, homem de Deus! É só - ser padre! E no fim de contas estão se vendo, as duas por três superiores mais negros que as nossas cozinheiras! Então isto tem jeito?... O governo - E o cônego inchava as palavras - o governo devia até tomar uma medida séria a este respeito! Devia proibir aos cabras certos misteres!

— Mas, compadre...

— Que conheçam seu lugar!

E o cônego transformava-se ao calor daquela indignação.

— E então, parece já de pirraça, bradou, é nascer um moleque nas condições deste...

E mostrava a carta, esmurrando-a - pode contar-se logo com um homem inteligente! Deviam ser burros! Burros! Que só prestassem mesmo para nos servir! Malditos!

— Mas, compadre, você desta vez não tem razão...

— Ora o quê, homem de Deus! Não diga asneiras! Pois você queria ver sua filha confessada, casada, por um negro? Você queria, seu Manoel, que a Dona Anica beijasse a mão de um filho da Domingas? Se você viesse a ter netos, queria que eles apanhassem palmatoadas de um professor mais negro que esta batina? Ora, seu compadre, você às vezes até me parece tolo!

Manoel abaixou a cabeça, derrotado.

— Ora, ora, ora! Respingava o sacerdote, como as últimas gotas de um aguaceiro. E passeava vivamente em toda a extensão da saleta, atirando de uma para a outra mão o seu lenço fino de seda da Índia.— Ora! Ora, deixe-se disso, seu compadre! *Stultorum honor inglorius!...*

Nisto bateram à porta. Era o Dias com a correspondência do Sul.

— Dê cá.

A carta de Manoel pouco adiantava da outra.

— Mas afina! Que acha você, compadre?... disse ele, passando a carta ao cônego, depois de a ler.

— Que diabo posso achar?... A coisa está feita por si.. Deixe correr o barco! Você não disse uma vez que queria entrar em negócio com a fazenda do Cancela? Não há melhor ocasião — trate-a com o próprio dono... mesmo as casas de São Pantaleão convinham-lhe... olhe se ele as desse em conta, eu talvez ficasse com alguma.

— Mas o que eu digo, compadre, é se devo recebê-lo na qualidade de meu sobrinho...

— Sobrinho bastardo, está claro! Que diabo tem você com as cabeçadas de seu mano José?... Homessa!

— Mas, compadre, você acha que não me fica mal?...

— Mal por que, homem de Deus? Isso nada tem que ver com você...

— Lá isso é verdade. Ah! outra coisa! Devo hospedá-lo aqui em casa?

— É!... por um lado, devia ser assim... Todos sabem as obrigações que você deve ao defunto José e poderiam boquejar por aí, no caso que não hospedasse o filho... mas, por outro lado, meu amigo, não sei o que lhe diga!...

E depois de uma pausa em que o outro não falou:

— Homem, seu compadre, isto de meter rapazes em casa... é o diabo!

— De sorte que...

— *Omnem aditum malis prejudica!*

Manoel não compreendeu, porém acrescentou:

— Mas eu hospedo constantemente os meus fregueses do interior...

— Isso é muito diferente!

— E meus caixeiros? Não moram aqui comigo?...

— Sim! disse o cônego, impacientando-se, mas os pobres dos caixeiros são todos uns moscas-mortas, nós não sabemos a que nos saiu o tal doutor de Coimbra!... Homem, compadre, o melro vem de Paris, deve estar mitrado!...

— Talvez não...

— Sim, mas é mais natural que esteja!

E o cônego intumescia a papada com certo ar experimentado.

— Em todo caso... arriscou Manoel, é por pouco tempo... Talvez coisa de um mês...

E, sopeando a voz, discretamente, com medo: Além disso... não me convinha desagradar o rapaz... Sim! Tenho de entrar em negócio com ele, e... isto cá para nós... seria uma fineza, que me ficava a dever... porque enfim... você sabe que...

— Ah! interrompeu o cônego, tomando uma nova atitude. Isso é outro cantar!... Por aí é que você devia ter principiado!

— Sim, tornou Manoel, com mais ânimo. Você bem sabe que não tenho obrigação de estar a moer-me com o nhonhô Mundico... e, se bem que...

— Pchio!... fez o padre, cortando a conversa, e disse: - Hóspede o homem!

E saiu da saleta, revestindo logo o seu pachorrento e estudado ar de santarrão.

Ao chegarem à varanda, Ana Rosa, já em trajes de passeio, os esperava para sair toda debruçada no parapeito da janela e derramando sobre o Bacanga um olhar mole e cheio de incertezas.

— Então, sempre te resolveste, minha caprichosa?... disse o pai.

E contemplava a filha, com um risinho de orgulho. Ela estava realmente boa com o seu vestido muito alvo de fustão, alegre, todo cheirando aos jasmins da gaveta: com o seu chapéu de palhinha de Itália emoldurando o rosto oval, fresco e bem feito; com o seu cabelo castanho, farto e sedoso, que aparecia em bandós no alto da cabeça e reaparecia no pescoço enrodilhado despretensiosamente.

— Tinha dito que não ias...

— Vá se vestir, papai.

E assentou-se.

— Lá vou! Lá vou!

Manoel bateu no ombro do cônego:

— Meto-lhe inveja, hein, compadre?.. Olhe como o diacho da pequena está faceira, não é?

— *Ne insultes miseris!*

— Quê?... interjeicionou o negociante, olhando para o relógio da varanda. Quatro e meia! E eu que ainda tinha de ir hoje tratar do despacho de um açúcar!...

E foi entrando apressado no quarto, a gritar para o Benedito "que lhe levasse água morna para banhar o rosto".

O cônego assentou-se defronte de Ana Rosa.

— Então onde é hoje o passeio minha rica afilhada?

— À casa do Freitas. Não se lembra? Lindoca faz anos hoje.

— Cáspite! Temos então peru de forno!..

— Papai fica para o jantar... vossemecê não vai dindinho?

— Talvez apareça à noite... Com certeza há dança...

— Hum-hum... mas creio que o Freitas conta com uma surpresa da Filarmônica.. disse Ana Rosa, entretida a endireitar os folhos de seu vestido com a biqueira da sombrinha.

Nisto, ouviram-se bater embaixo as portas do armazém, que se fechavam com grande ruído de fechaduras, e logo em seguida o som pesado de passos repetidos na escada. Eram os caixeiros que subiam para jantar.

Entrou primeiro na varanda o Bento Cordeiro. Português dos seus trinta e tantos anos, arruivado, feio, de bigode e barba a cavanhaque. Gabava-se de grande prática de balcão chamavam-lhe "Um alho". Para aviar encomendas do interior não havia outro! Cordeiro "metia no bolso o capurreiro mais sabido".

Dos empregados da casa era o mais antigo; nunca, porém, lograra ter interesse na sociedade, continuava sempre de fora e tinha por isso um ódio surdo ao patrão; ódio, que o patife disfarçava por um constante sorriso de boa vontade. Mas o seu maior defeito, o que deveras depunha contra ele aos olhos das - raposas - do comércio; o que explicava na Praça a sua não entrada na sociedade da casa em que trabalhava havia tanto tempo, era sem dúvida a sua queda para o vinho. Aos domingos metia-se na tiorga e ficava de todo insuportável.

Bento atravessou silencioso a varanda, cortejando com afetada humildade o cônego e Ana Rosa, e seguiu logo para o mirante, onde moravam todos os caixeiros da casa.

O segundo a passar foi Gustavo de Vila Rica; simpático e bonito mocetão de dezesseis anos, com as suas soberbas cores portuguesas, que o clima do Maranhão ainda não tinha conseguido destruir. Estava sempre de bom humor; lisonjeava-se de um apetite inquebrantável e de nunca haver ficado de cama no Brasil. Em casa, todavia, ganhara fama de extravagante; é que mandava fazer fatos de casimira à moda, para passear aos domingos e para ir aos bailes familiares de contribuição, e queimava charutos de dois vinténs. O grande defeito deste era uma assinatura no Gabinete Português, o que levava a boa gente do comércio a dizer "que ele era um grande biltre, um peralta, que estava sempre procurando o que ler!".

O Bento Cordeiro bradava-lhe às vezes, furioso:

— Com os diabos! O patrão já lhe tem dado a entender que não gosta de caixeiros amigos de gazeta?.. Se você quer ser letrado, vá pra Coimbra, seu burro!

Gustavo ouvia constantemente destas e de outras amabilidades, mas, que fazer? Precisava ganhar a vida!... O outro era caixeiro mais antigo na casa... Conformava-se, sem respingar, e em certas ocasiões até satisfeito, graças ao seu bom humor.

Ao passar pela varanda foi menos brusco no seu cumprimento à filha do patrão; chegou mesmo a parar, sorrir, e dizer, inclinando a cabeça: "Minha senhora!..."

O cônego teve uma risota.

— Que mitra!... julgou com os seus botões.

Em seguida, atravessou a varanda, muito apressado, com as mãos escondidas nas enormes mangas de um jaquetão, cuja gola subia ate à nuca, uma criança de uns dez anos de idade. Tinha o cabelo à escovinha; os sapatos grandemente desproporcionados; calças de zuarte dobradas na bainha; olhos espantados; gestos desconfiados, e um certo movimento rápido de esconder a cabeça nos ombros, que lhe traía o hábito de levar pescoções.

Este era em tudo mais novo que os outros - em idade, na casa, e no Brasil. Chegara havia coisa de seis meses da sua aldeia no Porto; dizia chamar-se Manoelzinho e tinha sempre os olhos vermelhos de chorar à noite com saudades da mãe e da terra.

Por ser o mais novo na casa varria o armazém, limpava as balanças e burnia os pesos de latão. Todos lhe batiam sem responsabilidade, não tinha a quem se queixar. Divertiam-se à custa dele; riam-se com repugnância das suas orelhas cheias de cera escura.

Desfeiava-lhe a testa uma grande cicatriz; foi de um trambolhão que levou na primeira noite em que lhe deram uma rede para dormir. O pobre desterradozinho, que não sabia haver-se com semelhante engenhoca, caiu na asneira de meter primeiro os pés, e zás! Lá foi por cima de uma caixa de pinho de um dos companheiros. Desde esse dia ficou conhecido em casa pela alcunha de "Salta-chão". Punham-lhe nomes feios e chamavam-lhe "ó coisa! - ó maroto! - ó bisca!" tudo servia para o chamarem, menos o seu verdadeiro nome.

Ia atravessando a varanda, como um bicho assustado, quase a correr. O cônego gritou por ele:

— Ó pequeno? Anda cá!

Manoelzinho voltou, confuso, coçando a nuca, muito contrariado, sem levantar os olhos.

Ana Rosa teve um olhar de piedade.

— Então que é isso? disse o cônego. Parece-me um bicho do mato! Fala direito com a gente, rapaz! Levanta essa cachimônia!

E, com a sua mão branca e fina, suspendeu-lhe pelo queixo a cabeça, que Manoelzinho insistia em ter baixa.

— Este ainda está muito peludo!... acrescentou. E perguntou-lhe depois uma porção de coisas: "Se tinha vontade de enriquecer; se não sonhava já com uma comenda; se tinha visto o pássaro guariba; se encontrara a árvore das patacas." O pequeno mastigava respostas inarticuladas, com um sorriso aflito...

— Como te chamas?

Ele não respondeu.

— Então não respondes?... Com certeza és Manoel!

O portuguesinho meneou a cabeça afirmativamente, e apertou a boca, para conter o riso que procurava uma válvula.

— Então é com a cabeça que se responde? Tu não sabes falar, mariola?

E, voltando-se para Ana Rosa:

— Isto é um sonso, minha afilhada! Olhe em que estado ele traz as orelhas! Se tens a alma como tens o corpo, podes dá-la ao diabo! Tu já te confessaste aqui, maroto?

Manoelzinho, não podendo já suster os beiços, abriu a boca e, com a força de uma caldeira, soprou o riso que a tanto custo refreava.

— Olha que estás a cuspir-me, ó patife! gritou o cônego. Bom, bom! Vai-te! Vai-te!

Repeliu-o e limpou a batina com o lenço.

Ana Rosa então correu os dedos pela cabeça do menino e puxou-o para si. Arregaçou-lhe as mangas da jaqueta e revistou-lhe as unhas. Estavam crescidas e sujas.

— Ah! censurou ela, você também não é tão pequeno, que se desculpe isto!...

E, tirando do seu indispensável uma tesourinha, começou, com grande surpresa do caixeiro e até do cônego, a limpar as unhas da criança, dizendo ao outro, baixinho:

— Não sei como há mães que se separam de filhos desta idade... Também, coitados! Devem amargar muito!...

A sua voz tinha já completa solicitude de amor materno.

O cônego levantou-se e foi encostar-se ao parapeito da varanda, enquanto Ana Rosa, que continuava a cortar as unhas do menino, ia em segredo perguntando a este se não tinha saudades da sua terra e se não chorava ao lembrar-se da mãe.

Manoelzinho estava pasmado. Era a primeira vez que no Brasil lhe falavam com aquela ternura. Levantou a cabeça e encarou Ana Rosa; ele, que tinha sempre o olhar baixo e terrestre, procurou, sem vacilar, os olhos da rapariga e fitou-os, cheio de confiança, sentindo por ela um súbito respeito, uma espécie de adoração inesperada. Afigurava-se extraordinário ao pobrezito desprezado de todos que aquela senhora brasileira, tão limpa, tão bem vestida, tão perfumada e com as mãos tão macias, estivesse ali a cortar-lhe e assear-lhe as unhas.

A princípio foi isto para ele um sacrifício horrível, um suplício insuportável. Desejava, de si para si, ver terminada aquela cena incômoda; queria fugir daquela posição difícil; resfolegava, sem ousar mexer com a cabeça, olhando para os lados, de esguelha, como a procura de uma saída, de algum lugar onde se escondesse ou de qualquer pretexto que o arrancasse dali.

Sentia-se mal com aquilo, que dúvida! Não se animava a respirar livremente, receoso de fazer notar o seu hálito pela senhora; já lhe doíam as juntas do corpo, tal era a sua imobilidade contrafeita; não mexia sequer com um dedo. Depois do primeiro minuto de sacrifício, o suor começou logo a correr-lhe em bagas da cabeça pela gola do jaquetão, e o pequeno teve verdadeiros calafrios; mas quando Ana Rosa lhe falou da pátria e da mãe, com aquela penetrante meiguice que só as próprias mães sabem fazer, as lágrimas rebentaram-lhe dos olhos e desceram-lhe em silêncio pela cara.

Pois se era a primeira vez que no Brasil lhe falavam dessas coisas!...

O cônego assistia a tudo isto, calado, rufando sobre a sua tabaqueira de ouro as unhas burnidas a cinza de charuto e a sorrir como um bom velho. E, enquanto Ana Rosa, de cabeça baixa, toda desvelos, tratava do desgraçadinho, provocando-lhe as lágrimas e contendo as próprias, sabe Deus como! Passava o Dias pelo fundo da varanda, sem ser sentido, o andar de gato, levando no coração uma grande raiva, só pelo fato de ver a filha do patrão acarinhando o outro.

Ralava-o aquela caridade. "Ele nunca tivera quem lhe cortasse as unhas!..." Amorfinava-o ver a Sra. D. Ana Rosa às voltas com semelhante bisca. "Punha a perder de todo a peste do pequeno! — Ora para que lhe havia de dar!... Embonecar o súcio! Queria-o com certeza para seu chichisbéu! Contava já com ele para levar-lhe as cartas do desaforo e trazer-lhe os presentinhos de flores e os recados dos pelintras!... Ah! mas ele, o Dias, ali estava para lhes cortar as vazas!"

O Dias, que completava o pessoal da casa de Manoel Pescada, era um tipo fechado como um ovo, um ovo choco que mal denuncia na casca a podridão interior. Todavia, nas cores biliosas do rosto, no desprezo do próprio corpo, na taciturnidade paciente daquela exagerada economia, adivinhava-se-lhe uma idéia fixa, um alvo, para o qual caminhava o acrobata, sem olhar dos lados, preocupado, nem que se equilibrasse sobre uma corda tesa. Não desdenhava qualquer meio para chegar mais depressa aos fins; aceitava, sem examinar, qualquer caminho, desde que lhe parecesse mais curto; tudo servia, tudo era bom, contanto que o levasse mais rapidamente ao ponto desejado. Lama ou brasa - havia de passar por cima; havia de chegar ao alvo - enriquecer.

Quanto à figura, repugnante: magro e macilento, um tanto baixo, um tanto curvado, pouca barba, testa curta e olhos fundos. O uso constante dos chinelos de trança fizera-lhe os pés monstruosos e chatos; quando ele andava, lançava-os desairosamente para os lados, como o movimento dos palmípedes nadando. Aborrecia-o o charuto, o passeio, o teatro e as reuniões em que fosse necessário despender alguma coisa; quando estava perto da gente sentia-se logo um cheiro azedo de roupas sujas.

Ana Rosa não podia conceber como uma mulher de certa ordem pudesse suportar semelhante porco. "Enfim, resumia ela, quando, conversando com amigas, queria dar-lhes uma idéia justa do que era o Dias - sempre há um homem que não tem coragem de comprar uma escova de dentes!" As amigas respondiam "Iche!" Mas em geral tinham-no na conta de moço benfazejo e de conduta exemplar.

À noite só deixava a porta do patrão nos sábados, para ir ao peixe frito em casa de uma mulata gorda que morava com duas filhas lá para os confins da

Rua das Crioulas. Ia sempre sozinho. "Nada de troças!"

— Não tenho amigos... dizia ele constantemente, tenho apenas alguns conhecidos...

Nesses passeios levava às vezes uma garrafa de vinho do Porto ou uma lata de marmelada, e chamava a isso "fazer as suas extravagâncias". A mulata votava-lhe grande admiração e punha nele muita confiança: dava-lhe a guardar "os seus ouros" e as suas economias. Além desta, ninguém lhe conhecia outra relação particular; uma bela manhã, porém, o "exemplar moço" aparecera incomodado e pedira ao patrão que lhe deixasse ficar aquele dia no quarto. Manoel, todo solícito pelo seu bom empregado, mandou-lhe lá o médico.

— Então, que tinha o rapaz?

— Aquilo é mais porcaria que outra coisa, respondeu o facultativo, franzindo o nariz; mas receitou, recomendando banhos momos. "Banhos! De banhos principalmente é que ele precisava!"

— Olhe lá, meu amigo, que o asseio também faz parte do tratamento!

E acabou provando que a limpeza não era menos necessária ao corpo do que a alimentação, principalmente em um clima daqueles em que um homem está sempre a transpirar.

Manoel foi à noite ao quarto do caixeiro. Falou-lhe com brandura paternal; lamentou-o com palavras amigáveis, e desatou um protesto, em forma de sermão contra o clima e os costumes do Brasil.

— Uma terrinha com que é preciso cuidado! Perigosa! Perigosa! dizia ele. Aqui a gente tem a vida por um fio de cabelo!

Tratou depois, com entusiasmo, de Portugal; lembrou as boas comezainas portuguesas: "As caldeiradas d'eirozes, a orelheira de porco com feijão-branco, a acorda, o caldo gordo, o famoso bacalhau do Algarve!"

— Ai! O pescado! suspirou o Dias, saudoso pela terra. Que rico pitéu!

— E os nossos figos de comadre, e as nossas castanhas assadas, e o vinho verde?

Dias escutava com água na boca.

— Ai! A terra!...

O patrão falou-lhe também das comodidades, dos ares, das frutas e por fim dos divertimentos de Lisboa, terminando por contar fatos de moléstia; casos idênticos ao do Dias; transportou-se rindo ao seu tempo de rapaz, e, já de pé, pronto para sair, bateu-lhe no ombro, carinhosamente:

— Você, homem, o que devia era casar!...

E jurou-lhe que o casamento lhe estava mesmo calhando. "O Dias, com aquele gênio e com aquele método, dava por força um bom marido!... Que se casasse, e havia de ver se não teria outra importância!..."

— Olhe! concluiu, digo-lhe agora como o doutor "Banhos! Banhos, meu amigo" mas que sejam de igreja, compreende?

E, rindo com a própria pilhéria e todo cheio de sorrisos de boa intenção, saiu do quarto na ponta dos pés, cautelosamente, para que os outros caixeiros, a quem ele não dava a honra de uma visita daquelas, não lhe ouvissem as pisadas.

Quando Ana Rosa acabou de cortar as unhas de Manoelzinho, deu-lhe de conselho que estudasse alguma coisa; prometeu que arranjaria com o pai metê-lo em uma aula noturna de primeiras letras, e recomendou-lhe que todos os dias de manhã tomasse o seu banho debaixo da bomba do poço.

— Faça isso, que serei por você, rematou a moça, afastando-o com uma ligeira palmada na cabeça.

O menino retirou-se, muito comovido, para o andar de cima, mas o Dias, de pé, no tope da escada, esperava por ele, furioso.

— Que estava fazendo, seu traste?

— Nada, respondeu a criança, a tremer. Fora a senhora que o chamara!...

Dias, com um murro, explicou que o maroto não podia pôr-se de palestra na varanda, em vez de cuidar das obrigações.

— E se me constar, acrescentou, cada vez mais zangado, que você me toma a ir com lamúrias para o lado de D. Anica, comigo se tem de haver, Seu mariola! Vai tudo aos ouvidos do patrão!

Manoelzinho arredou-se dali, convencido de que havia praticado uma tremenda falta; no íntimo, porém, ia muito satisfeito com a idéia de que já não estava tão desamparado, e sentindo renascer-lhe, na obscura mágoa do seu desterro, um desejo alegre de continuar a viver.

A reunião em casa do Freitas esteve animada. Houve violão, cantoria, muita dança. Chegaram a deitar chorado da Bahia.

Mas, pela volta da meia-noite, Ana Rosa, depois de uma valsa, fora acometida de um ataque de nervos. Era o terceiro que lhe dava assim, sem mais nem menos.

Felizmente o médico, chamado a toda a pressa, afiançou que aquilo não valia nada. "Distrações e bom passadio!" receitou ele, e, ao despedir-se de Manoel, segredou-lhe sorrindo:

— Se quiser dar saúde a sua filha, trate de casá-la...

— Mas o que tem ela, doutor?...

— Ora o que tem! Tem vinte anos! Está na idade de fazer o ninho! Mas, enquanto não chega o casamento, ela que vá dando os seus passeios a pé. Banhos frios, exercícios, bom passadio e distrações! Percebe?

Manoel, na sua ignorância, imaginou que a filha alimentava ocultamente algum amor mal correspondido. Sacudiu os ombros. "Não era então coisa de cuidado." E, em cumprimento às ordens do médico, inaugurou com a enferma longos passeios pela fresca da madrugada.

Daí a dias, o cônego Diogo, contra a todos os seus hábitos, procurava o compadre às sete horas da manhã.

Atravessou o armazém, apressado como quem traz grande novidade, e, mal chegou ao negociante, foi lhe dizendo em tom misterioso:

— Sabe? Faz sinal de aparecer, e é o Cruzeiro...

Manoel largou logo de mão o serviço que fazia, subiu à varanda, deu as suas providências para receber um hóspede, e em seguida ganhou a rua com o amigo.

Eles a saírem de casa e a fortaleza de São Marcos a salvar, anunciando com um tiro, a entrada de paquete brasileiro.

Os dois tomaram um escaler e foram a bordo.

III

Daí a pouco, entre as vistas interrogadoras dos curiosos, atravessou a Praça do Comércio um rapaz bem parecido, que ia acompanhado pelo cônego Diogo e por Manoel.

A novidade foi logo comentada. Os portugueses vinham, com as suas grandes barrigas, às portas dos armazéns de secos e molhados; os barraqueiros espiavam por cima dos óculos de tartaruga: os pretos cangueiros paravam para "mirar o cara-nova". O Perua-gorda, em mangas de camisa, como quase todos os outros, acudiu logo à rua:

— Quem será esse gajo, ó coisa? perguntou ele ruidosamente a um súcio que passava na ocasião.

— Algum parente ou recomendado do Manoel Pescada. Veio do Sul.

— Ó aquele! Sabes quem é o lanceiro que vai com o Pescada?

— Não sei, homem, mas é um rapagão!

Manoel apresentou o sobrinho a vários grupos. Houve sorrisos de delicadezas e grandes apertos de mão.

— É o filho de um mano do Pescada... diziam depois. Conhecemos-lhe muito a vida! Chama-se Raimundo. Estava nos estudos.

— Vem estabelecer-se aqui? indagou o José Buxo.

— Não, creio que vem montar uma companhia...

Outros afiançavam que Raimundo era sócio capitalista da casa de Manoel. Discutiam-lhe a roupa, o modo de andar, a cor e os cabelos. O Luisinho Língua de Prata afirmava que ele "tinha casta".

Entretanto os três subiam a Rua da Estrela.

Chegados à casa, onde já havia pronto um quarto para o Sr. Dr. Raimundo José da Silva, o cônego e Manuel desfizeram-se em delicadezas com o rapaz.

— Benedito! Vê cerveja! Ou prefere conhaque, doutor?... Olha moleque, prepara guaraná! Doutor, venha antes para este lado que está mais fresco... não faça cerimônias! Vá entrando! vá entrando para a varanda! O senhor está em sua casa!...

Raimundo queixava-se do calor.

— Está horrível! dizia ele, a limpar o rosto com o lenço. Nunca suei tanto!

— O melhor então é recolher-se um pouco e ficar à vontade. Pode mudar de roupa, arejar-se. A bagagem não tarda aí. Olhe, doutor, entre, entre e veja se fica bem aqui!

Os três penetraram no quarto destinado ao hóspede.

— O senhor, disse Manoel, tem aqui janelas para a rua e para o quintal. Ponha-se a gosto. Se precisar qualquer coisa, é só chamar pelo Benedito. Nada de cerimônias!

Raimundo agradeceu muito penhorado.

— Mandei dar-lhe cama, acrescentou o negociante, porque o senhor naturalmente não está afeito à rede, no entanto se quiser...

— Não, não, muito obrigado. Está tudo muito bom. O que desejo é repousar um pouco justamente. Ainda tenho a cabeça a andar à roda.

— Pois então descanse, descanse, para depois almoçar com mais apetite... Até logo.

E Manoel e mais o compadre afastaram-se, cheios de cortesia e sorrisos de afabilidade.

Raimundo tinha vinte e seis anos e seria um tipo acabado de brasileiro, se não foram os grandes olhos azuis, que puxara do pai. Cabelos muito pretos, lustrosos e crespos; tez morena e amulatada, mas fina; dentes claros que reluziam sob a negrura do bigode; estatura alta e elegante; pescoço largo, nariz direito e fronte espaçosa. A parte mais característica da sua fisionomia eram os olhos - grandes, ramalhudos, cheios de sombras azuis; pestanas eriçadas e negras, pálpebras de um roxo vaporoso e úmido; as sobrancelhas, muito desenhadas no rosto, como a nanquim, faziam sobressair a frescura da epiderme, que, no lugar da barba raspada, lembrava os tons suaves e transparentes de uma aquarela sobre papel de arroz.

Tinha os gestos bem educados, sóbrios, despidos de pretensão; falava em voz baixa, distintamente sem armar ao efeito; vestia-se com seriedade e bom gosto; amava as artes, as ciências, a literatura e, um pouco menos, a política.

Em toda a sua vida, sempre longe da pátria, entre povos diversos, cheia de impressões diferentes tomada de preocupações de estudos, jamais conseguira chegar a uma dedução lógica e satisfatória a respeito da sua procedência. Não sabia ao certo quais eram as circunstâncias em que viera ao mundo; não sabia a quem devia agradecer a vida e os bens de que dispunha. Lembrava-se, no entanto, de haver saído em pequeno do Brasil e podia jurar que nunca lhe faltara o necessário e até o supérfluo. Em Lisboa tinha ordem franca.

Mas quem vinha a ser essa pessoa encarregada de acompanhá-lo de tão longe?... Seu tutor, com certeza, ou coisa que o valha, ou talvez seu próprio tio, pois, quanto ao pai, sabia Raimundo que já o não tinha quando foi para Lisboa. Não porque chegasse a conhecê-lo, nem porque se recordasse de ter ouvido de alguém o doce nome de filho, mas sabia-o por intermédio do seu correspondente e pelo que deduzia de algumas vagas reminiscências da meninice.

"Sua mãe, porém, quem seria?..." Talvez alguma senhora culpada e receosa de patentear a sua vergonha!... "Seria boa? Seria virtuosa?..."

Raimundo perdia-se em conjeturas e, malgrado o seu desprendimento pelo passado, sentia alguma coisa atraí-lo irresistivelmente para a pátria. "Quem sabia se aí não descobriria a ponta do enigma?... Ele, que sempre vivera órfão de afeições legítimas e duradouras, como então seria feliz!... Ah, se chegasse a saber quem era sua mãe, perdoar-lhe-ia tudo, tudo!"

O quinhão de ternura, que a ela pertencia, estava intacto no coração do filho. Era preciso entregá-lo a alguém! Era preciso desvendar as circunstâncias que determinaram o seu nascimento!

"Mas, no fim de contas, refletia Raimundo em um retrocesso natural de impressões, que diabo tinha ele com tudo isso, se até aí, na ignorância desses fatos, vivera estimado e feliz!... Não foi decerto para semelhante coisa que viera à província! Por conseguinte, era liquidar os seus negócios, vender os seus bens e - por aqui é o caminho! O Rio de Janeiro lá estava à sua espera!

"Abriria, ao chegar lá, o seu escritório, e, ao lado da mulher com quem casasse e dos filhos que viesse a ter, nem sequer havia de lembrar-se do passado!

"Sim, que mais poderia desejar melhor?... Concluíra os estudos; viajara muito, tinha saúde, possuía alguns bens de fortuna. - Era caminhar pra frente e deixar em paz o tal - passado! - O passado, passado! Ora, adeus!"

E, chegando a esta conclusão, sentia-se feliz, independente, seguro contra as misérias da vida, cheio de confiança no futuro. "E por que não havia de fazer carreira? Ninguém podia ter melhores intenções do que ele?... Não era um vadio, nem homem de maus instintos; aspirava ao casamento, à estabilidade; queria, no remanso de sua casa, entregar-se ao trabalho sério, tirar partido do que estudara, do que aprendera na Alemanha, na França, na Suíça e nos Estados Unidos. Faltava-lhe apenas vir ao Maranhão e liquidar os seus negócios. - Pois bem! cá estava - era aviar e pôr-se de novo a caminho!"

Foi com estas idéias que ele chegou à cidade de São Luís. E agora, na restauradora liberdade do quarto, depois de um banho tépido, o corpo ainda meio quebrado da viagem, o charuto entre os dedos, sentia-se perfeitamente feliz, satisfeito com a sua sorte e com a sua consciência

— Ah! bocejou, fechando os olhos. É liquidar os negócios e pôr-me ao fresco!...

E, com um novo bocejo, deixou cair ao chão o charuto, e adormeceu tranqüilamente.

No entanto, a história de Raimundo, a história que ele ignorava, era sabida por quantos conheceram os seus parentes no Maranhão.

Nasceu numa fazenda de escravos na Vila do Rosário, muitos anos depois que seu pai, José Pedro da Silva, aí se refugiara, corrido do Pará ao grito de "Mata bicudo!" nas revoltas de 1831.

José da Silva havia enriquecido no contrabando dos negros da África e fora sempre mais ou menos perseguido e malquisto pelo povo do Pará; até que, um belo dia, se levantou contra ele a própria escravatura, que o teria exterminado, se uma das suas escravas mais moças por nome Domingas, não o prevenisse a tempo. Logrou passar incólume ao Maranhão, não sem pena de abandonar seus haveres e risco de cair em novos ódios, que esta província, como vizinha e tributária do comércio da outra, sustentava instigada pelo Farol contra os brasileiros adotivos e contra os portugueses. Todavia, conseguiu sempre salvar algum ouro; metal que naquele bom tempo corria abundante por todo o Brasil e que mais tarde a Guerra do Paraguai tinha de transformar em condecorações e fumaça.

A fuga fizeram eles, senhor e escrava, a pé por maus caminhos, atravessando os sertões. Ainda não existia a companhia de vapores e os transportes marítimos dependiam então de vagarosas barcas, a vela e remo e, às vezes, puxadas a corda, nos igarapés. Foram dar com os ossos no Rosário. O contrabandista arranjou-se o melhor que pôde com a escrava que lhe restava, e, mais tarde, no lugar denominado São Brás, veio a comprar uma fazendola, onde cultivou café, algodão, tabaco e arroz.

Depois de vários abortos, Domingas deu à luz um filho de José da Silva. Chamou-se o vigário da freguesia e, no ato do batismo da criança, esta, como a mãe, receberam solenemente a carta de alforria.

Essa criança era Raimundo.

Na capital, entretanto, acalmavam-se os ânimos. José prosperou rapidamente no Rosário; cercou a amante e o filho de cuidados; relacionou-se com a vizinhança, criou amizades, e, no fim de pouco tempo, recebia em casamento a Sra. D. Quitéria Inocência de Freitas Santiago, viúva, brasileira rica, de muita religião e escrúpulos de sangue, e para quem um escravo não era um homem, e o fato de não ser branco, constituía só por si um crime.

Foi uma fera! Às suas mãos, ou por ordem dela, vários escravos sucumbiram ao relho, ao tronco, à fome, à sede e ao ferro em brasa. Mas nunca deixou de ser devota, cheia de superstições; tinha uma capela na fazenda, onde a escravatura, todas as noites, com as mãos inchadas pelos bolos, ou as costas lanhadas pelo chicote, entoava súplicas à Virgem Santíssima, mãe dos infelizes.

Ao lado da capela o cemitério das suas vítimas.

Casara com José da Silva por dois motivos simplesmente: porque precisava de um homem, e ali não havia muito onde escolher, e porque lhe diziam que os portugueses são brancos de primeira água.

Nunca tivera filhos. Um dia reparou que o marido, a título de padrinho, distinguia com certa ternura, o crioulo da Domingas e declarou logo que não admitia, nem mais um instante, aquele moleque na fazenda.

— Seu negreiro! gritava ela ao marido, fula de raiva. Você pensa que lhe deixarei criar, em minha companhia, os filhos que você tem das negras?... Era só também o que faltava! Não trate de despachar-me, quanto antes, o moleque, que serei eu quem o despacha, mas há de ser para ali, para junto da capela!

José, que sabia perfeitamente de quanto ela era capaz, correu logo à vila para dar as providências necessárias à segurança do filho. Mas, ao voltar à fazenda, gritos horrorosos atraíram-no ao rancho dos pretos, entrou descoroçoado e viu o seguinte:

Estendida por terra, com os pés no tronco, cabeça raspada e mãos amarradas para trás, permanecia Domingas, completamente nua e com as partes genitais queimadas a ferro em brasa. Ao lado, o filhinho de três anos gritava como um possesso, tentando abraçá-la, e, de cada vez que ele se aproximava da mãe, dois negros, à ordem de Quitéria, desviavam o relho das costas da escrava para dardejá-lo contra a criança. A megera, de pé, horrível, bêbada de cólera, ria-se, praguejava obscenidades, uivando nos espasmos flagrantes da cólera. Domingas, quase morta, gemia, estorcendo-se no chão. O desarranjo de suas palavras e dos seus gestos denunciava já sintomas de loucura.

O pai de Raimundo, no primeiro assomo de indignação, tão furioso acometeu sobre a esposa, que a fez cair. Em seguida, ordenou que recolhessem Domingas à casa dos brancos e que lhe prodigalizassem todos os cuidados.

Quitéria, a conselho do vigário do lugar, um padre ainda moço, chamado Diogo, o mesmo que batizara Raimundo, fugiu nessa noite para a fazenda de sua mãe, D. Úrsula Santiago, a meia légua dali.

O vigário era muito da casa das Santiago; dizia-se até aparentado com elas. O caso é que foi na qualidade de confessor, parente e amigo, que ele acompanhou Quitéria.

José da Silva, por esse tempo, chegava à cidade de São Luís com o filho. Procurou seu irmão mais moço, o Manoel Pedro, e entregou-lhe o pequeno, que ficaria sob as vistas do tio até ter idade para matricular-se num colégio de Lisboa.

Feito isso, tornou de novo para a sua roça. "Agora contava viver mais descansado; era natural que a mulher se deixasse ficar em casa da mãe." Ao chegar lá, sabendo que não o esperavam essa noite e como visse luz no quarto da esposa, apeou-se em distância e, para não se encontrar com ela, guardou o cavalo e entrou silenciosamente na fazenda.

Os cães conheceram-no pelo faro e apenas rosnaram. Mas, na ocasião em que ele passava de fronte do quarto de Quitéria, ouviu aí sussurros de vozes que conversavam. Aproximou-se levado pela curiosidade e encostou o ouvido à porta. Reconheceu logo a voz da mulher.

"Mas, com quem diabo ela conversaria àquela hora?..."

Conteve a impaciência e esperou de ouvido alerta.

"Não havia dúvida! - a outra voz era de um homem!..."

Sem esperar mais nada, meteu ombros à porta e, precipitou-se dentro do quarto, atirando-se com fúria sobre a esposa, que perdera logo os sentidos.

O padre Diogo, pois era dele a outra voz, não tivera tempo de fugir e caíra, trêmulo, aos pés de José. Quando este largou das mãos a traidora, para se apossar do outro, reparou que a tinha estrangulado. Ficou perplexo e tolhido de assombro.

Houve então um silêncio ansioso. Ouvia-se o resfolegar dos dois homens. A situação dificultava-se; mas o vigário, recuperando o sangue-frio, ergueu-se, concertou as roupas e, apontando para o corpo da amante, disse com firmeza:

— Matou-a! Você é um criminoso!

— Cachorro! E tu?! Tu serás porventura menos criminoso do que eu?

— Perante as leis, decerto! Porque você nunca poderá provar a minha suposta culpa e, se tentasse fazê-lo, a vergonha do fato recairia toda sobre a sua própria cabeça, ao passo que eu, além do crime de injúria consumado na minha sagrada pessoa, sou testemunha do assassínio desta minha infeliz e inocente confessada, assassínio que facilmente documentarei com o corpo de delito que aqui está!

E mostrava a marca das mãos de José na garganta do cadáver.

O assassino ficou aterrado e abaixou a cabeça.

— Vamos lá!... disse o padre afinal, sorrindo e batendo no ombro do português. Tudo neste mundo se pode arranjar, com a divina ajuda de Deus... Só para a morte não há remédio! Se quiser, a defunta será sepultada com todas as formalidades civis e religiosas...

E, dando à voz um cunho particular de autoridade: - Apenas pelo meu silêncio sobre o crime, exijo em troca o seu para a minha culpa... Aceita?

José saiu do quarto, cego de cólera, de vergonha e de remorso.

— Que vida a sua! exclamava. Que vida, santo Deus!

O padre cumpriu a promessa; o cadáver enterrou-se na capela de São Brás, ao lado das suas vítimas; e todos os do lugar, até mesmo os de casa, atribuíram a morte de Quitéria ao espírito maligno que se lhe havia metido no corpo.

O vigário confirmava esses boatos e continuava a pastorar tranqüilamente o seu rebanho, sempre tido por homem de muita saudade e de grandes virtudes teologais. Os devotos continuaram a trazer-lhe, de muitas léguas de distância, os melhores bácoros, galinhas e perus dos seus cercados.

Em breve, as coisas voltavam todas aos eixos: José entregou a fazenda a Domingas e mais três pretos velhos, que alforriou logo, e, acompanhado pelo resto da escravatura, seguiu para a cidade de São Luís, no propósito de liquidar seus bens e recolher-se à pátria com o filho.

A mãe de Raimundo conseguiu enfim descansar. São Brás criou a sua lenda e foi aos poucos ganhando fama de amaldiçoada. Entretanto, o pequeno, quando chegou à casa do tio na capital, estava, como facilmente se pode julgar, com a pele sobre os ossos. A falta de cuidados espalhara-lhe na carinha opada em uma expressão triste de moléstia; quase que não conseguia abrir os olhos. Todo ele era mau trato e fraqueza; tinha o estômago muito sujo, a língua saburrenta, o corpo a finar-se de reumatismo e tosse convulsa, o sangue predisposto à anemia escrofulosa. Apesar do instinto materno, que a tudo resiste e vence, a pobre escrava não podia olhar nunca pelo filho: lá estava Quitéria para desviá-la dele, para cortar-lhe as carícias a chicote; tanto assim, que, quando José lhe anunciou que Raimundo ia para a casa do tio na cidade, a infeliz abençoou com lágrimas desesperadas aquela separação.

Todavia, o desgraçadinho foi encontrar em Mariana, cunhada de seu pai, a mais carinhosa e terna das protetoras. A boa senhora, como sabia que o marido o pouco que tinha devia à generosidade do irmão, julgou-se logo obrigada a servir de mãe ao filho deste. Ana Rosa, único fruto do seu casamento, ainda não era nascida nesse tempo, de sorte que as premissas da sua maternidade pertenceram ao pupilo.

Dentro em pouco, no agasalho carinhoso daquelas asas de mãe, Raimundo, de feio que era, tornou-se uma criança forte, sã e bonita.

Foi então que Ana Rosa veio ao mundo; a princípio muito fraquinha e quase sem dar acordo de si. Manoel andava aflito, com medo de perdê-la. Que luta, os três primeiros meses de sua vida! Parecia morrer a todo instante, coitadinha! Ninguém dormia na casa; o negociante chorava como um perdido, enquanto a mulher fazia promessas aos santos da sua devoção.

Era por isso que a menina, mais tarde, se recordava agradavelmente de ter feito o anjo da verônica nas procissões da quaresma.

E ao lado de Mariana, que noite e dia velava o berço da filhinha enferma, estava Mundico, o outro filho, que este também a chamava de mãe e já se não lembrava da verdadeira, da preta que o trouxera nas entranhas.

A menina salvou-se, graças aos bons serviços de um médico, que chegara havia pouco da universidade de Montpellier, Dr. Jauffret, e, a partir daí Manoel não quis saber de outro facultativo em sua casa.

Por essa época, mais ou menos, chegava do Rosário a notícia de haver D. Quitéria sucumbido a uma congestão cerebral.

— Deu-lhe de repente! explicava o correio, com o seu saco de couro às costas. Foi obra do sujo, credo!

E, pouco depois, José Pedro da Silva, todo coberto de luto, muito encanecido e desfeito, vinha liquidar os seus negócios e partir logo para Portugal. Manoel estimava-o deveras e sentia-se de vê-lo naquele estado.

Aprontou-se tudo para a viagem e José recolheu-se à última noite em casa do irmão. Mas não pôde pregar olho, estava excitado, e a lembrança dos terríveis sucessos, que ultimamente se haviam dado com ele, nunca o apoquentara tanto. Levantou-se e começou a passear no quarto, a falar sozinho, nervoso, delirante, vendo surgir espectros de todos os lados.

Pelas quatro horas da madrugada, Manoel, impressionado, porque, de todas as vezes que acordava, via luz no quarto do hóspede e ouvia-lhe o som dos passos trôpegos e vacilantes, e sentia-lhe os gemidos abafados e o vozear frouxo e doloroso, não se pôde ter e levantou-se. "Terá alguma coisa o José?..." pensou ele, embrulhando-se no lençol e tomando aquela direção. A porta achava-se apenas no trinco, abriu-a devagar e entrou. O viúvo, ao sentir alguém, voltou-se assombrado e dando com o fantasma que lhe invadia a alcova, recuou de braços erguidos, entre gritos de terror. Manoel correu sobre ele; mas antes que se desse a conhecer, já o assassino de Quitéria havia caldo desamparadamente no chão.

Fez-se logo um grande motim por toda a casa, que era nesse tempo no Caminho Grande, e na qual os caixeiros do negociante ainda não moravam com o patrão. A boa Mariana acudiu pronta cheia de zelo. "Um escalda-pés! depressa!" dizia, apalpando os contraídos e volumosos pés do cunhado. Tisanas, mezinhas de toda a espécie, foram lembradas; pôs-se em campo a medicina doméstica, e, daí a uma hora o desfalecido voltava a si.

Mas não pôde erguer-se: ficara muito prostrado. À síncope sobreveio-lhe uma febre violenta, que durou até à noite, quando chegou afinal o Jauffret.

Era uma febre gástrica, explicou este. E mais: que a moléstia; requeria certo cuidado —muito sossego de espírito! Nada de bulha, principalmente!

José, malgrado a recomendação do médico, quis ver o filho. Abraçou-o soluçando, disse-lhe que estava para morrer. E no outro dia ainda de cama, perfilhou-o; pediu um tabelião, fez testamento e, chorando, chamou Manoel para seu lado.

— Meu irmão recomendou-lhe. Se eu for desta...o que é possível, remete-me logo o pequeno para a casa do Peixoto em Lisboa.

Terminou dizendo "que o queria - com muito saber - que o metessem num colégio de primeira sorte. Ficava aí bastante dinheiro... não tivessem pena de gastar com o seu filho; que lhe dessem do melhor e do mais fino". Estas coisas fizeram-no piorar; já todos os choravam como morto, e, pelos dias de mais risco, quando José delirava na sua febre, apareceu em casa do Manoel o pároco do Rosário; vinha muito solícito, saber do estado do seu amigo José "do seu irmão" dizia ele com uma grande piedade.

E daí, não abandonava a casa. Prestava-se a um tudo, serviçal discreto, às vezes choramingando porque lhe vedavam a entrada no quarto do enfermo.

Manoel e Mariana não se furtavam de apreciar aquela solicitude do bom padre, o interesse com que ele chegava todos os dias para pedir notícias do amigo. Dispensavam-lhe um grande acolhimento; achavam-no meigo, jeitoso e simpático.

— É um santo homem! dizia Manoel, convencido.

Mariana confirmava acrescentando em voz baixa:

— Por adulação não é, coitado! Todos sabem que o padre Diogo não precisa de migalhas!...

— É remediado de fortuna, pois não! Mas, olhe, que sabe aplicar bem o que possui...

Seguia-se uma longa resenha dos episódios louváveis da vida do santo vigário; citavam-se rasgos de abnegação, boas esmolas a criaturas desamparadas, perdões de ofensas graves, provas de amizade e provas de desinteresse. "Um santo! Um verdadeiro santo!"

E assim foi o padre Diogo tomando pé em casa de Manoel e fazendo-se todo de lá. Já contavam com ele para padrinho de Ana Rosa; esperavam-no todas as tardes com café, e à noite, nos serões da família, marido e mulher não perdiam ocasião de contar as boas pilhérias do senhor vigário, glorificar-lhe as virtudes religiosas e recomendá-lo às visitas como um excelente amigo e magnífico protetor. Um dia, em que ele, como sempre, cheio de solicitude, perguntava pelo "seu doente" disseram-lhe que José estava livre de maior perigo e que o restabelecimento seria completo com a viagem à Europa. Diogo sorriu, aparentemente satisfeito; mas, se alguém lhe pudesse ouvir o que resmungava ao descer as escadas, ter-se-ia admirado de ouvir estas e outras frases:

— Diabo!... Querem ver que ainda não se vai desta, o maldito?... E eu, que já o tinha por despachado!...

No dia seguinte, dizia o velhaco ao futuro compadre: - Bom, agora que o nosso homem está livre de perigo, posso ir mais sossegado para a minha paróquia... Já não vou sem tempo!...

E despediu-se, todo boas palavras e sorrisos angélicos, acompanhado pelas bênçãos da família.

— Senhor vigário! gritou-lhe Mariana do patamar da escada. Não faça agora como os médicos, que só aparecem com as moléstias!... Seja cá de casa!

—Venha de vez em quando, padre! acrescentou Manoel. Apareça!

Diogo prometeu vagamente, e nesse mesmo dia atravessou o Boqueirão em demanda da sua freguesia.

Essa noite, nas salas de Manoel, só se conversou sobre as boas qualidades e os bons precedentes do estimado cura do Rosário.

José, com geral contentamento dos de casa, convalescia prodigiosamente. Manoel e Mariana cercavam-no de afagos, desejosos por fazê-lo esquecer a imprudência da madrugada fatal, o que, supunham, fosse o único motivo da moléstia; daí a coisa de um mês, o convalescente resolveu tornar à fazenda, a despeito das instâncias contrárias da cunhada e dos conselhos do irmão.

— Que vais lá fazer, homem de Deus? perguntava este. Se era por causa da Domingas, que diabo! Fizesse-a vir! O melhor, porém, segundo a sua fraca opinião, seria deixá-la lá onde estava. Uma preta da roça, que nunca saiu do mato!...

Não! Não era isso! respondia o outro. Mas não iria para a terra, sem ter dado uma vista d'olhos ao Rosário!

— Ao menos não vai só, José. Eu posso acompanhar-te.

José agradeceu. Que já estava perfeitamente bom. E, em caso de necessidade, podia contar com os canoeiros, que eram todos seus homens.

E dizia as inúmeras viagens que tinha feito até ali; contava episódios a respeito do Boqueirão. “E que se deixassem disso! Não estivessem a fazer daquela viagem um bicho de sete cabeças!... Haviam de ver que, antes do fim do mês, estava ele de velas para Lisboa.”

Partiu. A viagem correu-lhe estúpida, como de costume naquele tempo, em que o Maranhão ainda não tinha vapores. Demais, a sua fazenda era longe, muito dentro, a cinco léguas da vila. Urgia, por conseguinte, demorar-se aí algumas horas antes de internar-se no mato; comer, beber, tratar dos animais; arranjar condução e fazer a matalotagem.

Os poucos familiarizados com tais caminhos tomam sempre, por precaução, um “pajem”, é este o nome que ali romanticamente se dá ao guia; e o pajem menos serve para guiar o viajante, que a estrada é boa, do que para lhe afugentar o terror dos mocambos, das onças e cobras de que falam com assombro os moradores do lugar.

Não é tão infundado aquele terror: o sertão da província está cheio de mocambeiros, onde vivem os escravos fugidos com suas mulheres e seus filhos, formando uma grande família de malfeitores. Esses desgraçados, quando não podem ou não querem viver da caça, que é por lá muito abundante e de fácil venda na vila, lançam-se à rapinagem e atacam na estrada os viajantes, travando-se, às vezes, entre uns e outros, verdadeiras guerrilhas, em que ficam por terra muitas vítimas.

José da Silva comprou na vila o que lhe convinha e seguiu, sem pajem para a fazenda.

Ah! Ele conhecia perfeitamente essas paragens!...

E quantas recordações não lhe despertavam aquelas carnaubeiras solitárias, aqueles pindovais ermos e silenciosos e aqueles trêmulos horizontes de verdura! Quantas vezes, perseguindo uma paca ou um veado, não atravessou ele, a galope, aqueles barrancos perigosos que se perdiam da estrada!

Pungia-lhe agora deixar tudo isso; abandonar o encanto selvagem das florestas brasileiras. O europeu sentia-se americano, familiar às vozes misteriosas daqueles caités sempre verdejantes, habituado à companhia austera daquelas árvores seculares, às sestas preguiçosas da fazenda, ao viver amplo da roça, descalço, o peito nu, a rede embalada pela viração cheirosa das matas, o sono vigiado por escravos.

E tinha de deixar tudo isso!

“Para que negar? Havia de custar-lhe muito!” considerou ele, fazendo estacar o seu animal. Havia andado quatro léguas e precisava comer alguma coisa.

No interior do Maranhão o viajante, de ordinário, "pousa" e come nas fazendas que vai encontrando pelo caminho, tanto que todas elas, contando já com isso, têm sempre cômodos especiais, destinados exclusivamente aos hóspedes adventícios; mas com José da Silva, que, aliás, muitas e muitas vezes pernoitara em diversas e conhecia de perto a hospitalidade dos seus vizinhos, a coisa mudava agora de figura: não queria de forma alguma suportar a companhia de ninguém; receava que o interrogassem sobre a morte da mulher. Preferiu pois jantar mesmo ao relento, e a seguir logo sua viagem.

Não obstante, ia já escurecendo, as cigarras estridulavam em coro; ouvia-se o lamentoso piar das rolas que se aninhavam para dormir; toda a natureza se embuçava em sombras, bocejando.

Anoitecia lentamente.

Então, José da Silva sentiu mais negra por dentro a sua viuvez; sentiu um grande desejo de chegar a casa, mas queria encontrar uma boa mesa, onde comesse e bebesse à vontade, como dantes; queria a sua cama larga, de casados, o seu cachimbo, o seu trajo de casa.

Ah! Nada disso encontraria!... O quarto em que ele durante tantos anos, dormia feliz, devia ser àquela hora um ermo pavoroso; a cozinha devia estar gelada, os armários vazios, a horta murcha, os potes secos, o leito sem mulher!

Que desconsolo!

Apesar de tudo sentia fundas saudades da esposa.

— Como o homem precisa de família!... lamentava ele no seu isolamento. Ah, padre! Aquele maldito padre! E daí, quem sabe?... se eu perdoasse?... ela talvez se arrependesse e viesse ainda a dar uma boa companheira, virtuosa e dócil!... Mas... e ele?... Oh, nunca! Ele existiria! A dúvida continuava na mesma! Ele, só ele é que eu devia ter matado!

E depois de refletir um instante:

— Não! Antes assim! Assim foi melhor!

Esta conclusão, arrancada só pelo seu espírito religioso, foi seguida de um movimento rápido de esporas. O cavalo disparou. Fez-se então um correr vertiginoso, em que José, todo vergado sobre a sela, parecia dormir na cadeia do galope. Mas, de súbito, contraiu as rédeas e o animal estacou.

O cavaleiro torceu a cabeça, concheando a mão atrás da orelha. Vinha de longe uma toada estranha de vozes sussurrantes, e um confuso tropel de cavalgaduras.

A noite exalava da floresta. Sentiam-se ainda as derradeiras claridades do dia e já também um crescente acumular de sombras. A lua erguia-se, brilhando com a altivez de um novo monarca que inspeciona os seus domínios, e o céu ainda estava todo ensangüentado da púrpura do último sol, que fugia no horizonte, trêmulo, como um rei expulso e envergonhado.

José da Silva, entregue todo aos seus tormentos, assistia, sem apreciar, ao espetáculo maravilhoso de um crepúsculo de verão no extremo norte do Brasil.

O sol descambava no ocaso, retocando de tons quentes e vigorosos, com a minuciosidade de um pintor flamengo, tudo aquilo que o cercava. Desse lado, montes e vales tinham orlas de ouro; era tudo vermelho e esfogueado: ao passo que, do ponto contrário, lhe opunha o luar o doce contraste da sua luz argentina e fresca, debuxando contra o horizonte o trêmulo e duvidoso perfil das carnaubeiras e dos pindovais.

Destas bandas, no conflito boreal daquelas duas luzes inimigas, um grupo mal definido e rumoroso agitava-se e crescia progressivamente.

Era uma caravana de ciganos que se aproximava.

Vinha lentamente, com o passo frouxo de uma boiada. Na solidão tristonha e sombria da floresta iam-se pouco a pouco distinguindo vozes de tons diversos e acentuavam-se grupo de homens, mulheres e crianças, de todas as cores e de todas as idades, cavalgando magníficos animais. Uns cantavam ao embalo monótono da besta; outros tocavam viola; esta acalentava o filho, aquela repetia as modas que lhe ensinara a gajoa. Viam-se moços de calça e quinzena, cabelos grandes, o ar indolente, o cachimbo ao canto da boca, o olhar vago e cheio de volúpia, ao lado de raparigas fortes, queimadas do sol, com as melenas muito negras e lisas escorrendo sobre a opulência das espáduas. Sentavam-se à moda de odaliscas em volumosas trouxas, que serviam, a um tempo, de alforje e de sela. Algumas delas traziam filhos ao colo ou na garupa do cavalo.

E, lenta e pesadamente, a caravana dos ciganos se aproximava. José escondeu-se no mato, para vê-la passar.

Com certeza vinha enxotada de alguma fazenda, porque o chefe, um velho membrudo, de grandes barbas brancas, olhos cor-de-fumo, cavados e sombrios, mas irrequietos e vivos, erguia, de vez em quando, o braço e ameaçava o poente:

— Jacarés te piquem, diabo! Atravessado tu sejas na boca de um bacamarte!

E a voz rouca e profunda do ancião perdia-se na floresta.

Meio deitada nas pernas dele, cingindo-lhe a cintura, uma mulher bela, o colo nu e fresco, a garganta lisa e carnuda, procurava, com o olhar muito mole de uma ternura úmida e escrava, diminuir-lhe a cólera.

E a caravana, iluminada pelos últimos raios da claridade poente, foi passando. E a pouco e pouco o sussurrar das vozes foi se perdendo no tristonho murmúrio das matas, como no horizonte se perdia a última réstia de luz vermelha.

Em breve, tudo recaiu no silêncio primitivo, e a lua, do alto, baldeava com a sua luz misteriosa e triste a solidão das clareiras.

José ficou imóvel, pensativo, perdido num desgosto invencível. O espetáculo daquele velho boêmio, abraçado a uma mulher bonita e sem dúvida, fiel, mordia-o por dentro com o dente mais agudo da inveja. "Aquele, um vagabundo, um miserável. sem lar, sem dinheiro, sem mocidade ao menos, tinha contudo nesta vida uma fêmea que o acarinhava e seguia como escrava: ao passo que ele, ali, no meio do campo, desacompanhado, inteiramente esquecido, chorava, porque lhe arrancaram tudo, tudo - a casa, a mulher e a felicidade!" E depois pela associação natural das idéias, punha-se a lembrar do rosto pálido de Diogo. A despeito do ódio que lhe votava, achava-o bonito, com o seu cabelo todo anelado, o sorriso terno e piedoso, olhos e lábios de uma expressão sensual e ao mesmo tempo religiosa. Este contraste devia por força agradar às mulheres, vencê-las pelos mistérios, pelo incognoscível. E chorava, chorava cada vez mais.

"Como eles não se amariam!... Quanto prazer não teriam desfrutado!..."

Instintivamente comparava-se ao padre e, cheio de raiva, de inveja, reconhecia-se inferior. De repente, veio-lhe esta idéia:

"E se eu o matasse?..."

Repeliu-a logo, sem querer nem ao menos escutá-la; mas a idéia não ia e agarrava-se-lhe ao cérebro, com uma obstinação de parasita.

Então, vieram-lhe à lembrança, sob uma reminiscência lúcida e saudosa — o seu casamento, os sobressaltos felizes do noivado, o namoro de Quitéria. Tudo isso nunca lhe pareceu tão bom, tão apetecível como naquele momento. Agora, descobria na mulher virtudes e belas qualidades, para as quais nunca atentara dantes.

"Seria eu o culpado de tudo?... Não teria cumprido com os meus deveres de bom esposo?... Seriam insuficientes os meus carinhos?..." interrogava ele à própria consciência; esta respondia opondo-lhe dúvidas que valiam acusações. Ele defendia-se, explicava os fatos, citava provas em favor, lembrava a sua dedicação e a sua amizade pela defunta; mas a maldita rezingueira não se acomodava e não aceitava razões. E José abriu a chorar como um perdido.

Surpreendeu-se neste estado; quis fugir de si mesmo, e cravou as esporas no cavalo. Correu muito, à rédea solta como se fugira perseguido pela própria sombra.

"E se eu o matasse?..."

Era a maldita idéia que vinha de novo à superfície dos seus pensamentos.

"Não! Não!" E ele a repelia de novo empurrando-a para o fundo da sua imaginação, como o assassino que repele no mar o cadáver da sua vítima; ela mergulhava com o impulso, mas logo reaparecia, boiando.

"E se eu o matasse?..."

— Não! não! exclamou, desferindo um grito no silêncio da floresta. Já basta a outra!

E assanhavam-se-lhe os remorsos.

Nesse momento uma nuvem escondera a lua. Espectros surgiam no caminho; José suava e tremia sobre a sela; o mais leve mexer de galhos eriçava-lhe os cabelos.

No entanto - corria.

Pouco lhe faltava já para chegar à fazenda, muito pouco, uma miserável distância, e, contudo, mais lhe custava esse pouco do que todo o resto da viagem. Fechou os olhos e deixou que o cavalo corresse à toa, galopando ruidosamente na terra úmida de orvalho. Ele ofegava, acossado por fantasmas. Via a sua vítima com a boca muito aberta, os olhos convulsos, a falar-lhe coisas estranhas numa voz de moribunda, a língua de fora, enorme e negra, entre gorgolhões de sangue. E via também surgir aquele padre infame, bater-lhe no ombro, apresentar-lhe, sorrindo, um alvitre, propor uma condição e passar logo à ameaça brutal: "Tenho-te na mão, assassino! Se quiseres punir-me, entrego-te à justiça!"

E José gritou, como doido, soluçando:

— E eu aceitei, diabo! Eu aceitei!

Nisto, o cavalo acuou. Um vulto negro agitou-se por detrás do tronco de um ingazeiro, e uma bala, seguida pela detonação de um tiro, varou o peito de José da Silva.

Os negros de São Brás viram aparecer lá o animal às soltas, e todo salpicado de sangue, tinham ouvido um tiro para as bandas da estrada, correram todos nessa direção à procura da vítima.

Foi Domingas que a descobriu, e, num delito, precipitou-se contra o cadáver, a beijar-lhe as mãos e as faces.

— Meu senhor! Meu querido! Meus amores! Exclamava ela, a soluçar convulsivamente.

Mas, tomada de uma idéia súbita, ergueu-se, e gritou, apontando vagamente para o lado da vila.

— Foi ele! Não foi outro! Foi aquele malvado! Foi aquele padre do diabo!

E pôs-se a rir e a dançar, batendo palmas e cantando. Era a loucura que voltava.

O crime foi atribuído aos mocambeiros e o corpo de José da Silva enterrado junto à sepultura da mulher, ao lado da capela, que principiava a desmoronar com a míngua dos antigos cuidados.

A fazenda aos poucos se converteu em tapera, e lendas e superstições de todo o gênero se inventaram para explicar-lhe o abandono. O vigário do lugar, pessoa insuspeita e criteriosa, nem só confirmava o que diziam, como aconselhava a que não fossem lá. "Aquilo eram terras amaldiçoadas!"

Anos depois, contavam que nas ruínas de São Brás vivia uma preta feiticeira, que, por alta noite, saía pelos campos a imitar o canto da mãe-da-lua.

Ninguém se animava a passar perto dali, e o caminheiro descuidado, que se perdesse em tais paragens, via percorrer o cemitério, a cantar e a rodar, um vulto alto e magro de mulher, coberto de andrajos.

A morte inesperada de José causou grande abalo no irmão e ainda mais em Mariana. Raimundo era muito criança, não a compreendeu; por esse tempo teria ele cinco anos, se tanto. Vestiram-no de sarja preta e disseram-lhe que estava de luto pelo pai. Manoel tratou do inventário; recebeu o que lhe coube e mais a mulher na herança; depositou no recém-criado banco da província o que pertencia ao órfão e, apesar das vantagens que propôs para vender ou arrendar a fazenda de São Brás, ninguém a quis. Isto feito, escreveu logo para Lisboa, pedindo esclarecimentos à Casa Peixoto, Costa & Cia., e uma vez bem informado no que desejava, remeteu o sobrinho para um colégio daquela cidade.

Muito custou à bondosa Mariana separar-se de Raimundo. Doía aquele coração amoroso ver expatriar-se, assim, tão sem mãe, uma pobre criança de cinco anos. O pequeno, todavia, depois de preparado com todo o desvelo, foi metido, a chorar, dentro de um navio, e partiu.

Ia recomendado ao comandante e lamentava-se muito em viagem. Quando chegou a Lisboa teve horror de tudo que o cercava. Entretanto, foi sempre bem tratado: seu correspondente hospedou-o como a um parente, tratou-o como filho; depois, meteu-o num colégio dos melhores.

Raimundo envergou o uniforme da casa, recebeu um número, e freqüentou as aulas. A princípio, logo que o deixavam sozinho, punha-se a chorar. Tinha muito medo do escuro; à noite, cosia-se contra a parede, abraçado aos travesseiros. Não gostava dos outros meninos, porque lhe chamavam "Macaquinho". Era teimoso, cheio de capuchos, ressentia-se muito da má educação que os portugueses trouxeram para o Brasil.

No colégio era o único estudante que se chamava Raimundo e os colegas ridicularizavam-lhe o nome, "Raimundo Mundico Nico!" diziam-lhe, puxando-lhe a blusa e batendo-lhe na cabeça tosquiada à escovinha; até que ele se retirava enfiado, sem querer tornar ao recreio, a chorar e a berrar que o mandassem para a sua terra. Mas, com o tempo, apareceram-lhe amigos e a vida então se lhe afigurou melhor. Já faziam as suas palestras; os companheiros não se cansavam de pedir-lhe informação sobre o Brasil. "Como eram os selvagens?... E se a gente encontrava, pelas ruas, mulheres despidas: e se Raimundo nunca fora varado por alguma flecha dos caboclos."

Um dia recebeu uma carta de Mariana e, pela primeira vez, deu-se ao cuidado de pensar em si. Mas as suas reminiscências não iam além da casa do tio; no entanto, queria parecer-lhe que a sua verdadeira mãe não era aquela senhora, aquela vinha a ser sua tia, porque era a mulher de seu tio Manoel: e até, se lhe não falhava a memória, por mais de uma vez ouvira dela própria falar na outra, na sua verdadeira mãe..."Mas quem seria a outra? Como se chamava?... Nunca lho disseram!..."

Quanto a seu pai, devia ser aquele homem barbado que, numa noite, lhe apareceu, muito pálido e aflito, e por quem pouco depois o cobriram de luto. Da cena dessa noite lembrava-se perfeitamente! Já estava recolhido, foram buscá-lo à rede e trouxeram-no, estremunhado, para as pernas do tal sujeito, por sinal que as suas barbas tinham na ocasião certa umidade aborrecida, que Raimundo agora calculava ser produzida pelas lágrimas; depois foi se deitar e não pensou mais nisso. Recordava-se também, mas não com tamanha lucidez, do tempo em que aquele mesmo homem esteve doente, lembrava-se de ter recebido dele muitos beijos e abraços, e só agora notava que todos esses afagos eram sempre ocultos e assustados, feitos como que ilegalmente, às escondidas, e quase sempre acompanhados de choro.

Depois destas e outras divagações pelo passado, Raimundo, se bem que muito novo ainda, punha-se a pensar e os véus misteriosos da sua infância assombravam-lhe já o coração com uma tristeza vaga e obscura, numa perplexidade cheia de desgosto. Todo o seu desejo era correr aos braços de Mariana e pedir-lhe que lhe dissesse, por amor de Deus, quem afinal vinha a ser seu pai e, principalmente, sua mãe.

Passaram-se anos, e ele permaneceu enleado nas mesmas dúvidas. Concluiu os seus preparatórios, habilitou-se a entrar para a Academia. E sempre as mesmas incertezas a respeito da sua procedência.

Matriculou-se em Coimbra. Desde então a sua vida mudou radicalmente; todo ele se transformou nos seus modos de ver e julgar. Principiou a ser alegre.

Mas um golpe terrível veio de novo entristecê-lo - a morte da sua mãe adotiva. Chorou-a longa e amargamente; não só por ela, mas também muito por si próprio: perdendo Mariana, perdia tudo que o ligava ao passado e à pátria. Nunca se considerou tão órfão. Todavia, com o correr dos tempos, dispersaram-se-lhe as mágoas e a mocidade triunfou; a criança melancólica produziu um rapaz cheio de vida e bom humor; sentiu-se bem dentro da sua romântica batina de estudante; meteu-se em pândega com os colegas; contraiu novos amigos, e afinal reparou que tinha talento e graça; escreveu sátiras, ridicularizando os professores antipatizados; ganhou ódios e admiradores; teve quem o temesse e teve quem o imitasse. No segundo ano deu para namorador: atirou-se aos versos líricos, cantou o amor em todos os metros depois vieram-lhe idéias revolucionárias, meteu-se em clubes incendiários, falou muito, e foi aplaudido pelos seus companheiros. No terceiro ano tornou-se janota, gastou mais do que nos outros, teve amantes, em compensação veio-lhe a febre dos jornais, escreveu com entusiasmo sobre todos os assuntos, desde o artigo de fundo até a crônica teatral. No quarto, porém, distinguiu-se na Academia, criou gosto pela ciência, e daí em diante fez-se homem, firmou a sua imputabilidade, tornou-se muito estudioso e sério. Seus discursos acadêmicos foram apreciados; elogiaram-lhe a tese. Formou-se.

Veio-lhe então a idéia de fazer uma viagem. Em Coimbra todos o diziam rico; tinha ordem franca. Preparou as malas. Sua principal ambição era instruir-se, instruir-se muito, abranger a maior quantidade de conhecimentos que pudesse; e sentia-se cheio de coragem para a luta e cheio de confiança no seu esforço.

Às vezes, porém, uma sombra de tristeza mesquinha toldava-lhe as aspirações - não sabia ao certo de quem descendia, e de que modo e por quem, fora adquirido aquele dinheiro que lhe enchia as algibeiras. Procurou o seu correspondente em Lisboa, pediu-lhe esclarecimentos a esse respeito - Nada! O Peixoto dizia-lhe, em tom muito seco, "que o pai de Raimundo havia morrido antes da chegada deste a Portugal, e o tio, o tutor, esse estava no Maranhão, estabelecido na Rua da Estrela com um armazém de fazendas por atacado". De sua mãe - nem uma palavra, nem uma atribuição!...

Era para enlouquecer! "Mas, afinal, quem seria ela?... Talvez irmã daquela santa senhora que foi para ele uma segunda mãe... Mas então por que tanto mistério?... Seria alguma história, a tal ponto vergonhosa, que ninguém se atrevesse a revelar-lhe?... Seria ele enjeitado?... Não, decerto, porque era herdeiro de seu pai..." E Raimundo, quanto mais tentava pôr a limpo a sua existência, mais e mais se perdia no dédalo das conjeturas.

Das cartas que recebia do Brasil, nem uma só lhe falava no passado, e todavia, era tanto o seu empenho em penetrá-lo, que às vezes, com muito esforço de memória, conseguia reconstruir e articular fragmentos dispersos de algumas reminiscências, incompletas e vagas, da sua infância. Lograva recordar-se da Aniquinha, que tantas noites, adormecera a seu lado, na mesma esteira, ouvindo cantar por D. Mariana o "Boizinho do curral, vem papar neném"; recordava-se também da Sra. D. Maria Bárbara, a sogra de Manoel, que ia, com muito aparato, visitar a neta; passar dias. Em geral, ela chegava à boca da noite, no seu palanquim carregado por dois escravos, vestida de enorme roda cercada de crias e moleques, precedida por um preto encarregado de alumiar a rua com um lampião de folha, oitavado, duas velas no centro. E o demônio da mulher sempre a ralhar, sempre zangada, batendo nos negros e a implicar com ele, Raimundo, a quem, todas as vezes que lhe dava a mão a beijar, pespegava com as costas destas uma pancada na boca. E recordava-se bem do rosto macilento de Mana Bárbara, já então meio descaído; recordava-se dos seus olhos castanho-claros, de seus dentes triangulares, truncados à navalha, como barbaramente faziam dantes, por luxo, as senhoras do Maranhão, criadas em fazenda.

Raimundo, uma vez, ainda em Coimbra, aspirando o cheiro de alfazema queimada, sentiu, como por encanto, surgirem-lhe à memória muitos fatos de que nunca se recordara até então. Lembrou-se logo do nascimento de Ana Rosa: A casa estava toda silenciosa e impregnada daquele odor; Mariana gemia no seu quarto; Manoel andava, de um para outro lado da varanda, inquieto e desorientado; mas, de repente, apareceu na porta do quarto uma mulata gorda, a quem davam o tratamento de "Inhá comadre", e esta, que vinha alvoroçada, chamou de parte o dono da casa, disse-lhe alguma coisa em segredo, e daí a pouco estavam todos felizes e satisfeitos. E ouvia-se vir lá de dentro um grunhido fanhoso, que parecia uma gaita. Na ocasião, Raimundo nada compreendeu de tudo isto; disseram-lhe que Mariana recebera uma menina de França, e ele acreditou piamente.

Assim lhe acudiam outras recordações; por exemplo a do macáçar cheiroso, então muito em uso na província, com que D. Mariana lhe perfumava os cabelos todas as manhãs antes do café; mas, dentre tudo, do que melhor ele se recordava era dos lampiões com que iluminavam a cidade. Ainda lá não havia gás, nem querosene; ao bater d'Ave-Marias vinha o acendedor, desatava a corrente do lampião, descia-o, abria-o, despejava-lhe dentro aguarrás misturada com álcool, acendia-lhe o pavio, guindava-o novamente para o seu lugar, e seguia adiante. "E que mau cheiro em todas as esquinas em que havia iluminação!... Oh! A não ser que estivesse muito transformada, a sua província devia ser simplesmente horrível!"

Não obstante, queria lá ir. Sentia atrações por essa pátria, quase tão desconhecida para ele como o seu próprio nascimento misterioso. "Com a viagem descobriria tudo! Mas, primeiro, era preciso dar um passeio à Europa."

E, resolvido, foi ao escritório de Peixoto, Costa & Cia., sacou a quantia de que precisava, abraçou os amigos, e fez-se de vela para a França.

Passou pela Espanha, visitou a Itália, foi à Suíça, esteve na Alemanha, percorreu a Inglaterra, e, no fim de três anos de viagem, chegou ao Rio de Janeiro, onde encontrou os seus antigos correspondentes de Lisboa. Demorou-se um ano na Corte, gostou da cidade, relacionou-se, fez projetos de vida e resolveu estabelecer aí a sua residência.

"E o Maranhão?... Oh, que maçada! Mas não podia deixar de lá ir! Não podia instalar-se na Corte, sem ter ido primeiro à sua província! Era indispensável conhecer a família; liquidar os seus bens e..."

— Verdade, verdade, dizia ele, conversando com um amigo, a quem confiara os seus projetos, a coisa não é tão feia como quer parecer, porque, no fim de contas, fico conhecendo todo o norte do Brasil, dou um pulo ao Pará e ao Amazonas, que desejo ver, e, afinal, volto descansado para cá com a vida em ordem, a consciência descarregada e o pouco que possuo reduzido a moeda. Não posso queixar-me da sorte!

O passeio à Europa não só lhe beneficiara o espírito, como o corpo. Estava muito mais forte, bem exercitado e com uma saúde invejável. Gabava-se de ter adquirindo grande experiência do mundo; conversava à vontade sobre qualquer assunto; tão bem sabia entrar numa sala de primeira ordem, como dar uma palestra entre rapazes numa redação de jornal ou na caixa de um teatro. E, em pontos de honra e lealdade, não admitia, com todo o direito, que houvesse alguém mais escrupuloso do que ele.

Foi nessa bela disposição de espírito, feliz e cheio de esperanças no futuro, que Raimundo tomou o "Cruzeiro" e partiu para a capital de São Luís do Maranhão.

IV

Entretanto, com a chegada de Raimundo, reuniram-se em casa de Manoel as velhas amizades da família. Vieram as Sarmentos com os seus enormes penteados: moças feias, mas de grandes cabelos, muito elogiados e conhecidos na província. "Tranças como as das Sarmentos!... Cabelo bonito como o das Sarmentos! Cachos como os das Sarmentos!..." Estas e outras tantas frases se haviam convertido em preceitos invariáveis. Fora das Sarmentos! Não conheciam termo de comparação para cabelos, e elas, cônscias daquela popularidade, ostentavam sempre o objeto de tais admirações em penteados assustadores, de tamanhos fantásticos.

— Tenho pena, afetava às vezes D. Bibina Sarmento (esta era Bernardina) de ter tanto cabelo!... Para desembrulhá-lo é um martírio. E, quando depois do banho, não me penteio logo, ou quando passo um dia sem botar óleo... Ah, dona, nem lhe digo nada!...

E arregalava os olhos e sacudia a juba, como se descrevesse uma caçada de leões.

A família Sarmento compunha-se, além desta D. Bibina, de outra rapariga e de uma senhora de cinqüenta anos, muito nervosa, tia das duas moças. A velha só falava em moléstias e sabia remédios para tudo; tinha um grosso livro de receitas, que ela em geral trazia no bolso; em casa uma variadíssima coleção de vidros, garrafas e púcaros; guardava sempre as cascas de laranja, de romã e os caroços de tuturubá, os quais, dizia pateticamente "Abaixo de Deus, eram santo remédio para as dores de ouvido!" Chamava-se Maria do Carmo, e as sobrinhas tratavam-na por "Mamãe outrinha". Era sumamente apreensiva e entendida de doces.

Viúva. Passara a mocidade no Recolhimento de Nossa Senhora da Anunciação e Remédios, onde concebera o seu primeiro filho do homem com quem depois veio a casar — o tenente Espigão, tenente do exército, um espalhafateiro dos quatro costados, que andava sempre de farda e desembainhava a durindana por dá cá aquela palha. Contavam dele que, um dia, num jantar de festa, perdendo a paciência com o peru assado, que parecia disposto a resistir ao trinchante, arranca do chanfalho e esquarteja a golpes de espada o inocente animal.

Gostava de fazer medo às crianças, fingindo que as prendia ou afiando a lâmina reluzente no tijolo do chão; e ficava muito lisonjeado quando lhe diziam que se parecia com o Pedro II. Tinha-se na conta de muito abalado e a todos contava que fora poeta em rapaz: referia-se a meia dúzia de acrósticos e recitativos, que lhe inspirava D. Maria do Carmo, no seu tempo de recolhida.

Coitado! Morreu de uma tremenda indigestão no dia seguinte a uma ceia, ainda mais tremenda, na qual praticara a imprudência de comer uma salada inteira de pepinos, seu pratinho predileto. A viúva ficou inconsolável, e, em homenagem à memória do Espigão, nunca mais comeu daquele legume; seu ódio estendeu-se implacável por toda a família do maldito; não quis ouvir mais falar de maxixes, nem de abóboras, nem de jerimuns.

— Ai o meu rico tenente! lamentava-se ela quando alguém lhe lembrava o esposo. Que maneiras de homem! que coração de pomba! aquilo é que era um marido como hoje em dia não se vê!...

A outra sobrinha de D. Mata do Carmo chamava-se Etelvina. Criaturinha sumamente magra, e tão nervosa como a tia: nariz muito fino, grande e gelado, mãos ossudas e frias, olhos sensuais e dentes podres.

Era detestável: os rapazes do comércio chamavam-lhe “Lagartixa”. Fazia-se muito romântica; prezava a sua cor horrivelmente pálida; suspirava de cinco em cinco minutos e sabia estropiar modinhas sentimentais ao violão. Diziam, em ar muito sério, que ela tivera aos dezesseis anos uma formidável paixão por um italiano professor de canto, o qual fugira aos credores para o Pará e que, desde então, Etelvina nunca mais tomara corpo.

Apresentou-se também em casa de Manoel a Srª D. Amância Souselas, velha de grande memória para citar fatos, datas e nomes; lembrava-se sempre do aniversário natalício dos seus inúmeros conhecidos e nesse dia filava-lhes impreterivelmente o jantar. Estava sempre a falar mal da vida alheia, à sombra da qual, aliás, vivia: quinze dias em casa de uma amiga, outros quinze em casa de um parente, o mês seguinte em casa de um parente e amigo, e assim por diante; sempre, sempre de passeio. Ia a qualquer parte, fosse ou não fosse desejada, e, às duas por três, era da casa. Conhecia todo o Maranhão; contava, sem reservas, os escândalos que lhe calam no bico e andava sozinha na rua passarinhando por toda a cidade, de xale, metendo o nariz em tudo. Se morria algum conhecido seu, lá estava ela a vestir o cadáver, a cortar-lhe as unhas, a dizer os lugares-comuns da consolação, tida e citada por muito serviçal, ativa e prestimosa.

Era cronicamente virgem, mas afirmava que em moça, rejeitara muito casamento bom. Dava-se a coisas de igreja; sabia vestir anjos de procissão e pintava os cabelos com cosmético preto.

Detestava o progresso.

— No seu tempo, dizia ela com azedume, as meninas tinham a sua tarefa de costura para tantas horas e haviam de pôr pr’ali o trabalho! Se o acabavam mais cedo, iam descansar?... Boas! Desmanchavam minha senhora! desmanchavam para fazer de novo! E hoje?... perguntava dando um pulinho, com as mãos nas ilhargas - hoje é o maquiavelismo da máquina de costura! Dá-se uma tarefa grande e é só “zuc-zuc-zuc!” e está pronto o serviço! E daí, vai a sirigaita pôr-se de leitura nos jornais, tomar conta do romance ou então vai para a indecência do piano!

E jurava que filha sua não havia de aprender semelhante instrumento, porque as desavergonhadas só queriam aquilo para melhor conversar com os namorados, sem que os outros dessem pela patifaria!

Também dizia mal da iluminação a gás:

— Dantes, os escravos tinham que fazer! Mal serviam a janta, iam aprontar e acender os candeeiros, deitar-lhes novo azeite e colocá-los no seu lugar... E hoje? É só chegar o palitinho de fogo à bruxaria do bico de gás e... cai-se na pândega! Já não há tarefa! Já não há cativeiro! É por isso que eles andam tão descarados! Chicote! chicote, até dizer basta! que é do que eles precisam. Tivesse eu muitos, que lhes juro, pela bênção de minha madrinha, que lhes havia de tirar sangue do lombo!

Mas a especialidade de D. Amância Souselas, o que a tornava adorável para certos rapazes e detestada por muitos pais de família, que iam de nariz torcido lhe recebendo visitas e obséquios de cortesia, era sem dúvida, o seu antigo hábito de contar anedotas baixas e grosseiras. Sempre fora muito desbocada; no entanto, alguns basbaques da sua roda, diziam dela, num frouxo de riso: "Com a D. Amância não pode a gente estar séria! - O diabo da velha tem uma graça!..."

Lá estava também em casa de Manoel a Eufrasinha, viúva do oficial de infantaria. Toda enfeitada de lacinhos de fita roxa, moreninha, apesar da superabundância do pó-de-arroz; as feições muito desenhadas à superfície do rosto e com um sinal de nitrato de prata ao lado esquerdo da boca, desastradamente imitado de uma francesa ex-cantora com quem ela se dava. O sinal era para ficar do tamanho de uma pulga e saiu do tamanho e do feitio de um feijão-preto. Saracoteava-se, cheia de novidades, levantando-se de vez em quando para ir dizer um segredinho ao ouvido de Ana Rosa, enquanto disfarçadamente lhe endireitava o penteado; nestes passeios olhava de esguelha para os quartos e para a varanda - dando fé - e voltava à sua cadeira, mirando-se a furto nos espelhos da sala, sempre muito curiosa, irrequieta, querendo achar em tudo que lhe diziam, uma significação dupla, trejeitando sorrisos e momices expressivas quando não entendia, para fingir que compreendera perfeitamente. Tinha a voz sibilante e afetava, assoviava os SS, e dizia silabadas.

O Freitas, em cuja casa Ana Rosa tivera o seu último histérico, também se achava presente, com a filha, a sua querida Lindoca.

O Freitas era um homem desquitado da mulher, "que se atirara aos cães", explicava friamente, muito teso, magro, alto, com o pescocinho comprido no seu grande colarinho em pé. Não relaxava as calças brancas, e gabava-se do segredo de conservá-las limpas e engomadas durante uma semana; trazia sempre, apesar do calor da província, o colarinho duro e o peito da camisa irrepreensível; gravata preta - invariavelmente. Tratava uma enorme unha no dedo mínimo, com a qual costumava pentear o bigode, feito de longos fios, tingidos e lisos, que lhe velavam a boca. Jamais consentira que barbeiro algum lhe encostasse a mão no rosto"; fazia ele mesmo a sua barba, um dia sim, outro não. Escondia a calva com as compridíssimas farripas do cabelo, muito espichadas, como que grudadas a goma-arábica sobre o crânio. Dispunha de uma memória prodigiosa, gabada por toda a cidade; fazia-se grande conhecedor da história antiga; quando falava escolhia termos, procurava fazer estilo, e, sempre que se referia ao Imperador, dizia gravemente: "O nosso defensor perpétuo!" Afiançavam que era habilidoso, em tempo fizera, com muita paciência, uma árvore genealógica de sua família e mandara-a litografar no Rio de Janeiro. Este trabalho foi muito apreciado e comentado na província.

Era empregado público havia vinte e cinco anos e só faltara à repartição três vezes - por uma queda, um antraz, e no dia do seu malfadado casamento; contava isto a todos, com glória. Quando temia constipar-se, aspirava cautelosamente o fartum do conhaque. "Isto é o bastante para me fazer ficar tonto!..." afirmava com uma repugnância virtuosa. Tinha horror às cartas e sabia tocar clarinete, mas nunca tocava, porque o médico lhe dissera "não achar prudente". Fumara em tempo, mas o médico dissera do charuto o mesmo que do clarinete. - Nunca mais fumou. Não dançava, para não suar; falava com raiva das mulheres e, nem caindo de fome, seria capaz de comer à noite. "Além do chá, nada! Nada!" protestava com firmeza; estivesse onde estivesse, havia de retirar-se impreterivelmente à meia-noite. Usava sapatos rasos, de polimento, e nunca se esquecia do chapéu-de-sol.

Jamais arredara o pé da ilha de São Luís do Maranhão, tal era o medo que tinha do mar.

— Nem para ir a Alcântara! jurava ele, conversando essa noite em casa do Manoel. Daqui - para o Gavião! Nada, meu caro senhor, quero morrer na minha caminha, sossegado, bem com Deus!

— Com toda a comodidade, observou Raimundo, a rir.

Era devoto: todos os anos carregava na procissão o andor do milagroso Senhor Bom Jesus dos Passos. E muito arranjadinho: "Em casa dele havia de tudo, como na botica." Diziam os seus íntimos. "Só falta dinheiro..." completava o Freitas em ar discreto de pilhéria. No mais: - sempre o mesmo homem; nunca fora de estroinices; mesmo em rapaz, era já consigo; não gostava de dever nada a ninguém; colecionava selos velhos; dava homeopatia de graça aos amigos, e tinha a fama do maior maçante do Maranhão.

A tal "sua querida Lindoca" era uma menina de dezesseis anos, pequenina, extremamente gorda, quase redonda, bonitinha de feições, curta de idéias, bom coração e temperamento honesto. A Etelvina dissera uma vez que ela estava engordando até nos miolos.

Lindoca Freitas não escondia o seu desejo de casar e amava extremosamente o pai, a quem só tratava por "Nhozinho".

— Tenho um desgosto desta gordura!... Lamentava-se ela às camaradas, que lhe elogiavam a exuberância adiposa. Se eu soubesse de um remédio para emagrecer... tomava!

As amigas procuravam consolá-la: "Dá-me gordura que te darei formosura! - Gordura é saúde!"

Mas a repolhuda moça não se conformava com aquela desgraça. Vivia triste. As banhas cresciam-lhe cada vez mais; estava vermelha; cansava por cinco passos. Era um desgosto sério! Recorria ao vinagre; dava-se a longos exercícios pela varanda; mas qual! - as enxúndias aumentavam sempre. Lindoca estava cada vez mais redonda, mais boleada; a casa estremecia cada vez mais com o seu peso; os olhos desapareciam-lhe na abundância das bochechas; o seu nariz parecia um lombinho; as suas costas uma almofada. Bufava.

Dias, o piedoso, o doce Luís Dias, também comparecera aquela noite à sala do patrão. Lá estava, metido a um canto, roendo ferozmente as unhas, o olhar imóvel sobre Ana Rosa, que, ao piano, dispunha-se a tocar alguma coisa e experimentava as teclas.

Em uma das janelas da frente, encostados contra a sacada, Manoel e o cônego Diogo ouviam de Raimundo a descrição em voz baixa de um passeio de Paris à Suíça. No resto da sala corria o sussurro das senhoras, que conversavam.

— Então! Estamos passando o Boqueirão? exclamou o Freitas, erguendo-se do sofá, a sacudir as calças, para evitar as joelheiras. E, voltando-se para uma das sobrinhas de D. Maria do Carmo: - Diga alguma coisa, D. Etelvina!...

Etelvina ergueu os olhos para o teto e soltou um suspiro.

— Por quem suspiras? perguntou-lhe em misterioso falsete, a velha Amância, que lhe ficava ao lado.

— Por ninguém... respondeu a Lagartixa, sorrindo melancolicamente com os caquinhos dos dentes.

— Ele não é feio... a senhora não acha, D. Bibina?... segredava Lindoca à outra sobrinha de D. Maria do Carmo, olhando furtivamente para o lado de Raimundo.

— Quem? O primo d'Ana Rosa?

— Primo? Eu creio que ele não é primo, dona!

— É! sustentou Bibina, quase com arrelia. É primo, sim, por parte de pai! E olhe, ali está quem lhe sabe bem a história!...

E indicava a fia com o beiço inferior.

— An... resmungou a gorducha, passando a considerar da cabeça aos pés o objeto da discussão.

Por outro lado, Maria do Carmo segredava a Amância Souselas:

— Pois é o que lhe digo, D. Amância: muito boa preta!... negra como este vestido! Cá está quem a conheceu!...

E batia no seu peito sem seios. - Muita vez a vi no relho. Iche!

— Ora quem houvera de dizer!... resmungou a outra, fingindo ignorar da existência de Domingas, para ouvir mais. Uma coisa assim só no Maranhão! Credo!

— É como lhe digo, minha rica! O sujeitinho foi forro à pia, e hoje, olhe só pr'aquilo! Está todo cheio de fumaças e de filáucias!... Pergunte ao cônego, que está ao lado dele.

— Cruz! T'arrenego, pé-de-pato!

E Amância bateu por hábito nas faces engelhadas.

Nisto, ouviu-se um grande motim, que vinha da varanda.

— Ó Benedito! Moleque! Ó peste! Estás dormindo, sem-vergonha?!

E logo o estalo de uma bofetada. - Arre! Que até me fazes zangar com visitas na sala!...

Era Maria Bárbara, que andava às voltas com o Benedito.

— Vai deitar a mesa do chá, moleque!

Manoel correu logo à varanda, contrariado.

— Ó senhora!... disse à sogra. Que inferneira! Olhe que está aí gente de fora!...

Freitas passou-se à janela de Raimundo, e aproveitou a oportunidade para despejar contra este uma estopada a respeito do mau serviço doméstico feito pelos escravos.

— Reconheço que nos são necessários, reconheço!... mas não podem ser mais imorais do que são!... As negras, principalmente as negras!... São umas muruxabas, que um pai de família tem em casa, e que domem debaixo da rede das filhas e que lhes contam histórias indecentes! É uma imoralidade! Ainda outro dia, em certa casa, uma menina, coitada, apareceu coberta de piolhos indecorosos, que pegara da negra! Sei de outro caso de uma escrava que contagiou a uma família inteira de impigens e dartros de caráter feio! E note, doutor, que isto é o menos, o pior é que elas contam às suas sinhazinhas tudo o que praticam aí por essas ruas! Ficam as pobres moças sujas de corpo e alma na companhia de semelhante corja! Afianço-lhe, meu caro senhor doutor, que, se conservo pretos ao meu serviço, é porque não tenho outro remédio! Contudo...

Foi interrompido por Benedito que, nu da cintura para cima e acossado pela velha Bárbara, atravessou a sala com agilidade de macaco. As senhoras espantaram-se, mas abriram logo em gargalhadas. O moleque alcançara a porta da escada e fugira. Então, o Dias, que até aí se conservara quieto no seu canto, ergueu-se de um pulo e deitou a correr atrás dele. Desapareceram ambos.

Benedito era cria de Maria Bárbara; um pretinho seco, retinto, muito levado dos diabos; pernas compridas, beiços enormes, dentes branquíssimos. Quebrava muita louça e fugia de casa constantemente.

A velha estacara no meio da sala, furiosa.

— Ai, gentes! não reparem!.. bradou. Aquele não sei que diga! Aquele maldito moleque!... Pois o desavergonhado não queria vir trazer água na sala, sem pôr uma camisa?... Patife! Ah, se o pego!... Mas deixa estar, que não as perdes, malvado!

E correndo à janela: - Se seu Dias não te alcançar, tens amanhã um *campeche* te seguindo a pista, sem-vergonha!

E saiu de novo para a varanda, muito atarefada, gritando pela Brígida:

— Ó Brígida! Também estás dormindo, seu diabo?!

Na sala as visitas discutiam rindo a cena do moleque e o mau gênio de Maria Bárbara, mas tiveram de abafar a voz, porque Ana Rosa pôs-se a tocar uma polca ao piano.

Pouco depois, ouviu-se um farfalhar de saias engomadas, e em seguida apresentou-se Brígida, uma mulata corpulenta a carapinha muito trançada e cheia de flores, um vestido de chita com três palmos de cauda, recendendo a cumaru. Preparara-se daquele modo, para ir à sala, oferecer água. E, segurando com ambas as mãos uma enorme salva de prata, cheia de copos, dirigia-se a todos, um por um, a bambalear as ancas volumosas.

A criadagem de Manoel e Maria Bárbara constava, além de Brígida, e Benedito, de uma cafuza já idosa, chamada Mônica, que amamentara Ana Rosa e lavava a roupa da casa, e mais de uma preta só para engomar, e outra só para cozinhar, e outra só para sacudir o pó dos trastes e levar recados à rua. Pois, apesar deste pessoal, o serviço era sempre tardio e malfeito.

— Estas escravas de hoje têm luxos!... observou Amância em voz baixa a Maria do Carmo, apontando com o olhar para o vulto empantufado de Brígida.

E entraram a conversar sobre o escândalo das mulatas se prepararem tão bem como as senhoras. "Já se não contentavam com a sua saia curta e cabeção de renda; queriam vestido de cauda; em vez das chinelas, queriam botinas! Uma patifaria!" Depois falaram nos caixeiros, que roubavam do patrão para enfeitar as suas pininchas; e, por uma transição natural, estenderam a crítica até aos passeios a cano, às festas de largo e aos bailes dos pretos.

— Os chinfrins, como lhes chamava o meu defunto Espigão, acudiu Maria do Carmo. Conheço! Ora se conheço!... Bastante quizília tivemos nós por amor deles!...

— É uma sem-vergonheira! Ver as escravas todas de cambraia, laços de fita, água de cheiro no lenço, a requebrarem as chandangas na dança!...

— Ah, um bom chicote!... disseram as duas velhas ao mesmo tempo.

— E elas dançam direito?... perguntou a do Carmo.

— Se dançam!... O serviço é que não sabem fazer a tempo e a horas! Lá para dançar estão sempre prontas! Nem o João Enxova!

A indignação secava-lhe a voz.

— Até parecem senhoras, Deus me perdoe! Todas a se fazerem de gente! os negros a darem-lhe excelência. "E porque minha senhora pra cá! Vossa Senhoria pra lá!" É uma pouca vergonha, a senhora não imagina!... Uma vez, em que fui espiar um chinfrim, porque me disseram que o meu defunto estava lá metido, fiquei pasma! E o melhor é que os descarados não se tratam pelo nome deles, tratam-se pelo nome dos seus senhores!... Não sabe Filomeno?... aquele mulato do presidente?... Pois a esse só davam "Sr. Presidente!" Outros são "Srs. Desembargadores, Doutores, Majores e Coronéis!" Um desaforo que deveria acabar na palmatória da polícia!

Ana Rosa terminou a sua polca.

— Bravo! Bravo!

— Muito bem, D. Anica!

E estalaram palmas.

— Tocou às mil maravilhas!...

— Não senhor, foi uma polca do Marinho.

Correram a cumprimentar a pianista. O Freitas profetizou logo "que ali estava um segundo Lira!"

Raimundo foi o único que não se abalou. Estava fumando à janela, e fumando deixou-se ficar. Ana Rosa, sem dar a perceber, sentiu por isso uma ligeira decepção. Esforçara-se por tocar bem e ele, nem assim! "Até parecia não ter notado nada!... É um malcriado!" concluiu ela, de si para si. E, com uma pontinha de mau humor, assentou-se ao lado de Lindoca. Eufrásia correu logo para junto da amiga.

— Que tal o achas?... perguntou em segredo, assentando-se, com muito interesse.

— Quem? disse Ana Rosa, fingindo distração e franzindo o nariz.

A outra indicou misteriosamente a janela com um dos polegares.

— Assim, assim...

E a filha do negociante fez um bico de indiferença. - Nem por isso!...

— Um peixão! opinou Eufrásia com entusiasmo.

— Gentes!... Que é isto, Eufrasinha?...

— É uma tetéia!

E a viúva mordia os beiços.

— Sim, ele não é feio... tornou Ana Rosa, impacientando-se. Mas também não é lá essas coisas!...

— Que olhos! Que cabelos! E que gestos!... olha, olha, menina! como ele brinca com o charuto!... Olha como ele se encosta à grade da janela!... Parece um fidalgo, o diabo do homem!...

Ana Rosa, sem desfranzir o nariz, enviesava os olhos contra o primo e sentia melhor do que a amiga a evidência do que esta lhe dizia. "Raimundo era com efeito elegante e bem bonito, mas, que diabo, desde que chegara ainda lhe não tinha dispensado uma única palavra de distinção, um só gesto que a especializassem, quando ali, no entanto, era ela, incontestavelmente a mais chique, a mais simpática, e, além disso - sua prima! (Ana Rosa pouco ou nada sabia ao certo do grau do seu parentesco com ele). Não! Não fora correto! Falara-lhe como às outras, igualmente frio e reservado; não fizera como os rapazes do Maranhão, que, mal se aproximavam dela, estavam desfeitos em elogios e protestos de amor!" Aquela indiferença de Raimundo doía-lhe como uma injustiça: sentia-se lesada roubada, nos seus direitos de moça irresistível. "Um pedante é o que ele é! Um enfatuado! Pensa que vale muito, porque se formou em Coimbra e correu a Europa! Um tolo!..."

Nessa ocasião, entraram na sala, com ruídos, dois novos tipos - o José Roberto e o Sebastião Campos.

Foram logo apresentados a Raimundo e seguiram a cumprimentar as senhoras, dando a cada qual uma frase, ou uma palavra, ou um gesto de galanteio familiar: "D. Eufrasinha sempre bela como os amores, que pena ser eu já papel queimado! - Então D. Lindoca, onde vai com essa gordura? divida a metade comigo! - Quando se come doce desse casamento, D. Bibina?... E tinham sempre na ponta da língua uma pilhéria, um dito, para bulir com as moças; coisas desengraçadas e sediças, mas que as faziam rebentar de riso.

— Deus os fez e o diabo os ajuntou! explodiu, com um estalo de boca, a velha Amância, quando os dois passaram por ela.

José Roberto, a quem só tratavam por "Seu Casusa" era moço de vinte e tantos anos; magro, moreno, crivado de espinhas, olhos muito negros, boca em ruínas, uma enorme cabeleira, rica, toda encaracolada e reluzente de óleo cheiroso, preta, bem preta, dividida pacientemente ao meio da cabeça. Usava lunetas azuis e cantava ao violão modinhas da sua própria lavra e de outros, apimentadas à baiana com o travo sensual e árabe dos lundus africanos. Quando tocava, tinha o amaneirado voluptuoso do trovador de esquina; vergava-se todo sobre o instrumento, picando as notas com as unhas, cujos dedos pareciam as pernas de um caranguejo doido, ou abafando com a palma da mão o som das cordas, que gemiam e choravam como gente.

Tipo do Norte, perfeito, cheio de franquezas, com horror ao dinheiro, muito orgulhoso e prevenido contra os portugueses, a quem perseguia com as suas constantes chalaças, imitando-lhes o sotaque, o andar e os gestos. Tinha alguma coisinha de seu e passava por estróina. Gostava das serenatas, das pândegas com moças; pilhando dança - não perdia quadrilha nem pulada, mas no dia seguinte ficava de cama, estrompado.

Havia muito que José Roberto procurava agradar a Ana Rosa, esta sempre o repelia a rir. Também poucos o tomavam a sério: "Um pancada" diziam, mas queriam-lhe bem.

O Sebastião Campos, esse era viúvo da primeira filha de Maria Bárbara e, como aquele, um tipo legítimo do Maranhão; nada, porém, tinha do outro senão o orgulho e a birra aos portugueses, a quem na ausência só chamava "marinheiros - puçás - galegos".

Senhor de engenho, de um engenho de cana, lá para as bandas do Munim, onde passava três meses no tempo da colheita; o resto do ano passava-o na cidade. Devia ter quase o duplo da idade de José Roberto, baixote, muito asseado, mas com a roupa sempre malfeita. Usava calças curtas, em geral brancas, deixando aparecer, desde o tornozelo, os seus pezinhos ridiculamente pequenos e mimosos; barba cerrada, ainda preta, desproporcionada do corpo, beiços grossos e vermelhos, mostrando a dentadura miudinha e gasta, porém muito bem tratada, tratada a mel de fumo de corda, que era com que ele asseava a boca.

Bairrista, isso ao último ponto: a tudo preferia o que fosse nacional. "Não trocava a sua boa cana-capim - e o seu vinho de caju por quantos *cognacs* e vinhos do Porto havia por aí! Nem o seu gostoso e cheiroso fumo de molho, fabricado no Maranhão, pelo melhor tabaco estrangeiro, ou mesmo importado das outras províncias! Ou bem que se era maranhense ou bem que se não era!"

Não cochilava com os seus escravos. Na roça era temido até pelo feitor, um pouco devoto e cheio de escrúpulos de raça. "Preto é preto; branco é branco! Moleque é moleque; menino é menino!" E estava sempre a repetir que o Brasil teria ganho muito, se perdesse a Guerra dos Guararapes.

— A nossa desgraça, rezava ele, é termos caldo nas mãos destas bestas! Uns lesmas! Uma gente sem progresso, que só cuida de encher o papo e aferrolhar dinheiro!

Favores, de quem quer que fosse, não os aceitava "que não queria dever obrigações a nenhum filho da mãe!..." Mas também, quando dava para meter as botas em qualquer pessoa - era aquela desgraça! Não tinha papas na língua! Era nervoso e ativo; gostava, todavia, de ler ou conversar, escarranchado na rede durante horas esquecidas, em ceroulas, fumando o seu cachimbo de cabeça preta, fabricado na província. Na rua, encontravam-no de sobrecasaca aberta, coletinho de chamalote, camisa bordada, guarnecida por três brilhantes grandes; ao pescoço, prendendo o cebolão, um trancelim muito comprido, de ouro maciço, obra antiga, com passador. Adorava os perfumes ativos, as jóias e as cores vivas, para ele, nada havia, porém, como um passeio ao sítio embarcado, à fresca da madrugada, bebericando o seu trago de cachaça e pitando o seu fumo do Codó. Em casa muito obsequiador. Passava à farta.

Com a vinda destes dois, a reunião tornou-se mais animada. Reclamou-se logo o violão, e seu Casusa, depois de muito rogado, afinou o instrumento e principiou a cantar Gonçalves Dias:

"Se queres saber o meio
Por que às vezes me arrebata
Nas asas do pensamento
A poesia tão grata;"

Nisto, rebentou uma corda do violão.

— Ora pistolas!... resmungou o trovador. E gritou: - Ó D. Anica! a senhora não terá uma prima?

Ana Rosa foi ver se tinha, andou remexendo lá por dentro da casa, e voltou com uma segunda. "Era o que havia." O Casusa arranjou-se com a segunda e prosseguiu, depois de repetir os versos já cantados; ao passo que o Freitas, na janela, importunava Raimundo, a propósito do autor daquela poesia e de outros vultos notáveis do Maranhão "da sua Atenas brasileira" como a denominava ele. O cônego fugiu logo para a varanda, covardemente, com medo à seca.

— Não sou bairrista, não senhor... dizia o maçante, mas o nosso Maranhãozinho é um torrão privilegiado!...

E citava, com orgulho, "os Cunha, os Odorico Mendes, os Pindaré e os Sotero etcetera! etcetera!" O seu modo de dizer etcetera era esplêndido!

— Temos os nossos faustos, temos!

Passou então a falar nas belezas da sua Atenas: no dique das Mercês, "estava em construção, mas havia de ficar obra muito de se ver e gostar..." afiançava ele cheio de gestos respeitosos. Falou do Cais da Sagração, "também não estava concluído" dos Quartéis, "iam entrar em conserto", na igreja de Santo Antônio, "nunca chegaram a terminá-la, mas se o conseguissem, seria um belo templo!" Elogiou muito o teatro São Luís. "Dizia o cônego que era o São Carlos de Lisboa, em ponto pequeno!" Lembrou respeitosamente a companhia lírica do Ramonda, o Remorini, tenor "morrera de febre amarela, depois de ser muito aplaudido na *Gemma de Vergi*. Ah, como aquela, jurava não voltaria outra companhia ao Maranhão! Mas que, mesmo na província havia moços de grande habilidade..." Referia-se a uma sociedade particular, de curiosos. "Tinham seu jeito, sim senhor!" E, engrossando a voz, com muita autoridade: "Representavam os *Sete Infantes de Lara! - Os Renegados! - O Homem da Máscara Negra*, e outras peças de igual merecimento! Tinham a sua queda para a coisa, tinham!... Não se pode negar!..." E assoava-se, meneando a cabeça, convencido "Principalmente a dama... sim! o moço que fazia de dama!... Não havia que desejar - o pegar do leque, o revirar dos olhos, certos requebros, certas faceirices!... Enfim, senhores! era perfeito, perfeito, perfeito!"

Raimundo bocejava.

E o Freitas nem cuspia. Acudiam-lhe fatos engraçados sobre o teatrinho; soltava as anedotas em rebanho, sem intervalos. Raimundo já não achava posição na janela; virava-se da esquerda, da direita, firmava-se ora numa perna, ora na outra, deixando afinal pender a cabeça e olhando para os pés, entristecido pelo tédio. "Que maçante!..." pensava.

Entretanto, o Freitas a sacudir-lhe a manga do fraque, que Raimundo sujara na caliça da janela, ia confessando que "estavam em vazante de divertimentos; que a sua distração única era cavaquear um bocado com os amigos..."

— Ah! exclamou, minto! Minto! Há uma festa nova! - a de Santa Filomena! Mas não será como a dos Remédios, por isso, tenham paciência!...

— Sim, decerto, balbuciou Raimundo, fingindo prestar atenção.

E espreguiçou-se.

— A festa dos Remédios!... repetiu o outro, estalando os dedos e assoviando prolongadamente, como quem diz: "Vai longe!"

Raimundo estremeceu, ficou gelado até a raiz dos cabelos; percebeu aquela tremenda ameaça e mediu instintivamente a altura da janela, como se premeditasse uma fuga.

— O nosso João Lisboa... disse o Freitas. E meteu profundamente as mãos nas algibeiras das calças. O nosso João Lisboa já, em um folhetim publicado no número... Ora qual é o número do *Publicador Maranhense*?... Espere!...

E fitou o teto.

— 1173 - Sim! 1173, de 15 de outubro de 1851. Pois nesse folhetim descreve ele, circunstanciadamente, e com muito donaire e gentilezas de estilo, a nossa popular e pitoresca festa dos Remédios.

Raimundo, aterrado, prometeu, sob palavra de honra, ler o tal folhetim na primeira ocasião.

— Ah!... volveu terrível o Freitas, é que ela hoje é outra coisa!... Hoje não se compara! - Há muito mais luxo, mas muito!

E, segurando com ambas as mãos a gola do fraque de Raimundo e ferrando-lhe em cima dos olhos arregalados, acrescentou energicamente: - Creia, meu doutor, mete pena o dinheirão que se gasta naquela festa! Faz dó ver as sedas, os veludos, as anáguas de renda, arrastarem-se pela terra vermelha dos Remédios!...

Raimundo empenhou a cabeça como faria idéia aproximada.

— Qual! Qual! Tenha paciência meu amigo, não é possível! E Freitas repeliu com força a vítima. Aquilo só vendo e sentindo, Sr. Dr. Raimundo José da Silva!

E descreveu minuciosamente a cor, a sutileza da terra; como a maldita manchava o lugar em que caía; como se insinuava pelas costuras dos vestidos, das botas, nas abas dos chapéus, nas máquinas dos relógios; como se introduzia pelo nariz, pela boca, pelas unhas, por todos os poros!

— Aquilo, meu caro amigo...

Raimundo queixou-se inopinadamente de que tinha muito calor.

Freitas levou-o pelo braço até a varanda; deu-lhe uma preguiçosa, passou-lhe uma ventarola de Bristol, preparou-lhe uma garapada, e, depois de havê-lo regalado bem, como antigamente se fazia com os sentenciados antes do suplício, de pé, implacável, verdadeiro carrasco em face do paciente, despejou inteira uma descrição do dia da festa dos Remédios, recorrendo a todos os mistérios da tortura, escolhendo palavras e gestos, repetindo as frases, frisando os termos, repisando o que lhe parecia de mais interesse, cheio de atitudes como se discursasse para um grande auditório.

Principiou expondo minuciosamente o Largo dos Remédios, com a sua ermida toda branca, seus bancos em derredor; muitos ariris, muita bandeira, muito foguete, muito toque de sino. Descreveu com assombro o luxo exagerado em que se apresentavam todos, todos!

Para a missa das seis e para a missa das dez nas quais, dizia ele circunspectamente, reúne-se a nata da nossa judiciosa sociedade!..." Era tudo em folha, e do mais caro, e do mais fino. Nesse dia todos luxavam, desde o capitalista até o ralé caixeiro de balcão: velho ou moço, branco ou preto, ninguém lá ia, sem se haver preparado da cabeça aos pés; não se encontrava roupa velha, nem coração triste!

— Às quatro horas da tarde, acrescentou o narrador, torna-se o largo a encher. Pensará talvez o meu amigo que tragam a mesma fatiota da manhã...

— Naturalmente...

— Pois engana-se! É tudo outra vez novo! São novos vestidos, novas calças, novas...

— Etc., etc.! Vamos adiante.

— Afirmam alguns estrangeiros... e dizendo isto tenho dito tudo!... Que não há, em parte alguma do mundo, festa de mais luxo!...

E a voz do maçante tomava a solenidade de um juramento.

— O que lhe posso afiançar, doutor, é que não há criança que, nessa tarde, não tenha a sua pratinha amarrada na ponta do lenço. Aparecem cédulas gordas, moedas amarelas; troca-se dinheiro; queimam-se charutos caros, no bazar (há um bazar) as prendas sobem a um preço escandaloso! Digo-lhe mais: nesse dia não há homem, por mais pichelingue, que não gaste seu bocado nos leilões, nas barracas, nos tabuleiros de doce ou nas casas de sorte; nem há mulher, senhora ou moça-dama, que não arrote grandeza, pelo menos seu vestidinho novo de popelina. Vêem-se enormes trouxas de doce seco, corações unidos de cocada, navios de massa com mastreação de alfenim, jurarás dourados, cutias enfeitadas dentro da gaiola, pombos cheios de fitas, frascos de compota de murici, bacuri, buriti, o diabo, meu caro senhor! As pretas-minas cativas, ou forras surgem com os seus ouros as suas ricas telhas de tartaruga, as suas ricas toalhas de rendas, suas belas saias de veludo, suas chinelas de polimento, seus anéis em todos os dedos, aos dois e aos três em cada um... E este povo, mesclado, coberto de luxo, radiante, com a barriga confortada e o coração contente, passeia, exibe-se, ancho de si, pensando erradamente chamar a atenção de todos, quando, aliás, cada qual só pensa e repara em si próprio e na sua própria roupa!

Raimundo ria-se por delicadeza, e espreguiçava-se na cadeira, bocejando.

— À noite, continuou o Freitas, ilumina-se todo o largo. Armam-se grandes e deslumbrantes arcos transparentes, com a imagem da santa e os emblemas do Comércio e da Navegação, que Nossa Senhora dos Remédios é padroeira do Comércio, e é este que lhe dá a festa. Mas bem, faz-se a iluminação - armas brasileiras, estrelas, vasos caprichosos, o nome da santa, tudo a bico de gás, não contando uma infinidade de balõezinhos chineses que brilham por entre as bandeiras, os florões, os ariris, as casas de música; em uma palavra fica tudo, tudo, claro como o dia!

Raimundo soltou um suspiro profundo e mudou de posição.

— Há também para os moleques, um pau-de-sebo, balanços e cavalinhos. É verdade! O doutor sabe o que é um pau-de-sebo?...

— Perfeitamente. Tenha a bondade de não explicar.

— Com franqueza! Se não sabe, diga, que eu posso...

— Ora por amor de Deus! Faz-me o favor em não se incomodar, juro-lhe! Estou impaciente pelo resultado da festa. Continue!

— Pois sim, senhor. Dão oito horas... Ah, meu caro amigo! Então surge de todos os cantos da cidade uma aluvião interminável de famílias, de velhos, moços, meninos, mulatinhas e negrinhas que enchem o largo que nem um ovo! Pretos de ambos os sexos e de todas as idades; desde o moleque até o tio velho, acodem, trazendo equilibradas nas cabeças imensas pilhas de cadeiras, e, com estas cadeiras, formam-se grandes rodas mesmo na praça, ao ar livre, e as famílias, ou ficam aí assentadas, ou, a título de passeio, acotovelam-se entre o povo. Fazem-se grupos, a gente ri, discute, critica, namora, zanga-se, ralha..

— Ralha?

— Ora! Já houve uma senhora que castigou um moleque a chicote, lá mesmo no largo!

— A chicote?

— Sim, a chicote! Aquilo, meu caro doutor, é uma espécie de romaria! As famílias levam consigo potes de água, cuscuz, castanhas assadas, biscoitos e o mais. E tudo isto ao som desordenado da pancadaria de três bandas de música, dos gritos do leiloeiro e da inqualificável algazarra do povo!

Raimundo quis levantar-se; o outro obrigou-o a ficar sentado, pondo-lhe as mãos nos ombros.

— Estamos no apogeu da festa! exclamou o maçante.

— Ah! gemeu Raimundo.

— Soltam-se balões de papel fino; cruzam-se moças aos pares; giram aos pares os janotas; vendem-se roletos de cana, sorvetes, garapa, cerveja, doces, pastéis, chupas de laranja; sentem-se arder charutos de canela; gastam-se os últimos cartuchos; esvaziam-se de todo as algibeiras e, finalmente, com grande júbilo geral arde o invariável fogo de artifício. Então rebentam todas as bandas de música a um só tempo, levanta-se uma fumarada capaz de sufocar um fole, e, no meio do estralejar das bombas e do infrene entusiasmo da multidão, aparece no castelo, deslumbrante de luzes, a imagem de Nossa Senhora dos Remédios. Foguetes de lágrimas voam aos milhares pelo espaço; o céu some-se. Todos se descobrem em atenção à santa, e abrem o chapéu-de-sol com medo das tabocas. Há uma chuva de luzes multicores; tudo se ilumina fantasticamente; todos os grupos, todas as fisionomias, todas as casas, tomam, sucessivamente, as irradiações do prisma. Durante esta apoteose o povo se concentra numa contemplação mística, terminada a qual, está terminada a festa!

E Freitas tomou fôlego. Raimundo ia falar, ele atalhou:

— De repente, o povo acorda e quer sair! Corre, precipita-se em massa à Rua dos Remédios, aglomera-se, disputa os carros, pragueja, assanha-se! Cada um entende que deve chegar primeiro à casa; há trambolhões, descomposturas, gritos, gargalhadas, gemidos, rinchos de cavalos, tabuleiros de doce derramados, vestidos rotos, pés esmagados, crianças perdidas, homens bêbados; mas, de súbito, como por encanto, esvazia-se o largo e desaparece a multidão!

— Como? Por quê?

— Daí a pouco estão todos recolhidos, sonhando já com a festa do ano seguinte, calculando economias, pensando em ganhar dinheiro, para na outra fazer ainda melhor figura!

E o Freitas resfolegou prostrado, com a língua seca.

— Mas por que diabo se retiram tão depressa?... perguntou Raimundo.

Freitas engoliu sofregamente três goles de água e voltou-se logo.

— É porque este povinho, por fogo de vista, é pior que macaco por banana! Tirem-lhe de lá o fogo que ninguém se abalará de casa!

— Com efeito! E é muito antiga esta festa, sabe?

— Bastante. Ela já tem seu tempo. Ora espere!

E o memorião atirou logo o olhar para o teto.

— No tempo dos governadores portugueses, disse, depois de uma pausa, era ali o convento de São Francisco; isso foi... poderia ser... em.. em mil, setecentos... e dezenove! Chamava-se então a ponta, que forma hoje o Largo dos Remédios, "Ponta do Romeu". Ora, os frades cederam esse terreno a um tal Monteiro de Carvalho, que fez a ermida, como se pode calcular, no mato. Uma ocasião, porém, um preto fugido matou nesse lugar o seu senhor, e os romeiros, que lá iam constantemente, abandonaram receosos a devoção. Só depois de cinqüenta e seis anos, é que o governador Joaquim de Melo e Póvoas mandou abrir uma boa estrada, a qual vem a ser hoje a nossa pitoresca Rua dos Remédios. A ermida caiu em ruínas, mas o ermitão, Francisco Xavier mandou, em 1818, construir a que lá está presentemente; e daí data a festa, que tive a honra e o gosto de descrever-lhe.

— De tudo isso, aventurou Raimundo, o que mais me admira é a sua memória: o senhor, com efeito, tem uma memória de anjo.

— Ora! O senhor ainda não viu nada! Vou contar-lhe...

O outro ia disparatar sem mais considerações, quando, felizmente, acudiram todos à varanda. Criou alma nova.

— Apre! disse Raimundo consigo, respirando. É de primeira força!...

Serviu-se o chocolate.

O cônego vinha a discretear para Manoel em voz soturna:

— Pois é o que lhe digo, compadre, fique você com as casas e divida-as em meias moradas, que rendem?...

— Acha então que vou bem, dando quatro contos de réis por cada uma...

— Decerto, são de graça!... Homem, aquilo é pedra e cal - construção antiga! - deita séculos! Além disso, as casinhas têm bom quintal, bom poço, e não são devassadas pela vizinhança... verdade é que não deixam de ser um bocadinho quentes, mas...

— Abrem-se-lhe janelas para o nascente, concluiu o negociante.

E, assim, conversando, chegaram à varanda, onde já estavam à mesa.

José Roberto e Sebastião Campos serviam às senhoras acompanhando com uma pilhéria cada prato que lhes ofereciam. Raimundo pediu dispensa do chá, com medo do Freitas que lhe abrira um lugar ao lado do seu.

Ouvia-se mastigar as torradas e sorver, aos golinhos, o chocolate quente.

— Doutor, exclamou o cônego, procurando espetar com o garfo uma fatia de um bolo de tapioca. Prove ao menos do nosso "Bolo do Maranhão". Também o chamam por aí "Bolo podre". Prove, que isto não há fora de cá... é uma especialidade da terra!

— Não é mau... disse Raimundo, fazendo-lhe a vontade. Muito saboroso, mas parece-me um tanto pesado...

— E de substância - acrescentou Maria Bárbara. Faz-se de tapioca de forno e ovos.

— D. Bibina! chamou Ana Rosa, apontando para os beijus. São fresquinhos...

Amância, com a boca cheia, dizia baixo a Maria do Carmo:

— Pois minha amiga, quando precisar de missa com cerimônia, não tem mais do que se entender com o padre que lhe digo... É muito pontual e contenta-se com o que a gente lhe dá! Outro dia apanhou-me dezoito mil-réis por uma missinha cantada, mas também podia se ver a obra que o homem apresentou!.. Pois então! Há de dar uma criatura seus cobrinhos, que tanto custam a juntar, a muito padre, como há por aí, desses que, mal chegam ao altar, estão pensando no almoço e na comadre?... Deus te livre, credo! Até pesa na consciência de um cristão!

— Como o padre Murta!... lembrou a outra.

— Oh! Esse, nem se fala! Às vezes, Deus me perdoe! Nos enterros, até se apresenta bêbado!

E Maria do Carmo bateu na boca - Cá está, acrescentou, quem já o viu a todo o pano encomendar o corpo de José Caroxo!...

— Não! Que hoje em dia a gente perde a fé... isso está se metendo pelos olhos!... Mas é o que já não tem o outro... porta-se muito bem! Muito bem procedido! Muito cumpridor das suas obrigações! Zeloso da religião! Acredite, minha amiga, que faz gosto... Dizem até...

E Amância segredou alguma coisa à vizinha. Maria do Carmo baixou os olhos, e resmungou beaticamente:

— Deus lhe leve em conta, coitado!

Houve um rumor de cadeiras que se arrastam. Os comensais afastaram-se dos seus lugares

— Mesa feita, companhia desfeita!...gritou logo José Roberto chupando os restos dos dentes. E tratou de seguir as senhoras, que se encaminhavam silenciosas para a sala.

Nisto, entrou o Dias, trazendo o Benedito pelo cós. Vinha a deitar os bofes pela boca e, quase sem poder falar, contou que "seguira o ladrão até o fim da Rua Grande, e que o ladrão quebrara para o Largo dos Quartéis e quase que alcança o mato da Camboa". Dito isto, conduziu ele mesmo o moleque lá para dentro. Anda, peste! Vai preparando o pêlo, que ainda hoje te metes em relho!"

Apreciaram muito o serviço da Dias, e conversaram sobre aquele ato de dedicação, elogiando o zelo do bom amigo e caixeiro de Manoel. Daí a uma hora despediam-se as moças, entre grande barafunda de beijos e abraços.

— Lindoca! gritava Ana Rosa, agora não arribe de novo, ouviu?...

— Sim, minha vida, hei de aparecer... olha!

E subiu dois degraus para lhe dizer um segredinho.

— Sim, sim! Eufrasinha, adeus! D. Maria do Carmo, não deixe de levar essas meninas à quinta no dia de São João. Temos torta de caranguejos, olhe lá!

— Adeus, coracão!

— Etelvina, não se esqueça daquilo!...

— Bibina, despeça-se da gente!... guarde seus quatro vinténs!...

— Olhe, observou o Sebastião Campos, que as tais moças, para se despedirem... são terríveis!

— "Pudesse uma só nau contê-las todas..." recitou o Freitas, coçando o bigode com a sua unha de estimação, "e o piloto fosse eu... triunfo eterno!..." E, após uma gargalhada seca, voltou-se para Raimundo e ofereceu-lhe com ar pretensioso "um talher na sua parca mesa".

— Vá doutor, vá por aquela choupana, disse. Vá aborrecer-se um pouco...

Raimundo prometeu distraidamente. Bocejava. Por mera delicadeza, perguntou se alguma das senhoras "queria um criado para acompanhá-la a casa".

As Sarmentos aceitaram logo, com muitos trejeitos de cortesia. Ele, interiormente contrariado, levou-as até às Mercês, onde moravam, ali mesmo, perto. Voltou pouco depois.

— Recolha-se, doutor, trate de recolher-se... aconselhou-lhe Manoel, que o esperava de pé. O senhor deve estar com o corpo a pedir descanso...

Raimundo confessou que sim, apertou-lhe a mão. "Boas-noites, e obrigado".

— Até amanhã! Olhe! se precisar de qualquer coisa, chame pelo Benedito, ele dorme na varanda. Mas deve estar tudo lá; a Brígida é cuidadosa. Passe bem!

Raimundo fechou-se no quarto: despiu se, acendeu um cigarro e deitou-se. Abriu por hábito um livro; mas, no fim da primeira página, as pálpebras se lhe fechavam. Soprou a vela. Então sentiu um bem-estar infinito, profundamente agradável: abraçou-se aos travesseiros e, antes que algum dos acontecimentos desse dia lhe assaltasse o espírito, adormeceu.

Todavia, a pouca distância dali, alguém velava, pensando nele.

V

Era Ana Rosa. Logo que ela se recolhera ao quarto, gritara pela Mônica.

— Maã0- pretinha!

Assim tratava a cafuza que a criara e que dormia todas as noites debaixo da sua rede...

— Maã-pretinha! Ó senhores!

— O que é, iaiá? Não se agaste!

— Você tem um sono de pedra! Oh!

Deu um estalo com a língua.

— Dispa-me!

E estendeu-se negligentemente em uma cadeira, entregando à criada os pés pequeninos e bem calçados.

Mônica tomou-os, com amor, entre as suas mãos negras e calejadas; descalçou-lhe cuidadosamente as botinas, sacou-lhe fora as meias; depois, com um desvelo religioso, como um devoto a despir a imagem de Nossa Senhora, começou a tirar as roupas de Ana Rosa; desatou-lhe o cadarço das anáguas; desapertou-lhe o colete e, quando a deixou só em camisa, disse, apalpando-lhe as costas:

— Iaiá, vossemecê está tão suada!...

E correu logo ao baú.

A senhora pusera-se a cismar, distraída, coçando de leve a cintura, o lugar das ligas e as outras partes do seu corpo que estiveram comprimidas por muito tempo. Mônica voltou com uma camisola toda cheirosa, impregnada de junco, a qual, abrindo-a com os braços, enfiou pela cabeça de Ana Rosa; esta ergueu-se e deixou cair a seus pés a camisa servida e conchegou a outra à pele, afagando os seus peitos virgens num estremecimento de rola. Depois suspirou baixinho e deu uma carreira para a rede, na pontinha dos pés, como se não quisesse tocar no chão.

A cafuza ajuntou zelosamente a roupa dispersa pelo quarto e guardou as jóias.

— Iaiá quer mais alguma coisa?

— Água, disse a moça, aninhando-se já nos lençóis defumados de alfazema. Só se lhe via a graciosa cabeça, saindo despenteada dentre nuvens de pano branco.

A cafuza trouxe-lhe uma bilha de água, e a senhora, depois de servida, beijou-lhe a mão.

— Boas noites maã-pretinha. Abaixe a luz e feche a porta.

— Deus te faça uma santa! respondeu Mônica, traçando no ar uma cruz com a mão aberta.

E retirou-se humildemente, toda bons modos e gestos carinhosos.

Mônica orçava pelos cinqüenta anos; era gorda, sadia e muito asseada; tetas grandes e descaídas dentro do cabeção. Tinha ao pescoço um barbante, com um crucifixo de metal, uma pratinha de 200 réis, uma fava de cumaru, um dente de cão e um pedaço de lacre encastoado em ouro. Desde que amamentara Ana Rosa, dedicara-lhe um amor maternalmente extremoso, uma dedicação desinteressada e passiva. Iaiá fora sempre o seu ídolo, o seu único "querer bem", porque os próprios filhos, esses lhos arrancaram e venderam para o Sul. Dantes, nunca vinha da fonte, onde passava os dias a lavar, sem lhe trazer frutas e borboletas, o que, para a pequenina, constituía o melhor prazer desta vida. Chamava-lhe "sua filha, seu cativeiro" e todas as noites, e todas as manhãs, quando chegava ou quando saía para o trabalho, lançava-lhe a bênção, sempre com estas mesmas palavras: "Deus te faça uma santa! - Deus te ajude! Deus te abençoe!" Se Ana Rosa fazia em casa qualquer diabrura, que desagradasse a mãe-preta, esta a repreendia imediatamente, com autoridade; desde, porém, que a acusação ou a reprimenda partissem de outro, fosse embora do pai ou da avó, punia logo pela menina e voltava-se contra os mais.

Havia seis anos que era forra. Manuel dera-lhe a carta a pedido da filha, o que muita gente desaprovou, "terás o pago!..." diziam-lhe. Mas a boa preta deixou-se ficar em casa dos seus senhores e continuou a desvelar-se pela Iaiá melhor que até então, mais cativa do que nunca.

Ana Rosa, mal ficou sozinha, no aconchego confidencial da sua rede, íntima tranqüilidade do seu quarto frouxamente iluminado à luz mortiça do candeeiro de azeite, principiou a passar em revista todos os acontecimentos desse dia. Raimundo avultava dentre a multidão dos fatos como uma letra maiúscula no meio de um período de Lucena; aquele rosto quente, de olhos sombrios, olhos feitos do azul do mar em dias de tempestade, aqueles lábios vermelhos e fortes, aqueles dentes mais brancos que as presas de uma fera, impressionavam-na profundamente. "Que espécie de homem estaria ali."

Procurava com insistência recordar-se dele em algum dos episódios da sua infância — nada! Diziam-lhe, entretanto, que brincara com ela em pequenino, e que foram amigos, companheiros de berço criados juntos, que nem irmãos. E todas estas coisas lhe produziam no espírito um efeito muito estranho e singular. As meias sombras, as reservas e as reticências, com que a medo lhe falavam dele, ainda mais interessante o tornavam aos olhos dela. "Mas, afinal, quem seria ao certo aquele belo moço?... Nunca lho explicaram; paravam em certos pontos, saltavam sobre outros como por cima de brasas; e tudo isto, todos estes claros que deixavam abertos a respeito do passado de Raimundo, todos esses véus em que o envolviam como a uma estátua que se não pode ver, emprestavam-lhe atrações magnéticas, um encanto irresistível e perigoso de mistério, uma fascinação romântica de abismo.

Entontecia de pensar nele. O hibridismo daquela figura, em que a distinção e a fidalguia do porte se harmonizavam caprichosamente com a rude e orgulhosa franqueza de um selvagem produzia-lhe na razão o efeito de um vinho forte, mas de uma doçura irresistível e traidora ficava estonteada; perturbava-se toda com a lembrança do contraste daquela fisionomia, com a expressão contraditória daqueles olhos, suplicantes e dominadores a um tempo; sentia-se vencida, humilhada defronte aquele mito; reconhecia-lhe certo império, certa preponderância que jamais descobrira em ninguém; quanto mais o comparava aos outros, mais o achava superior, único, excepcional.

E Ana Rosa deixava-se invadir lentamente por aquela embriaguez esquecendo-se, alheando-se de tudo, sem querer pensar em outro objeto que não fosse Raimundo. De repente surpreendeu-se a dizer: "Como deve ser bom o seu amor!..." E ficou a cismar, a fazer conjeturas, a julgá-lo minuciosamente, da cabeça aos pés. Parou nos olhos: "Quantos tesouros de ternura não estariam neles escondidos? Neles, do feitio de amêndoas, banhados de bondade e cercados por pestanas crespas e negras, como os pêlos de um bicho venenoso; aquelas pestanas lembravam-lhe as sedas de uma aranha caranguejeira." Estremeceu, porém, vieram-lhe desejos de os apalpar com os lábios. "Como devia ser bom ouvir dizer - Eu te amo! - por aquela boca e por aquela voz!..." E ficava assustada, como se de fato, no silêncio da alcova, uma voz de homem estivesse a segredar-lhe, junto ao rosto, palavras de amor.

Mas logo tornava a si com a idéia do porte austero e frio de Raimundo. Esta indiferença, ao mesmo tempo que lhe pungia e atormentava o orgulho, levantava-lhe, na sua vaidade de mulher, um apetite nervoso de ver rendida a seus pés aquela misteriosa criatura, aquele espectro inalterável e sombrio, que a vira e contemplara sem o menor sobressalto.

E entre mil devaneios deste gênero, com o sangue a percorrer-lhe mais apressado as artérias, conseguiu afinal adormecer, vencida de cansaço. E, quem pudesse observá-la pela noite adiante, vê-la-ia de vez em quando abraçar-se aos travesseiros e, trêmula, estender os lábios, entre abertos e sôfregos, como quem procura um beijo no espaço.

Na manhã seguinte acordara pálida e nervosa, à semelhança de uma noiva no dia imediato às núpcias. Faltava-lhe ânimo até para se preparar e sair do quarto: deixava-se ficar deitada na rede, a cismar, sem abrir de todo os olhos, cheia de fadiga.

Parecia-lhe sentir ainda na face o calor do rosto de Raimundo.

Decorreram duas horas e ela continuava na mesma irresolução: as pálpebras lânguidas, as narinas dilatadas pelo hálito quente e doentio; os beiços secos e ásperos; o corpo moído sob um fastio geral, que lhe dava espreguiçamentos de febre e má vontade. E, assim prostrada, deixava-se ficar entre os lençóis, tolhida de vexame e enleio, pelas loucuras da noite.

A voz clara de Raimundo que conversava na varanda enquanto tomava café, despertou-a; Ana Rosa estremeceu, mas, num abrir e fechar de olhos, ergueu-se, lavou-se e vestiu-se. Ao fitar o espelho, achou-se feia e mal enforcada, posto não estivesse pior que nos outros dias, endireitou-se toda, cobriu o rosto de pó de arroz, arranjou melhor os cabelos e escovou um sorriso.

Apareceu lá fora com grande acanhamento; deu a Raimundo um "Bons-dias" frio, de olhos baixos. Não podia encará-lo. Maria Bárbara já lá estava na labutação, a cuidar da casa, a dar voltas, a gritar com os escravos.

— Olha esse bilhete da Eufrásia, disse ela, ao ver a neta. E passou-lhe uma tira de papel. engenhosamente dobrada em laço com um galhinho de alecrim enfiado no centro.

Ana Rosa teve um gesto involuntário de contrariedade. Aborrecia-lhe agora sem saber por que, a amizade da viúva, dela, que era até aí a sua íntima, a sua confidente, a sua melhor amiga; dos outros havia muito que se tinha enfastiado o seu desejo; naquele instante, era ficar só, bem só, num lugar em que ninguém pudesse importuná-la.

Serviu-se de uma xícara de café, deu-se por incomodada.

— V. Exª sente alguma coisa? perguntou Raimundo com delicadeza.

Ana Rosa sobressaltou-se ligeiramente, ergueu os olhos, viu os do rapaz, abaixou logo os seus e, entressorrindo, gaguejou:

— Não é nada... Nervoso...

— É isto! acudiu Maria Bárbara, que parara para ouvir a resposta da neta. Nervoso! Olhem que estas moças d'agora são tão cheias de tanta novidade e de tantas invenções!... É o nervoso! É a tal da enxaqueca! É o flato! é o faniquito! Ah, meu tempo, meu tempo!...

Raimundo riu-se e Ana Rosa deu de ombros, simulando indiferença pelo que dizia a velha.

— Não faça caso, moço! Esta menina está assim já de tempos, e ninguém me tira que foi quebranto que lhe botaram!...

Raimundo tomou a rir, e Ana Rosa endireitou-se na cadeira em que acabava de assentar-se. "Esta vovó!... pensou ela envergonhada. Que idéia não ficará ele fazendo da gente!..."

— Não se ria, nhô Mundico! Não se ria, prosseguiu a sogra de Manoel, que aqui está - e bateu no peito - quem já andou de quebranto a dar-não-dá com os ossinhos no Gavião!

E, tirando do seio um trancelim, com uma enorme figa de chifre encastoada em ouro:—Ai, minha rica figa, a ti o devo! A ti o devo, que me livraste do mau-olhado!

— Mas, Srª D. Maria Bárbara, conte-me como foi essa história do quebranto, pediu Raimundo.

— Ora o quê! Pois então o senhor não sabe que o mau-olhado, pegando uma criatura de Deus —,está despachadinha?... Então, credo! Que andou o senhor aprendendo lá por essas paragens que correu?!

— V. Ex.ª, minha prima, também acredita no quebranto? interrogou o moço, voltando-se para Ana Rosa.

— Bobagens... murmurou esta, afetando superioridade.

— Ah, então não é supersticiosa?...

— Não, felizmente. Além disso - e abaixou a voz, rindo-se mais - ainda que acreditasse, não corria risco... dizem que o quebranto só ataca em geral as pessoas bonitas...

E sorriu para Raimundo.

— Nesse caso, é prudente acautelar-se... volveu ele galanteando.

E, como se Ana Rosa lhe chamara a atenção para a própria beleza passou a considerá-la melhor; enquanto a velha taramelava:

— Meu caro senhor Mundico, hoje em dia já não se acredita em coisa alguma!... Por isso é que os tempos estão como estão - cheios de febres, de bexigas, de tísicas e de paralisias, que nem mesmo os doutores de carta sabem o que aquilo é! Diz que é "beribéri" ou não sei quê; o caso é que nunca vi em dias de minha vida semelhante diabo de moléstia, e que o tal comochama está matando de repente, que nem obra do sujo, credo! Até parece castigo!

Deus me perdoe! Isto vai, mas, é tudo caminhando para uma república! Há de dar-lhes uma, que os faça ficar aí de dente arreganhado! Pois o que, senhor! Se já não há tementes de Deus! Já poucos são os que rezam!.. Hoje, com perdão da Virgem Santíssima - e bateu uma palmada na boca - até padres! Até há padres que não prestam!

Raimundo continuava a rir.

— Quanto mais, observou ele, de bom humor, para a fazer falar, quanto mais se V. Ex.a conhecesse certos povos da Europa meridional...

Então é que ficaria pasma deveras!

— Credo, minha Nossa Senhora! Que inferno não irá por esse mundão de esconjurados! Por isso é que agora está se vendo o que se vê, benza-me Deus!

E, benzendo-se ela própria com ambas as mãos, pediu que a deixassem ir dar uma vista de olhos pela cozinha.

— É eu não estar lá e o serviço fica logo pra trás... Caem no remancho, diabo das pestes!

Afastou-se gritando, desde a varanda pela Brígida: Aí estavam a pingar as nove, e nem sinal de almoço!..."

Raimundo e Ana Rosa ficaram a sós defronte um do outro; ela de olhos baixos, confusa, na aparência quase aborrecida; e ele, de cara alegre, a observá-la com interesse, gozando em contemplar, assim de perto, aquela provinciana simples e bem disposta, que se lhe afigurava agora uma irmã, de quem ele estivera ausente desde a infância. "Deve ser, com certeza, uma excelente moça... calculou de si para si. Pelo seu todo está a dizer que é boa de coração e honesta por natureza. Além do que, bonita..."

Sim, que até aí Raimundo ainda não tinha reparado que sua prima era bonita. Notou-lhe então a frescura da pele, a pureza da boca, a abundância dos cabelos. Achou-a bem tratada; as mãos claras, os dentes asseados, a tez muito limpa, fina e lustrosa, na sua palidez simpática de flor do Norte.

Principiaram a conversar, depois de algum silêncio, com muita cerimônia. Ele continuava a dar-lhe excelência, o que a constrangia um tanto, perguntou-lhe pelo pai.

Que tinha ido para o armazém, como de costume, e só subiria para almoçar e para jantar. Daí, queixou-se da solidão em que vivia no aborrecimento daquela casa. "Um cemitério de triste!..." Lamentou não ter um irmão e, em resposta a uma pergunta que lhe fez o rapaz, disse que lia para se distrair, mas que a leitura muitas vezes a fatigava também. O primo, se tinha um romance bom, que lho emprestasse.

Raimundo prometeu ver entre os seus livros, logo que abrisse um caixão que ainda estava pregado.

A propósito do romance, entrou a conversa pelas viagens. Ana Rosa lamentou não ter saído nunca do Maranhão. Tinha vontade de conhecer outros climas, outros costumes; entusiasmava-se com a descrição de certos lugares; falou, suspirando, da Itália. "Ah, Nápoles!...""

— Não, não! objetou o rapaz. Não é o que V. Exª supõe! Os poetas exageram muito! É bom não acreditar em tudo o que eles dizem, os mentirosos!

E, depois de uma ligeira súmula das impressões recebidas na Itália, perguntou à prima se queria ver os seus desenhos. A menina disse que sim e Raimundo, muito solícito, correu a buscar o seu álbum.

Logo que ele se levantou, Ana Rosa sentiu um grande alívio: respirou como se lhe houvessem tirado um peso das costas. Mas já não estava tão nervosa e até parecia disposta a rir e gracejar; é que Raimundo, no meio da conversa, dissera despretensiosamente que simpatizava muito com ela; que a achava interessante e bonita, e isto sem precisar de mais nada, tornou-a logo bem disposta e restituiu-lhe ao semblante a sua natural expressão de bom humor.

Ele voltou com o álbum e abriu-o de par em par defronte a rapariga.

Começaram a ver. Ana Rosa era toda atenção para os desenhos; enquanto Raimundo, ao seu lado, ia virando as folhas com os seus dedos morenos e roliços, e explicando as paisagens montanhosas da Suíça, os edifícios e os jardins de França, os arrabaldes de Itália. E contava os passeios que realizara, os almoços que tivera em viagem, as serenatas em gôndola; ia dizendo tudo o que aqueles desenhos lhe chamavam à memória: como chegara a certo lago; como passara tal ponte; como fora servido em tais e tais hotéis e o que sabia daquele chalezinho verde, que a aquarela representava escondido entre árvores sonolentas e misteriosas.

Ana Rosa escutava com um silêncio de inveja.

— Que é isto? perguntou ela, ao ver um esboço, que expunha dois bispos, já amortalhados dentro dos competentes caixões de defunto, como à espera do momento de baixarem a tenra. Um estava imóvel, de mãos postas e olhos cerrados; o outro, porém, erguia-se a meio e parecia voltar à vida. Ao lado deles havia um frade.

— Ah! fez ele rindo, e explicou: Isso é copiado de um quadro, que vi na sacristia do velho convento de São Francisco, da Paraíba do Norte. Não vale nada, como todos os quadros que lá estão, e não poucos, pintados sobre madeira; um colorido impossível; as figuras mal desenhadas, muito duras. Esse é um dos mais antigos; copiei-o por isso. Pura curiosidade cronológica. Vê esse escudo nas mãos do frade? Tenha a bondade de virar a página; que V. Exª encontrará um soneto que aí estava escrito a pincel.

Ana Rosa virou a folha e leu:

"Este quadro, Leitor, onde a figura
Vivo um Bispo te põe, que morto estava,
Mostra quanto Francisco o estimava,
Pois não quer vá com culpa à sepultura.

Olha o outro defronte, em que a pintura
Jugulado o expõe; este formava
Contra a Ordem mil queixas, que esperava
Fossem dos Frades trágica jatura.

Tu agora, Leitor, que a diferente
Sorte vês nestes dois acontecida
Toma a ti a que for mais conducente:

O primeiro ama a Ordem e torna à vida;
O segundo a aborrece e o golpe sente.
Ambos prêmios têm por igual medida."

— Quem há de gostar disto, é vovó... ela tem muita devoção com São Francisco!

— Olhe! Aí tem Vossa Exª um dos pontos mais bonitos de Paris.— É desenho de um pintor meu amigo; muito forte! - Essas ruínas, que aparecem ao fundo, são das Tulherias.

E passaram a conversar sobre a Guerra Franco-Prussiana, extinta pouco antes. Ana Rosa, sem desprender os olhos do álbum, via e ouvia tudo, com muito empenho; queria explicações; não lhe escapava nada. Raimundo, debruçado nas costas da cadeira em que ela estava, tinha às vezes de abaixar a cabeça para afirmar o desenho e roçava involuntariamente o rosto nos cabelos da rapariga.

Ao virar de uma folha deram de súbito com um cartão fotográfico, que estava solto dentro do livro; um retrato de mulher sorrindo maliciosamente numa posição de teatro: com as suas saias de cambraia, curtíssimas, formando-lhe uma nuvem vaporosa em torno dos quadris; colo nu, pernas e braços de meia.

— Oh! articulou a moça, espantando-se como se o retrato fosse uma pessoa estranha que viesse entremeter-se no seu colóquio.

E, maquinalmente, desviou os olhos daquele rosto expressivo que lhe sorria do cartão com um descaramento muito real e uma ironia atrevida. Declarou-a logo detestável.

— Ah, certamente!... É uma dançarina parisiense, explicou Raimundo, fingindo pouco caso. Tem algum merecimento artístico...

E tomando a fotografia com cuidado, para que Ana Rosa não percebesse a dedicatória nas costas do retrato, colocou-a entre as folhas já vistas do álbum.

Ao terminarem, ele falou muito da Europa e, como a música viesse à conversa, pediu a Ana Rosa que tocasse alguma coisa antes do almoço. Passaram-se para a sala de visitas, e ela, com um grande acanhamento e um pouco de desafinação, executou vários trechos italianos.

Benedito apareceu à porta de corpo nu.

— Iaiá! Sinhô está chamando pra mesa.

O almoço correu pilheriado e alegre. O cônego Diogo viera a convite de Manoel, no propósito de saírem os dois mais o Raimundo, para dar uma vista d'olhos pelas casinhas de São Pantaleão.

Servida a segunda mesa, os caixeiros subiram com grande ruído de pés.

Por esse tempo aqueles três surgiam na rua, formando cada qual mais vivo contraste com os outros: Manoel no seu tipo pesado e chato de negociante, calças de brim e paletó de alpaca; o cônego imponente na sua batina lustrosa, aristocrata, mostrando as meias de seda escarlate e o pé mimoso, apertadinho no sapato de polimento; Raimundo, todo europeu, elegante, com uma roupa de casimira leve adequada ao clima do Maranhão, escandalizando o bairro comercial com o seu chapéu-de-sol coberto de linho claro e forrado de verde pela parte de dentro. "Formavam, dizia este último, chasqueando, sem tirar o charuto da boca, uma respeitável trindade filosófica, na qual, ali, o Sr. Cônego representava a teologia, o Sr. Manoel a metafísica, e ele, Raimundo, a filosofia política; o que, aplicado à política, traduzia-se na prodigiosa aliança dos três governos - o do papado, o monárquico e o republicano!"

Ana Rosa espreitava-os e seguia-os com a vista, curiosa, por entre as folhas semicerradas de uma janela.

Por onde seguiam, Raimundo ia levantando a atenção a todos. As negrinhas corriam ao interior das casas, chamando em gritos a sinhá-moça para ver passar "Um moço bonito!". Na rua, os linguarudos paravam com ar estúpido, para examiná-lo bem; os olhares mediam-no grosseiramente da cabeça aos pés, como em desafio; interrompiam-se as conversas dos grupos que ele encontrava na calçada.

— Quem é aquele sujeito, que ali vai de roupa clara e um chapéu de palha?

— Or'essa! Pois ainda não sabes? respondia um Bento. É o hóspede de Manoel Pescada!

— Ah! este é que é o tal doutor de Coimbra?

— O cujo! afirmava o Bento.

— Mas Brito, vem cá! disse o outro, com grande mistério, como quem faz uma revelação importante. - Ouvi dizer que é mulato!...

E a voz do Brito tinha o assombro de uma denúncia de crime.

— Que queres, meu Bento? São assim estes pomadas cá da terra dos papagaios! E ainda se zangam quando queremos limpar-lhes a raça, sem cobrar nada por isso!

— Branquinho nacional! É gentinha com quem eu embirro, ó Bento, como com o vento, disse Brito com uma troca e baldroca de VV e BB, que denunciava a sua genealogia galega.

Em outra parte, dizia-se:

— Olé! Um cara nova? Que achado!

— É o Dr. Raimundo da Silva...

— Médico?

— Não. Formado em Direito.

— Ah! É advogado? Que faz ele? Do que vive? O que possui?

— Vem advogar a própria causa por cá! Está tratando do que lhe pertence e do que lhe não pertence!

— O que me conta você, homem?...

— Coisas da vida, meu amigo! Estes doutores pensam que aqui os casamentos ricos andam a ufa!...

Em uma casa de família:

— Sabem? Passou por aí o Raimundo!

— Que Raimundo? perguntam logo em coro.

— Aquele mulato, que diz que é doutor, e está às sopas do Manoel Pescada!

— Dizem que ele tem alguma coisa...

— Pulha, minha rica, todos estes aventureiros, que arribam por cá, trazem o rei na barriga!

— E o Pescada para que o quer em casa?

Qual quer o quê! O Manoel despachou-o bonito, porém o mitra deixou-se ficar!

— Sempre há muita gente sem-vergonha!...

Em outras partes, juraram que Raimundo era filho do cônego Diogo e que vinha dos estudos; ainda noutras, viam em Raimundo uma carta do Partido Conservador: o redator do "Maritacaca" dizia a um correligionário: "Espere um pouco! deixe chegarem as eleições e então você verá este sujeito de cama e mesa com o presidente. Olhe! Eles hão de dar-se perfeitamente, porque, tanto cara de safado tem um, como o outro!"

E assim ia Raimundo sendo inconscientemente, objeto de mil comentários diversos e estúpidas conjeturas.

À noite estava fechado o negócio das casas, e decidido que, mal fizesse bom tempo, iria ele ao Rosário com o Manoel, resolver o da fazenda.

No dia imediato, Raimundo deu um passeio ao Alto da Carneira; no outro dia foi até São Tiago; no outro percorreu a praça do Mercado; foi três ou quatro vezes ao Remédios; repetiu a visita aos pontos citados e - não tinha mais onde ir. Meteu-se em casa, disposto a cultivar as relações familiares do tio e visitá-las de vez em quando, para se distrair; mas, posto lhe repetissem com insistência que o Maranhão era uma província muito hospitaleira, como é de fato, reparava despeitado, que, sempre e por toda a parte, o recebiam constrangidos. Não lhe chegava às mãos um só convite para baile ou para simples sarau; cortavam muita vez a conversação, quando ele se aproximava; tinham escrúpulo em falar na sua presença de assuntos, aliás, inocentes e comuns; enfim - isolavam-no, e o infeliz, convencido de que era gratuitamente antipatizado por toda a província, sepultou-se no seu quarto e só saía para fazer exercício, ir a uma reunião pública, ou então quando algum dos seus negócios o chamava à rua. Todavia, uma circunstância o intrigava, e era que, se os chefes de família lhe fechavam a casa, as moças não lhe fechavam o coração; em sociedade o repeliam todas, isso é exato, mas em particular o chamavam para a alcova. Raimundo via-se provocado por várias damas, solteiras, casadas e viúvas, cuja leviandade chegava ao ponto de mandarem-lhe flores e recados, que ele fingia não receber, porque, no seu caráter educado, achava a coisa ridícula e tola. Muitos e muitos dias não se despregava do quarto, senão para comer ou, o que sucedia com freqüência, para ir à varanda dar dois dedos de palestra à prima.

Estes cavacos faziam-se pelo alto dia, a horas de mais calor, e, muita vez, também à noite, das sete às nove, durante o serão. O rapaz, sempre respeitoso, assentava-se, defronte à máquina em que Ana Rosa cosia, e, com um livro entre os dedos ou a rabiscar algum desenho, conversavam tranqüilamente, com grandes intervalos. Às vezes dava-lhe para pedir explicações sobre a costura; queria saber, com um interesse pueril e carinhoso, o modo de arrematar as bainhas, de tirar os alinhavos; outras vezes, distraídos, falavam de religião, política, literatura, e Raimundo, de bom humor, concordava em geral com tudo o que ela entendia, mas, quando lhe dava na cabeça, discordava, de manhoso, para que a menina se exaltasse, discorresse sobre o ponto, e ralhasse com ele, procurando, muito seria, chamá-lo à verdade religiosa, dizendo-lhe "que não fosse maçom e respeitasse a Deus!"

Raimundo, que nunca, depois de homem, vivera na intimidade da família, dedicava-se com aquilo. D. Maria Bárbara, porém, vinha quase sempre quebrar com o seu mau gênio aquele remanso de felicidade. Era cada vez mais insuportável o diabo da velha! Berrava horas inteiras; tinha ataques de cólera; não podia passar muito tempo sem dar pancadas nos escravos. O rapaz, por diversas vezes, enterrara o chapéu na cabeça e saíra protestando mudar-se.

— Que carrasco! dizia ele pela escada, a descer a quatro e quatro os degraus. Dá bordoada por gosto! Diverte-se em fazer cantar o relho e a palmatória!

E aquele castigo bárbaro e covarde revoltava-o profundamente, punha-o triste, dava-lhe ímpetos de fazer um despropósito na casa alheia. "Estúpidos!" exclamava a sós, indignado. Mas, como a mudança não fosse tão fácil, contentava-se ele com o passar uma parte do dia no bilhar do único restaurante da província, não sem pena de abandonar as inocentes palestras da varanda.

Em breve criou fama de jogador e bêbado.

O fato era que, por tudo isto, lhe minava o espírito uma surda repugnância pela província e contra aquela maldita velha. Quando o estalo do chicote ou dos bolos rebentava no quintal ou na cozinha, Raimundo repelia a pena com que trabalhava no quarto.

— Lá está o diabo! Nem me deixa fazer nada! Arre!

E saía furioso para o bilhar.

Ora, Ana Rosa, era também contra o castigo, e o procedimento da avó foi um pretexto para a sua primeira solidariedade de pontos de vista com o primo; os dois conversavam em voz baixa contra Maria Bárbara, e esta conspiração aproximava-os mais um do outro, unia-os. Mas um belo dia, em que o Benedito levou uma mela mais estirada, Raimundo chegou-se a Manoel e falou-lhe resolutamente em mudança. "Que sabia estava incomodando e não queria abusar. O Sr. Manoel que tivesse paciência e lhe arranjasse uma casinha mobiliada e um criado..."

— O que, homem!... protestou logo Manoel, a quem não convinha a mudança do seu hóspede antes de realizada a compra da fazenda. O doutor pensa que está na Europa ou no Rio?... Pois então casinhas mobiliadas e com criado, isto é lá coisa que se encontre por cá?... Ora deixe-se disso!

E, como o sobrinho insistisse, continuou declarando que semelhante exigência, sobre ser quase inexeqüível acarretava para ele, Manoel, certa odiosidade. "Que não diriam por aí?... Diriam que Raimundo fora tão maltratado pelos parentes de seu pai que preferira sepultar-se entre quatro paredes a ter de aturá-los!"

— Não senhor! concluiu ele, afagando-lhe o ombro com uma palmada, deixe-se ficar cá em casa, pelo menos até o verão - em agosto, iremos juntos ver a fazenda - e, como por esse tempo já todos os seus negócios estarão liquidados, ou o senhor volta para a Corte, ou se instala aqui mesmo na província, porém com decência! Não lhe parece isto acertado? Para que fazer as coisas mal feitas?...

Raimundo consentiu afinal, e, desde então, esperava o mês de agosto com uma impaciência de faminto. Não era tanto a vontade de fugir a Maria Bárbara o que lhe fazia desejar com tamanha febre aquela viagem ao Rosário, mas o empenho, a sede velha de tornar a ver o lugar, em que lhe diziam, tão secamente, ter ele nascido e vivido os seus primeiros anos. "E daí, quem sabe lá se não iria encontrar a decifração do mistério da sua vida?..."

Esperou, e na espera entretinha-se todos os dias com Ana Rosa, tanto e com tal satisfação, que ainda nos princípios de junho, confessava já não lamentar a dificuldade da mudança. Ao contrário, pressentia até que já não podia realizá-la, sem sofrer pela falta daquele conchegozinho de família; sem curtir grandes saudades por aquela irmã, sua amiga, franca e delicada, que lhe dera a provar pela primeira vez o suavíssimo prazer da convivência em família.

Efetivamente, a filha de Manoel já era muito chegada a Raimundo...

O tratamento de excelência desaparecera como inútil entre parentes que se estimam; os sustos, os sobressaltas, as desconfianças, que dantes a acometiam na presença daquele moço austero e na aparência tão pouco comunicativo, foram substituídos, graças às providências do negociante sobre Maria Bárbara, por momentos agradáveis, cheios de doçura, em que o primo, ora contava com graça as peripécias de uma jornada; ora desenhava a lápis a caricatura dos conhecidos da casa; ora solfejava alguma melodia alemã ou algum romance italiano; ou, quando menos, lia versos e contos escolhidos.

Ana Rosa sentia em tudo isso um grande encanto, mas incompleto: Raimundo, pelos modos, parecia que lhe não tributava mais do que respeitosa amizade de irmão; e isto, para ela, não bastava. Raro era o dia em que a moça, sob qualquer pretexto, não lhe fazia uma carícia disfarçada; dizia, por exemplo: "Esta varanda é muito fresca... Não acha primo? Olhe, veja como tenho as mãos frias..." E entregava-lhe as mãos, que ele tenteava frouxamente, com medo de ser indiscreto. Outras vezes fingia reparar que o rapaz tinha os dedos muito longos e vinha-lhe à fantasia medi-los com os seus, ou queixava-se de ameaças de febre e pedia-lhe que lhe tomasse o pulso. Mas, a todas estas dissimulações da ternura, a todas estas tímidas hipocrisias do amor, sujeitava-se ele frio, indiferente e por vezes distraído.

Este pouco caso desesperava-a; doía-lhe aquela falta de entusiasmo, aquele nenhum carinho, por ela, que tanto se desvelava em merecê-lo. Certos dias a pobre moça aparecia sem querer dar-lhe palavra e com os olhos vermelhos e pisados; Raimundo atribuía tudo a qualquer indisposição nervosa e procurava distraí-la por meio da conversa, da música, sem nunca lhe falar do aspecto triste e abatido que lhe notava; tinha receio de impressioná-la e só conseguia afligi-la mais, porque Ana Rosa, quando, ao levantar-se da rede, se percebia pálida e triste, esforçava-se por conservar intacta na fisionomia a expressão da sua mágoa, na esperança de comovê-lo; de ser interrogada por ele, de ter enfim uma ocasião de confessar-lhe o seu amor. O ar friamente atencioso de Raimundo, as suas perguntas calmas, cristalizadas pela delicadeza, com que ele se informava da saúde da prima, a imperturbabilidade médica com que falava daquelas tristezas, daquela insônia e daquela falta de apetite, a formal condescendência que afetava, como por obséquio a uma pobre convalescente que se não deve contrariar, enchiam-na de raiva e despedaçavam-lhe a esperança de ser correspondida.

Uma ocasião, em que ela se lhe apresentou muito mais desfeita e pálida, Raimundo chamou a atenção de Manoel para a saúde da filha:

— Tenha cuidado! disse-lhe. Aquela idade é muito perigosa nas mulheres solteiras... Talvez fosse acertado uma viagem... Em todo o caso, não há efeito sem causa... É bom consultar o médico.

Manoel coçou a cabeça, em silêncio; a verdadeira causa já o Jaufret lhe havia declarado; mas, como Raimundo voltasse à questão e pintasse o caso muito feio, insistindo em que era preciso fazer alguma coisa, teve o bom português, nessa mesma tarde, uma conferência com o compadre e com o seu caixeiro Dias, a quem prometeu sociedade comercial, na hipótese de que se efetuasse para o seguinte mês, como ficava resolvido, o casamento dele com Ana Rosa.

— Mas a D. Anica levará em gosto?... perguntou o Dias, abaixando os olhos, com o melhor sorriso hipócrita do seu repertório.

— Naturalmente... respondeu Manoel, porque, da última vez que lhe toquei nisso, ela deu-me esperança... agora é provável que dê certeza!

— De não casar talvez! observou o cônego.

— Como não casar?...

— Como? Eu lho digo...

E o cônego apresentou as suas razões, fez bons argumentos, estabeleceu premissas, tirou conclusões, citou máximas latinas, e declarou que aquela hospedagem do cabrocha, no seio da família, nunca fora do seu gosto; e que, para se tratar do casamento de Ana Rosa, a primeira coisa a fazer era afastá-lo da casa.

Mas o negociante, que colocava os seus interesses pecuniários acima de tudo, abanou as orelhas às palavras do compadre, e descreveu a atitude respeitosa e desinteressada de Raimundo ao lado de Ana Rosa; falou no empenho com que o sobrinho quis mudar-se; no seu horror pela província; no seu entusiasmo pela Corte; e lembrou que fora ele próprio até, coitado! quem provocara aquela conferência dos três. Terminou dizendo que, por esse lado, nada temia. Além de que, depositava bastante confiança no bom senso de sua filha. "Não! Por aí podiam estar descansados! Não havia perigo a recear!"

— Veremos... veremos... Enquanto não assistir ao casamento deste aqui com a minha afilhada, estou no que disse!... *Cui fidas vide!*

E o cônego assoou-se com estrondo.

Nessa mesma noite, Manoel, aproveitando a ausência do hóspede, levou a filha ao quarto de Maria Bárbara. A velha embalava-se na rede, "bebendo" o seu fumo de corda no cachimbo e fitando um velho oratório de pau-santo. Ana Rosa, intrigada com a situação, encostou-se a uma cômoda, e o pai, depois de discorrer sobre várias coisas diferentes, disse que, no dia seguinte, viriam as amostras da casa do Vilarinho, para a noiva escolher as fazendas do seu enxoval!

— Quem vai casar?... perguntou a menina, num alvoroço.

— Faze-te desentendida, minha sonsa!... Ora qual de nós aqui tem mais cara de noivo - eu ou tua avó?...

E Manoel fez uma festinha no queixo da filha.

— Casar! Eu? Mas com quem, papai?

E Ana Rosa sorriu porque calculou que Raimundo a pedira em casamento.

— Ora com quem havia de ser, minha disfarçada?

E desta vez foi Manoel que riu, iludido pelo bom acolhimento que a filha dera à notícia.

— Não sei, não senhor... respondeu ela, com ar de quem sabe perfeitamente. Com quem é?...

— Anda lá, sonsinha? Não sabes outra coisa!...

E, enquanto Ana Rosa parecia muito ocupada em raspar com a unha uns pingos de cera velha, espalhados pela madeira da cômoda, continuou o negociante:

— Mas por que não me falaste com franqueza há mais tempo, sua caprichosa, fazendo o pobre rapaz supor que o não querias?...

Ana Rosa ficou séria.

O pai acrescentou:

— A fazê-lo, coitado! Andar por aí tão derreado, que até metia dó!...

— Como?!

— Pois então não sabes como andava o nosso Dias?...

— O Dias?! interrogou Ana Rosa empalidecendo.

E fez-se muda, a cismar; só despertou, com estas palavras:

— Ora senhores!... Tem graça!

—Tem graça, não senhora! vossemecê disse que o aceitava para marido! Que diabo quer dizer agora esta mudança?... Ah, que temos mouros na costa!... Bem me dizia o compadre!...

— Não sei o que lhe disse o padrinho, mas o que eu lhe digo, papai, é que definitivamente não me casarei com o Dias. Nunca, percebe?

— Mas, tu, se já não o queres, é porque tens outro de olho!...

— Não sei, não senhor...

E abaixou os olhos.

— Bem! Vê lá! Isto já me vai cheirando mal!... Ora dizes uma coisa; ora dizes outra!.. O mês passado respondeste-me na varanda: "Pode ser" e agora, às duas por três, dizes que não! Sabes que só quero a tua felicidade... não te contrario.. mas tu também não deves abusar!...

— Mas, gentes, o que foi que eu fiz?...

— Não estou dizendo que fizesses alguma coisa!... Só te aviso que prestes toda a atenção na tua escolha de noivo!... Nem quero imaginar que seja capaz de escolher uma pessoa indigna de ti!...

— Mas, como, papai?... Fale claro!

— Isto vai a quem toca! Não sei se me entendes!...

— Ora, seu Manoel! exclamou Maria Bárbara, levantando-se e pousando no chão o enorme cachimbo de taquari do Pará. Você às vezes tem lembranças que parecem esquecimento! Pois então, uma menina, que eu eduquei, ia olhar... - E gritou com mais força - para quem, seu Manoel!?

— Bem, bem...

— Vejam se não é mesmo vontade de provocar uma criatura!...

— Bem, bem! Eu não digo isto para ofender!... desculpou-se o negociante. Mas é que temos cá um rapaz bem-aparecido, que...

— Um cabra! berrou a sogra. E era muito bem feito que acontecesse qualquer coisa, para você ter mais cuidado no futuro com as suas hospedagens! Também só nessa cabeça entrava a maluqueira de andar metendo em casa crioulos cheios de fumaças! Hoje todos eles são assim! Súcia de apistolados! Dá-se-lhes o pé e tomam a mão! Corja! Julgue-se mas é muito feliz em não lhe ter recebido o coice! Porém fique você sabendo que só a mim o deve!—sei a educação que dei à minha neta!... por esta respondo eu!.. E, quanto ao cabra... é tratar de despachá-lo já, e já, se não quiser ao depois ter de pegar-se com trapos quentes!...

— Pois bem, pois bem, senhora! Amanhã mesmo tratarei disso! Oh!

E Manoel pensou logo em aconselhar-se com o cônego.

Ana Rosa continha o choro.

— Vou para meu quarto! disse ela, com mau modo.

— Ouça!... opôs-lhe o pai, detendo-a. A senhora...

— Não diga asneiras!... atalhou a velha, empurrando a neta para fora. Vai-te! E reza à Virgem Santíssima para que te proteja e te dê juízo!

Ana Rosa fechou-se no seu quarto, rezou muito, não quis tomar chá, e soluçou até às quatro horas da manhã.

No dia seguinte, Manoel, depois de entender-se com o compadre, preveniu a Raimundo que se preparasse para ir ao Rosário.

— Estou às suas ordens, mas o senhor tinha dito que iríamos no mês de agosto.

— É certo! Porém o tempo está seco e para a semana temos lua cheia. Podemos ir no sábado. Convém-lhe?

— Como quiser... estou pronto.

E, daí a pouco, Raimundo foi ao quarto verificar se os seus pertences de viagens, a borracha de aguardente, as botas de montar, as esporas e o chicote, achavam-se em bom estado de servir. Estranhou encontrar tudo isso mexido e remexido de muito fresco, como se alguém houvera se servido daqueles objetos. Já não era o primeiro reparo que fazia desse gênero. Por outras vezes quis parecer que alguém curioso de mau gosto se divertia a remexer-lhe os papéis e a roupa. "Talvez bisbilhotice do moleque!"

Mas, no dia seguinte, por ocasião de deitar-se, achou sobre o travesseiro um atracador de tartaruga preso a um laço de veludo preto. Reconheceu logo estes objetos; pertenciam a Ana Rosa. "Mas, como diabo vieram eles imoralmente parar ali, na sua cama?... Havia nisso, com certeza, um mistério ridículo, que convinha pôr a limpo!..." Lembrou-se então de ter ficado uma vez muito intrigado por descobrir, na escova e no pente de seu uso, fios compridos de cabelo, cabelo de mulher, sem dúvida, e mulher branca.

Já maçado, resolveu passar busca minuciosa em todo o quarto e encontrou os seguintes corpos de delito: dois ganchos de pentear, um jasmim seco, um botão de vestido e três pétalas de rosa. "Ora, estes objetos lhe pertenciam tanto quanto o pentinho de tartaruga e o laço de veludo. Quem fazia a limpeza e arrumava o quarto era o Benedito; este também não usava laços nem ganchos na cabeça... Logo, como havia pensado, alguém se divertia em vir, na sua ausência, revistar o que era dele, e esse alguém só poderia ser Ana Rosa!... Mas, que diabo vinha ela fazer ali?... Como adivinhar o fim daquelas visitas extravagantes?... Seria simples curiosidade ou andaria naquilo a base de alguma intriga maranhense, tramada contra o morador do quarto, ou talvez, quem sabe? contra a pobre menina?... Fosse o que fosse, em todo o caso, era urgente pôr cobro a semelhante patacoada!"

Desde esse dia, Raimundo prestou atenção a todos os objetos que deixava no quarto; marcou o ponto em que ficava o álbum, o despertador, um livro, o estojo de barba ou qualquer coisa, que o moleque não precisasse tirar do lugar para fazer a limpeza. E com estas experiências, cada vez mais se convencia das visitas misteriosas; os corpos de delito reproduziam-se escandalosamente; uma vez encontrou toda riscada a unha a cara da dançarina, cuja fotografia ele, com tanto cuidado, escondera de sua prima, porque nas costas do cartão, havia a seguinte dedicatória: *A mon brésilien bien-aimé, Raymond.*

Que dúvida! Todas as suspeitas recaíam sobre a bela filha do dono da casa! A graça, porém, é que Raimundo, apesar de não agradar à sua índole de homem sério e franco, tudo que cheirasse a subterfúgio e ilegalidade, sentia, no entanto, certo gosto vaidoso em preocupar tanto a imaginação de uma mulher bonita; lisonjeava-lhe aquele interesse, aquela espécie de revelação tímida e discreta; gostou de perceber que seu retrato era de todos os objetos, o mais violado, e, como bom polícia, chegou a descobrir-lhe manchas de saliva que significavam beijos. Mas, ou fosse levado pela curiosidade ou fosse na desconfiança de ser tudo aquilo obra de algum patife, ou fosse, enfim, porque o fato repugnasse ao seu caráter honesto, verdade é que deliberou aproveitar a primeira oportunidade para acabar com aquela mistificação.

Poucos dias depois, saindo de casa e demorando-se defronte à porta a conversar com alguém, viu da rua fecharem cuidadosamente as rótulas do seu quarto. Não hesitou - subiu pé ante pé, atravessou a varanda deserta, e foi direito ao seu aposento.

VI

Ana Rosa, com efeito, de algum tempo a essa parte, fazia visitas ao quarto de Raimundo, durante a ausência do morador.

Entrava disfarçadamente, fechava as rótulas da janela, e como sabia que o morador não aparecia àquela hora, começava a bulir nos livros, a remexer nas gavetas abertas, a experimentar as fechadas, a ler os cartões de visita e todos os pedacinhos de papel escrito que lhe caíam nas mãos. Sempre que encontrava um lenço já servido, no chão ou atirado sobre a cômoda, apoderava-se dele e cheirava-o sofregamente, como fazia também com os chapéus de cabeça e com a travesseirinha da cama.

Essas bisbilhotices deixavam-na caída numa enervação voluptuosa e doentia, que lhe punha no corpo arrepios de febre. Uma vez encontrou uma banda de luva cor-de-cinza, esquecida atrás de uma das malas, calçou-a logo, com avidez e facilidade, e pôs-se a fixá-la muito; a interrogá-la com os olhos, abrir e fechar a mão distraída, acompanhando as rugas da pelica. E esta luva arrancava-lhe conjeturas sobre o passado de Raimundo; fazia-lhe imaginar os bailes ruidosos de Paris, as festas, os passeios, as estações dos caminhos de ferro, as manhãs frescas em viagem de mar, as ceias nos hotéis, as corridas a cavalo e toda uma vida de movimento, de gargalhadas, de almoços com mulheres; uma existência que se desenrolava defronte à sua imaginação, como um panorama feito com os desenhos do álbum de Raimundo e em cujo primeiro plano atravessava este, rindo, fumando, braço dado à dançarina da fotografia, que lhe dizia, cheia de um amor teatral: *"Raymond! mon bien-aimé!"*

Foi num desses sonhos que Ana Rosa, irrefletidamente, arranhou o rosto do retrato, com a mesma raiva como que no colégio fazia outro tanto aos judeus mal desenhados do seu compêndio de doutrina cristã.

Aquelas visitas eram agora toda a sua preocupação; os seus melhores instantes eram os que passava ali, entregue de corpo e alma àquele segredo; o resto do tempo servia apenas para esperar a hora do prazer querido; e quando, por qualquer motivo, não podia realizá-lo, ficava insuportavelmente frenética e nervosa. Até já nem queria saber das amigas; tomara-se de birra pela Eufrasinha e não pagava uma só das visitas que lhe faziam. E nem por sombras lhe falassem de festas e divertimentos - seu único divertimento, a sua única festa era estar lá naquele quarto proibido, sozinha, à vontade, conversando intimamente com os objetos de Raimundo, lendo os seus papéis, mexendo em tudo a palpitar num gosto novo e desconhecido, secreto, cheio de sobressaltos, quase criminoso; saboreando aos poucos, em goles compassados, como um vinho bom, gozos extremamente fortes, violentos, sentindo-se embriagar, consumir, absorver por aquela loucura de perseguir um nada, uma esperança que lhe fugia, que a atormentava, porém melhor e mais deliciosa, para ela, que os melhores e mais brilhantes prazeres da sociedade.

No dia em que Raimundo subira, pé ante pé, ao seu quarto, Ana Rosa tinha entrado havia pouco e, como de costume, fechara-se por dentro. O ambiente fizera-se de um tom morno e duvidoso, em que havia mescla de claridade e sombra. Ela, depois de varrer o olhar em torno de si, assentara-se na cama e tomara, distraidamente de uma cadeira ao lado, no lugar do velador, um tratado de fisiologia que o rapaz estivera a ler na véspera, antes de dormir, e que havia deixado junto ao castiçal, marcado pela caixa de fósforos.

Ao abrir o livro, Ana Rosa soltou logo uma envergonhada exclamação: dera com um desenho, em que o autor da obra, com a fria sem-cerimônia da ciência, expunha aos seus leitores uma mulher no momento de dar à luz o filho. A fidelidade, indecorosa e séria, da estampa, produziu no ânimo da moça uma impressão estranha de respeito e de vexame. Sem compreender cabalmente o que tinha diante dos olhos, fixava a página, voltando-a de um para outro lado, à procura de entender melhor. Virou algumas folhas e, com o pouco que sabia do francês, tentou apanhar o sentindo do que vinha escrito sobre os vários fenômenos da gestação e do parto; ao chegar, porém, a uma das gravuras, fechou o livro com ímpeto e olhou em torno, como para certificar-se de que estava completamente só. Tinha visto de surpresa um espetáculo, que os seus sentidos ainda mal formulavam por instinto — o ato da fecundação. Fizera-se cor de romã e repelira o indiscreto volume com um ligeiro e espontâneo movimento do seu pudor, mas, pouco depois, pensando bem no caso, convencendo-se de que tudo aquilo não era feito por malícia, mas, ao contrário, para estudo, muniu-se de coragem e afrontou a página.

Aquele desenho abriu-se, defronte a ela, como um postigo, para um mundo vasto e nebuloso, um mundo desconhecido, povoado de dores, mas ao mesmo tempo irresistível; estranho paraíso de lágrimas, que simultaneamente a intimidava e atraía. Observou-o com profunda atenção, enquanto dentro dela se travava a batalha dos desejos. Todo o ser se lhe revolucionou; o sangue gritava-lhe, reclamando o pão do amor; seu organismo inteiro protestava irritado contra a ociosidade. E ela então sentiu bem nítida a responsabilidade dos seus deveres de mulher perante a natureza, compreendeu o seu destino de ternura e de sacrifícios, percebeu que viera ao mundo para ser mãe; concluiu que a própria vida lhe impunha, como lei indefectível, a missão sagrada de procriar muitos filhos, sãos, bonitos, alimentados com seu leite, que seria bom e abundante, e que faria deles um punhado de homens inteligentes e fortes.

E tinha já defronte aos seus olhos os seus queridos filhinhos, nus, muito tenros e roliços, com a moleira descascando, os pezinhos vermelhos, narizinhos quase imperceptíveis, pequeninas bocas desdentadas, a lhe chuparem os peitos, com a engraçada sofreguidão irracional das criancinhas. E, a pensar neles, enlanguescia toda, -numa postura indolente e comovida - os braços estendidos sobre as coxas, a cabeça mole, pendida para o seio, o olhar quebrado, fito, com preguiça de mover-se, o livro descansado nos joelhos, entre os dedos insensibilizados. E cismava: "Sim, precisava casar, fazer família, ter um marido, um homem só dela, que a amasse vigorosamente!" E via-se dona de casa, com o molho das chaves na cintura - a ralhar, a zelar pelos interesses do casal, cheia de obrigações, a evitar o que contrariasse o esposo, a dar as suas ordens para que ele encontrasse o jantar pronto. E queria fazer-lhe todas as vontades, todos os caprichos - tornar-se passiva, servi-lo como uma escrava amorosa, dócil, fraca, que confessa sua fraqueza, seus medos, sua covardia, satisfeita de achar-se inferior ao seu homem, feliz por não poder dispensá-lo. E cismava, muito, muito, no marido, e esse marido aparecia-lhe na imaginação sob a esbelta figura de Raimundo.

Nisto, abriu-se por trás dela o cortinado da cama, com um leve rumor de rendas engomadas.

Ana Rosa voltou-se em sobressalto e deu, cara a cara, com Raimundo, que a fitava repreensivo, soltou um grito e tentou fugir. O livro caiu ao chão, escancarando uma página, onde se via desenhado o interior de um ventre, cheio com o seu grande novelo de tripas amarelas e cor-de-rosa.

O rapaz não lhe deu tempo para sair, colocando-se entre a cama e a parede.

— Tenha a bondade de esperar... disse, muito sério.

— Deixe-me por amor de Deus! suplicou ela, torcendo a cabeça para evitar os olhos de Raimundo.

— Não senhora, há de ouvir-me primeiro, respondeu este com delicada autoridade. E acrescentou, depois de uma pausa, pondo nas palavras certo cunho de superioridade paternal: Custa-me, mas é necessário repreendê-la... tanto mais, por me achar na casa de seu pai, que é também sua!... A senhora, porém, cometeu uma falta, e eu cometeria outra maior se me calasse.

— Deixe-me!

— A senhora sairá deste quarto prometendo que não tornará a fazer o que tem feito!... Se descobrissem as suas visitas clandestinas, que não julgariam de mim?... De mim, e da sua pessoa, o que é muito mais grave!... Que não diriam?... E, vamos lá! - com direito!... Pois a reputação de uma senhora é coisa que se exponha deste modo?... Isto tem lugar?... Mas, quando assim fosse, quando, por uma aberração imperdoável, minha prima assim entendesse, poderia barateá-la, sem enxovalhar sua família? Fique sabendo, minha senhora, que a obrigação que cada qual tem de zelar pelo seu nome, não se baseia só no amor próprio, mas no respeito que devemos aos solidários do nosso crédito! Uma senhora nada tem que fazer no quarto de um rapaz!... É muito feio! Minha prima comete com isso uma ingratidão a quem deve tudo - a seu pai!

O pranto nervoso da menina, sustido até ali com dificuldade, rebentou-lhe da garganta e dos olhos, como um regato que quebrasse as represas; as lágrimas corriam-lhe quentes pela face e pingavam-lhe grossas bagas nas carnes brancas e palpitantes do seio.

Raimundo comoveu-se, mas procurou esconder a sua comoção. E desviando o corpo, para lhe dar passagem, acrescentou com a voz pouco alterada.

— Peço-lhe que se retire e não volte em circunstâncias idênticas...

Queria acusá-la ainda, repreendê-la... mais, porém as sobrancelhas desfranziam-se-lhe defronte aquele vestidinho honesto de chita, aquelas singelas tranças castanhas, aquelas lágrimas inocentes.

Ana Rosa ouviu-o de cabeça baixa, sem uma palavra, com o rosto escondido no lenço. Quando Raimundo acabou de falar, ela dava grandes soluços, muito suspirados, como de uma criança inconsolável.

— Então que tolice é esta?... Agora está soluçando deste modo!... Vamos, não seja criança!..

Ana Rosa chorava mais.

— Olhe que, desse modo, podem ouvi-la da varanda!...

E Raimundo atrapalhava-se de comoção e de medo; já não acertava com o que queria dizer; faltavam-lhe os termos; sentia-se estúpido. Começou a temer a situação.

— Vamos, minha amiga... tartamudeou inquieto, se a ofendi, desculpe, perdoe-me, era para seu interesse...

E chegou-se para ela, ameigou-a; estava arrependido de ter sido tão ríspido. “Fora grosseiro! No fim de contas, bem sabia que a pobre moça não era responsável por aquilo!...” Sentia remorsos. E tentou destruir o mau efeito das suas primeiras palavras:

— Então, vamos... Eu sou seu amigo, diga-me por que chora...

Ana Rosa não respondia, soluçava sempre. Raimundo não pôde conter um movimento de impaciência, e coçou a cabeça.

— Ai, que vai mal a história!

Estava já sinceramente arrependido de ter vindo surpreendê-la. “Que lhe valesse a paciência!” Todo o seu receio era que a ouvissem da varanda. “Descobriam tudo!... Com certeza que descobriam!”

E, sem saber o que fazer, atarantado, foi à porta, voltou, tornou a ir, aflito, sobre brasas.

— Então, minha prima tenciona ficar?... Não chore mais!... Que imprudência a sua!... Lembre-se que está no meu quarto... Tenha a bondade - retire-se. Não fique ressentida, mas vá, que podemos comprometer-nos muito seriamente!...

Redobrou o pranto.

— A senhora não tem motivo para chorar!...

— Tenho sim! respondeu ela por trás do lenço.

— Ora essa! Então por que é?...

— É porque o amo muito, muito entende? declarou entre soluços, com os olhos fechados e gotejantes, e assoando-se devagarinho, sem afastar do nariz o lenço ensopado de lágrimas e entrouxado na mão. - Desde que o vi! Desde o primeiro instante! Percebe? E no entanto meu primo nem...

E desatou a chorar mais forte ainda, desorientada, apaixonadamente.

Raimundo perdeu de todo a esperança de acabar com aquilo de um modo conveniente. Não obstante, sentia que gostava bastante de Ana Rosa, mais do que ela podia julgar talvez, mais do que ele mesmo podia esperar de si. "Mas, se assim era, que diabo! Que se casassem como toda a gente! Era levá-la à igreja, em público, com decência, ao lado da família! E não tê-la ali, a lacrimejar no seu quarto às escondidas, romanticamente! Não! Não admitia! Era simplesmente ridículo!" E disparatou:

— De acordo, minha senhora, mas eu não tenho o direito de detê-la no meu quarto. Queira retirar-se!... o lugar e a ocasião são os menos próprios para revelações tão delicadas!... Falaremos depois!

Ana Rosa continuou a chorar, imóvel.

Raimundo chegou a conceber a idéia de ir à varanda, chamar por alguém, fazer bulha, contar tudo! Mas teve pena dela; "Iria prejudicá-la, ofendê-la, seria brutal; além disso escandaloso... oh! um formidável escândalo!... Que diabo então devia fazer?... Sim, no fim de contas, seria estúpido revoltar-se contra a rapariga!... Ela o amava, tinha vinte anos, e queria casar, nada mais justo!" E resolveu mudar de tática, empregar meios brandos e carinhosos para acabar com aquela situação. "Era o caminho mais curto e mais seguro!" Aproximou-se, pois, de Ana Rosa, muito terno, e disse-lhe afetuosamente, depois de enxugar-lhe o suor da testa e consertar-lhe o desalinho dos cabelos:

— Mas, querida prima, o fato de amar-me não é motivo de choro!... Ao contrário —devemos alegrar-nos! Veja como estou satisfeito, estou rindo! Siga o meu exemplo! E sabe o que nos compete fazer de melhor? - Não é chorar certamente! - é casar-nos! Não acha? Não lhe parece mais acertado? Não me aceita para seu esposo?...

Ao ouvir isto, Ana Rosa tirou logo o lenço do rosto e, o que ainda não tinha feito, encarou Raimundo, desassombrada, feliz, rindo-se, com os olhos ainda vermelhos e molhados, a respiração soluçosa, sem poder articular palavra. E, em seguida, com um desembaraço, que abismou o primo e de que ela própria não se julgaria capaz, abraçou-o amplamente, com expansão, pousando-lhe a cabeça no ombro e estendendo-lhe os lábios numa ansiedade suplicante.

O rapaz não teve remédio - deu-lhe na boca um beijo tímido. Ela respondeu logo com dois - ardentes. Então, o moço, a despeito de toda a sua energia moral, perturbou-se - esteve a desabar - um fogo subiu-lhe à cabeça; latejaram-lhe as fontes; e, no seu rosto congestionado e cálido, sentia respirar sofregamente o nariz muito frio de Ana Rosa. Porém teve mão em si: desprendeu-se dos braços dela com muita brandura, beijou-lhe respeitosamente as mãos e pediu-lhe que saísse.

— Vá, sim? Podem vê-la!... Isto não é digno de qualquer de nós...

—Você está maçado comigo, Raimundo?

— Não, que lembrança! Mas vai-te, sim?

— Tens razão! Mas, olha, quando me pedes a papai?

— Na primeira ocasião, dou-te a minha palavra! Mas não voltes aqui, hein?

— Sim.

E saiu.

Raimundo fechou a porta e começou a passear pelo quarto, bastante agitado. Estava satisfeito consigo mesmo: apesar dos seus belos vinte e seis anos, tinha sido leal e generoso com uma pobre rapariga que o amava.

E, de contente, cantarolou, com a voz ainda um pouco trêmula:

"Sento una forza indomita!"

Mas bateram duas pancadas na porta.

Era o Benedito.

— Sinhô mandou dizer para vossemecê fazer o favor de chegar no quarto dele.

—Vou já.

A viagem ao Rosário ficou transferida para o outro mês, em razão de Manoel haver —caído — com uma tremenda papeira, justamente no dia em que Raimundo surpreendera Ana Rosa no seu quarto.

Nessa noite encheu-se a casa de amigos; o Freitas apareceu logo, trazendo uma dose homeopática; discutiu-se a moléstia; contaram-se fatos adequados. Cada qual tivera um caso muito pior que o de Manoel!

Choviam receitas de todos os lados.

— Laranja-da-terra! laranja-da-terra! gritava D. Maria do Carmo. E afiançava que "abaixo de Deus, não havia remédio melhor para aquele mal!

" — Não! olhe que as papas de linhaça têm provado muito bem... considerou Amância.

— Pois eu me achei foi com a folha de tajá, observou a sobrinha mais velha de D. Maria do Carmo.

— E eu, disse Etelvina com um suspiro, se quis dar cabo de uma que tive, recorri ao óleo de amêndoa doce!

Ana Rosa acendera uma vela a São Manuel do Buraco e Maria Bárbara prometera uma bochecha de cera a Santa Rita dos Milagres.

A Eufrasinha apareceu, e receitou logo - leite de janaúba.

— Corta-se o cipó e escorre um leite branco, tão grosso que é um azeite! explicava ela com grande mímica. A gente apara numa xícara e depois ensopa algodão bem ensopado, e planta na cara do doente. É uma vez só, menina!

Na varanda conversavam sobre o desânimo do doente.

— É muito esmorecido!... protestava Maria Bárbara. Por qualquer coisa parece que está morrendo! Fica todo "Ai, ai, ai, eu morro desta!" Uma febrinha põe-no assim!

E Maria Bárbara, para mostrar ao vivo como ficava o genro, puxou as faces com os dedos e arregalou disformemente os olhos.

— Credo! exclamou Amância, e citou a morte de um conhecido seu.

Maria do Carmo passou a contar, patética, o falecimento do Espigão. Aquilo é que era morte! Só vendo!...

Seguiu-se uma enfiada de anedotas fúnebres.

Freitas, na sala, examinava, com minuciosidade patriótica, umas litografias, que descansavam na pedra dos consolos. Eram episódios da Guerra do Paraguai - havia a tomada de Paissandu, a passagem de Humaitá, e outros, impressos no Rio e mal desenhados. Via-se o general Osório, a cavalo, sobressair com o seu bigode preto e a barba branca. E o pai de Lindoca despregava de vez em quando os olhos do quadro e passeava-os pela sala, à procura de uma vítima para a seca. Raimundo, logo que o bispou, escondera-se no quarto, com medo.

Ana Rosa cumpriu o prometido de não voltar ao quarto de Raimundo, mas em compensação falava-lhe todos os dias no casamento. Depois do seu ajuste com o primo, andava escorreita, alegre, vivia a cantarolar, tanto na costura, como passarinhando pela varanda, a pretexto de ajudar a avó nos arranjos da casa, ao que ela agora ligava muito mais interesse. Maria Bárbara, por outro lado, dava aos diabos a papeira de Manoel e com esta a transferência da viagem ao Rosário. "Aquela demora do cabra em companhia de sua neta embrulhava-lhe o estômago! - Não sossegava enquanto não o visse pelas costas!..."

Entretanto, aproximava-se o dia de São João. Em casa do Freitas, em casa de Maria do Carmo, como em casa do Manoel, falava-se da festa. A pagodeira seria, como todos os anos, no sítio de Maria Bárbara. Era um antigo costume ainda do tempo do defunto coronel, avô materno de Ana Rosa. A velha não relaxava a ladainha de São João. "Tudo! menos deixar de fazer nesse dia a sua festa costumeira!" Aquela data representava para ela o aniversário dos acontecimentos mais notáveis da sua vida - nesse dia nascera o nunca assaz chorado coronel, o seu João Hipólito; também nesse dia fora pedida em casamento, e, um ano depois, justamente no dia de São João, casara; ainda nesse dia batizara a sua primeira filha - a defunta mulher de Sebastião Campos -, e nesse dia enfim —Mariana esposara Manoel.

Fez-se uma congregação em casa do negociante, composta por Amância, Maria do Carmo, as sobrinhas desta, e presidida por Maria Bárbara. Falou-se muito em capados, carneiros e perus de forno; discutiu-se com o que se devia encher o papo do peru - se de farinha ou com os próprios intestinos do animal, decidiu a maioria que se encheria com farofa, "à moda de Pernambuco", explicava Etelvina. Fizeram-se grandes encomendas de dúzias de ovos; lembraram-se os doces menos lembrados; receitaram-se processos dificultosíssimos da arte culinária: consultou-se o "Cozinheiro Imperial", houve oferecimentos de louça, compoteiras, talheres, moleques e negrinhas, para ajudarem no serviço; citaram-se pessoas privilegiadas na confecção de tais e tais quitutes; falou-se em caruru da Bahia e presunto de fiambre.

No dia seguinte, encarregou-se a um pedreiro de correr uma caiação geral na casa do sítio; os escravos tiveram ordem de assear a quinta, limpar as estradas, os tanques, os pombais; e preveniu-se o padre Lamparinas, que era quem, todos os anos, cantava lá a ladainha de São João. Haveria dança e fogos. Seria um festão de arromba! "O diabo! pensava Maria Bárbara, era que o - cabra - só se iria do Maranhão para o outro mês!..."

No entanto, Raimundo aborrecia-se; a província parecia-lhe cada vez mais feia, mais acanhada, mais tola, mais intrigante e menos sociável. Por desfastio, escreveu e publicou alguns folhetins; não agradaram - falavam muito a sério; passou então a dar contos, em prosa e verso; eram observações do real, trabalhadas com estilo, pintavam espirituosamente os tipos ridículos do Maranhão "De nossa Atenas" como dizia o Freitas.

Houve um alvoroço! Gritaram que Raimundo atacava a moralidade pública e satirizava as pessoas mais respeitáveis da província.

E foi o bastante: os atenienses saltaram logo, espinoteando com a novidade. Meteram-lhe as botas; chamaram-lhe por toda a parte "besta! cabra atrevido!" Os lojistas, os amanuenses de secretaria, os caixeiros frequentadores de clubes literários, em que se discutia, durante anos, a imortalidade da alma, e os inúmeros professores de gramática, incapazes de escrever um período original, declararam que era preciso - meter-lhe o pau! "Escová-lo, para se não fazer de atrevido e desrespeitador das coisas mais sagradas desta vida: - a inocência das donzelas, a virtude das casadas e a mágoa das viúvas maranhenses!" Nas portas de botica, nas esquinas do Largo do Carmo, no fundo das vendas em que se vendia vinho branco, e no interior de todas as casas particulares juravam nunca ter visto semelhante escândalo de linguagem pelas folhas. Falou-se muito nos jornais, em Gonçalves Dias, Odorico Mendes, Sotero dos Reis e João Lisboa; apareceram descomposturas anônimos, pasquins, contra Raimundo; escreveram-se obscenidades pelas paredes, a giz e blac-verniz, contra o "Novo poeta d'água doce!" Ele foi a ordem do dia de muitos dias; apontaram-no a dedo, boquejaram, por portas travessas, que ia sair um jornalzinho, intitulado O Bode" só para botar os podres do ordinário na rua! Os moleques cantavam, contra o perseguido, torpezas tais, que este nem sequer as compreendia.

E, alheio ao verdadeiro sentido das descomposturas e das indiretas, jurou, pasmado, nunca mais publicar coisa alguma no Maranhão.

— Apre! Com efeito! dizia.

E tomou deveras um invencível nojo por aquela província indigna dele; impacientou-se por consumar o seu casamento com Ana Rosa e retirar-se!... daquele chiqueiro de pretensiosos maus.

— Safa! terrinha estúpida! resmungava sozinho, a fumar cigarros, de barriga para o ar, no seu quarto.

Todavia, o pior lhe estava reservado para o mês de junho.

VII

Junho chegou, com as suas manhãs muito claras e muito brasileiras.

É o mês mais bonito do Maranhão. Aparecem os primeiros ventos gerais, doidamente, que nem um bando solto de demônios travessos e brincalhões, que vão em troça percorrer a cidade, assoviando a quem passa, atirando ao ar o chapéu dos transeuntes, virando-lhes do avesso os guarda-sóis abertos, levantando as saias das mulheres e mostrando-lhes brejeiramente as pernas.

Manhãs alegres! O céu varre-se nesse dia como para uma festa, fica limpo, todo azul, sem uma nuvem; a natureza prepara-se, enfeita-se; as árvores penteiam-se, os ventos gerais catam-lhes as folhas secas e sacodem-lhes a frondosa cabeleira verdejante; asseiam-se as estradas, escova-se a grama dos prados e das campinas, bate-se a água, que fica mais clara e fresca. E o bando turbulento não pára nunca e, sempre remoinhando, zumbindo, cantando, lá vai por diante, dando piparotes em tudo o que encontra, acordando as pequeninas plantas, rasteiras e preguiçosas, não deixando dormir uma só flor, enxotando dos ninhos toda a chilradora república das asas. E as borboletas, em cardumes multicolores, soltam-se por aqui e por ali, doidejando; e nuvens de abelhas revoam, peralteando, gazeando o trabalho, e as lavadeiras, que vadias! Brincam ao sol, sobre os lagos, dançando ao som de uma orquestra de cigarras.

A gente bem conformada, nessas manhãs, acorda lépida, depois de um sono bom, completo, bebido de uma vez, como um copo de água fresca. E não resiste ao convite do bando endemoninhado que lhe salta pela janela e lhe invade o quarto, atirando ao chão os papéis da mesa, arrancando os quadros da parede e desfraldando as cortinas, que tremulam no ar em flutuações alegres de bandeira; não resiste — veste-se rindo, cantarolando, e vai para a rua, para o campo, mete uma flor na lapela do fraque, agita a bengala, fala muito, ri, tem vontade de correr e almoça nesse dia com um apetite selvagem.

A madrugada da véspera de São João era dessas. Raimundo, antes de raiar o dia, já se achava de pé e em caminho, junto com Maria Bárbara, Manoel e Ana Rosa, para o sítio, onde seria realizada a grande festa tradicional dos tempos do defunto coronel. A velha arrependia-se de não ter esperado pelo bonde das seis horas e, de cansada, assentou-se com o genro no banco de uma das quintas do Caminho Grande; Raimundo continuou a andar distraidamente, de braço dado à rapariga.

Clareava o tempo; a este o horizonte tingia-se de vermelho para o seu grande parto quotidiano e deslumbrante; ia nascer o sol. Houve uma grande alegria rubra em torno do ventre de ouro e púrpura, que se rasgou afinal, num turbilhão de fogo, jorrando luz pelo céu e pela terra. Um hino de gorjeios partiu dos bosques; a natureza inteira cantou, saudando o seu monarca!

Raimundo, estático ao lado de Ana Rosa, não podia conter o seu entusiasmo.

— Como é belo! como é belo! exclamava ele, apontando para o nascente.

E, numa comoção de pintor, amarrotando entre os dedos o seu chapéu de feltro, parecia beber avidamente, pelos olhos deslumbrados, aquele maravilhoso nascimento do sol meridional de junho. Depois, sempre emocionado, segurava o braço da prima, chamando a atenção desta, sem despregar a vista da paisagem, para o lindo efeito da luz, filtrada por entre as folhas, na espessura das árvores; para as gotas de orvalho, que cintilavam como diamantes; para a esfogueada selagem dos planos afastados; para a luminosa cercadura dos casebres ao longe, em torno dos quais pasciam bois e acogulavam-se carroções com grandes feixes de capim novo.

E vinham do campo para o mercado da cidade enormes tabuleiros de hortaliças, gotejantes da última rega, e pirâmides de ramalhetinhos de vintém, para se vender às mulatas; e cofos de frutas, que espalhavam no ar um perfume desenjoativo; e matutos traziam, dependuradas de um pau sobre o ombro, as pacas e as cutias, caçadas no mato; e os carros da roça passavam gemendo, com as suas imensas rodas inteiriças; e os caboclos, seguidos pelas mulheres e pelo bandão dos filhos, num passo sacudido e ligeiro, chegavam da Vila do Paço e de São José de Ribamar, muito carregados, depois de engolir léguas e léguas a pé descalço, para vir vender à boca do Caminho Grande o seu peixe pescado e mosqueado na véspera, os seus beijus fresquinhos, o azeite de gergelim, a massa de água, a macaxeira e os bolos de mandioca.

Ana Rosa não parecia a mesma daqueles últimos tempos: estava alegre, despreocupada; dir-se-ia ter voltado a um dos seus dias de colégio. Os ventos gerais como que lhe levantaram o véu das suas melancolias de donzela e arejaram-lhe o coração com uma rajada.

— Deixe lá a paisagem, e dê-me o braço, primo! disse ela arquejante, tendo ido de carreira comprar tangerinas à mão de um roceiro. Ah!... cansada!

E, sem poder falar, prendeu-se ao braço de Raimundo. Este vergou-se sobre ela, depois de contemplá-la muito.

— Sabe? segredou-lhe, você hoje está bonita como nunca, minha prima! Suas faces são duas rosas!

— É debique seu... Se me achasse bonita, já me teria pedido a papai...

— Confesso que nunca a vi tão linda...

— São os ventos gerais! Limparam-lhe os olhos!...

— Não diga brincando! Quer que lhe confesse uma coisa?... Não sei que singular efeito me produz esta manhã. É esquisito, mas eu mesmo me desconheço! Sinto-me transformado! A idéia, por exemplo, da minha sisudez habitual, dessa gravidade exagerada, de que por mais de uma vez a prima se queixou a mim próprio, parece-me agora tão pueril e ridícula como o estilo do Freitinhas e o orgulho do Sebastião Campos! É exato! Creia que neste instante lamento não ser mais expansivo, mais alegre, mais rapaz! Deploro ter esperdiçado tantas madrugas a estudar, a matar-me de trabalho; ter adormecido esfalfado ao raiar do dia, quando os outros se levantavam satisfeitos e confortados. Com franqueza toda a obra de uma geração inteira de investigadores da ciência; tudo quanto ensinam as melhores academias, não vale a boa lição que em algumas horas de passeio ao seu lado me dá a natureza, a grande mestra! Com esta única lição renasce-me a mocidade que eu estupidamente me empenhava em sufocar! Sinto-me disposto a ser feliz, sinto-me capaz de amá-la, minha querida amiga!

Ana Rosa abaixou o rosto, afogada em pejo e contentamento, sem querer interrompê-lo, para não desperdiçar uma só daquelas palavras, que lhe faziam tanto bem. O que Raimundo lhe dizia dava-lhe vontade de chorar e cair-lhe agradecida nos braços, traduzindo em beijos todas as ternuras, que o pudor vedava aos lábios proferirem.

Haviam parado, junto um do outro; batia-lhes em cheio no rosto o sol nascente. Emudeceram. O moço tomou-lhe as mãos, e os dois fitaram-se com um juramento nos olhos, e não falaram mais em amor, enquanto esperavam por Manoel e Mana Bárbara, que de novo se tinham posto a caminhar.

Meia hora depois chegavam todos ao sítio. Raimundo fazia pasmar com o seu bom humor, confessava-se no momento mais feliz da sua vida; deu até para brincalhão e ferrou, ao entrar na casa, um abraço em D. Amância, que viera recebê-los à porta. A velha afastou-se, benzendo-se:

— Credo! Pra lá mandado!

Ela já lá se achava, desde a véspera, preparando tudo, arrumando, dando ordens, ralhando, prometendo castigos, como se estivesse em fazenda própria e cercada de escravos seus.

A quinta de Maria Bárbara, como quase todas as quintas do Maranhão, era aprazível e rústica. Um velho portal de ferro, com o competente lampião de corrente, abria sobre duas longas filas de mangueiras seculares, que iam terminar defronte à casa, formando sombrosa e úmida galeria, onde o sol penetrava horizontalmente, por entre os grossos troncos nodosos e encascados. Por uma e outra banda, sem ordem nem simetria, viam-se plantações, na maior parte úteis e bem tratadas; destacava-se o verde alegre dos canteiros de hortaliças donde voava um cheiro fresco de salsa e coentro. Mais para o interior do sítio encontravam-se tanques cheios, esverdeados de limo; sinuosas calhas esgalhavam, suspensas por estacas de acapu, levando água para todos os lados; extensas latadas vergavam ao peso das abóboras, dos jerimuns e dos maracujás de diversos tamanhos, desde o da laranja até ao da melancia. Ainda mais para o interior, destacavam-se, em qualquer dia do ano, o verde-escuro e lustroso das jaqueiras colossais e das árvores da fruta-pão, ambas com as suas folhas grandes e recortadas caprichosamente, contrastando com as massas fuscas da folhagem miudinha dos eternos tamarindeiros, com os tons dourados do pé de cajá e com os altivos jenipapeiros, as graciosas pitombeiras, cercados de goiabais floridos e cheirosos. Em outros pontos adivinhavam-se olhos-d'água pela abundância das juçareiras. Parasitas de mil espécies enfeitavam com as suas flores, extravagantes e admiráveis, as árvores e os pombais, numa variedade prodigiosa de cores. E por toda a parte doidejavam, cantando, os passarinhos e saltitavam rolas, a mariscar na relva.

A habitação olhava de frente para os dois renques de mangueiras, franqueando as suas varandas sem parede; toda ela aberta, deixando-se invadir pelas plantas do jardim que a rodeava. Uma dessas pitorescas vivendas acaçapadas, muito comuns nos sertões da ilha de São Luís. Grande telheiro quadrado, telha vã, formando bico na cumeeira e sustentado nas quatro faces por moitões de piqui, pintados de verde, e firmados estes em anteparos de pedra e cal, que formavam uma espécie de amurada, alta pela parte de fora e rasa pela de dentro. No meio, distanciado da antepara uns vinte palmos seguros, estava a casa feita de paredes inteiriças, caiadas de cima a baixo. O chão era todo forrado de tijolos vermelhos. À entrada uma cancela, três degraus de cantaria, jasmins de Itália, bancos de pau e uma confusão de trepadeiras, que se enroscavam pelos moitões e galgavam o telhado, vitoriosamente, erguendo lá em cima os seus rebentões novos, ávidos de sol.

Esta quinta fora a menina dos olhos de Maria Bárbara; aí passara ela grandes delícias no tempo do coronel. Ainda estava muito forte e bem conservada, mas, havia dez anos, desde que a velha foi fazer companhia à neta, achava-se entregue aos cuidados do português Antônio e ao trabalho de três pretos velhos, que iam diariamente à cidade vender hortaliças, flores e frutas.

Às seis e meia da manhã chegou o bonde com os convidados.

Trazia música. Era uma "surpresa" arranjada pelo Casusa. E este, encarrapitado na plataforma do cano, doido de entusiasmo, dava vivas a São João, vivas "ao belo madamismo maranhense!" E vivas à música.

Os músicos romperam com o Hino Nacional.

O Casusa, inteiramente fora de si, rouco já, um bocadinho picado pelo conhaque, cujo corpo de delito ele trazia a tiracolo enforcado num pedaço de cabinho, saltava, ia e vinha, singrando por entre todos, atravessando o bonde com as senhoras ainda assentadas, fazendo-as apear, assustando-as com os seus gritos, machucando nas costas dos bancos os dedos dos que desciam, provocando gemidos, protestos, e fazendo rir ao mesmo tempo. Deu um beijo em D. Amância que lhe chamou furiosa, "Cachaceiro! Pancada! Moleque!"; bateu na barriga de Manoel, que o exprobrava por se ter incomodado, feito despesas, contratado músico.

— É gosto, é gosto, seu Manoel! Não faça caso! Hoje há de sair cinza nesta pândega!

E os convidados saltavam do bonde. O primeiro a descer foi o Freitinhas, todo vestido de brim branco de Hamburgo, irrepreensível, rodaque de botões de osso, uma enorme cadeia de cabelo prendendo o relógio e dependurado nela um anel de ouro, onde se lia esmaltado 'Saudade". Trazia, por causa do pó, umas lunetas azuis, grandes, verdadeiras vidraças, que lhe davam à grande fisionomia o tom pitoresco de uma casa de campo; um chapéu de feltro branco, peludo, alto, a que os gaiatos da província denominavam

"Carneiro" e do qual o dono contava maravilhosas propriedades. "Era uma pena!... podia a gente machucá-lo à vontade sem ofender o pêlo, de bom que era! Custara vinte mil-réis, mas valia cinqüenta a olhos fechados!" E, com a bengala de unicorne debaixo do braço, ajudava a sua gorda Lindoca a descer do bonde com dificuldade. As meninas Sarmento, acompanhadas da tia de Eufrasinha e um cachorrinho branco e felpudo, que esta trazia ao colo, saltaram, cheias de espalhafato, muitos risos, latidos, cores vivas nos chapéus e nas sombrinhas. O famoso cabelo ostentava-se, mais que nunca, em cachos acastelados e trascalantes de óleo de babosa. O cônego, discretamente risonho e sempre janota, vinha seguido por um padrezinho magricela, que desfrutava na província a especialidade de cantar ladainhas; alcunhavam-no de "Frei Lamparinas". O Sebastião Campos, vestido de branco como o Freitas, porém de paletó e chapéu-do-chile, pulara em terra, abraçado a uma grande cesta de busca-pés, pistolas, carretilhas e bombas.

— É o mantimento! respondia ele aos olhares curiosos.

Tinha paixão pelos fogos.

— Sou perdido por isto! Dizia, mostrando uma luva grosseira feita de sola, com que tocava os formidáveis busca-pés.

Nos sábados de Aleluia era o seu luxo queimar um judas defronte da casa; não perdia fogo de vista nas festas de arraial e sabia fazer bichinhas, carretilhas e foguetes.

Apresentaram-se também, fora da rodinha do costume, dois novos convidados; um deles por Manuel e o outro pelo Casusa. O primeiro era o Joaquim Furtado da Serra, bom homem, do comércio, muito amigo da família e tapado como um ovo, o que, aliás, não impedia que estivesse rico. Só entendia e só conversava sobre negócios, gostava de fazer bem e era membro de várias sociedades filantrópicas. Vivia contente da vida, cheio de amigos e obsequiados, estava sempre a rir e a falar das suas três filhas. "Não puderam ir à festa de Manoel, coitadinhas! Ficaram à cabeceira de uma doente..." Não queria comendas nem grandezas; contava a todos como principiara no Brasil descalço, com um barril às costas, e orgulhava-se, entre gargalhadas, da sua atual independência. O outro era um rapazola de vinte e dois anos, que à primeira vista, parecia ter apenas dezesseis: magro, puxado, muito penteado e muito míope, com as unhas burnidas, o colarinho enorme e os pés apertadinhos em sapatos de polimento. Estudava no Liceu da província, usava uma cadeia de plaquê, brilhantes falsos no peito da camisa e uma bengalinha equilibrada entre o indicador e o índex da mão direita; tinha uma coleção de acrósticos e recitativos da própria lavra, uns inéditos e outros já publicados a dinheiro nos jornais aos quais qualificava desvanecidamente de "seu tesouro!" Chamava-se Boaventura Rosa dos Santos; era conhecido por "Dr. Faísca" e gostava de fazer e adivinhar charadas.

Entraram todos em casa, numa desordem, acossados pela música, que atropelava uma polca do Colás, e por uma intempestiva carretilha que soltara Sebastião. Houve sarilho. José Roberto, debaixo de tempestuosa descompostura, obrigava D. Amância a dar meia dúzia de voltas pela varanda, indo cair ambos, perseguidos pelo *Joli*, sobre um banco de paparaúba. *Joli* era o cãozinho da Eufrásia.

No furor da terrível dança, desprendera-se o coque de Amância e fora parar no jardim. *Joli* saltara-lhe logo atrás e destripava-o freneticamente com os dentes.

— Olhe, seu Casusa! gritou a velha, quase sem fôlego, você não de perca o respeito, seu pica-fumo! Quando tomar suas monas, meta-se em casa com os diabos! Credo! Que cachaceiro acabado! Vá tomar liberdade com quem lhas dá! Diabo do sem brios!

O coque foi arrancado das garras do *Joli* e restituído à dona.

— Vejam! Vejam em que bonito gosto me puseram o meu coque de pita! Parece uma rodilha de limpar panelas! Diabo da brincadeira estúpida! Também, em vez de criar xirimbabos, seria melhor que cada um cuidasse de sua vida, que teria muito do que cuidar!

E voltando-se para Sebastião:

— Mas o culpado é você, seu Sebastião; com você é que me tenho de haver! Não posso perder o meu coque novo!

— Novo o quê!... contestou Casusa. Eu vi pular de dentro dele uma aranha!

— É novo, e quero outro pr'aqui!

— Está bom, meus senhores, deixem-se disso, interveio Manoel, e vamos ao café, que está esfriando!

— Mas o meu coque? Isto não pode ficar assim!

— A senhora terá outro, descanse!

Mal se serviram de café com leite e bolo de tapioca com manteiga, formou-se uma quadrilha, na qual o Casusa, de par com Eufrasinha, fez o que ele chamava "pintar o padre". Ditado este que sobremaneira escandalizava o especialista das ladainhas, de cujos olhos partiam, por cima dos óculos, chispas repreensivas sobre aquele.

Este Frei Lamparinas era um homenzinho escorrido, feio, natural de Caxias. Não conseguira nunca ordenar-se em razão da sua extremada estupidez: soletrava ainda as ladainhas que havia vinte anos recitava; jamais entrara com o latim. Os rapazes do Liceu mexiam com ele e atiravam limões verdes por trás do muro do convento do Carmo, quando o infeliz passava defronte. Tinha uma biografia engraçada, cheia de disparates, mas todos diziam que era bom de coração e não fazia mal a ninguém.

— O chorado! Venha o chorado! gritavam do fundo da varanda batendo palmas.

E a música, sem se fazer rogada, gemeu a lânguida e sensual dança brasileira.

De pronto, Casusa e Sebastião pularam ao meio da sala e puseram-se a sapatear agilmente, com barulho, estalando os dedos e requebrando todo o corpo. Em breve arrastaram o Serra, o Faísca e o Freitas; e as moças, chamadas por aqueles, entraram na irresistível brincadeira. Elas rodavam na pontinha dos pés, o passo miudinho e ligeiro, os braços dobrados e a cabeça inclinada, ora para um lado, ora para outro, estalando a língua contra o céu da boca, numa volúpia original e graciosa.

Os velhos babavam-se.

— Quebra! berrava o Casusa entusiasmado. Quebra, meu bem!

E regamboleava furiosamente a perna.

O chorado atingira afinal a sua fase de loucura. Os que não podiam dançar espectavam, acompanhando a música com movimentos de corpo inteiro e palmas cadenciadas e espontâneas.

— Bravo! Assim, seu Casusa!

— Picadinho! Picadinho!

De repente, ouviu-se um trambolhão e um grito: era o Faísca, que cedera a um "cambite" do Casusa, indo cair aos pés de Maria do Carmo. Todos riram.

— Credo! gritou a velha. Pois este homem não me queria agarrar a perna?... Cruz, capeta!

— Não aumente, minha senhora, foi no tornozelo...Este ossinho do pé!

— Mas eu tenho muita cócega, e, depois do defunto Espigão, ninguém mais me tocou no corpo!

Daí a pouco, chamavam para o almoço, e o divertimento continuou sem interrupção.

No dia de São João nunca se abria o armazém de Manoel, e naquele ano a véspera caíra num domingo! "Eram dois dias cheios!" como dizia satisfeito o Vila-Rica.

Desde a véspera que o Benedito, e mais uma preta, haviam seguido para o sítio, carregados de fogos e dos paramentos necessários para se armar o altar; na madrugada do dia foi a Brígida, em companhia de Mônica. Lá estava D. Amância para tomar conta de tudo. Os empregados iriam também todos; não havia, por conseguinte, necessitado de ficar escravo nenhum em casa.

O quarto dos caixeiros tinha então um aspecto domingueiro: botas engraxadas sobre os baús; roupas de casimira cuidadosamente estendidas nas costas de cadeiras; camisas engomadas por aqui e por ali, à espera da serventia, e um cheiro ativo de extratos para o lenço. Os rapazes vestiam-se. Seriam, quando muito, oito horas da manhã.

Mas, apesar do aspecto festival dos colegas, Dias conservava-se em trajos menores, a varrer o soalho.

— Você não se apronta, seu Dias?... perguntou-lhe o Cordeiro, ocupado a enfiar um par de calças cor de alecrim. Você não vem conosco à quinta?

— Vão andando, que eu já vou.

Não trocaram mais palavra. Os três saíram, e o Dias, encostando no queixo o cabo da vassoura, ficou pensativo. Mal ouviu, porém, bater embaixo o trinco da porta da rua, atirou a vassoura para um canto e desceu cautelosamente à varanda.

A casa tinha a tranqüilidade saudosa de um lugar abandonado. Só o sabiá chilreava na gaiola.

O caixeiro predileto de Manoel fechou à chave a cancela de madeira polida, que separava a varanda do corredor, e, depois de olhar em torno, seguiu para o quarto de Raimundo, fariscando, nem ele sabia bem o quê. Pôs-se a esquadrinhar o que lá havia, não com a curiosidade amorosa da primitiva bisbilhoteira, porém frio, calculado, com a prudência de quem sabe que está cometendo uma baixeza. E abria gavetas, lia os manuscritos que encontrava, revistava as algibeiras da roupa estendida no cabide, folheava os livros, examinando tudo, todos os cantinhos. Em uma das malas encontrou um folheto de capa verde, guardou-o logo, depois de lhe ter lido o frontispício, e afinal, quando já nada mais tinha para dar fé, retirou-se sem deixar o menor vestígio do que fez. Daí seguiu para o aposento de Ana Rosa, mas teve logo uma contrariedade: a porta estava fechada; rebuscou a chave na varanda, pelos cantos, não a encontrou, e subiu então rapidamente ao segundo andar, donde trouxe um pedaço de cera, com que modelou a fechadura. Em seguida atirou-se para o quarto de Maria Bárbara, experimentou a porta; estava também fechada. Mas havia um postigo Dias espremeu-se por esse e conseguiu entrar.

O aposento da velha condizia com a dona. Sobre uma cômoda antiga, de pau-santo, com puxadores de metal e coberta por um oleado já puído e gasto, equilibrava-se um oratório de madeira, caprichosamente trabalhado e cheio de uma porção variadíssima de santos, havia entre eles, feitos de casca de cajá, de gesso, de terra vermelha e de porcelana. O Santo Antônio de Lisboa, vindo de encomenda, com o pequeno ao colo, lá estava, muito rubicundo e lustroso; a Santa Ana, ensinando a filha a ler: um São José de cores cruas, detestavelmente pintado; um São Benedito, vestido de frade, pretinho, de beiços encarnados e olhos de vidro: um São Pedro, cujas proporções o faziam criança ao lado dos outros, uma miuçalha de santinhos, pequenitos e caricatos, que a gente não podia ver sem rir e que se escondam na peanha dos grandes; e, finalmente, um grande São Raimundo Nonato, calvíssimo, barbado, feio, e com um cálice na mão direita. Ao fundo do oratório litografias de carregação representavam Santa Filomena, a fugida de São José com a família, Cristo crucificado e outros assuntos religiosos. O grupo dos santos ressentia-se de uma falta, a de João Batista, que havia desertado para a quinta. Havia ainda sobre a cômoda dois castiçais de latão, guarnecidos de papel rendado, com as velas de cera meio gastas; um grupo de *biscuit* representando a Mater dolorosa e um menino Jesus, fechado numa manga de vidro, por causa das moscas. Encostada à parede, uma palma de pindoba benta, a qual, segundo a voz do povo, tinha a virtuosa propriedade de apaziguar os elementos em dias de tempestade, duas outras palmas casquilhas, enfeitadas de pano e malacacheta, guarneciam os lados do oratório. Viam-se ainda, por toda a parte, quadrinhos de gravuras e cromos, onde se liam orações milagrosas, a do Monte-Serrate, a do Parto, a da Virgem, e outras, sem desenho, com que os tipógrafos espertos da província exploravam a carolice das beatas.

– Contrastando com tudo isto, destacava-se, dependurada na parede, uma formidável palmatória de dar bolos, negra, terrível e muito lustrosa de uso.

Defronte do oratório simetrizavam duas molduras envidraçadas, expondo cada qual uma talagarça cheia de amostras dos diversos bordados de lã, que as meninas aprendem no colégio. "Panos de tapete" como se diz no Maranhão. Em uma delas liam-se no centro as iniciais M. R. S. e "Colégio da Trindade em 1838", e na outra, que estava em melhor estado de conservação "A. R. S. S." e uma data muito mais recente. A julgar por estas letras, os dois quadros tinham sido bordados por Mariana e Ana Rosa, mãe e filha. Tudo isso foi minuciosamente esmerilhado pelo Dias; leu as Horas Marianas, apalpou as roupas de Maria Bárbara; provou a ponta do molho do fumo com que esta "espairecia os passados dissabores", e, depois, quando nada mais tinha para esmiuçar, pôs-se a refletir, pensando, no que devia fazer. Afinal veio-lhe uma idéia, que lhe deu um sorriso de contentamento, acendeu logo uma das grossas velas de cera, tomou pelas pernas a imagem de São Raimundo e tisnou-lhe a cara e a careca de encontro à chama do pavio. Depois da operação, o pobre santo parecia um carvoeiro; ficara tão negro como o seu companheiro de oratório, o engraçado São Benedito.

Dias contemplou a sua obra, riu de novo, calculando o bom efeito que ela produziria, colocou em seguida a imagem no seu lugar, e saiu apressado, por lhe parecer que ouvira rumor na porta da rua. Enganara-se.

Daí a meia hora, vestido de pano preto, segundo o seu invariável costume, o acreditado caixeiro de Manoel Pescada, tomava o bonde do Cutim, com destino ao sítio da sogra do patrão.

VIII

Eram cinco da tarde.

A festa de Maria Bárbara continuara sempre muito animada; havia uma boa disposição geral. Os homens bebericaram durante o dia cálices de conhaque, e sopravam agora o fumo dos seus charutos domingueiros, com um grande ar de pessoas de importância: as senhoras melaram galantemente os beiços com licor de rosa e hortelã-pimenta. Dançara-se muito. Brincou-se o Padre-cura, o Anel, o Peixinho de Muquém. Afinal, foram todos lá pra fora, apreciar a tarde, assentados nos bancos fronteiros à casa. A sociedade estava engrossada pelos quatro caixeiros de Manoel e por um sertanejo que a divertia com as suas cantigas. "Lamparinas" havia saído para ir ali perto, à quinta de um amigo, mas prometera não faltar à ladainha.

O sol escondera-se. Uma tarde formosa, com o seu poente esfogueado, rubrava as caras suadas dos homens e os vestidos machucados das senhoras, que se arejavam debaixo das latadas de maracujás e jasmins da Itália. As damas, comodamente assentadas, tinham requebros de etiqueta, gestos cheios de conveniência, risos com a boca fechada, olhares por debaixo das pálpebras, o leque nos lábios e o dedo mínimo levantado com galanteria.

Minava um apetite surdo pelo jantar: alguns estômagos resmungavam indiscretamente. Contudo, todos os olhares e todas as atenções convergiam, na aparência, para o sertanejo, que a certa distância, de pé, isolado, a cabeça erguida com desembaraço mal-educado, o chapéu de couro atirado para a cerviz e preso ao pescoço por uma correia, a camisa de algodão cru por fora das calcas de zuarte, arregaçadas no joelho, o pé descalço, curto e espalmado, pé de andarilho, o peito liso e cor de cedro à mostra, braço nu e sem cabelos-vibrava entusiasmado as cordas metálicas de uma viola ordinária, acompanhando, com um repinicado muito original, os versos que improvisava e outros que trazia de cor:

"Lá vai a garça voando
Para as bandas do sertão!
Leva Maria no bico,
Teresa no coração!"

Ao terminar de cada estrofe, rebentava um coro de risadas, durante o qual se ouvia o sapatear surdo do sertanejo, socando a terra, a dançar.

"Não tenho medo da onça,
Que todos têm medo dela!...
Não tenho medo de ti,
Que fará de Micaela!"

E o matuto, depois do sapateado, dirigiu-se a Ana Rosa:

"Me diga, minha senhora:
(Quem pergunta quer saber...)
Se eu sair daqui agora,
Onde vou amanhecer?... "

— Este foi de sentimento!... considerou Etelvina com um gesto aprovativo.
— Gostei, gostei... Confirmava o Freitas, protetoramente.
E o sertanejo ferrou o olhar em Ana Rosa:

"Sinhá dona, se eu pedisse...
Responda, mas não se ria...
Uma flor do seu cabelo...
Sinhá dona que diria?..."

— Bravo!
— Sim senhor!
Houve um sussurro alegre
— D. Anica, dê a flor!...
Ana Rosa hesitava.
— Então, menina... repreendeu Manoel em voz baixa,
Ana Rosa tirou um bogari da cabeça e passou-o ao trovador, que versejou logo:

"O minha senhora dona,
Deus lhe pague, eu agradeço;
Seus quindingues são dos ricos
Eu sou pobre e não mereço!... "

E, colocando a flor atrás da orelha, continuou, depois de olhar intencionalmente para Raimundo:

"Ó nhá dona feiticeira!
Me cativa seu favor,
Mas não vá meter ciúmes
Agora pro mode a flor!..."

Em seguida, desprendeu o chapéu e estendeu-o a um por um.

Consultaram-se as algibeiras do colete, pingaram os vinténs e as pratinhas de tostão. O menestrel, com a cabeça erguida em ar de exigência, dizia:

"Vamos, vamos, pingue o cobre,
Qu 'eu não gosto de maçada!
Dos homens aceito a paga,
Das moças não quero nada!"

E, quando se chegou a Manoel:

"Manoelzinho, cravo roxo,
Me desculpe a impertinência;
Se puder dar, eu aceito,
Se não puder - paciência!..."

Entre gargalhadas, enchiam-lhe o chapéu de moedas. Ao chegar a vez do Faísca, este, em vez de dinheiro, lançou-lhe a ponta do cigarro; o matuto, como de costume, cavaqueou com a pilhéria e gritou zangado:

"Seu lanceiro da Bahia,
Casaquinha do Pará
A gente recebe o coice,
Conforme a besta que o dá!"

A hilaridade aumentou e o Faísca enfureceu-se, chegando a ameaçar o caboclo, que lhe sorra em ar de mofa.

— Eu ainda atiro com alguma coisa à cara daquele diabo! resmungou o estudante, lívido.

— Deixe-se disso!... aconselharam-lhe, você já sabe que esta gente é assim, para que se mete?...

— Tome lá! disse Manoel ao sertanejo, beba e vá embora!

E passou-lhe um copo de vinho, que ele emborcou, trovando, depois de estalar a língua:

"O vinho é sangue de Cristo,
É alma de Satanás.
É sangue quando ele é pouco,
É alma quando é demais!"

E, fazendo um grande cumprimento com o chapéu:

"Meus senhores e nhás donas,
Vou-me embora de partida.
Deus lhes dê muita fortuna
E muitos anos de vida!"

E virou de costas e retirou-se, a dançar, cantando uma passagem do - bumba-meu-boi:

"Isto não, isto não pode sê...
Isto não, isto não pode sê...
A filha de meu amo casar com você!...
O caboclo me prendeu,
Meu amor!
Foi tão cena da razão,
Coração!
Que o cabo..."

E perdeu-se nas fundas sombras do mangueiral a voz do sertanejo e o som da viola.

Iam-lhe discutir o talento poético e a graça, quando, de ama, Manoel, Maria Bárbara e Amância, todos três a um tempo, chamaram para a mesa, com autoridade benfazeja.

Houve um sussurro de prazer.

— Olha, filha, que já tinha o estômago a dar horas!... cochichou D. Maria do Carmo, ao passar por Ana Rosa.

Subiram todos para a varanda e foram tomando vivamente os seus lugares à mesa, entre uma confusão de vozes, a discutirem mil assuntos.

— Homem! exclamou Sebastião Campos, parece que tomaram alma nova só com o cheiro!...

O Freitas amolava Raimundo sobre poesia popular; falou, com assombro, de Juvenal Galeno.

— Muito original! Muito original!

— Do Ceará, não?

— Todo inteiro! Ah, o senhor não imagina o que é aquela provinciazinha para as trovas populares!

E, antes que Raimundo desse alguma providência contra a maçada, já o Freitas lhe recitava junto ao ouvido:

"Quando passares na nua,
Escarra, cospe no chão!
Qu'estou cosendo à candeia
Não sei se passas ou não!..."

— Pois não há como uma festa no sítio! dizia Sebastião por outro lado. Isto de pândegas, ou bem que é pândega ou bem que não é!

O Freitas insistia:

"Sinhá, me dê qualquer coisa,
Inda que só uma banana,
Que a barriga é bicho burro,
Com qualquer coisa s' engana!"

Raimundo já não o ouvia; prestava atenção a uma conversa entre Bibina, Lindoca e Eufrásia.

— Vocês não tiraram a sorte esta noite? perguntou a última.

— Como não? disse a gorda, porém não vi nada, ou pelo menos não acertei com o que apareceu...

— Não, pois eu, declarou a viúva, tirei uma sorte bem bonita...

— Que foi? Que foi?

— Um véu branco e uma grinalda!

— Casamento! gritaram várias vozes.

— Eu tirei um "túmulo"!... disse do canto da mesa a Lagartixa, suspirando funebremente.

— Credo! exclamou Amância, passando com uma salada de agrião, que acabava de preparar.

Raimundo, assentado, contra a vontade, ao lado do Freitas, falava com saudade nos costumes portugueses nas noites de São João e São Pedro; contou como era que as raparigas queimavam alcachofras e plantavam-nas em vasos à janela, para ver com elas grelar a sorte; citou o costume das favas sobre o travesseiro, os bochechos de água à meia-noite para se ouvir nome do namorado, as fogueiras de alecrim seco, e enfim aquele uso do copo de água, de que as moças ali falavam.

— Um antigo uso! explicava o Freitas, a mastigar pedacinhos de pão. Consiste em deitar ao sereno, na noite de São João, um copo de água com a gema de um ovo...

— E a clara! reclamou D. Maria do Carmo, que acompanhava a conversa com muito interesse.

— Pois seja assim! A gema e a clara; e, no outro dia, pela manhã, dizem que a sorte do indivíduo aparece representada no interior do copo. Patacoadas!

— Patacoadas, não! retorquiu a velha, tomando lugar junto das sobrinhas. Cá está quem recebeu a notícia da morte do Espigão muito antes do dia fatal!

E levou o guardanapo aos olhos num movimento patético.

— Há outros usos, continuou Freitas, passando adiante um prato de sopa. O banho de São João, por exemplo!

— Imitações de Portugal...

— Quem não se banha amanhã de madrugada, fica com a alma suja! Dizem!

— Então, seu Cordeiro! Seu Dias! E você lá, menino! Não tratam de se assentar?! intimou Manoel.

—Nós esperamos a outra mesa... respondeu modestamente o Dias. Não há mais lugares...

— Qual outra mesa, o quê! Não, senhor! Sente-se cá, seu Dias!

E o negociante abriu um lugar ao lado da filha.

Luís Dias, todo vexado, foi assentar-se, sorrindo, ao lado de Ana Rosa, que fez logo um gesto de contrariedade e repugnância.

— E lá os senhores? Seu Cordeiro! Seu Vila Rica! E esse menino! Venham se chegando!

— Nós esperamos... Faz-se depois outra mesa!...

— E a darem com a outra mesa! Não, senhor! E a senhora, minha sogra? D. Amância, onde ficam?

— Tem aqui um lugar, minha senhora!... disse Raimundo levantando-se. E ofereceu a cadeira.

— Meu amigo, censurou Manoel, deixe-se dessas coisas! Olhe que estamos no sítio! Isto cá não é cidade para se fazer cerimônias!

— Pagode de sítio não presta, quando nada falta!... arriscou o Serra, mexendo e soprando uma colherada de sopa.

— Não! contradisse o Freitas. Quero a minha comodidade até no inferno!

— Ora está tudo arranjado! gritou Amância, que acabava de preparar outra mesa. Ficamos nós aqui! Somos poucos, porém bons!...

— E eles lá?... interrogou Vila Rica, contando as pessoas da mesa grande, pela seguinte ordem, a partir da cabeceira: "O patrão - um, senhor cônego - dois, D. Maria do Carmo - três, sobrinhas - cinco, o Dr. Raimundo - seis, seu Freitas e a filha - oito, D. Eufrasinha - nove, seu Serra e aquele moço - era o Faísca - onze, o Dias e D. Anica - treze ao todo!

— Treze?! bradou D. Maria do Carmo, soprando o macarrão que tinha na boca. Treze!

— Treze! repetiram todas as senhoras, assustadas.

— Saia um! reclamaram.

Ninguém se mexeu.

— Ou venha outro... lembrou o cônego, largando a colher. Em treze não pode ficar!

Suspendeu-se o jantar.

O Freitas passou logo a dar explicações a Raimundo do que aquilo queria dizer, posto haver este declarado de pronto que já sabia perfeitamente.

— Não há mais ninguém por aí?

Maria Bárbara levantou-se e foi buscar lá dentro uma negrinha de três anos.

— Aqui tem!

— É verdade! E o Casusa?!...

— É verdade, gente, seu Casusa!...

— Venha o Casusa!

Casusa dormia. Tinha tomado um banho e recolhera-se cansado. A pequena foi novamente levada para a cozinha.

— Moleque! Chama seu Casusa aí no quarto!

O Casusa veio bocejando e esticando os braços.

— Para que jantar tão cedo?... Não tenho apetite algum!... resmungava ele, abrindo a boca.

— Cedo!... Se lhe parece!... Já deram cinco horas!

— Quase que ficavas a ver navios!... considerou Sebastião, rindo.

— Olha o prejuízo!... desdenhou Amância, com um esgar de pouco caso.

— Tu já queres inticar comigo, coração?... Depois te queixa!... Mas, enfim onde me assento? O que não vejo é lugar! Ah, exclamou, voltando-se para a mesa pequena. Tenho-o cá, e em boa companhia!

— Pra lá, opôs-se Amância, escandalizada.

—Venha pra cá, homem de Deus! Você é cá necessário!

E com dificuldade arranjou-se uma cadeira ao lado de Sebastião,

— Ora até que afinal! disse Manoel, assentando-se descansadamente.

— *Tollitur quaestio!*

E o cônego sorveu uma colherada de sopa.

Fez-se silêncio por um instante; só se ouvia o arrastar das colheres no fundo do prato e os assovios dos que chuchurreavam o macarrão.

O Cordeiro cercava Amância, e Maria Bárbara de cuidados, cuja delicadeza procurava acentuar à força de diminutivos:

— Uma coxinha de galinha, senhora D. Amancinha!...

— É um perfeito cavalheiro!... segredava esta à outra velha. Compare-o só com a peste do Casusa!...

— Não! Que os rapazes de lá são mais aqueles... está provado!

— Têm outro assento que não têm os de cá!

— O senhor Serra, passa-me o pires das azeitonas?... É bondade.

— Quer mais pirão, D. Lindoca?

— Muito obrigada, assim! Chega! Um tiquinho só!

— Gentes?... você come essa pimenta toda, D. Etelvina?!...

— Basta, oh! Não quero afogar-me em caldo!

— Tenha o obséquio de encolher as asas, meu amigo!

— Não enchas a boca desse modo!... dizia a velha Sarmento a uma das sobrinhas. Era o que tinha o Espigão! - comia como um danado, mas ninguém dava por isso!

— Olhe que você me suja de gordura, seu Casusa! Que diabo de homem!...

— Então! Quem mexe esta salada?!

— A salada, sentenciou judiciosamente o Freitas com um sorriso, deve ser mexida por um doido!

— Então, tome conta, seu Casusa!

— Quanto quer o menino pela graça?... Se tivesse um vintém aqui, dava-lho, "seu poeta!"

Isto era entre o Casusa e o Faísca.

— Doutor, não deixe apagar a lanterna! recomendava Manoel a Raimundo.

— Uma fatia de porco, D. Maria Bárbara.

— Deite menos, minha vida! Assinzinho!

— Dona Etelvina! A senhora está magra de não comer!...

—Ai! suspirou ela fitando o talher cruzado sobre o prato.

— Não queres arroz, ó Sebastião?

—Não! Vou à farinha-d'água.

— Um brinde! gritou Casusa, levantando-se e suspendendo o copo à altura da cabeça. Ao belo madamismo maranhense, que hoje nos honra!

— Hup! Hup! Bangüê!

—Aproveito a ocasião, meus senhores, para agradecer o obséquio que me fazem, e à minha sogra, comparecendo a esta nossa velha festa da família!

Era Manoel que falava. Seguiu-se um inferno de vivas e hurras que se prolongaram em medonha berraria. Os caixeiros do autor do brinde, já um pouco eletrizados pelo vinho, gritaram familiarmente: "Viva o Manoel!"

Houve uma voz indiscreta que gritou: - Manoel Pescada.

Mas restabeleceu-se a ordem, e só se ouvia, além do rumor dos talheres e dos queixos, a voz avinhada do Cordeiro, que gritava para a sua vizinha da direita com uma solicitude exagerada:

— Beba! Beba, D. Amancinha! Ataque-lhe pra baixo, que é o que se leva desta vida!

E batia-lhe no ombro, revirando os olhos, em que o álcool pusera faíscas.

— Credo! O senhor quer m'embebedar?!...

E, como o Cordeiro insistisse em servi-la de Lisboa, Amância retirou o copo e o vinho derramou-se-lhe no prato, pela mesa e sobre as pernas.

— Ui! fez ela, arredando súbito a cadeira, e gritou: - Que selvageria, Virgem Santíssima!

— Farinha! Farinha seca, D. Amância! Farinha seca! receitavam de todos os lados.

O Cordeiro, já pronto, tomou a cuia da farinha e despejou-a em cheio sobre a pobre velha, que entrou a tossir muito sufocada. Foi um gargalhadão geral e prolongado.

— Cruzes! Valha-me Deus, com os diabos! berrou Amância, quando pôde falar, e a sacudir-se toda, muito enfarinhada. Arre! Aqui mesmo não me sento mais!

— Vem cá, pro meu lado, perdição! dizia Casusa, convidando Amância entre o riso da mesa inteira

— Se a farinha é o antídoto do vinho, cure-se agora com este! aconselhou Raimundo por pilhéria.

— Até você?! esbravejou Amância, cega de raiva. Ora mire-se! Quer um espelho?!...

— Preferia uma escova, minha senhora, para limpar-lhe a roupa.

As gargalhadas repetiam-se já sem intervalo, contagiosamente, sem precisar de mais nada para as provocar.

— Vinho derramado - sinal de alegria! decidiu Freitas, preocupado a esbrugar uma canela de frango, sem querer lambuzar os bigodes.

Serviu-se a sobremesa e reformou-se a bebida. Veio Porto em cálice.

— Uma saúde! exigiu Cordeiro, mal podendo ter-se nas pernas.

Criou-se logo silêncio, em que se destacavam estas frases:

—Mau!... Temos carraspana?...

— Cabeça fraca de rapaz!...

— Esse bruto a teima em beber! Forte birra!

— Diabo do homem não pode ir a parte alguma!

— Vai já tudo isto raso!

— Pscio... pscio!...

— Meus senhores... e minhas senhoras, de ambos os sexos! Eu vou beber à saúde do melhor... sim! Do melhor, por que não?! Do melhor patrão que todos nós temos tido, aquele que está me olhando, o Manoel Pescada!

Houve um sussurro de repreensão.

— Ou da Silva! emendou o orador. É um homem sem aquelas! E um mel!...Sim!... para um serviço... quer dizer, quando a gente precisa dele, pode falar, que é o mesmo! Mas...

O sussurro aumentou.

— Cale-se! dizia baixo o Vila Rica, a puxar o paletó do Cordeiro. Cale-se com os diabos! Você está servindo de bobo!

— Mas! berrou o espingardeiro, sem fazer caso das advertências do colega, o que eu não posso admitir, é a porção de picardias e desaforos, que ele me está a fazer constantemente!...

O sussurro transformou-se em um coro de protestos, que apagava os berros do orador; as moças atiravam-lhe bolas de miolo de pão; Manoelzinho, muito vermelho, possuía-se de uma hilaridade excepcional; Vila Rica puxava com ambas as mãos o paletó do Cordeiro.

— Solte-me! roncou este. Solte-me, com todos os diabos! Ou vou-lhe aos queixos! Meta-se lá com a sua vida, e deixe-me, quero desabafar! Sebo! Não me calo, entende?! Não me calo, porque não quero! Não me calo! Não me calo! - Sim! continuou em tom de discurso, não admito os seus desaforos!... Ainda outro dia...

— Viva o Manoel! gritou um.

— Viva! respondia o coro.

— Seu Manoel! à sua!

— A sua!

— Hup! hup! hurra!

— Bangüê! gritou Cordeiro, e quebrou o copo na mesa. É de quebrar.

— Só se fosse a tua cabeça, grandíssimo borracho! resmungou o Serra, muito maçado.

— Atenção! Atenção, meus senhores!...

Era a voz do Faísca, acompanhada de palmas.

— Atenção!

E tirou da algibeira uma folha de papel.

Fez-se algum silêncio, e o Faísca, depois de puxar os punhos, começou a falar, com uma voz aflautada, cheia de afetações e com a minuciosa dos míopes; a cabecinha inquieta muito arrebitada, os olhos esticados, procurando alcançar o vidro das lunetas; a boca aberta e as ventas distendidas.

— Meus senhores!... Em tal dia... eu não podia deixar de fazer... uma poesia!...

— É verso! É verso! declarou Bibina, a bater palmas, contente.

— Eu creio também que sim... é uma poesia em verso!...

— E por isso... continuou Faísca, calcando a luneta, que o suor fazia escorregar - recomendo às musas, ouso erguer a minha débil voz, para oferecer, como penhor de estima e consideração, ao senhor Manoel, digno negociante matriculado da nossa Praça, este modesto soneto, que... se não prima... sim!... Se não prima...

— Primasse! gritou o Cordeiro.

Faísca, todo atrapalhado, procurava uma palavra.

— Venham os versos!

— Venha a poesia! reclamavam.

"Filho da antiga terra de Camões!" principiou o Faísca a recitar, trêmulo.

— Filho da antiga terra de Camões! repetiu o Cordeiro, arremedando-lhe a voz.

— Homem! Você não se calará? repreendeu Manoel.

O recitador prosseguiu:

"Filho da antiga terra de Camões!
E nosso irmão de leite e companhia!..."

— Leite e companhia?... considerou o Serra na sua seriedade, meditando. Não! Não me é estranha a firma!... Ora espere!... Será com o José e Cia., do Piauí?!...

Faísca continuou, muito enfiado:

"Eu quero vos saudar no augusto dia,
Em que só juntos estão amigos bons!"

— Bravo! Bravo!

— Olha, gentes! - rimou!

— Pscio!... Pscio!...

— Diga outro, seu Rosinha?

— Diga outro verso!

— Diga um de transporte!... lembrou Etelvina com um suspiro.

— Silêncio!

Mas o poeta não pôde continuar, porque, em um movimento de atrapalhação, caíra-lhe o pince-nez dentro de uma compoteira de doce de calda.

— Um brinde! pediu Casusa. Um brinde!

— Silêncio!

— Espere!

— Ordem!

— Ne quid nimis!

E, depois destas palavras, ouviu-se a voz de Maria Bárbara, dizendo a D. Maria do Carmo:

— Minha vida, coma uma naquinha de melão!

Passou-lhe o prato.

— Ai, filha! Não sei se poderei entrar nele!... considerou lamentosa a viúva do Espigão, lembrando-se do protesto que fizera contra os pepinos e a sua competente família - Senhor Doutor, inquiriu ela de Raimundo, melão será dos pepinos?

— Sim, minha senhora, pertencem ambos à dos cucurbitáceos.

— Como? perguntou a velha com a boca cheia de arroz-doce.

— Quer dizer, explicou logo o Freitas, radiante por pilhar uma ocasião de expor os seus conhecimentos, - quer dizer que é um fruto cucurbitáceo, da importante família dos dicotiledôneos, segundo Jussieu, ou das calicífloras, segundo De Candole.

— Fiquei na mesma com a tal família dos califorchons!

— Que família? Que família? O que foi que fez ela?! Algum escândalo, aposto! fariscou Amância, pensando, assanhada já, sentir o cheiro de uma intriga. Quando eu digo!... Não há em quem fiar hoje em dia! Mas quem são esses danados? Qual é a família?

— É a dos cucurbitáceos.

— Ah! são estrangeiros!... Já sei, já sei! É uma família de bifes, que está morando no Hotel da Boavista! É certo, agora me lembro que ainda est'outr'dia uma sujeita ruiva... deve ser mulher ou filha do tal... como se chama mesmo?..

— Quem, D. Amância? A senhora está fazendo uma embrulhada da nossa morte!...

— O tal inglês!

— Que inglês? Ninguém aqui falou em ingleses, nem franceses!

E Maria do Carmo passou a explicar à amiga que se tratava de pepinos e melões.

Casusa continuava a discursar num brinde feito ao Serra (a uma de cujas filhas pretendia); já lhe tinha chamado gênio e agora comparava-o a um lírio pendido na estrada; o bom homem escutava-o, sorrindo, sem compreender; enquanto Raimundo, com a cabeça quase dentro do prato, suportava o Freitas, suspirando pelo fim do jantar, para fugir-lhe. O maçante elogiava a sua própria memória com a vaidade do costume:

— O senhor ainda não viu nada... segredava ele ao outro. Sei discursos inteiros, longos, que ouvi há dez anos! Sei de cor, meu caro doutor, extensas poesias que apenas li duas vezes! Não acha extraordinário?...

— Decerto...

E o desalmado, como prova, entrou a recitar "A Judia" de Tomas Ribeiro, que tinha nesse tempo no Maranhão um cheiro ativo de novidade:

"Corria branda a noite. O Tejo era sereno!..."

— Mais alto! reclamou, da mesa pequena, o Cordeiro, com um grito. Não chega até cá. Queremos ouvir o recitativo!...

E, como Raimundo conseguisse fazer calar o Freitas, aquele levantou-se arrebatadamente e pôs-se a estropiar uma chula:

"Carolina que horas são estas?...
Nove horas no bronze da torre!"

— Cante antes o "Não quero que ninguém me prenda!" aconselhou Eufrasinha, com uma risada.

— Gentes! disseram outras moças, admiradas do desembaraço da viúva.

Cordeiro obedeceu, e, trepando na cadeira, tomou uma garrafa pelo gargalo, ergueu-a e berrou o que então representava na província o hino dos borrachos:

"Eu não quero que ninguém me prenda;
Aihée!
Debaixo do meu pifão!
Quando fores de noite à rua,
Aihée!
Leva cheio o garrafão!

Seu soldado não me prenda,
Não me leve pro quartel!
Eu não vim fazer barulho,
Vim buscar minha mulhé!

Aihée!
Debaixo do meu pifão!
Quando fores de noite à rua,
Aihée!
Leva cheio o garrafão!

A pouco e pouco, iam todos, menos o Dias, acompanhando em coro o terrível "Aihée!" e batendo, até algumas senhoras, com a faca nos pratos. Daí a nada, era uma algazarra em que ninguém já se entendia.

A confusão tornou-se, afinal, completa; faziam-se brindes de braço entrançado; bebia-se de copos trocados; misturavam-se vinhos; soltavam-se gargalhadas estrepitosas; cruzavam-se projéteis de miolo de pão; quebravam-se copos e, dentro de todo esse tumulto, destacava-se a voz rouca do Casusa, que insista no seu brinde ao Serra, a quem agora chamava berrando: "Poeta do Comércio! Colosso de negócios!"

As senhoras tinham-se já levantado dos lugares e palitavam os dentes, encostadas às competentes cadeiras, meio entorpecidas na repleção do estômago. A noite fechava-se e Maria Bárbara afastara-se para dar providências sobre a luz. Ouvia-se uma voz a discutir gramática com o Faísca: Cordeiro, que se calara, afinal, caíra em prostração, derreado na cadeira e com as pernas estendidas em cima da que Amância deixara vazia. Entretanto, o Freitas, sempre teso, sem alteração alguma na sua roupa de brim engomado, pediu "vênia" para erguer um modesto brinde...

Limpou a superfície dos lábios com o guardanapo dobrado, que pousou depois vagarosamente sobre a mesa; passou a enorme unha do seu dedo mínimo no desfibrado bigode, e, fitando uma compoteira de doce de pacovas - erguida a mão direita, na atitude de quem mostra uma pitada —declamou com ênfase:

— Meus ilustres senhores e respeitabilíssimas senhoras!...

Houve uma pausa.

Não poderíamos, pela ventura, terminar satisfatoriamente esta, tão pequena quão antiga e tradicional festa de família, sem brindarmos a uma pessoa respeitável e digna de toda a consideração e... respeito! Por isso... eu! Eu, senhores, o mais insignificante, mais insuficiente de todos nós! ...

— Não apoiado! Não apoiado!

— Apoiado! dizia o Cordeiro com os olhos, vidrados.

— Sim! Eu, cuja voz não foi bafejada pelo dom sagrado de eloqüência! Eu, que não possuo a palavra divina dos Cícero, dos Demóstenes, dos Mirabeau, dos José Estevão et cetera, et cetera! Eu, meus senhores! Vou brindar... a quem?!...

E desenrolou um repertório interminável de fórmulas misteriosas apropriadas à situação, exclamando no fim, cheio de sibilos:

— Inútil é dizer o nome!

Todos perguntavam entre si com quem seria o brinde. Houve teimas, fizeram-se apostas.

— Mais do que inútil é dizer o nome, prosseguiu o discursador, saboreando o efeito da sua impenetrável alusão, mais do que inútil é dizer o nome! porquanto já sabeis de sobra que falo com referência a excelentíssima Srª a dona... (nova pausa) Maria Bárbara Mendonça de Melo!...

Fez-se uma balbúrdia de exclamações.

— D. Maria Bárbara! D. Maria Bárbara! gritavam muitas vozes.

E todos se voltavam para o interior da casa.

— Minha sogra!

— Minha sogra!

— D. Babu!

— D. Maria Bárbara!

Ela apareceu afinal, trazendo na mão um candeeiro aceso.

— Cá estou! Cá estou!

E, toda desfeita em risos, pôs o candeeiro sobre a mesa e bebeu do primeiro copo que lhe levaram à boca.

Seguiu-se um formidável "hup! hup! hurra!" E a música atacou o Hino Brasileiro.

— O nosso hino! disse misteriosamente o Freitas a Raimundo, tocando-lhe no ombro. Um dos mais lindos que conheço!...

— Chit! Com os diabos! resmungou o Dias, empalidecendo e levando as mãos à cabeça.

— Que é? Que é?

Voltavam-se todos para ele.

— Nada... nada... disfarçou sem despregar mais os lábios.

É que só agora, à vista da luz, se lembrara de não haver apagado a vela do quarto de Maria Bárbara.

Serviu-se o café, vieram os licores, o conhaque e a cana-capim.

O Dias sentia-se cada vez mais preocupado. Ora que ferro!

Esquecer-se de soprar aquela maldita vela!... Que diabo! Podia haver um incêndio e lá ir tudo pelos ares!...

Sebastião Campos desapareceu com o Casusa, levando a sua cesta de fogos, e todos os outros, mais ou menos excitados pelas libações, aproximaram-se das anteparas da varanda. Cerrara-se completamente a noite; viam-se já os pirilampos da quinta palpitando na sombra; punha-se nova mesa, para os músicos, que continuavam a tocar; o Cordeiro sapateava um fadinho, ao som do Hino Nacional, mal podendo ter-se nas pernas; o Serra, boleando o seu respeitável ventre, foi desafiado pela gorda Lindoca, e dançaram ambos; o Serra puxou Manoel, e, com o exemplo do patrão, atiraram-se também o Vila Rica e Manoelzinho, sem mais contemplações com a rigorosa pragmática comercial. O Faísca, que era fraco da cabeça e do estômago, dava para chorar espetaculosamente, lamentando-se com ânsias e suores frios; dizia sentir um desgosto tremendo da vida, uma inabalável resolução de suicidar-se e uma vontade estúpida de vomitar.

Então um busca-pé, descrevendo no ar incendiados caracóis de grossas faíscas, foi cravar-se no rebordo da varanda, bem junto ao lugar em que estava Amância.

— Credo!

Fez-se um espalhafato. A velha pulou para trás, tossindo sufocada e o Cordeiro afiançava que, indo ela tomar fôlego, engolira um busca-pé aceso. Ana Rosa, com o susto, correu até ao lado oposto da varanda, onde não chegava claridade, e caiu trêmula nos braços de Raimundo, que, contra os seus hábitos de rapaz sério, ferrou-lhe dois beijos mestres.

Os busca-pés repetiam-se lá fora sem interrupção. Acenderam-se, afinal, os candeeiros e iluminou-se, a velas de cera ao fundo do lado esquerda da varanda, o vistoso altar, onde São João Batista, no meio de uma fulgência de luzes e flores de papel dourado, resplandeceu com o seu cordeirinho nos braços e segurando um cajado de prata.

Ficou tudo claro e alegre. Os músicos foram para a mesa, e Manoel distribuiu fogos por todos os convidados. As moças queimavam pistolas; os homens carretilhas, foguetes e bombas. Levantou-se defronte da casa uma grande fogueira de barricas alcatroadas, depois outras; e a varanda, com os seus estampidos, afogueada pelo clarão vermelho, cuspindo balas brilhantes e multicores, parecia um baluarte em guerra.

Dias, alheio a tudo isso, passeava de um para outro lado, embebido na sua preocupação. Aquelas pistolas brancas e compridas, ainda mais o irritavam, porque pareciam velas de cera.

Depois de jantar, a banda de música retirou-se, tocando uma coisa alegre.

— Seu Freitas, dizia Bibina, me acenda esta rodinha!

— Ui! gritava ao mesmo tempo a Eufrasinha, procurando queimar uma pistola, tenho medo disto que me pelo!

— Pegue com o lenço, aconselhava a tia Sarmento.

— Seu moço, me escorve isto, por seu favor...

Sebastião e Casusa continuavam lá embaixo às voltas com os busca-pés, que se cruzavam no ar freneticamente.

Raimundo, ao lado de Ana Rosa, acendia no seu charuto os fogos que ela tocava, e falava-lhe baixinho em casamento.

— Na primeira ocasião falo a teu pai...

— E por que não falas amanhã?... Mamãe foi pedida justamente num dia de São João!

— Pois bem, amanhã!...

— Não m'enganas?...

— Não. E tu, dize, tu me estimas deveras?... Olha que o casamento é coisa muito séria!...

— Eu adoro-te, meu amor!...

— Está aí o padre! Gritou Sebastião lá debaixo.

— Chegou o padre! Chegou o padre! repetiram muitas vozes.

Frei Lamparinas, efetivamente, chegava para cantar a ladainha. Acompanhavam-no quatro sujeitos de ar farandulesco; caras avermelhadas pela cachaça, cabeleiras à nazarena, paletós insuficientes, olhares cansados; um todo cheio de insônia e movimentos reservados, de quem não conhece o dono da casa em que se apresenta. Eram músicos de contrato, pândegos afeitos às serenatas, aos chinfrins de todo o gênero, estômagos vitimados às comezaínas fora de horas, cujas digestões põem manchas biliosas na face. Um trazia um violão debaixo do braço, outro uma flauta, outro um pistão e outro uma rabeca. Entraram em rebanho, com os pés surdos e foram assentar-se, modestamente risonhos, na amurada varanda, a cochicharem entre si, olhando com tristeza gástrica para os destroços da mesa.

Casusa, que os seguiu desde lá debaixo, foi o único a cumprimentá-los, a cada um de per si, dando-lhes o nome e recebendo o tratamento de tu. Fez logo vir uma garrafa e serviu com intimidade, a rir, lembrando-lhes outras patuscadas em que estiveram juntos. Manoel acudiu também, oferecendo-lhes de comer, e insistindo principalmente com Frei Lamparinas que ainda não tinha jantado, conforme ele próprio confessava. Recusaram-se todos, prometendo cear depois da ladainha. "Comeriam mais à vontade!"

— Pois então vamos à ladainha!

E dispuseram-se para a nova festa que ia principiar. Sebastião Campos continuava na quinta, a soltar os seus busca-pés e as suas formidáveis bombas, que estrondavam como canhões. "Ah! só tocava fogo fabricado por ele próprio! Não tinha confiança nesses fogueteiros de meia-tigela!..." As barricas estalavam em labaredas fiscalizadas por Benedito. Havia por toda a parte uma reverberação vermelha e um cheiro marcial de pólvora queimada. Defronte à casa as árvores erguiam-se arremedando uma apoteose de inferno. As mãos encardiam-se, as roupas saraqueimavam-se com faísca.

Algumas pessoas saltavam as fogueiras; outras, de mãos dadas e braços erguidos, passeavam em torno dela, com solenidade, arranjando compadrescos.

— Quer ser minha comadre, D Anica? perguntou Casusa a Ana Rosa.

— Vamos lá!

E desceram à quinta. Aí, com a fogueira entre ambos, deram a mão um ao outro e passaram três voltas rápidas em torno das chamas, com os braços erguidos, a dizer de cada vez:

— Por São João! Por São Pedro! Por São Paulo! E por toda a corte do céu!

Na varanda, Lamparinas dava tranqüilamente, no meio de um grupo, a notícia de ter havido incêndio na cidade.

— Onde? perguntaram assustados.

— Na Praia Grande.

Dias, sem dar uma palavra, atirou-se de carreira para a quinta e desapareceu logo na alameda de mangueiras.

Freitas expôs a Raimundo o grande inconveniente daquele brinquedo bárbaro do fogo. "Quase sempre, nos dias de São João e São Pedro havia incêndios na cidade!... Os negociantes apertados aproveitavam a ocasião para liquidar a casa!..." Entretanto, o Serra, apontando para o lugar onde desaparecera o caixeiro de Manoel, dizia ao ouvido deste: "Aquilo é que é um empregado de truz, seu colega! Tenho inveja de você, acredite! Vale quanto pesa!"

Lamparinas procurava tranqüilizar o ânimo dos dois negociantes, declarando que o fogo era na Praça do Comércio e que não atingira grandes proporções. "Aquela hora talvez já não houvesse vestígio dele!..."

Varreu-se a varanda em todos os seus quatro lados; estenderam-se esteiras de meaçabas sobre o tijolo, no lugar em que as devotas teriam de ajoelhar-se; acenderam-se mais algumas velas no altar, onde Frei Lamparinas ia recitar a sua "milésima ladainha", segundo o que nesse momento acabava de dizer o Freitas.

— Milésima?... perguntou Raimundo, pasmado.

— Admira-se, hein?... volveu o homem da unha grande. Pois, olhe, só neste sítio, a julgar de um pequeno cálculo, que me dei ao trabalho de fazer, tem ele engrolado nunca menos de 657 ladainhas!

E, a propósito, Freitas contou minuciosamente o clássico costume daquela festa de São João.

— Hoje não se faz nada, à vista do que já se fez!... dizia. Bons rega-bofes tivemos no tempo do coronel, em que se faziam novenas e trezenas de São João! E era dançar pra aí toda a noite, sem descansar! Meu amigo, era uma brincadeirazinha que rendia seguramente meio mês de verdadeira folia!

E, com um ar misterioso, como quem vai fazer uma revelação de suma importância:

— Quer que lhe diga, aqui entre nós?... As moças de hoje não valem as velhas daquele tempo!...

E o maroto cascalhou uma risada, como se houvera dito alguma coisa com graça.

Os fogos continuavam ainda e os ânimos persistiam quentes, quando, de improviso, se abriu a porta de um quarto, e o padre Lamparinas apareceu, todo aparamentado com a sua sobrepeliz nova; o livro da reza entre os dedos, os óculos montados no nariz adunco, os passos solenes, o ar cheio de religião. E arvorou-se nos degraus do altar, anunciando que ia dar começo à ladainha.

Houve um prolongado rumor de saias, e as mulheres ajoelharam defronte o padre.

Do alto, contra a luz das velas de cera, desenhava-se em sombrinha o vulto do Lamparinas, anguloso, com os braços levantados para o teto, num êxtase convencional. Os homens aproximaram-se todos, à exceção do Faísca, que dormia. Alguns ajoelharam-se também. Atiraram-se fora os charutos em meio; deixaram-se em paz os busca-pés e as bombas; correu silêncio. E a voz fúnebre do Lamparinas chiou confusamente a *Tua Domine*.

— Então não temos jaculatória?... perguntou Amância, escandalizada.

Lamparinas atirou-lhe uma olhadela repreensiva e concentrou-se de novo em sua oração, concluindo:

— Apresentamos, Senhor, estas ofertas, sobre os vossos altares, para celebrarmos esta festa, com a honra que é devida ao nascimento daquele santo, que, além de anunciar a vinda do Salvador ao mundo, nos mostrou também que era já nascido o mesmo Jesus Cristo nosso senhor, que conosco vive e reina em unidade.

— Apoiado! gritou o Cordeiro.

Desencadeou-se um sussurro de indignação. Todavia, entre a tosse, os escarros secos e alguns espirros dispersos, que se acusavam daqui e dali, continuou fanhoso o Lamparinas:

— Gratiam tuam, quoesumus, Domine, mentibus nostris infunde, ut qui Angelo nuntiante Christi Filii tui incarnationem cognovimus, per passionem ejus et crucem ad ressurrectionis gloriam perducamus. Per eumdem Christum Dominum Nostrum. Amen!

— *Amen*! disseram em coro.

E a voz do Lamparinas chilreava, acompanhada pela música:

— Kyrie eleison!

Os devotos e devota respondiam cantando em todos os tons:

— *Ora... pro... nobis!*

E este *bis* fina ia longe!

— *Christe eleison!*

— *Ora pro nobis*!

Destacava-se a voz grossa e avinhada do Cordeiro, que sempre demorava no canto e arrastava escandalosamente o *bis*.

— Diabo do herege!... resmungou Amância, sem desfazer a sua atitude beata.

— Pater de caelis, Deus, miserere nobis!...

— Ora pro nobis!... insistia o coro

— Fili Redemptor mundi, Deus miserere nobis.

— Ora pro nobis!

E o pobre Lamparinas, no fim de um quarto de hora desta música, sentia-se plenamente no seu elemento, entusiasmava-se, cantava, marcando frenético o compasso com o pé, e quase dançando. Já não espera pelo "*Ora pro nobis*", ia gritando:

— *Santa Maria!*

— Santa Dei genitrix!

— Santa virgo Virginum!

— Mater puríssima!

E o coro, e a música, a correrem atrás dele, a toda a força.

Mas o especialista das ladainhas teve de interromper o seu entusiasmo, porque, em torno de Maria do Carmo, levantava-se um zunzum.

— Que terá minha tia?!... exclamou Etelvina alvoroçada.

— Mamãe-outrinha! Jesus! Valha-me Deus!

— O que é?

— Que foi?

— Que tem?

— Que sucedeu?

Ninguém sabia. Entretanto, Maria do Carmo, ajoelhada hirta, com o queixo enterrado entre as clavículas, tinha uma imobilidade aterradora no olhar.

— Credo! gritou Amância, benzendo-se.

As sobrinhas puseram-se logo a chorar ruidosamente; Ana Rosa, Eufrásia e Lindoca imitaram-nas no mesmo instante.

Correram todos para o lugar sinistro; os músicos com os instrumentos debaixo do braço; Lamparinas com o manual de rezas marcado pelo indicador da mão direita.

Ouvia-se roncar estranhamente o ventre de Maria do Carmo. Raimundo abriu caminho, chegou onde ela estava, suspendeu-lhe a cabeça e, ao soltá-la de novo, uma golfada de vômito podre jorrou pelo corpo da velha.

— É um vólvulo! disse ele, voltando a cabeça.

— Do latim - *volvulus* - segredou-lhe o Freitas, que o acompanhara até lá.

Maria do Carmo foi carregada para o quarto. Estenderam-na em uma marquesa. Pingava-lhe de todo o corpo um suor copioso e frio; tinha o ventre duro como pedra. Raimundo fez darem-lhe azeite doce e aconselhou que mandassem comprar, quanto antes, eletuário de sena. Correu-se a chamar o médico na cidade.

A doente voltou a si, mas sentia cólicas horríveis, comichão por todo o corpo; queixava-se de grande secura, e delirava de instante a instante. Daí a meia hora vieram de novo os vômitos; cresceram-lhe as agonias; aumentavam-lhe os rebates intestinais. A pobre velha arranhava a palhinha da marquesa, cravando as unhas na madeira.

Em torno dela fazia-se um silêncio aterrador. Afinal chegou-lhe a reação: deu um arranco dos pés à cabeça e ficou logo imóvel.

Raimundo pediu um espelho; colocou-o defronte da boca de Maria do Carmo, observou-o depois e disse secamente:

— Está morta.

Foi um berreiro geral. Etelvina caiu para trás, estrebuchando num histérico; Manoel arredou a filha daquele lugar. Acudiram todos os de casa. Os ânimos que o vinho entorpecia, acordaram como por encanto. A situação incontinente tornou-se lúgubre.

O Cordeiro, já em seu juízo perfeito, ajudou a carregar o cadáver, afastou cadeiras, arrastou uma cômoda, e preparou a encenação da morte. Invadiram o quarto. Os pretos do sítio chegavam-se com medo apavorados, resmungando monossílabos guturais; o olhar parvo, a boca aberta.

Em menos de duas horas, Maria do Carmo estava estendida em um canapé, iluminada por velas de cera, lavada, vestida de novo e penteada. Sobre a cômoda, perto dela, a inalterável imagem de São João Batista, e, ajoelhado no tijolo, com o olhar fito no santo, o cônego, de braços abertos, balbuciava uma oração.

Manoel expediu recados para a cidade; seus caixeiros partiram todos; Maria Bárbara fechara-se no quarto e pusera-se a rezar com desespero de beata velha. A agitação era comum. Só Amância conservava o sangue-frio; estava no seu elemento - ia e vinha, deva ordens, dispunha tudo, aconselhava, ralhava, chorando quando era preciso, consolando os desanimados, dizendo rezas, citando fatos, governado, repreendendo aos que não obedeciam, e pondo ela mesma em prática as suas prescrições.

Às dez horas da noite, uma rede de algodão, enfiada numa taboca de muitas cores, cujas extremidades dois pretos vigorosos sustentavam no ombro, conduzia o cadáver de Maria do Carmo para o sobrado do Largo das Mercês, com grande acompanhamento de homens e mulheres. Benedito ia na frente, iluminando o fúnebre cortejo à luz ruiva de um enorme archote alcatroado que ele erguia sobre a cabeça.

Lamparinas caminhava atrás furioso, fazendo voar ante seus pés as pedrinhas soltas da estrada, e dando-se aos diabos pela má observância do antigo e confortador provérbio: "O padre onde canta lá janta!"

IX

Logo depois da partida do cadáver, Maria Bárbara e Ana Rosa desceram do sítio, em um carro que se mandou buscar; foram diretamente para o Largo das Mercês. Manoel e Raimundo vieram de bonde e seguiram para casa. Mas o rapaz, apesar de fatigado, não conseguiu repousar. Precisava de ar livre. Mudou de roupa e tornou a sair.

Passava já de meia-noite. A cidade tinha o caráter especial das vésperas de São João: viam-se restos de fogueiras fulgurando ao longe, em diversos pontos, de quando em quando ouviam-se estalos destacados. Raimundo tomou a direção das Mercês. "Seria crível, pensava pelo caminho, que estivesse deveras enfeitiçado por sua prima?... Ou seria tudo aquilo uma dessas impressões passageiras, que nos produz em dias de bom humor um rosto bonito de moça?... Verdade era que nunca se sentira tão preocupado por outra mulher."

— Em todo o caso, concluiu ele, convém dar tempo ao tempo!...

Nada de precipitações!

Assim raciocinando, no antegosto do seu casamento provável com Ana Rosa, chegou à casa das Sarmentos.

Nessa ocasião reuniram-se aí as velhas amizades da defunta, prevenidas logo do triste acontecimento pelos empregados de Manoel. O enterro seria no dia seguinte à tarde. Os conhecidos do comércio mandaram lá os seus caixeiros para ajudarem a encher as cartas de convite e fazerem quarto. Chamou-se logo um armador, para preparar a casa, conforme o uso da província; falou-se a um desenhista para fazer o retrato do cadáver - tomou-se medida e encomendou-se o caixão; discutiu-se a vestimenta que devia levar Maria do Carmo, e resolveu-se que seria a de Nossa Senhora da Conceição, por ser a mais bonita e vistosa. Amância ofereceu-se prontamente para talhar a roupa. "Que não valia a pena encomendá-la ao armador, sobre vir malfeita e mal cosida, sairia por um dinheirão!"

— Não sei! dizia ela. Todas estas coisas pra enterro custam sempre quatro vezes mais do que podem valer! É uma ladroeira descarada! Por isso enriquecem tão depressa os armadores! Diabo dos gatunos!

Desta vez a velha tinha razão.

Mandaram comprar cetim cor-de-rosa, azul e branco, sapatinhos de baile, escumilha e filó para o véu, que seria franjado de ouro. Uns teimavam que a morta devia levar um ramalhete de cravos na mão, outros negavam, considerando, nem só a idade da defunta, como o seu estado de viúva.

E choviam exemplos de parte a parte:

— Outro dia, D. Pulquéria das Dores, apesar dos seus sessenta anos, levou na mão um enorme ramo de rosas vermelhas! E demais, era casada.

— E o que tem isso?! D. Chiquinha Vasconcelos foi de caixão aberto, porém não levava ramalhete, e, até digo-lhe mais, nem palma nem capela! No entanto era solteira e tinha a metade da idade de D. Maria do Carmo.

— Mas ia com as faces pintadas de carmim, que é muito pior! Ora aí está!... Além disso, dizia-se da Chiquinha o que todos nós sabemos. Deus me perdoe!

Uma mulata obesa cortou o nó górdio da questão, declarando que o ramalhete bem podia ir escondido por debaixo do hábito. Todos concordaram logo.

Deu uma hora. Vários caixeiros retiraram-se já com um maço de cartas, que entregariam pela manhã; algumas famílias, vestidas de preto, despediam-se com beijos, pedindo desculpa por não ficarem ate à hora do enterro. O armador martelava na sala. A noite caía no silêncio; ouvia-se um ou outro busca-pé retardado. Na rua, grupos pândegos passavam em troça para o banho de São João; do Alto da Carneira vinha um sussurro longínquo de "bumba-meu-boi". Cantavam os primeiros galos; cães uivavam distante, prolongadamente; no céu, azul e tranqüilo, uma talhada de Lua, triste, sonolenta, mostrava-se como por honra da firma, e, todavia, um homem, de escada ao ombro, ia apagando os lampiões da rua.

Raimundo parara um instante olhando o mar, defronte à casa das Sarmentos. À porta de entrada havia um grande reposteiro de veludo negro, com uma cruz de galões amarelos. Ele considerou o prédio: era um casarão velho, um desses antigos sobrados do Maranhão, que já se vão fazendo raros. Cinqüenta palmos de alto e outros tantos de largo, barra pintada de piche, mostrando a caliça em vários pontos, cinco janelas de peitoril, enfileiradas sobre quatro portas lisas, com um portão entre elas, pesado, batente de cantaria; cheirando tudo a construção dos tempos coloniais, quando a pedra e a madeira de lei estavam ali a dois passos e se levantavam, em terrenos aforados, paredes de uma braça de grossura e degrau de pau-santo.

Entrou. O corredor transpirava um caráter sepulcral. Subia-se uma escada feia, acompanhada de um corrimão negro e lustrado pelo uso; nas paredes, via-se, à insuficiente claridade de uma lanterna suja, o sinal gorduroso das mãos dos escravos, e no teto havia lugares encarvoados de fumaça.

A escada era dividida em dois lances, dispostos em sentido contrário um do outro; Raimundo chegou ao fim do primeiro lance sufocado e galgou o segundo de carreira, dando aos diabos o maldito costume de fechar toda a casa, quando ela mais precisa de ar, porque tem dentro um cadáver. Numa das salas da frente, forrada então pelo tapete do armador, tapete velho e, tão crivado de pingos de cera, que o pé escorregava nele, estava um grande tabuleiro de paparaúba, cheio de tochas e enormes castiçais de madeira e folha-de-flandres, pintados de amarelo. Em uma das quatro paredes, cobertas de alto a baixo de veludo preto e orladas de galões de ouro, destacava-se um altar, ainda não aceso, todo estrelado de lantejoulas; carregado de adornos, com uma toalha de rendas no centro, sobre a qual pousavam dois castiçais de latão, pintalgados pelas moscas, tendo entre eles um crucifixo do mesmo metal, extremamente azinhavrado. Defronte estava a essa, enfeitada de acordo com o resto, à espera do caixão, que àquelas horas se reparava em casa do Manoel Serigueiro.

Empoleirado numa escada e de martelo em punho, um homem, em mangas de camisa, pregava sobre as portas bambinelas bordadas.

— A que horas é o enterro? perguntou-lhe Raimundo.

— Às quatro e meia, disse o armador, sem voltar o rosto.

Da varanda vinha um murmúrio de vozes. Raimundo seguiu para lá.

Varanda larga e alta, caiada, toda aberta para o quintal; telha vã, mostrando os caibros irregulares, donde pendiam melancólicas teias de aranha. Num dos cantos um banco de pau roxo, muito escuro, sustentando, em buracos redondos, dois grandes potes bojudos de barro vermelho; sobre o parapeito da varanda, uma fila de quartinhas também de barro, esfriavam água. Aberto na parede um imenso armário tosco, e logo ao pé um alçapão no soalho, resguardado por uma grade, com a cancela despejada sobre uma escada tenebrosa.

Encostado à grade - um sujeito gordo, sem bigode, de óculos e barba debaixo do queixo, dizia a outro do mesmo feitio, batendo com o pé nas largas tábuas do chão.

Hoje ninguém mais pilha deste madeiramento! Repare! É tudo pau-d'arco, pau-santo, pau-cetim, bacuri, jacarandá e pequi! Madeiras que valem o ferro e que nem o machado pode com elas!

Em volta de uma mesa, dez homens, a título de fazer quarto à defunta, jogavam cartas, conversando em voz discreta, repetindo xícaras de café e cálices de conhaque, entre pilhérias segredadas, risos abafados e o fumo espesso dos cigarros.

Quando Raimundo entrou, confidenciava um deles ao vizinho:

— Já não sou homem para estas coisas!... Não posso perder uma noite!... Por mais que beba café, sinto sono!... Porém não podia deixar de vir, era uma ocasião de encontrar-me com a pequena... Não tenho entrada na casa dela...

E bocejava.

— Conhecias esta velha que morreu? interrogou-lhe o outro.

— Não. Creio que a encontrei uma vez em casa do Manoel Pescada... Já estive a olhá-la - é horrível!

— Pois aqui onde me vês, estou furioso! O patrão mandou-me para cá, mas com poucas arribo! Tenho um pagode no Cutim e não o perco!

— Também por que a velha não escolheu melhor dia pra morrer?...

— Logo na véspera de São João! Que espiga!

E bocejavam ambos.

— Quem é este tipo? perguntou um dos jogadores, vendo entrar Raimundo. Corte com o *três de espadas!*

— É um tal Raimundo... um sujeito que o Pescada tem em casa por compaixão.

— O que faz ele? - *Dama!*

— Diz que é doutor. - É meu!

— Não parece mau rapaz...

— Fia-te!

— Já te pregou alguma, hein? Conta-nos isso!

—Não te digo mais nada... Fia-te na Virgem e não corras!...

Fizeram uma pausa, em que se ouvia atirar cartas à mesa, com uma pancada de dedos no tapete.

— Mas do que vive ele? perguntou o curioso que se informava de Raimundo. - Venha o *ás!*

— Ora do que vive!... Você não tem *copas?*... Pergunte a toda essa gente sem emprego, de quem oficialmente se diz "vive de agências" e ficarás sabendo.

— Ganhei!

— Mas o que é ele do Manoel?

— Diz que primo... respondeu o outro, baralhando as cartas.

—Ah!...

— Dê cartas.

Raimundo cumprimentou-os e perguntou pela família da defunta.

Estava fazendo quarto. Que entrasse por ali, responderam-lhe, indicando uma porta.

Logo que o rapaz deu as costas, o maledicente levantou o braço e fez-lhe uma ação feia.

— Gosto muito destes tipos, acrescentou, então em voz alta, para o grupo inteiro, depois de um silêncio, todos eles são uma coisa lá por fora "Porque eu fiz! e porque eu aconteci! Porque isto é uma aldeia! É um chiqueiro!" E no entanto metem-se no chiqueiro e daqui não saem!...

— Meu amigo, não há Maranhão como este!...

— Mas dizem que este cabra tem alguma coisa... arriscou um terceiro.

— Qual nada!... Você ainda come araras! Todos eles dizem ter mundos e fundos!... Gosto deste Maranhãozinho, porque não perdoa os tipos que vêm pra cá com pomadas!... O sujeito aqui, que se quiser fazer mais sabichão do que os outros, há de levar na cuia dos quiabos, para não ser pedante! Diabo dos burros! Se sabe muita coisa guarde pra si a sabedoria, que ninguém por cá precisa dela, nem lha pediu! E não se meta a escrevinhar livrinhos e artigos para os jornais, que isso é ridículo!... Lá o meu patrão é quem sabe haver-se com esses espoletas! Ainda há pouco tempo ele precisou aí não sei de que papel - para o sobrinho que tinha chegado do Porto - e vai - pede a um doutorzinho, muito nosso conhecido, que lhe arranjasse a história... Pois o que pensam vocês que respondeu o tal bisca ao patrão?...

Não sabiam.

— Pois mandou-o plantar batatas! Chamou-o de toleirão! "Que o que ele queria, era um absurdo!"

— Sim, hein?...

— Com estas palavras!... Estou lhe dizendo!... Ah, meu amigo, mas também o patrão pregou-lhe uma de respeito!... Você sabe que o Lopes, em questões de capricho, não se importa de gastar dois vinténs...

— Sim, como naquela história da comenda...

— Bom. Pois ele foi aí a um outro tipo e encomendou-lhe uma dessas descomposturas de criar bicho!

— E então?

— Ora! Se bem o patrão o disse, melhor o tipo o faz... Ora, espera! Como era mesmo o nome da coisa?... Era... Estou com o diabo na ponta da língua... Ah! Era um anônimo!

— Ah! Um anônimo!

— Uma descomponenga, que pôs o tal doutorzinho de borra mais raso que o chão!

— Ah! Isso foi com o Melinho!... :

– Foi. Você leu, hein?

— Ora, mas aquilo do Lopes foi demais. Desacreditou o pobre moço!...

— Não sei! Bem feito!

— E, segundo me consta, nem tudo era verdade no tal anônimo!

— Não sei!... o caso é que esfregou o tipo!

— Sim, mas o que não se pode negar é que o Melinho é um rapaz inteligente e honesto a toda a prova!...

— Que lhe faça muito bom proveito! Coma agora da sua inteligência e beba da sua honestidade! Meu menino, deixemo-nos de patacoadas! O tempo hoje é de cobre! Honesto e inteligente é isto!...

E com os dedos fazia sinal de dinheiro.

— Tenha eu o jimbo seguro, acrescentou, e bem que me importa a boca do mundo! E senão—olhe aí para a nossa sociedade!...

E citava nomes muito conhecidos, contava histórias medonhas de contrabandos, de grandes ladroeiras, de notas falsas, do diabo!

— Sim! Sim, isso é velho; mas que fim levou o Melinho?

— Sei cá! muscou-se para o Sul! Que o leve o diabo!

— Pois olhe, gosto daquele moço!...

— Não lhe gabo o gosto!

Raimundo, depois de atravessar um quarto espaçoso, penetrou na sala de visitas e achou-se defronte a uma roda de senhoras de todas as idades, na maior parte vestidas de luto, e que, assentadas, fitavam, de cabeça à banda com o olhar cansado e sonolento, o corpo inanimado de Maria do Carmo. Numa rede, a um canto, soluçava Etelvina, escondendo a cabeça entre travesseiros; ao lado, uma mulata gorda e enfeitada de ouro - saia de chamalote preto e toalha de rendas sobre os ombros - dizia maquinalmente as frases da consolação. Assentada no sobrado, sobre uma esteira, Amância talhava o hábito de Nossa Senhora da Conceição, com que a defunta devia ir vestida à fantasia para a sepultura, como se fosse para um baile de máscaras. Nas paredes, os retratos de família estavam cobertos por um vasto crepe; o do tenente Espigão, horrorosamente pintado a óleo, com um colorido cru, tinha através do véu, um sorriso duro, de beiços vermelhos. No meio da sala, em um sofá de gosto antigo, com encosto de palhinha envernizada, decompunha-se o cadáver da velha Sarmento; tinha o rosto coberto por um lenço de labirinto encharcado de água-flórida; as mãos cruzadas sobre o peito e amarradas à força por uma fita de seda azul; as pernas esticadas, o cabelo muito puxado para trás, bem penteado, o corpo todo se mirrando, hirto, um pouco empenado na tensão dos músculos. Em cima do ventre opado um prato cheio de sal.

À cabeceira do canapé, numa mesinha coberta de rendas, um Cristo colorido, de braços abertos, pendia da cruz, e duas velas de cera derretiamse no lugar do bom e do mau ladrão. Logo junto, uma vasilha de água benta com um galinho de alecrim; mais para a frente, uma Nossa Senhora pequenina, de barro pintado.

Ouviam-se soluços discretos e o crepitar seco das velas.

Raimundo aproximou-se do cadáver e, por mera curiosidade descobriu-lhe o rosto — estava lívido, com os raros dentes à mostra, os olhos mal fechados, mostrando um branco baço, cor de sebo; dos queixos subia-lhe ao alto da cabeça um lenço, amarrado para segurar o queixo. Principiava a cheirar mal.

Então, apareceu na sala uma negrinha com uma bandeja de xícaras de café.

Serviram-se.

Raimundo foi levar uma chávena a Ana Rosa, que se achava entre as senhoras.

— Obrigada, disse ela, chorosa, eu já tomei ainda agorinha mesmo.

De vez em quando ouvia-se um suspiro estalado e o *froon* nasal das moças que assoavam as lágrimas. Um grupo de mulheres, de saia e camisa, conversava soturnamente sobre as boas qualidades e as virtudes da defunta. Tinham a voz medrosa de quem receia acordar alguém ou ser ouvido pelo objeto de conversação.

— Era pra um tudo!... afirmava uma delas, compungida. Devo-lhas muitas!... que lhas hei de pagar com padre-nossos! Inda s'trou dia, quando me atacou a pneumonia na pequena, com quem foi que me achei?!... Pois olhe que os doutores de carta não lhe souberam dar voltas! E hoje, minha rica?... Ela está aí fina e lampeira, que faz gosto, ao passo que a pobre da senhora D. Maria do Carmo... Deus me perdoe, até parece feitiçaria! - E apontou para o cadáver com um gesto desconsolado. - Ao menos descansou, coitada!

— Não *semos* nada neste mundo!... suspirou, com a mão no queixo, uma mulherinha magra e pisca-pisca, que até então se conservara numa imobilidade enternecida.

E contou a história de uma sua camarada, que, havia trinta anos, morreu na flor da idade.

Este caso puxou outros. Foi um cordão de anedotas fúnebres. A mulata obesa fechou a rosca, narrando, muito sentida, a história de um papagaio de grande estimação, que ela possuía, e que, um belo dia, cantando, coitado! a "Maria Cachucha", caíra para trás - morto!

— Credo! exclamou Amância. E, voltando-se para a mulata, com os óculos na ponta do nariz:

— Nhá Maria! esta espiguilha é toda para o véu, ou tem de se tirar daqui também os laçarotes?...

Depois do enterro, quando Maria Bárbara, de volta à casa entrou no seu quarto, dera logo com a vela de cera gasta até o fim e com a singular máscara do seu milagroso São Raimundo; ficou aterrada, sem saber o que pensar, e, na sua cegueira supersticiosa, atirou-se de joelhos defronte ao oratório e pôs-se a rezar fervorosamente.

Nessa noite, apesar da canseira em que vinha, não pôde dormir senão pela volta da madrugada; e, à força de meditar o caso, acabou por enxergar nele um milagre. Sim, um milagre, justamente como o explicam os catecismos que se dão na escola e como a sua própria mestra lhe ensinara — um mistério incompreensível. "Não havia que duvidar - Deus Nosso Senhor servira-se daquele engenhoso ardil para preveni-la de presentes e futuras calamidades!..."

Entretanto, só ao cônego se animou de confiar o fato, e até lhe pediu segredo, que, se o genro viesse a conhecê-lo, havia de sair-se com alguma das suas. Já lhe estava a ouvir resmungar com o seu insuportável risinho de homem sem fé: "Pomadas de minha sogra!..." Além disso, se São Raimundo quisesse tornar público o seu sagrado aviso, não usaria dos meios que empregou!...

— Agora, o que está entrando pelos olhos, senhor cônego, é que aquele maldito cabra do Mundico tem parte nisto! Deus queira que eu me engane, porém a coisa toca-lhe a ele por casa!

— Pode ser, pode ser... Davus sum non Edipus!...

— E o que devo fazer?...

— Ofereça uma missa a São Raimundo. Cantada, não seria mau... Uma missinha cantada!

Ficaram nisto; mas a velha não podia tranqüilizar-se assim só: afigurava-se-lhe que, em torno dela, grandes transformações se operavam. Verdade é que a morte de Maria do Carmo como que viera perturbar o ramerrão daquela panelinha de Manoel Pescada. Uma semana depois do passamento, chegara de Alcântara um irmão da defunta, e em seguida à missa do sétimo dia, carregou consigo as duas inconsoláveis sobrinhas. Etelvina, embrulhada no seu vestido preto, de lã, encarecera o costume de dar suspiros; Bibina, com grande abnegação, ocultara o cabelo numa coifa de retrós. D. Amância Souselas, para carpir mais à vontade a perda da amiga, fora passar algumas semanas no recolhimento de Nossa Senhora da Anunciação e Remédios, ao calor confortável das rezas e do caldo forro do refeitório. Eufrasinha, percebendo frieza em Ana Rosa, dera-se por magoada e não lhe aparecia. "Que, de algum tempo àquela parte, notava-lhe certo aninho de constrangimento e fastio, bem aborrecido! A Anica já não era a mesma!

Não sabia quem lhe pisara o cachorrinho; tinha plena convicção de estar sendo intrigada por alguma insoneira, mas também tinha alma grande e deixava correr o barco pra Caxias!” A repolhuda Lindoca igualmente se retraíra, mas esta coitada! Por desgosto das suas banhas; já não queria aparecer a pessoa alguma, de vergonha. Entrara, por conselho do pai, a dar longos passeios de madrugada, enquanto houvesse pouca gente na rua, para ver se lhe descaíam as enxúndias, mas qual! A enchente de gordura continuava bolear-lhe cada vez mais os membros. A pobre moça já não tinha feitio; quando saía era obrigada a descansar de vez em quando, provocando olhares de admiração, que a irritavam; já não podia usar botinas, ficara condenada ao sapato de pano, raso, quase redondo; as suas mãos perderam o direito de tocar nos seus quadris; trazia os braços sempre abertos; o pescoço apresentava roscas assustadoras; os olhos, o nariz e a boca ameaçavam desaparecer afogados nas bochechas. Entretanto, afeiçoava-se pela linha reta, tinha predileções por tudo o que era seco e escorrido, olhava com inveja para as magricelas. Freitas gastava os lazeres a consultar tratados de medicina, a ver se descobria remédio contra aquele mal, o bom homem maçava-se; as cadeiras de sua casa estavam todas desconjuntadas: “Daquele modo, não lhe chegaria o ordenado só para mobília” e, como homem fino, mandou fazer uma cadeira especial para Lindoca, com parafusos fortes, de madeira de lei. Viviam ambos tristes.

E tudo isto, todo esse desgosto surdo que minava na panelinha, era atirado por Maria Bárbara à conta de Raimundo. Queixava-se dele a todos, amargamente; dizia que, depois da chegada de semelhante criatura, a casa parecia amaldiçoada “Tudo agora lhe saía torto!” Chegou a pedir ao cônego que lhe benzesse o quarto e juntou à promessa da missa mais a de dez libras de cera virgem, que mandaria entregar ao cura da Sé no dia em que o cabra se pusesse ao fresco.

Mas, pouco depois, a sogra de Manoel chamou o padre em particular, e disse-lhe radiante de vitória:

— Sabe? Já descobri tudo!

— Tudo, o quê?

— O motivo de todas as desgraças, que nos têm acontecido ultimamente.

— E qual é?

— O cabra é “bode!...”

— Bode?! Como?

Maria Bárbara chegou a boca ao ouvido de Diogo e segredou-lhe horripilada:

— É maçom!

— Ora o que me conta a senhora!... exclamou Diogo, fingindo uma grande indignação.

— É o que lhe digo, senhor cônego! O cabra é bode!

— Mas isso é sério?... Como veio a senhora a saber?...

— Se é sério... Veja isto!

E, cheia de repugnância e trejeitos misteriosos, sacou da algibeira da saia o folhetinho de capa verde, que Dias subtraíra da gaveta de Raimundo.

— Veja esta bruxaria, reverendo! Veja, e diga ao depois se o danado tem ou não parte com o cão tinhoso! Pois se eu cá sentia um palpite!...

E apontava horrorizada para a brochura, em cujo frontispício havia desenhado um xadrez, duas colunas amparando dois globos terrestres e outros emblemas. O cônego apoderou-se do folheto e leu na primeira página "Lenda maçônica ou condutor das lojas regulares, segundo o rito francês reformado.

— Sim senhora! Tem toda a razão! Cá estão os três pontinhos da patifaria!... patifaria!...

E leu na introdução da obra, possuindo-se de uma raiva de partido: "Maçons, penetremo-nos da nossa dignidade! A retidão de nossos votos, a união de nossos trabalhos, e a harmonia de nossos corações, alimentem sem cessar o fogo sagrado, cuja claridade resplandecente ilumina o interior de nossos templos!"

— Sim senhora! Tem mais essa prenda... resmungou, entregando o folheto à velha; além de cabra, é bode!

E sem transição, duro:

— É preciso pôr esse homem fora de cá!

— E quanto antes!...

— O compadre está aí?

— Creio que sim, no armazém.

— Pois vou convencê-lo. Até logo.

— Veja se consegue, reverendo! Olhe lembra-me até que seria melhor desistir de tal compra da fazenda... Esta gente, quando não tisna, suja! Não imagina a arrelia que me faz vê-lo todo o santo dia à mesa de janta ao lado de minha neta!... Também nunca esperei esta de meu genro! É preciso pôr o homem pra fora! Isto não tem jeito! As Limas já falaram muito; disse a Brígida que na quitanda do Zé Xorro lhe perguntaram se era certo que ele estava para casar com Anica... Ora isto não se atura! Cada um que ponha o caso em si!... Pois então aquele não-sei-que-diga precisa que lhe gritem aos ouvidos qual é o seu lugar?... No fim de contas quantos somos nós?!... Nada! Nada! É precioso pôr cobro a semelhante coisa. Fale a meu genro, senhor cônego, fale-lhe com franqueza! Olhe, pode dizer-lhe até que, se ele não quiser tratar disto, eu m'encarrego de pôr a peste no olho da rua! A porta da rua é a serventia da casa! Não vê que entre paredes, onde cheira a Mendonça de Melo, se tem aquelas com um pedaço de negro! Iche cacá!

— Está bom, está bom!... Não se arrenegue, Dona Babu!... Pode arranjar-se tudo, com a divina ajuda de Deus!...

E o cônego foi entender-se com o negociante.

— Homem... respondeu Manoel, tendo ouvido as razões do compadre, lá de recambiá-lo para o diabo, convenho! Porque enfim sempre é um perigo que um pai de família tem dentro de casa!... Mas essa agora de não negociar a fazenda, é pelo que não estou! Seria asnice de minha parte! É boa! Pois se o Cancela me escreveu; quer entrar em negócio, e eu posso meter para a algibeira uma comissãozinha menos má, sem empregar capital algum e quase sem trabalho - hei de agora meter os pés e deixar o pobre rapaz às tontas, em risco até de cair nas mãos de algum finório!... Porque, venha cá seu compadre, mesmo deitando de parte o interesse, com quem a não ser comigo podia o Mundico, coitado! Haver-se neste negócio? Também a gente deve olhar pr'stas coisas!...

Ficou resolvida a viagem para o sábado seguinte.

Raimundo acolheu a notícia com uma satisfação que espantou a todos. "Até que afinal ia visitar o lugar em que lhe diziam ter nascido!..."

— Olhe! disse ele a Manoel, tenho um importante pedido a fazer-lhe...

— Se estiver em minhas mãos...

— Está...

— O que é?

— Coisa muito séria... Em viagem para o Rosário conversaremos.

Manoel coçou a nuca.

X

No dia combinado, às seis horas da manhã, acharam-se Manoel e Raimundo a bordo do vaporzinho Pindaré, pertencente à então nova Companhia Maranhense de Navegação Costeira.

Fazia um tempo abrasado, muito seco, cheio de luz. A viagem era incômoda, pela aglomeração dos passageiros, os quais, no dizer sediço de bordo, iam "como sardinhas em tigela".

Tudo aquilo, no entanto, estava muito melhor... considerava Manoel. Agora já se podia viajar facilmente pelo interior da província!... Dantes é que a navegação do Itapicuru tinha os seus quês!...

E passou a narrar circunstanciadamente as dificuldades primitivas da ida ao Rosário. "Aquela companhia, assim mesmo, viera prestar grandes serviços à província!... Deixasse lá falar quem falava, o único inconveniente que ele via era a - baldeação no Codó! - Isso sim! Tinha o que se lhe dizer, e devia acabar quanto antes!"

— Felizmente, concluiu, o Rosário é a primeira estação e não temos de sofrer a maldita maçada!

Ao anoitecer saltaram na Vila do Rosário, em companhia de um antigo conhecido de Manoel, ali residente havia um bom par de anos. Era um portuguesinho de meia-idade, falador, vivo, brasileiro nos costumes e trigueiro como um caboclo.

— Venha cá pra casa e pela manhãzinha seguirá o seu caminho, oferecia ele ao negociante. Sempre lhe quero mostrar o meu palácio!

Foi aceito o convite, e os três puseram-se a andar, de mala pendurada na mão.

— Sabe você, ia dizendo o homenzinho, toda aquela baixa que pertencia ao Bento Moscoso? Pois isso fica-me hoje no quintal! Arrecadei a fazenda da viúva por uma *tuta e mea* e hoje está produzindo, que é aquilo que você pode ver! O meu projeto é levantar uma engenhoca aí perto, onde fica o igarapé do Ribas; quero ver se aproveito as baixas para a cana, percebe?

E dissertava largamente sobre a sua roça, sobre as suas esperanças de prosperidade, censurando medidas mal tomadas pelos vizinhos; afinal atirou a conversa sobre o Barroso. Barroso era a fazenda do Cancela para onde se dirigiam os outros dois.

— São boas terras, são! Muito limpas, muito abençoadas! O que foi que levantou o Luís Cancela? E é verdade! Se me não engano, creio que ele uma ocasião me disse que foi você quem lhas aforrou. Não é isso?

— É exato, respondeu Manoel.

— Ah! são suas?...

— Não! São deste amigo.

E Manoel indicou Raimundo, que nesse momento contratava, com um homem que se mandou chamar, os cavalos para a viagem no dia seguinte.

— São muito boas terras!...insistia o outro. O Cancela já por várias vezes tem-nas querido comprar.

— Compra-as agora.

E chegaram à casa.

—A minha gente está toda fora, declarou o roceiro. Mas não faz mal, temos aí de sobra com que passar. Ó Gregório!

— Meu senhô!

Veio logo um preto velho, a quem ele se dirigiu para dar as ordens em voz baixa.

A noite, ao contrário do dia, fizera-se fresca. Depois da ceia, cada um se estendeu na sua rede, preguiçosamente. Raimundo queixava-se de pragas e maruins; Manoel meditava os seus negócios, toscanejando, e o portuguesinho não dava tréguas à língua: falava daquelas terras com um entusiasmo progressivo; contava maravilhas agrícolas; mostrava-se fanático pelo Rosário. E, no empenho da conversa, arrastado, chegava a mentir, exagerando tudo o que descrevia.

Raimundo interrompeu-o, para saber se ele conhecia a antiga fazenda São Brás.

— São Brás!...

E o homenzinho levantou-se da rede com um espanto.

— São Brás! Se conheço! E por aqui V.Sª não encontra quem não saiba a história dela!...

O outro ardia de curiosidade.

— Tenha então a bondade de contar-ma, pediu, assentando-se. Como vou andar por essas bandas...

Manoel adormeceu.

— Pois V.Sª não sabe a história de São Brás?... Valha-o Deus, meu caro senhor, que podia cair em algum malfarrico; mas eu vou ensinar-lhe a reza que aprendemos com o nosso santo vigário. Olhe! Quando V.Sª topar uma cruz na estrada, apeie e reze, e ao depois siga o seu caminho por diante, repetindo sempre:

"Por São Brás!
Por São Jesus!
Passo aqui,
Sem levar cruz"

Até avistar as mangueiras do Barroso: daí à riba pode seguir descansado, que lá não chega chamusco!

— Mas por que toma a gente tais precauções?

— Ora aí está onde a porca torce o rabo! É por causa do diabo de uma alma danada, que empesta essas garagens... Eu conto a V.Sª!

E o homenzinho, engolindo em seco, contou prolixamente que São Brás, ou Ponta do Fogo, como dantes lhe chamavam, fora noutro tempo lugar de terras boas e férteis, onde se podia plantar e colher muito, que abençoadas eram elas pelas mãos de Deus. Mas, que uma vez aparecera por lá o célebre assassino Bernardo, terror do Rosário e sobressalto dos fazendeiros, e, depois de uma vida errante pelo sertão, roubando e matando, meteu-se na Ponta do Fogo e aí estourou. E desde então nesse desgraçado lugar nunca mais vingara fruto que não tivesse ressaibo de veneno, nem medrara planta sem mitinza; as águas deixavam cinza na boca, a terra, se a gente a colhia na mão, virava-se em salitre, e as flores fediam a enxofre; mas, quem comesse desses frutos, se deitasse nesse chão, se banhasse nessas águas e cheirasse aquelas flores, ficava por tal modo enfeitiçado, que não havia meio de arrancá-lo dali, porque o diabo tinha untado o fruto de mel, e perfumado as flores e amaciado a relva, para engodar o caminheiro incauto.

— Foi isso, continuou o que sucedeu ao pobre José do Eito, quando se meteu por cá - enfeitiçou-se! Eu era muito novo nesse tempo, mas bem me lembro de o ter visto tantas vezes, coitado! Todo amarelo, morrinhento e resmungão, que logo se adivinhava que o diabo lhe pregara alguma! E sempre andou assim!... um dia morreu-lhe a mulher de repente, e ele pouco depois foi varado por um tiro, que nunca mais ninguém soube donde veio. Daí em diante São Brás ficou tapera. No lugar em que morreu o José levantou-se uma cruz, e todos os que passam por lá rezam por alma do desventurado, até encher certa conta de orações, com que ela possa descansar!... Enquanto isso não chega, vaga pela tapera a pobre alma penada, de dia que nem um pássaro negro, enorme, que canta a finados, e de noite vira-se numa feiticeira, que dança e canta, rindo como as raposas. Quando algum imprudente atravessa perto, a feiticeira o persegue de tal feitio, que o infeliz, se não estiver montado, ela o pilha com certeza!

— E se o pilha?

— Se o pilha?... Ah, nem falar nisso é bom! Se o pilha, vira-se logo toda em ossos e cai-lhe em riba, com tal fúria de pancadas, que o deixa morto!

— E depois?

— Depois, volta a alma para penitência, tendo perdido, por cada pancada que deu, vinte coroas de padre-nossos. Quando V.Sª for amanhã é bom levar na sela do seu cavalo um galhinho de arruda, e ao depois de rezar à cruz, vá sacudindo sempre até as mangueiras do Cancela, sem nunca parar com a reza que lhe ensinei!

— Sim, sim, mas diga-me uma coisa: esse José do Eito não se chamava José Pedro da Silva?

— Justo! V.Sª o conheceu?

— De nome.

— Pois eu conheci, perfeitamente.

E, a pedido de Raimundo, o portuguesinho descreveu o tipo de José, e contou o que sabia da vida dele. O rapaz escutava tudo com um interesse religioso; não queria perder uma só daquelas palavras; mas tinha, muitas vezes, que interromper o narrador, para lhe fazer perquntas, a que o outro respondia em parênteses rápidos.

— Pois a D. Quitéria Santiago morreu pouco antes do marido; eu fui vê-la! E olhe V.Sª que, de bonitona que era, ficou horrível. Estava mais roxa que uma beringela!

— Não tinha filhos?

— Nunca os teve.

— Nem o marido?... Sim... este podia ter algum filho natural...

—Não, que eu saiba, não tinha.

— Nem consta de alguma parenta, que vivesse na fazenda em companhia do José?...

— Sei cá, mas...

— Alguma irmã de D. Quitéria, ou talvez alguma amiga, hein? Veja se se lembra...

— Qual o quê!... Viviam ao contrário muito sós! D. Quitéria a única parenta que tinha era a mãe; esta andava sempre de ponta com o genro e não saía da sua fazenda, que vem a ser aquela em que está hoje o Cancela - a fazenda do Barroso! É verdade! sabe quem pode informar bem estas coisas? é o Sr. Vigário! ele ainda vive na cidade; hoje é cônego. Pois era muito unha com carne do José do Eito.

— O cônego Diogo?...

— Justamente! Ele é que era o vigário desta freguesia. Ora quanto tempo já lá vai!...

— Ah! O cônego Diogo era o vigário desta freguesia, e muito da casa das Santiagos?...

— Sim senhor! E ele está aí, que conta a quem quiser ouvir as voltas que deu para desencantar São Brás! Coitado! Nada conseguiu e quase que ia sendo vítima da sua boa vontade!

— Ele também acreditava na feitiçaria?

— Se acreditava! Pois se ele a viu, que o disse! E olhe V.Sª que o cônego não é homem de mentiras! Afirmava que havia em São Brás uma alma danada, e não gostava até que lhe falassem muito nisso!... Proibia-o expressamente, sob pena de excomunhão! Se acreditava? E boa! Por que foi então que ele abandonou a paróquia, tendo aqui nascido, gozando da mais alta consideração e recebendo, como recebia, presentes e mais presentes de toda a freguesia?... Eram bois, carneiros, capados, muita criação. Ele está aí na cidade, que o diga!

Raimundo caía de conjetura em conjetura.

— Ele era então bastante amigo do José da Silva? O cônego?

— Se era, coitado! Amigo e muito bom amigo!... Quando assassinaram o pobre homem, o senhor vigário nem quis espargir-lhe a água benta; mandou o sacristão! Não podia encarar com o corpo do José! E, veja V Sª , meteu-se em casa, e pouco nada apareceu, até que se retirou para sempre cá da vila! Todos nós sentimos deveras semelhante retirada; estávamos tão acostumados com ele!... Eu, nesse tempo, trabalhava nas terras do coronel Rosa; tinha os meus vinte anos e ainda estava solteiro; assisti a tudo, meu rico senhor! Lembra-me como se fosse ontem! A fazenda, essa foi logo abandonada; ninguém quis saber mais dela, pois, todas as noites, quem passasse por aí, ouvia gritos medonhos, de arrepiar o couro!

— Mas, além do José e da mulher, quem mais morou nesse lugar?

— Or'essa! A escravatura e o feitor.

— Não. Digo senhores.

— Ninguém mais.

— Ah, é verdade! O José era feliz com a mulher? Viviam bem?...

— Qual! Pois se lhe estou a dizer que aquelas terras são terras do diabo! Viviam que nem o cão com o gato! O cônego, ainda assim, era quem os acomodava, dando-lhes conselhos e pedindo a Deus por eles!

E Raimundo perdia-se novamente em conjeturas. "Sempre sombras!... Sempre as mesmas dúvidas sobre o seu passado!..."

A conversa afrouxou. O portuguesinho deitou-se, e depois de uns restos de palestra, vaga e bocejada, adormeceu. Raimundo sonhou toda a noite.

Às quatro da madrugada estavam de pé, selados os cavalos, cheio o farnel para a viagem, e o guia montado.

Partiram às cinco horas.

Logo que os dois, e mais o guia, se acharam em caminho, Raimundo procurou entabular a mesma conversação que tivera na véspera com o roceiro; queria ver se conseguia arrancar de Manoel algum esclarecimento positivo sobre os seus antepassados. Nada obteve; as respostas do negociante eram, como sempre que o sobrinho lhe tocava nisso, obscuras, difusas, entrecortadas de pausas e reticências. Manoel falou-lhe no cônego, na cunhada, no mano José, e em mais ninguém. A respeito da mãe de Raimundo - nem a mais ligeira referência. "Ora adeus!... Estou sempre na mesma!..." concluiu o moço de si para si, e fez por pensar noutra coisa. O fato, porém, é que ele, apesar do seu temperamento de artista, não tinha uma frase para as belas paisagens que se desenrolavam diante de seus olhos. Ia cabisbaixo e preocupado.

Jornadearam em silêncio horas e horas. De vez em quando, o guia, com o seu ar triste de sertanejo, levava-os a uma fazenda ou a um rancho, onde os três descansavam e comiam, para tornar logo a cavalgar por entre as melancólicas carnaubeiras e pindovais da estrada. Raimundo sentia-se aborrecido e impacientava-se pelo fim da viagem. Seu maior empenho era visitar São Brás; propôs até que se fosse lá primeiro, mas o negociante declarou que era impossível. "Não tinham tempo a perder!..."

— Na volta, doutor, na volta, acrescentou, sairemos bem cedo e daremos um pulo até lá. Lembre-se de que nos esperam, e não seria razoável bater fora de hora em casa de uma família.

O outro consentiu, praguejando entre dentes, contrariado e cheio de tédio: "Que grandíssima estopada! O diabo da tal fazenda do inferno parecia fugir diante deles!..."

— Não se rale, patrãozinho! É ali quase! disse compassadamente o guia, espichando o beiço inferior. Meta a espora no animal, que talvez chegaremos com dia!

— Ah! suspirou Raimundo, desanimado por ver o sol ainda alto e compreender que tinha de caminhar até a noite.

E deixou-se cair numa prostração mofina, a fitar as orelhas do burro, que arfavam com a regularidade monótona das asas de um pássaro voando.

— Cá está! exclamou Manoel, duas horas depois, chegando a um lugar mais sombrio do caminho.

— Que é? ia perguntar o moço quando deu por sua vez com uma cruz de madeira, muito tosca e arruinada. Ah!

— Foi neste lugar assassinado o José!...

Todos pararam, e o guia apeou-se e foi rezar de joelhos ao cruzeiro.

— Reze pela alma de seu pai, meu amigo. Neste lugar foi ele varado por uma bala.

— E o assassino? perguntou Raimundo depois de um silêncio.

— Algum preto fugido!... até hoje nada se sabe ao certo... mas dizem que nisto andou unha política... outros atribuem o fato ao diabo. Bobagens! ...

Raimundo apeou-se e indagou se o pai estava enterrado ali.

Manoel, já de pé, respondeu que não. Enterrara-se no cemitério da fazenda, ao lado da mulher. Aquela cruz, explicou ele, era um antigo uso do sertão; servia para mostrar ao viajante o lugar onde fora alguém assassinado e fazê-lo rezar pela alma da vítima, como ali estava praticando aquele homem.

E apontou para o guia, que, terminada a sua oração, levantou-se e foi colher um ramo de murta, que depôs aos pés da cruz.

Raimundo sentia-se comovido. Manoel, de joelhos, cabeça baixa e chapéu pendurado das mãos postas, rezava convictamente. Ao terminar surpreendeu-se por saber que Raimundo não tencionava fazer o mesmo.

— O quê? Pois então o senhor não reza?...

— Não. Vamos?

— Ora! essa cá me fica!... Então qual é a sua religião? Como adora o senhor a Deus?

— Ora, senhor Manoel, deixemo-nos disso; conversemos sobre outra coisa...

— Não! Queria só que o senhor me dissesse como adora a Deus!

— Deixe-se disso homem, deixe Deus em paz! Ora para que lhe havia de dar!...

— Mas, nesse caso, o senhor não tem religião!...

— Tenho, tenho...

— Pois não parece!... Pelo menos não devia fazer tão pouco caso das rezas, que nos foram ensinadas pelos apóstolos de Nosso Senhor Jesus Cristo!...

Raimundo não pôde conter uma risada, e, como o outro se formalizara, acrescentou em tom sério "que não desdenhava da religião, que a julgava até indispensável como elemento regulador da sociedade. Afiançou que admirava a natureza e rendia-lhe o seu culto, procurando estudá-la e conhecê-la nas suas leis e nos seus fenômenos, acompanhando os homens de ciência nas suas investigações, fazendo, enfim, o possível para ser útil aos seus semelhantes, tendo sempre por base a honestidade dos próprios atos".

Montaram de novo e puseram-se a caminho. Uma cerrada conversa travou-se entre eles a respeito de crenças religiosas; Raimundo mostrava-se indulgente com o companheiro, mas aborrecia-se, intimamente revoltado por ter de aturá-lo. Da religião passaram a tratar de outras coisas, a que o moço ia respondendo por comprazer; afinal veio à baila a escravatura e Manoel tentou defendê-la; o outro perdeu a paciência, exaltou-se e apostrofou contra ela e contra os que a exerciam, com palavras tão duras e tão sinceras, que o negociante se calou, meio enfiado. Entretanto, o guia cavalgava na frente, distraído, cantando para matar o tempo:

"Você diz que amor não dói
No fundo do coração!...
Queira bem e uiva ausente...
Me dirá se dói ou não!..."

Caminharam meia hora em silêncio. O dia declinava, os primeiros sintomas da noite levantavam-se da terra, como um perfume negro; as aves refugiavam-se no seio embalsamado da floresta; a viração fresca da tarde eriçava os leques das palmeiras, enchendo os ares de um doce murmúrio voluptuoso.

— Tenho palrado tanto, disse por fim Raimundo com certa perplexidade, e todavia não tratei do que mais me interessa ..

— Como assim?...

— Lembra-se o senhor que, outro dia, pedi-lhe uma conferência em seu escritório, e, ou porque o meu amigo se esquecesse, ou porque mesmo não houvesse ocasião, o certo é que não chegamos a falar, e no entanto, o assunto é de suma importância para ambos nós...

— E o que vem a ser?

— É um grande favor, que tenho a pedir-lhe...

Manoel abaixou a cabeça, contrafazendo o embaraço em que se via.

— Trata-se de alguma questão comercial?... perguntou.

— Não senhor; trata-se de minha felicidade...

— É a mão de minha filha que deseja pedir?

— É...

— Então... tenha a bondade de desistir do pedido...

— Por quê?

— Para poupar-me o desgosto de uma recusa...

— Como?!...

— É natural que o senhor se espante, concordo; dou-lhe toda a razão; está no seu direito! O senhor é um homem de bem, é inteligente, tem o seu saber, que ninguém lho tira, e virá sem dúvida a conquistar uma bonita posição, mas...

— Mas... Mas, o quê?

— Desculpe-me, se o ofende tal recusa de minha parte, mas creia, ainda mesmo que eu quisesse, não podia fazer-lhe a vontade...

— Está já comprometida talvez... Bem! Nesse caso, esperarei... Resta-me ainda a esperança!...

— Não é isso... E peço-lhe que não insista.

— Não quer separar-se da menina?

— Oh! O senhor martiriza-me!...

— Também não é?... Então que diabo! Terei, sem saber, alguma dívida de meu pai, que haja de rebentar por aí, como uma bomba?...

— Que lembrança! Se assim fosse eu seria um criminoso em não o ter nunca prevenido. O que o senhor possui está limpo e seguro! Presto contas quando quiser!...

— Ah! já sei... tomou Raimundo com um vislumbre, rindo. Não quer dar sua filha a um homem de idéias tão revolucionárias?...

— Não! Não é isso! E fiquemos aqui! Sei que o senhor tem direito a uma explicação, mas acredite que, apesar da minha boa vontade, não a possa dar...

— Ora esta! Mas então por que é?...

— Não posso dizer nada, repito! E peço-lhe de novo que não insista... Esta posição é para mim um sacrifício penoso, creia!

— De sorte que o senhor me recusa a mão de sua filha? Definitivamente?!

— Sinto muito, porém... definitivamente...

Calaram-se ambos, e não trocaram mais palavra até a fazenda do Cancela.

XI

Quando chegaram ao portão da fazenda, já a lua resplandecia, desenhando ao longo da eira a sombra espichada de enormes macajubeiras sussurrantes. Fazia um tempo magnífico, seco, fresco, transparente; podia ler-se ao luar.

O guia sacudiu com vigor a campainha e gritou:

— Ó de casa!

Seguiu-se uma algazarra de cães. Veio abrir um preto, munido de um tição, que trazia sempre em movimento, para conservá-lo aceso.

— Boa-noite, tio velho! disse Manoel.

— D'es-b'a-noite, branco! respondeu o negro.

E, segurando a brida do cavalo, conduziu com este o cavaleiro até a casa.

Raimundo e o guia seguiram atrás. De longe, avistaram logo uma parede rebocada, disforme, que ao luar se afigurava um lago entre árvores. Mais perto, o lago se transformou num sobrado e os viajantes descobriram uma porta, em cujo esvazamento se desenhara o vulto varonil do Cancela, que detinha dois formidáveis rafeiros.

— Ora viva! gritou o dono da casa. E, voltando-se para os cães, que insistiam em ladrar: Safa, Rompe-Nuvens! Arreda, Quebra-Ferros!

Os cães rosnaram amigavelmente, e o fazendeiro, com sua voz forte, de pulmões enxutos, gritou para Manoel:

— Então sempre veio!.. Pois olhe, cuidei que desta vez fizesse como das outras!... Enfim, como vai essa católica?

— Assim, assim, um pouco moído da viagem... disse Manoel, entregando o cavalo ao preto e apertando a mão do Cancela. Como lhe vão cá os seus?

— Bons, louvado Deus. Ainda estão na Ave-Maria, mas não devem tardar.

Efetivamente, vinha do interior da casa um coro abafado de vozes, que rezava cantando.

Raimundo aproximou-se, depois de apear.

— Este é o Mundico de que lhe falei! declarou Manoel, empurrando o sobrinho para a frente.

O rapaz espantou-se com a rústica apresentação, e muito mais, quando o roceiro, em vez de cumprimentá-lo, pôs as mãos nas cadeiras e começou a passar-lhe uma revista de cima a baixo, como quem examina uma criança.

— Com os diabos! exclamou, soltando uma risada. Você e seu compadre falaram-me em um menino!...

— Há doze anos!

— Olha o demo! Pois, seu Mundiquinho, aperte esta mão, que é de um antigo amigo de seu pai, e não repare se não encontrar por aqui o bom trato da cidade! Isto cá sempre é roga! Mas vá como o outro, que diz: "Mais vale pouco de bom coração, que muito de sovina!..."

E conduziu os hóspedes à varanda, menos o guia, que se tinha aboletado já pelos ranchos dos pretos.

— Homem! Vocês vão-se assentando nessas redes! Ó Pedro! Vê cachimbos! Traze a cana e o café? Ou querem antes vinho?

— Qualquer coisa serve.

— Temos aqui conhaque! ofereceu Raimundo, apresentando um frasco que trazia a tiracolo.

— Pode fartar-se com ele! desdenhou Cancela. É coisinha que não me entra cá no bico!

Encheram-se três copinhos de cana-capim.

— Vá lá à nossa! E venham despir-se para cear!

E conduziu-os a um quarto, destinado exclusivamente a hóspedes.

A casa compreendia a antiga fazenda Barroso, onde noutro tempo morou e morreu a sogra de José da Silva, e uma parte nova, feita de pedra e cal, cujo cuidado de construção revelava a prosperidade do rendeiro.

A "casa nova", como chamavam a última parte, compunha-se de um grande avarandado, no qual, fazendo as vezes de cadeiras, viam-se redes armadas em todos os cantos. No centro, que é o lugar de honra nas fazendas do Maranhão, havia um quarto espaçoso e arejado, e o mais eram paredes sem pintura e tetos sem forro, potes de barro vermelho, vassouras de carnaúba encostadas por aqui e por ali, selins estendidos no parapeito da varanda; a respeito de mobília, nada mais do que uma mesa tosca e bancos compridos de pau. O paiol da farinha era por baixo do sobrado, onde se encontravam enormes baús, forrados de couro, com umas setenta redes destinadas aos hóspedes. A adega, ao lado do paiol. De fora ouvia-se o grunhir preguiçoso dos porcos no chiqueiro, e do fundo do quintal, soprado pelos ventos da noite, vinha um cheiro bom de jasmins de Caiana, lírios do Peru, resedás e manjeronas.

Quando os três voltaram do quarto, já a filha e a mulher do fazendeiro tinham vindo da reza. Manoel apareceu enfronhado comodamente num paletó de brim pardo e um par de tamancos. Raimundo não mudara de roupa, apenas banhara o rosto e as mãos e penteara os cabelos. A mulher do Cancela punha a mesa para a ceia; a filha correra a esconder-se no quarto, espiando as visitas por trás da porta, com vergonha de aparecer.

— Anda pra cá, Angelina! gritou o roceiro. Pareces um bicho do mato! Nunca viste gente, rapariga?!

Foi ter com ela e obrigou-a a sair do esconderijo.

— Ora vamos! Direito! Não estejas a esconder o rosto, que não tens de que o esconder!... Vamos!

Angelina apareceu, com muito acanhamento, e foi cumprimentada.

— Então! ralhou o pai. É com a cabeça que se responde?... Ah, que estás cada vez mais matuta!... Que mal te fez este pobre cabeção para o maltratares desse modo?... Olha que o rompes, estonteada!

Angelina, muito contrafeita, abaixara o seu rosto moreno, agora mais corado sob o frouxo do riso da encalistração que a dominava.

— Então, de que tanto ris, sua feiosa?...

Esta última palavra era uma injustiça que o Cancela fazia à filha; Raimundo, ao apertar-lhe a mão, desenvolta e maltratada, compreendeu logo que estava defronte a uma bonita e toleirona sertaneja, inocente e forte como um animal do campo. Era mulher de dezoito anos; mulher, porque tinha já o corpo em plena formatura - ombros fartos, colo cheio e braços desenvolvidos no trabalho ao ar livre: "Boa mulher para procriar!..." pensou ele.

— Isto que você está vendo aqui, meu amigo, é uma sonsa!... disse o Cancela, satisfeito com o ar lisonjeiro de Raimundo. Capaz é ela de virar esta casa de pernas pro ar! E parece que não quebra um prato! Olhe se a tonta já me tomou a bênção depois da reza!... Parece que empanemou com as visitas!... Anda daí, bicho brabo!

A rapariga foi beijar-lhe a mão, e ele ferrou-lhe depois uma palmada na rija almofada do quadril. —Esta disfarçada! Vá lá! Deus te faça branca!

Por esse tempo, Manoel conversava com a esposa do Cancela; brasileira pequenina, socada, cheia de vida, dentes magníficos, morena e de cabelos crespos. Respirava de toda ela um ar modesto de quem gosta de fazer bem; estava sempre à procura de alguma coisa para arrumar, muito ativa, muito asseada e muito trabalhadeira; sabia lavar como ninguém e assistia a roça dos pretos sem cair doente. "Era p'rum tudo!" diziam dela os escravos. Chamava-se Josefa, e só fora duas vezes à cidade.

—Então! reclamou o fazendeiro, vem ou não vem essa merenda?... Olhem que os homens devem trazer o estômago na espinha, e eu não lhes quero dar trela sem havermos manducado!

A mulher ouviu o fim da reclamação já na cozinha.

— Por que não despiu você essas tafularias? perguntou o dono da casa a Raimundo. Por cá ninguém olha para elas! Se quer, ponha-se a gosto!

— Obrigado, bem sei, estou à vontade.

E conversavam, enquanto Angelina punha a mesa. Cancela sentia-se satisfeito, loquaz; gostava de dar à língua e, quando pilhava hóspedes que o aturassem, ninguém podia com a vida dele.

Entretanto, Josefa trazia já as iguarias e os homens dispunham-se a comer com apetite. À luz de um antigo candeeiro de querosene, reverberava uma toalha de linho claro, onde a louça reluzia escaldada de fresco; as garrafas brancas, cheias de vinho de caju, espalhavam em torno de si reflexos de ouro; uma torta de camarões estalava sua crosta de ovos; um frangão assado tinha a imobilidade resignada de um paciente; uma cuia de farinha seca simetrizava com outra de farinha d'agua; no centro, o travessão do arroz, solto, alvo, erguia-se em pirâmide, enchendo o ar com o seu vapor cheiroso.

Sentia-se a gente bem ali, com aquele asseio e com aquela franqueza rude do Cancela.

— Olé! gritou este, destapando uma fumegante terrina de mundubés e fidalgos, temos peixe de escabeche?! Bravo! - E passando a examinar o que mais havia: - Bravo, bravo! Moquecas de sururus! Peixe moqueado! Olhem que este não é do rio e por isso não se pilha por cá todos os dias! Tem escamas, seu Manoel!

E enchiam-se os pratos.

— Famoso! Está famoso! repetia, levando à boca grandes colheradas.

— Então as senhoras não nos fazem companhia?... disse Raimundo, voltando-se para as duas.

— Qual! apressou-se o fazendeiro a responder. Não estão acostumadas com pessoas de fora... Deixei-as lá! Deixe-as lá, que ao depois se arranjarão mais à vontade! Olhe, ali a minha Eva diz que não aprecia o seu peixinho, senão comido com a mão. Coisas de mulher! Deixe-as lá!

Contudo, Josefa veio presidir à mesa, ao lado do marido, e informava-se do êxito dos seus quitutes.

— Não os deixe sem provar daquela torta de sururus, que está de encher o papo!

— Lá chegaremos! Lá chegaremos! Vai apanhar mais pimentas!

— Ó amigo, entorne, sem receio! Não tenha medo que o vinhito é fraco! - Seu Manoel! Seu Mundico! Topemos à memória do velho amigo José da Silva!

Os três beberam, e Cancela, depois de pousar o copo vazio, acrescentou com respeito, limpando a boca nas costas da mão:

— Foi um meu segundo pai!... Quando arribei por estas terras, no tempo da minha defunta patroa, D. Úrsula Santiago, não tinha de meu mais do que saúde, força e boa vontade! Pois o José, que então namoriscava a filha da patroa, a D. Quiterinha, meteu-me aqui, como feitor, e disse-me: "Olha lá rapaz! encosta-te por aí, que, se souberes levar o gênio da velha e mais o do vigário, podes até fazer fortuna! Ela tem lá uma afilhada de muita estimação, bem prendada e de boa cabeça!..." Vou eu - fico a servir na casa e, graças a Deus, sempre mereci a confiança de D. Úrsula. De noite vinha para a varanda conversar com ela junto com a minha Josefa, que nesse tempo era uma tetéia que se podia ver! O certo é que, ao fim de dois anos, casava-nos o senhor padre Diogo e, em boa hora o diga! Tenho sido feliz, louvado o Santíssimo! - Comeu e prosseguiu: - Já fiz esta casa em que estamos ceando, levantei o engenho, meti braços na roça, plantei algodão, que aqui não havia, e tenciono, se Deus quiser, fazer no seguinte ano muitas outras benfeitorias!

— Eles já quererão o café?... perguntou Josefa, comovida com a narração do marido.

Depois do café, serviram-se de restilo de ananás e acenderam-se os cachimbos de cabeça de barro preto e taquari de três palmos. Gasta meia hora de palestra, Manoel queixou-se de que já não era homem para grandes façanhas e precisava descansar o corpo.

— Pois fica o resto para amanhã! Pedro!

— Meu senhor!

— Leva essa gente para a casa dos hóspedes e mostra-lhe o quarto que tua senhora preparou.

— Já ouvi, sim senhor.

— Então, muito boa-noite!

— Até amanhã!

Manoel e Raimundo instalaram-se num quarto da casa velha, outrora morada da sogra de José da Silva; esta parte, ao contrário da outra era um sobrado silencioso e triste, que só respirava abandono e decrepitude.

Em breve o negociante ressonava; ao passo que o rapaz, estendido numa rede, olhava pela janela o céu afogado em luar, passando mentalmente revista ao que fizera durante o dia. Os acontecimentos desfilaram no seu espírito em uma procissão vertiginosa e extravagante: vinha na frente o pedido da mão de Ana Rosa de braço dado à recusa; logo atrás o portuguesinho da vila passava cantando, com um galho de arruda na mão:

Por São Brás!
Por São Jesus!
Passo aqui
Sem levar cruz!

E seguia-se uma infinidade de imagens fantásticas: o pássaro negro cantando a finados, a feiticeira que se transformava em ossos; e seguia-se o cônego Diogo, remoçado, cercando de desvelos a sogra de José da Silva, formada imaginariamente pelo tipo de Maria Bárbara.

E Raimundo, sem poder conciliar o sono, demorava-se até a pensar em coisas de todo indiferentes: o guia, preguiçoso e tristonho, a cantar no seu falsete de mulher; uma fazenda que encontraram, em que havia um homem muito gordo e idiota; as ruínas de uma casa, que de longe lhe pareceu à primeira vista uma fortaleza bombardeada, e assim, mil outros assuntos vagos e sem interesse, vinham-lhe à memória com insistência aborrecida. Afinal, chegou a vontade de dormir; mas a recusa de Manoel apresentou-se de novo e a vontade fugiu espantada. "Por que seria que aquele homem lhe negou tão formalmente a mão da filha?... Ora! com certeza por qualquer tolice, e nem valia a pena preocupar-se com semelhante futilidade! Amanhã! Amanhã! calculava ele, saberia tudo!. . E tinha até vontade de rir pelo ar grave com que o tio lhe respondera. Ora! no fim de contas não passava de alguma criancice do Manoel!... Ou, quem sabia lá? Alguma intriga!... Sim! Bem podia ser!... No Maranhão o espírito de bisbilhotice ia muito longe! E não havia de ser outra coisa! Uma intriga! Mas que intriga? Ah! ele descobriria tudo! Olá! Ficaria tudo em pratos limpos. Nada de desanimar!..." E, sem saber por que, reconhecia-se muito mais empenhado naquele casamento; desejava-o muito mais depois da resistência aposta ao seu pedido; a recusa de Manoel vinha dar-lhe a medida do verdadeiro apreço em que tinha Ana Rosa. Até ali julgava que aquele casamento dependia dele somente, e preparava-se frio, sem entusiasmo, quase fazendo sacrifício: e agora, depois do insucesso do seu pedido, eis que o desejava com ardor. Aquela recusa inesperada era para Ana Rosa o que um fundo negro é para uma estátua de mármore, fazia destacar melhor a harmonia das linhas, a alvura da pedra e a perfeição do contorno. E Raimundo, procurando medir a extensão do seu amor por ela, topava de surpresa em surpresa, de sobressalto em sobressalto, pasmado do que descobria em si mesmo, espantando-se com os próprios raciocínios, como se foram apresentados por um estranho, chegando às vezes a não compreendê-los bem e fugindo de esmerilhá-los, com medo de concluir que estava deveras apaixonado. Nesta duplicidade de sentimentos, seu espírito passeava-lhe no cérebro às apalpadelas, como quem anda às escuras num quarto alheio e desconhecido.

— E que tal?... monologava. Não é que estou há duas horas a pensar nisto?...

E não podia convencer-se de que ligava tão séria importância àquele casamento, procurando até capacitar-se de que tentara realizá-lo por uma espécie de compassiva indulgência para com Ana Rosa; entretanto, revolucionava-se todo só com a idéia de não levá-lo a efeito. "Ora adeus! Também não morreria de desgosto por isso!... Não faltava bons partidos para fazer famílias!... O caso era dispor-se a procurar noiva!... Sim, nem lhe ficava bem insistir no projeto de casar com a prima!... No fim de contas aquela recusa grosseira, seca, o ofendia!... Decerto que o ofendia!... Não! não devia pensar, nem por sombras, em semelhante asneira!... Definitivamente não casaria com Ana Rosa!... Com qualquer, menos com ela! Nada! Como não, se aquilo já era uma questão de brios?..." Mas com este propósito, voltava-lhe, de um modo mais claro e positivo, uma grande admiração pelos encantos da rapariga, e um surdo pesar dissimulado, um desgosto hipócrita, de não poder possuí-la.

Manoel, a poucos passos, roncava com insistência incômoda; Raimundo, depois de virar-se muitas vezes na rede, ergueu-se fatigado, acendeu um charuto e saiu para a varanda. Um morcego, na curva do vôo, roçou-lhe com a ponta da asa, pelo rosto.

O luar entrava sem obstáculo até a porta do quarto e estendia no chão uma luz branca. Raimundo encostou-se ao parapeito da varanda e ficou a percorrer com o olhar cansado a funda paisagem, que se esbatia nas meias-tintas do horizonte, como um desenho a pastel. O silêncio era completo; de repente, porém, a uma nota harmoniosa de contralto sucederam-se outras, prolongadas e tristes, terminando em gemidos.

O rapaz impressionou-se; o canto parecia vir de uma árvore fronteira à casa. Dir-se-ia uma voz de mulher e tinha uma melodia esquisita e monótona.

Era o canto da mãe-da-lua. O pássaro levantou vôo, e Raimundo o viu então perfeitamente, de asas brancas abertas, a distanciar seus gorjeios pelo espaço. Considerou de si para si que os sertanejos tinham toda a razão nos seus medos legendários e nas suas crenças fabulosas. Ele, se ouvisse aquilo em São Brás lembrar-se-ia logo, com certeza, do tal pássaro que canta a finados. "Segundo a indicação do guia, continuava a pensar, a tapera amaldiçoada ficava justamente para o lado que tomara a mãe-da-lua. Devia ser naquelas baixas, que dali se viam. Não podia ser muito longe, e ele seria capaz de lá ir sozinho..." Veio distraí-lo destas considerações um frouxo vozear misterioso, que lhe chegava aos ouvidos de um modo mal balbuciado e quase indistingüível. Prestou toda a atenção e convenceu-se de que alguém conversava ou monologava em voz baixa por ali perto. Quedou-se imóvel a escutar. "Não havia dúvida! Desta vez ouvira distintamente! Chegara a apanhar uma ou outra palavra! Mas, onde diabo seria aquilo?..."

Foi ao quarto de Manoel, o bom homem dormia como uma criança; agora assoviava em vez de ressonar. Atravessou pé ante pé a varanda inteira — nada descobriu; voltou pelo lado oposto ao luar — ainda nada! "Seria lá embaixo?..." Desceu, mas deixou de ouvir o sussurro. "Ora esta!... A coisa era lá mesmo em cima!... Mas em cima não havia outros hóspedes, além dele e Manoel, dissera-lhe o Cancela!..." Tornou a subir, mas desta vez pela escada do fundo. "Oh! agora a coisa estava mais clara." Raimundo ouviu frases inteiras, e queixas, lamentações, palavras soltas, ora de revolta, ora de ternura. "Era de enlouquecer!... Quem diabo estaria ali falando?..."

— Quem está aí?! gritou ele, no último lance da varanda, com a voz um pouco alterada.

Ninguém respondeu, e o murmúrio misterioso calou-se logo. Raimundo esperava todavia, possuído já de certa impaciência nervosa e com o ouvido ainda impressionado do estranho efeito da sua própria voz a perguntar no silêncio: "Quem está aí?" Decorreu um espaço que lhe pareceu infinito, e afinal reapareceu o vozear, agora porém muito mais afastado, vindo do lado contrário ao lado em que ele estava. Encaminhou-se, tão em silêncio lhe foi possível, na direção da voz misteriosa, e notou satisfeito que esta ia gradualmente se alteando.

— Oh! Fez Raimundo consigo, maravilhado. Tinha ouvido bem claro o seu nome, e o de seu pai "José do Eito". Redobrou de atenção. "Estaria sonhando? Aquela voz infernal falava dubiamente de São Brás, do padre Diogo, de D. Quitéria e outras pessoas que ele não sabia quem eram. Com certeza ia ouvir alguma coisa a respeito de - sua mãe! - Seria a primeira vez! Oh! Já não era sem tempo!..." Reprimiu a respiração; faz-se todo ouvidos; estava trêmulo, frio, nunca sentira comoção tamanha.

Mas a voz falou, falou, referindo-se aos acontecimentos maiores de São Brás, fazendo revelações, citando, um por um, todos os personagens, menos a mãe de Raimundo. Este, na treva, com o coração oprimido, estendia a cabeça, arregalava os olhos, arfando-lhe o peito. Nada. "Que desespero!" Mas a voz prosseguia, e ele escutava. De súbito, porém, calou-se tudo e nada mais se ouviu que o piar longínquo das aves noturnas.

Raimundo esperou, estático e sôfrego, dois minutos, quatro, cinco. Foi inútil — a voz não reapareceu. "De sua mãe - nem uma palavra!... Maldita conspiração!...” No fim de meia hora percorreu de novo a varanda; não sabia que julgar daquilo, nem o que devia fazer, mas jurava descobrir tudo. “Oh! quem quer que falara estava perfeitamente a par da história de São Brás e havia de saber alguma coisa de sua vida!...” Foi à alcova, tomou o candeeiro, deu-lhe luz, percorreu os vários lados da varanda, entrou nos aposentos abertos, desceu, andou lá por baixo, às tontas, porque estava tudo atravancado de coisas, tornou a subir, sem conseguir nada, e, aborrecido, frenético, tornou ao seu quarto, diminuiu a luz e deitou-se, sem descalçar as botas.

Não fechara a porta, de propósito; estava alerta, ao primeiro rumor saltaria. Contudo cerrou as pálpebras; a fadiga da viagem pedia repouso; já era quase madrugada. Ia adormecer.

Mas, um leve e surdo ruído despertara-o. Raimundo encolheu-se na rede e insensivelmente se lembrou do revólver que tinha a seu lado; na porta desenhava-se, contra a claridade exterior, a mais esquálida, andrajosa e esquelética figura de mulher, que é possível imaginar. Era uma preta alta, cadavérica, tragicamente feia, com os movimentos demorados e sinistros, os olhos cavos, os dentes escarnados.

O rapaz, apesar da sua presença de espírito, teve um forte sobressalto de nervos; todavia, não se mexeu, na esperança de ouvir ainda alguma revelação; o espectro, porém, olhou em torno de si, viu-o, sorriu, e tornou a sair silenciosamente.

Raimundo levantou-se de um pulo e precipitou-se atrás dele que fugiu na sua frente, como uma sombra. Atravessaram o primeiro lance da varanda, o segundo e o terceiro.

O fantasma desapareceu pela porta do fundo, Raimundo acompanhou-o com dificuldade e, ao chegar lá embaixo, avistou-o já no pátio, a fugir-lhe sempre. O rapaz tinha contra si não conhecer o terreno; foi às apalpadelas e aos encontrões que conseguira atravessar a parte inferior da casa. Lá fora havia já perdido de vista a sombra fugitiva; olhou em torno de si, caminhou à toa de um para outro lado, nervoso, irrequieto, voltando-se rápido ao menor mexer de galhos. Afinal, auxiliado pela lua, divisou em distância o vulto sinistro, que se afastava, prestes a sumir-se nas meias-tintas da noite. Então abriu contra ele numa vertiginosa carreira de boas pernas; mas o vulto, embrenhando-se no mato, desapareceu totalmente.

Entretanto, os primeiros sintomas do dia avermelhavam o horizonte e nos ranchos erguia-se já a escravatura para o trabalho das roças. As poucas horas em que Raimundo encostou a cabeça, para descansar um bocado, foram cheias de sonho.

Ao levantar-se pelas sete da manhã, sentia-se aborrecido e quase em dúvida se sonhara toda a noite ou se, com efeito, vira e ouvira o singular espectro. Todavia, ao almoço, conversou-se alegremente sobre o fato, e o Cancela explicou que o fantasma devia ser alguma dessas muitas pretas velhas, agregadas aos ranchos das fazendas e que naturalmente estava bêbada. E contou que, nas noites de — tambor - elas costumavam dormir por ali, no primeiro rancho encontrado em caminho. Ali mesmo havia sempre uma súcia dessas pestes; apareciam e desapareciam, sem ninguém lhes perguntar donde vinham, nem para onde iam.

— São escravas fugidas? indagou Raimundo.

O Cancela respondeu que não. Os mocambeiros formavam grupo à parte; nunca apareciam publicamente, viviam escondidos nos seus quilombos e só se mostravam na estrada real para atacar os viajantes. Os agregados eram pretos forros, forros em geral com a morte de seus senhores, e que, habituados desde pequenos ao cativeiro, não tendo já quem os obrigasse a trabalhar e não querendo sair do sertão, ficavam por aí ao Deus dará, pedinchando pelas fazendas um bocado de arroz, para matar a fome, e um pedaço de chão coberto para dormir. Simples vagabundos, que não faziam mal a ninguém.

— Olhe, continuou ele, de São Brás tínhamos aqui a princípio três que andavam p'r'aí sem fazer nada. Dois morreram e eu enterrei-os, o terceiro não sei se ainda existe, é uma preta idiota. Talvez a que o senhor doutor viu esta noite.

E, como Raimundo pedisse mais informações, acrescentou que ela às vezes passava meses inteiros na fazenda; os pretos gostavam de ouvi-la cantar e vê-la dançar. Doida varrida! Estava sempre resmungando lá consigo; mas que, de tempos àquela parte, não aparecia, era bem possível que o pobre-diabo tivesse já esticado a canela aí pelo mato.

Falou-se também da mãe-da-lua. Cancela contou velhas anedotas de estrangeiros que se perderam nas matas, seguindo o canto original daquele pássaro. Depois trataram de interesses; e fechou-se o negócio da fazenda - Raimundo estava por tudo, contanto que lhe não demorassem a partida — ardia de impaciência por visitar São Brás.

Não obstante, o Cancela instava com os dois hóspedes para que se demorassem uma semana, ou, pelo menos, alguns dias.

Manoel disparatou: Que loucura! Pois ele podia lá passar dias longe do seu armazém?...

Então que partissem pela manhã seguinte.

Nada! Havia de ser naquela mesma noite! Para que diabo agüentar sol pelo caminho, quando tinham um luar que nem dia?...

O jantar demorava-se e Raimundo mal podia conter a sua contrariedade. Só às três horas da tarde conseguiram levantar acampamento.

— Leve-nos a São Brás, disse ele ao guia, logo que se acharam fora do portão da fazenda.

— A São Brás? Deus me livre.

E o caboclo, depois de benzer-se, perguntou para que diabo iam a São Brás.

— Ora essa! Não é de sua conta! Leve-nos!

—A São Brás não vou!

— Essa é melhor! Não vai! Então que veio você fazer conosco senão guiar-nos?

— Sim senhor, mas é que a São Brás não vou, nem amarrado!

— Vá para o inferno! Iremos nós! Ó se'or Manoel, o senhor não sabe o caminho?

— Verdade, verdade, o homem não deixa de ter sua razão!... No fim de contas que diacho vai fazer o amigo àquela tapera?...

— É boa! Ver o lugar em que nasci...

— Tem razão, mas...

— Se não quiser ir, vou só!

— Mas o senhor sabe que...

— Contam bruxarias do lugar, e há quem acredite nelas... Faço-lhe, porém, a justiça de não supô-lo desses...

Os cavalos ganhavam a Estrada Real.

— Homem, disse Manoel, lá saber o caminho, eu sei, e o guia, se não quisesse vir, poderia esperar-nos ao pé da cruz, mas... confesso-lhe: tenho meu receio dos mocambeiros... além disso... quem, como eu, ouviu as últimas palavras de meu irmão...

— De meu pai?! exclamou Raimundo vivamente. Oh! Conte-me isso!

— O senhor há de rir-se... São coisas que parecem asneira... Hoje, os moços não acreditam em nada! Mas é que certas palavras, ouvidas da boca de quem vai morrer... mexem com a gente... não acha? Fazem um homem ficar assim meio aquele! Olhe, meu amigo, eu digo-lhe aqui entre nós, e o senhor não se mace, seu pai não teve a vidinha lá muito sossegada, não! Depois que casou, não se dava com pessoa alguma, e nem a própria sogra queria saber dele... Vivia como que abandonado! Eu era nesse tempo principiante no comércio e quase que não podia arredar pé do trabalho, contudo, aqui vim três vezes; porém creia que não gostava de cá vir!... Era uma tal tristeza!... Doía-me de ver o José tão desprezado, tão triste, que parecia estar a cumprir uma sentença! Viajante nenhum aceitava o pouso em São Brás; preferiam dormir ao relento e às cobras! Contavam que alta noite ouviam-se constantemente gritos horríveis na fazenda, pancadas por espaço de muitas horas, correntes arrastadas; os escravos morriam sem saber de quê! Enfim, o cônego Diogo, que era o vigário desta freguesia, confessa que nunca lhe soube dar volta! E olhe, coitado! Meteu-se-lhe em cabeça abençoar e proteger São Brás, e quase ia sendo vítima da sua dedicação! Até ficou assim a modo de aluado! E, foi tão perseguido por cá, que o pobre homem viu-se obrigado a abandonar a paróquia! Ainda hoje, quando lhe toco nisso, benze-se todo! Pois pode crer o senhor que ele era o mais íntimo amigo de meu irmão e o único talvez que ultimamente lhe freqüentava a casa; entretanto, compreenda-se lá, seu pai, já por último não o queria ver nem pintado! E, nos delírios das suas febres, estava sempre a ver fantasmas e a gritar como um doido que queria dar cabo do padre! "Quero matar o padre! - Tragam-me o padre! - O padre é que é o culpado de tudo!" Este fulano padre era o cônego! Eu não quis nunca falar nestas coisas ao compadre, porque, cismático como é, podia agastar-se comigo!...

E, depois de uma pausa:

— Ora, já vê o meu amigo que, apesar de não acreditar em almas do outro mundo, tenho as minhas razões para...

Raimundo procurava disfarçar a preocupação em que o punham as palavras de Manoel, e declarou que, se este não estava disposto a ir a São Brás, que se ficasse com o guia, ele iria só.

— Mas saiba, disse, que ao caboclo perdôo o medo, porque enfim não está na altura de certas verdades, mas ao senhor...

— Eu não tenho medo de coisa alguma, já disse!...

— Receia sempre que o diabo lhe saia ao encontro, compreendo!

E o rapaz fingiu uma gargalhada, para intimidar o companheiro.

— Não, mas é que...

— Ora deixe-se de histórias! O senhor não me parece um homem!...

Manoel cedeu afinal, e os dois tomaram a direção da tapera.

Fizeram em silêncio todo o caminho; Raimundo por muito comovido e Manoel por amedrontado.

Instintivamente, pararam em respeitável distância.

— Creio que chegamos! arriscou o moço.

E, avançando alguns passos, disse ao outro:

— Lá está ela!

— Ó de casa! gritou Manoel.

Só o eco respondeu.

Adiantaram-se mais e Raimundo gritou por sua vez, com o mesmo resultado.

— Ande, senhor Manoel! Estamos a quixotear... Aqui não há viva alma!...

Mais alguns passos e estavam defronte à tapera.

Eram os restos de uma casa térrea, sem reboque e cujo madeiramento de lei resistira ao seu completo abandono.

Ia anoitecer. O sol naufragava, soçobrando num oceano de fogo e sangue; o céu reverberava como a cúpula de uma fornalha; o campo parecia incendiado.

Como era preciso aproveitar o dia, os dois viajantes apearam-se logo, cada qual prendeu o seu cavalo, e introduziram-se na varanda da casa por uma brecha que cortava de alto a baixo o primeiro pano de parede. Essa parte estava completamente arruinada e cheia de mato; os camaleões, as osgas e as mucuras fugiam espantados pelos pés de Raimundo, que ia galgando moitas de urtiga e capim-bravo.

Lá dentro a tapera tinha um duro aspecto nauseabundo. Longas telas de aranha pendiam tristemente em todas as direções, como cortina de crepe esfacelado; a água da chuva, tingida de terra vermelha, deixara, pelas paredes, compridas lágrimas sangrentas que serpeavam entre ninhos de cobras e lagartos; a um canto descobria-se no chão ladrilhado um abominável instrumento de suplício: era um tronco de madeira preta, e os seus buracos redondos, que serviam para prender as pernas, os braços ou o pescoço dos escravos, mostravam ainda sinistras manchas arroxeadas.

Os dois seguiram adiante, penetrando o interior da casa. Ao transporem cada porta fugia na frente deles uma nuvem negra de morcegos e andorinhas. O solo, empastado de excremento de pássaros e répteis, era pegajoso e úmido; o telhado abria em vários pontos, chorando uma luz morna e triste; respirava-se uma atmosfera de calabouço. De um charco vizinho a casa palpitava, monótono como um relógio, o rouquenho coaxar das rãs. Os anus passavam de uma para outra árvore, cortando o silêncio da tarde, com os seus gemidos prolongados e agudíssimos; do fundo tenebroso da floresta vinham de espaço a espaço o gargalhar das raposas, e os gritos sensuais dos macacos e sagüins. Era já o concerto da noite.

Manoel, um tanto comovido, contemplava demoradamente as ruínas que o cercavam, procurando descobrir naqueles restos mudos e emporcalhados, a antiga residência de seu irmão. Nada lhe trazia à lembrança uma nota ainda viva do passado.

— Vejamos agora por aqui... disse ele, passando, seguido pelo sobrinho, a um quarto, cujas janelas tinham as folhas despregadas e prestes a desabar. Era este o quarto de José...

E pôs-se a meditar.

Raimundo olhava para tudo com uma grande tristeza, infinita, sem bordas, mas fechada que nem um horizonte de névoas. "Como seria seu pai?..." pensava ele, sem uma palavra, como seria esse bom homem, que nunca se descuidara da educação do pobre Raimundo?... Quantas vezes, naquele quarto, talvez junto a uma daquelas janelas, olhando para a quinta, não pensaria o infeliz no querido filho, que tinha tão longe dos seus afagos?... E sua mãe?... Sua pobre mãe desconhecida, estaria ali, ao lado dele, ou, quem o sabia? escondida, envergonhada, a chorar as faltas em algum desterro humilhante?...

— Aqui, disse Manoel, batendo no ombro do companheiro, nasceu o senhor, meu amigo, e viveu os seus primeiros anos...

Raimundo sentia um desejo doido de perguntar pela mãe, mas não se achava com ânimo; temia agora uma inesperada decepção, uma agonia inédita, que o esmagasse de todo; receava alguma verdade implacável e fria, rija, de aço, que o atravessasse de lado a lado, como uma espada. Até ali, ninguém lhe falara nela. "É que, sem dúvida, havia em tudo aquilo um segredo de família, alguma paixão vergonhosa, uma falta horrível, talvez um crime abominável, que ninguém ousava revelar! E, no entanto, Raimundo tinha plena certeza de que aquele homem, que ali estava em sua presença, ao alcance de suas palavras, sabia de tudo e poderia, se quisesse, arrancá-lo para sempre daquela maldita incerteza!... Quem seria ela?... Essa estranha mãe misteriosa, por quem ele sentia um amor desnorteado?... Alguma senhora, bonita sem dúvida, porque causava crimes; criminosa ela própria, por amor, a inspirar loucuras a seu pai, a acender-lhe uma paixão fatal e romanesca, cheia de sobressaltos e de remorsos! E desse amor secreto e criminoso, desse adultério, que sem dúvida causou a morte de seu pai, nascera ele!... Mas, por que não lhe contavam tudo com franqueza?... Por que não lhe diziam toda a verdade?... Oh! devia ser um segredo infernal, para o esconderem com tamanho empenho!..." E, acabrunhado por estes raciocínios, humilhado pela dúvida de si próprio, miserável e triste, Raimundo percorria a casa, em silêncio.

Despertou-o de novo a voz de Manoel:

— Vamos à capela, antes que anoiteça de todo.

Entraram primeiro no cemitério. Estava arrasado. Manoel apontou para uma velha sepultura, e disse ao outro com respeito:

— Ali está seu pai!

Raimundo chegou-se para o túmulo, descobriu-se, e procurou ler na carneira alguma inscrição que lhe falasse do morto. Absolutamente nada! o tempo apagara da pedra o nome de seu pai. Ali só havia um pedaço de mármore carunchoso e negro. Deixara de ser uma tabuleta, era uma tampa.

O rapaz sentiu então, mais do que nunca, pesar-lhe dentro d'alma, como uma barra de chumbo, todo o mistério da sua vida; compreendeu que sobre esta havia também uma pedra silenciosa e negra; compreendeu que o seu passado nada mais era do que outra sepultura sem epitáfio.

Enovelou-se-lhe na garganta um godilhão de soluços e Raimundo sentiu a necessidade de ajoelhar-se defronte ao silêncio daquele túmulo.

Manoel afastara-se discretamente, tossindo, para disfarçar a sua comoção. O moço enxugava as lágrimas, agora abundantes e fartas; depois encaminhou-se para uma outra cova mais adiante, abrigada por uma frondosa mangueira. Estava já vazia e com a lousa fora do lugar. Naturalmente, os parentes do cadáver haviam retirado dali os ossos para alguma igreja da capital. A posição da lápide e a folhagem da árvore serviram de resguardo ao epitáfio; Raimundo passou o lenço por cima dele e conseguiu ler o seguinte: "Aqui jazem os restos mortais de Quitéria Inocência de Freitas Santiago, filha extremosa, esposa exemplar; Casou em 15 de dezembro de 1845 e faleceu em 1849. Orai por ela."

— Não há dúvida que, além de bastardo, descendi de uma tremenda vergonha! Meu nascimento combina aproximadamente com estes algarismos...

E, tendo monologado estas palavras, chegou ao fundo do cemitério e achou-se defronte a uma capela. Entrou, galgando três degraus escalavrados. Uma coruja fugiu espavorida. A luz triste da lua filtrava-se já pelas aberturas do telhado, mas pelas janelas entrava de rojo o quente lusco-fusco do crepúsculo. Raimundo, ao chegar à sacristia, estacou e estremeceu todo: o vulto esquelético e andrajoso, que lhe aparecera à noite, como um fantasma, ali estava, naquela meia escuridão, a dançar uns requebros estranhos, com os braços magros levantados sobre a cabeça. O rapaz sentiu gelar-lhe a testa um suor frio e conservou-se estático, quase duvidoso de que aquilo que tinha defronte a si fosse uma figura humana.

Todavia, a múmia se aproximava dele, a dar saltos, estalando os dedos ossudos e compridos. Viam-se-lhe os dentes brancos e descarados, os olhos a estorcerem-se-lhe convulsivamente nas órbitas profundas, e a caveira a desenhar-se em ângulos através das carnes. Ora erguia as mãos, descaindo a cabeça; ora fazia voltas, sapateando e dando pungas no ar.

De repente deu com Raimundo e precipitou-se para ele de braços abertos. Na primeira impressão o rapaz recuava com repugnância, mas, caindo logo em si, aproximou-se da louca e perguntou-lhe se conhecia quem morara naquela fazenda.

A idiota olhou para ele, e riu-se sem responder.

— Não conheceste o José da Silva ou José do Eito?

A preta continuou a rir. Raimundo insistiu no seu interrogatório, mas sem obter resultado algum. A doida o considerava fixamente, como que procurando reconhecer-lhe as feições; de súbito, deu um salto sobre ele, tentando abraçá-lo; o rapaz não tivera tempo de fugir e sentiu-se em contato com aquele corpo repugnante. Então, num assomo nervoso, repeliu-a bruscamente. Ela caiu para trás, estalando os ossos contra os tijolos do chão.

Raimundo saiu de carreira para reunir-se a Manoel, porém a idiota alcançou-o, já no cemitério, e arremessou-se de novo contra ele.

— Não me toques! gritava o moço, com raiva, levantando o chicote.

Manoel acudiu correndo:

— Não lhe bata, doutor! Não lhe bata, que é doida! Conheço-a!

— Mas, se ela não me quer deixar!... Sai! Sai, diabo! Olha que te dou!

Manoel mostrava-se agoniado e surpreso.

— Já! disse ele, intimidando a louca. Já pra dentro!

A preta retirou-se humildemente.

— Quem é ela? perguntou Raimundo, lá fora, tratando de montar. O senhor disse que a conhecia.

Essa pobre negra... respondeu Manoel hesitante, foi escrava de seu pai. Vamos!

E puseram-se a caminho.

XII

Voltaram ambos impressionados da tapera. Manoel tentara por duas vezes uma conversa que não vingara no ânimo acabrunhado do companheiro; Raimundo respondia maquinalmente às suas palavras, ia muito preocupado e aborrecido. Na dúvida da sua procedência e com a certeza do seu bastardismo, vinha-lhe agora uma estranha suscetibilidade; não sabia por que motivo, mas sentia que precisava, que tinha urgência, de uma explicação cabal do que levou Manoel a recusar-lhe a filha. "Com certeza estava aí a ponta do mistério!"

Ele o que queria era penetrar no seu passado, percorrê-lo, estudá-lo, conhecê-lo a fundo; encontrara até então todas as portas fechadas e mudas, como a sepultura de seu pai; embalde bateu em todas elas; ninguém lhe respondera. Agora um alçapão se denunciava na recusa de Manoel; havia de abri-lo e entrar, custasse o que custasse, ainda que o alçapão despejasse sobre um abismo.

E, tão dominado ia pela sua resolução que, ao passar pelo cruzeiro da Estrada Real, nem só deu por ele, como pelo guia que logo se pusera a caminho.

— Ó meu amigo! gritou-lhe o tio. Isto também não vai assim!... Despeça-se deste lugar!

E apeou-se, para depor aos pés da cruz um galho de murta.

Raimundo voltou atrás e, depois de um grande silêncio, fitou Manoel e perguntou-lhe, externando um retalho do pensamento que o dominava:

— Ela será, porventura, minha irmã?...

— Ela, quem?

— Sua filha.

O negociante compreendeu a preocupação do sobrinho.

— Não.

Raimundo tornou a mergulhar no paul da sua dúvida e das conjeturas, procurando de novo o motivo daquela recusa, como quem procura um objeto no fundo d'água; e a sua inteligência, de outras vezes tão lúcida e perspicaz, sentia-se agora impotente e cega, às apalpadelas, às tontas, desesperada, quase extinta, nas lamacentas e misteriosas trevas do pântano.

E, de tudo isso, vinha-lhe um grande mal-estar. Depois da negativa de Manoel, Ana Rosa afigurava-se-lhe uma felicidade indispensável; já não podia compreender a existência, sem a doce companhia daquela mulher simples e bonita, que, no seu desejo estimulado, lhe aparecia agora sob mil novas formas de sedução. E, na sua fantasia enamorada, acariciava ainda a idéia de possuí-la, idéia, que, só então o notava, dormira todas as noites com ele, e que agora, ingrata, queria escapar-lhe com as desculpas banais e comuns de uma amante enfastiada. Oh! Sim! Desejava Ana Rosa! Habituara-se imperceptivelmente a julgá-la sua; ligara-a a pouco e pouco, sem dar por isso, a todas as aspirações da sua vida; sonhara-se junto dela, na intimidade feliz do lar, vendo-a governar uma casa que era de ambos, e que Ana Rosa povoava com a alegria de um amor honesto e fecundo. E agora, desgraçado— olhava para toda essa felicidade, como o criminoso olha, através das grades do cárcere para os venturosos casais, que se vão lá pela rua, de braço dado, rindo e conversando ao lado dos filhos. E Raimundo antejulgava perfeitamente que aquele empenho de Manoel em negar-lhe a filha, longe de arredá-la do seu amor, mais e mais o empurrava para ela, ligando-a para sempre ao seu destino.

— Terá sua filha alguma secreta enfermidade, que levasse o médico a proibir-lhe o casamento? Terá algum defeito orgânico?...

— Oh! Com efeito! O senhor tortura-me com as suas perguntas!... Creia que, se eu pudesse dizer-lhe a causa de minha recusa, tê-lo-ia feito desde logo! Oh!

Raimundo não pôde conter-se e disparatou, fazendo estacar o seu cavalo.

— Mas o senhor deve compreender a minha insistência! Não se diz assim, sem mais nem menos, a um homem que vem, legítima e conscienciosamente, pedir a mão de uma senhora, que a isso o autorizou. "Não lha dou, porque não quero!" Por que não quer? "Porque não! Não posso dizer o motivo!..." É boa! Tal recusa significa uma ofensa direta a quem faz o pedido! Foi uma afronta à minha dignidade. O senhor há de concordar que me deve uma resposta, seja qual for! Uma desculpa! Uma mentira, muito embora! Mas, com todos os diabos! É necessária uma razão qualquer!

— É justo, mas...

— Se me dissesse: "Oponho-me ao casamento, porque antipatizo solenemente com o seu caráter". Sim senhor! Não seria uma razão plausível, mas estaria no seu direito de pai, mas o senhor...

— Perdão! Eu não podia dizer semelhante coisa depois de o haver elogiado por várias vezes, e ter-me declarado, como repito, seu amigo e seu apreciador...

— Mas então?! Se é meu amigo, que diabo! Diga-me a razão com franqueza! Tire-me, por uma vez, deste maldito inferno da dúvida! Declare-me o segredo da sua recusa, seja qual for, ainda que uma revelação esmagadora! Estou disposto a aceitar tudo, tudo! Menos o mistério, que esse tem sido o tormento da minha vida! Vamos, fale! suplico-lhe por... aquele que caiu assassinado!—E apontou na direção da cruz. Era seu irmão e dizem que meu pai... Pois bem, peço-lhe por ele que me fale com franqueza! Se sabe alguma coisa dos meus antepassados e do meu nascimento, conte-me tudo! Juro-lhe que lhe ficarei reconhecido por isso! Ou, quem sabe? Serei tão desprezível a seus olhos, que nem sequer lhe mereça tão miserável prova de confiança?...

— Não! Não! Ao contrário, meu amigo! Eu até levaria muito em gosto o seu casamento com a minha filha, no caso de que isso tivesse lugar!... E só peço a Deus que lhe depare a ela um marido possuidor das suas boas qualidades e do seu saber; creia, porém, que eu, como bom pai, não devo, de forma alguma, consentir em semelhante união. Cometeria um crime se assim procedesse!...

— Com certeza há parentesco de irmão entre ela e eu!

— Repare que me está ofendendo...

— Pois defenda-se, declarando tudo por uma vez!

— E o senhor promete não se revoltar com o que eu disser?...

— Juro. Fale!

Manoel sacudiu os ombros e resmungou depois, em ar de confidência:

— Recusei-lhe a mão de minha filha, porque o senhor é... é filho de uma escrava...

— Eu?!

— O senhor é um homem de cor!... Infelizmente esta é a verdade...

Raimundo tornou-se lívido. Manoel prosseguiu, no fim de um silêncio:

— Já vê o amigo que não é por mim que lhe recusei Ana Rosa, mas é por tudo! A família de minha mulher sempre foi muito escrupulosa a esse respeito, e como ela é toda a sociedade do Maranhão! Concordo que seja uma asneira; concordo que seja um prejuízo tolo! O senhor porém não imagina o que é por cá a prevenção contra os mulatos!... Nunca me perdoariam um tal casamento; além do que, para realizá-lo, teria que quebrar a promessa que fiz a minha sogra, de não dar a neta senão a um branco de lei, português ou descendente direto de portugueses!... O senhor é um moço muito digno, muito merecedor de consideração, mas... foi forro à pia, e aqui ninguém o ignora

— Eu nasci escravo?!...

— Sim, pesa-me dizê-lo e não o faria se a isso não fosse constrangido, mas o senhor é filho de uma escrava e nasceu também cativo.

Raimundo abaixou a cabeça. Continuaram a viagem. E ali no campo, à sombra daquelas árvores colossais, por onde a espaços a lua se filtrava tristemente, ia Manoel narrando a vida do irmão com a preta Domingas. Quando, em algum ponto hesitava por delicadeza em dizer toda a verdade, o outro pedia-lhe que prosseguisse francamente, guardando na aparência uma tranqüilidade fingida. O negociante contou tudo o que sabia.

— Mas que fim levou minha mãe?... A minha verdadeira mãe? perguntou o rapaz, quando aquele terminou, mataram-na? Venderam-na? O que fizeram dela?

— Nada disso; soube ainda há pouco que está viva... É aquela pobre idiota de São Brás.

— Meu Deus! exclamou Raimundo, querendo voltar à tapera.

— Que é isso? Vamos! Nada de loucuras! Voltarás noutra ocasião!

Calaram-se ambos. Raimundo, pela primeira vez, sentiu-se infeliz; uma nascente má vontade contra os outros homens formava-se na sua alma até aí limpa e clara; na pureza do seu caráter o desgosto punha a primeira nódoa. E, querendo reagir, uma revolução operava-se dentro dele; idéias turvas, enlodadas de ódio e de vagos desejos de vingança, iam e vinham, atirando-se raivosos contra os sólidos princípios da sua moral e da sua honestidade, como num oceano a tempestade açula contra um rochedo os negros vagalhões encapelados. Uma só palavra boiava à superfície dos seus pensamentos: "Mulato". E crescia, crescia, transformando-se em tenebrosa nuvem, que escondia todo o seu passado. Idéia parasita, que estrangulava todas as outras idéias.

— Mulato!

Esta só palavra explicava-lhe agora todos os mesquinhos escrúpulos, que a sociedade do Maranhão usara para com ele. Explicava tudo: a frieza de certas famílias a quem visitara; a conversa cortada no momento em que Raimundo se aproximava; as reticências dos que lhe falavam sobre os seus antepassados; a reserva e a cautela dos que, em sua presença, discutiam questões de raça e de sangue; a razão pela qual D. Amância lhe oferecera um espelho e lhe dissera: "Ora mire-se!" A razão pela qual diante dele chamavam de meninos os moleques da rua. Aquela simples palavra dava-lhe tudo o que ele até aí desejara e negava-lhe tudo ao mesmo tempo, aquela palavra maldita dissolvia as suas dúvidas, justificava o seu passado; mas retirava-lhe a esperança de ser feliz, arrancava-lhe a pátria e a futura família; aquela palavra dizia-lhe brutalmente: "Aqui, desgraçado, nesta miserável terra em que nasceste, só poderás amar uma negra da tua laia! Tua mãe, lembra-te bem, foi escrava! E tu também o foste!"

— Mas, replicava-lhe uma voz interior, que ele mal ouvia na tempestade do seu desespero; a natureza não criou cativos! Tu não tens a menor culpa do que fizeram os outros, e no entanto és castigado e amaldiçoado pelos irmãos daqueles justamente que inventaram a escravidão no Brasil!

E na brancura daquele caráter imaculado brotou, esfervilhando logo, uma ninhada de vermes destruidores, onde vinham o ódio, a vingança, a vergonha, o ressentimento, a inveja, a tristeza e a maldade. E no círculo do seu nojo, implacável e extenso, entrava o seu país, e quem este primeiro povoou, e quem então e agora o governava, e seu pai, que o fizera nascer escravo, e sua mãe, que colaborara nesse crime. "Pois então de nada lhe valia ter sido bem-educado e instruído; de nada lhe valia ser bom e honesto?... Pois naquela odiosa província, seus conterrâneos veriam nele, eternamente, uma criatura desprezível, a quem repelem todos do seu seio?..." E vinham-lhe então, nítidas à luz crua do seu desalento, as mais rasteiras perversidades do Maranhão; as conversas de porta de botica, as pequeninas intrigas que lhe chegavam aos ouvidos por intermédio de entes ociosos e abjetos, a que ele nunca olhara senão com desprezo. E toda essa miséria, toda essa imundícia, que até então se lhe revelava aos bocadinhos, fazia agora uma grande nuvem negra no seu espírito, porque, gota a gota, a tempestade se formara. E, no meio desse vendaval, um desejo crescia, um único, o desejo de ser amado, de formar uma família, um abrigo legítimo, onde ele se escondesse para sempre de todos os homens.

Mas o seu desejo só pedia, só queria, só aceitava Ana Rosa, como se o mundo inteiro houvera desaparecido de novo ao redor daquela Eva pálida e comovida, que lhe dera a provar, pela primeira vez, o delicioso veneno do fruto proibido.

XIII

A volta pareceu-lhe muito mais longa do que a ida ao Rosário; quase que não falou por toda a viagem, estalava de impaciência por estar só, inteiramente só, para pensar à vontade, conversar consigo mesmo e convencer-se de que era um espírito superior àquelas pequenas misérias sociais.

Logo que chegou à casa, foi direto ao seu quarto, fechou-se por dentro, com um ruído áspero de fechadura que funciona poucas vezes. Fazia-se noite. Ele parou junto à mesa, no escuro, acendeu um fósforo, apagou-se; segundo, terceiro, o quarto ardeu bem, porém Raimundo ficou a olhar abstrato para a flama azul, torcendo entre os dedos, automaticamente, o pedacinho de madeira, que se queimou até chamuscar-lhe as unhas; e ficou às escuras, por longo tempo, cismando, perdido na sua preocupação. É que, de raciocínio em raciocínio, chegara ao âmago do fato. "Devia ceder ou lutar?..." Mas o seu espírito nada resolvia; acuava como um cavalo defronte a um abismo. Ele metia as esporas; era tudo inútil!

— Diabo! exclamou, voltando a si.

E acendeu a vela. Assentou-se à escrivaninha, sem tirar sequer o chapéu, e pôs-se a pensar, sacudindo nervosamente a perna. Tomou distraído a pena, embebeu-a repetidas vezes no tinteiro, e rabiscou as margens dos jornais que lhe estavam mais próximos. Desenhou, com uma pachorra inconsciente, um sino-salomão, e, como se estivesse prestando sumo cuidado ao seu desenho, emendou-o, corrigiu-o, fez um novo igual ao primeiro, outro, mais outro, encheu com eles toda uma margem de jornal.

— Diabo! exclamou novamente, no desespero de quem não encontra a solução de um problema.

E pôs-se a fitar, com a máxima atenção, a chama da vela. Depois, tomou um invólucro de cigarros, abandonado sobre a mesa, e começou a quebrar com ele as estalactites da estearina, até que o papei, por muito embebido no combustível, inflamou-se e foi lançado ao chão.

— Diabo!

E repetia insensivelmente as palavras de Manoel: "Recusei-lhe a mão de minha filha porque o senhor é filho de uma escrava! - O senhor é um homem de cor! - O senhor foi forro à pia, e aqui ninguém o ignora! - O senhor não imagina o que é por cá a prevenção contra os mulatos!..."

— Mulato! E eu que nunca pensara em semelhante coisa!... Podia lembrar-me de tudo, menos disto!...

E acusava-se de frouxo; de não ter dado boas respostas na ocasião; não ter reagido com espírito forte, e provado que Manoel estava em erro e que ele, Raimundo, não ligava a mínima importância a semelhante - futilidade! Assistiam-lhe agora respostas magníficas, verdadeiros raios de lógica, com que fulminaria o adversário. E, argumentando com as réplicas que lhe faltaram então, reformava mentalmente todo o caso, dando a si próprio um novo papel, tão brilhante e enérgico quão fraco e passivo fora o primeiro.

Afastou a cadeira da secretária, debruçou-se sobre esta e escondeu o rosto nos braços dobrados. Assim levou quase uma hora; quando levantou de novo a cabeça, reparou, pela primeira vez, numa litografia de São José, que sempre estivera ali na parede do seu quarto. Raimundo examinou minuciosamente o santo com o seu colorido vivo, o menino Jesus no braço esquerdo e uma palma na mão direita. Surpreendeu-se de vê-la naquele lugar: em dias de despreocupação nunca dera por ela. E daí, recordou-se de ter visto na Alemanha trabalhar um prelo litográfico dos mais aperfeiçoados; depois pensou nos processos do desenho, nos diversos estilos de artistas seus conhecidos e, afinal, em São José e na religião cristã. E mais: acudiam-lhe agora coisas inteiramente indiferentes: lembrava-se de um homem, vermelho e suado, que ele vira uma semana antes, a conversar sobre Napoleão Bonaparte com um lojista da Rua de Nazaré. Diziam muita asnice; e a imagem do lojista saltava-lhe perfeita à memória — magricela, com uns bigodes compridos, afetando delicadezas de alfaiate de Lisboa. Ouvira-lhe o nome, mas estava na dúvida. "Moreira? Não, não era Moreira!" E procurava mentalmente o nome, com insistência. "Pereira? Não! Nogueira... Era Nogueira !" Este nome trouxe-lhe logo à lembrança uma ocasião em que conversava com Nogueira Penteeiro, e passar na rua uma mulher doida, que levantava as saias para mostrar o corpo. De repente, Raimundo estremeceu, era a idéia que voltava, a idéia primitiva, a idéia capital. Reaparecia; tinha feito uma retirada falsa; ficara à porta do cérebro, espiando para dentro. E ele soltou um suspiro com a presença importuna e vexatória dessa idéia que esperava, pelo seu pensamento, como uma polícia espera um criminoso, para o levar preso. E o pensamento de Raimundo remancheava; não queria ir; mas a idéia implacável reclamava-o. E o prisioneiro entregou afinal os pulsos.

Ergueu-se da cadeira; bateu vigorosamente uma punhada na mesa, protestando como se alguém lhe falasse:

— Ora sebo! Que diabo tenho eu com isto? O que vim fazer a esta província estúpida, foi tratar dos meus negócios pecuniários! Liquidados — nada mais tenho que fazer aqui! Musco-me! Ponho-me ao fresco! Passem muito bem!

E começou a passear pelo quarto, agitado, a fingir-se muito egoísta com as mãos nas algibeiras das calças monologando:

— Sim! Sim! Longe daqui não sou forro à pia! O filho da escrava; sou o Doutor Raimundo José da Silva, estimado, querido e respeitados! Vou! Por que não?! O que me impediria?

E parou, tornou a andar, afinal assentou-se na cama, disposto a recolherse. Despiu o paletó, arremessou o chapéu e o colete.

— Sim! O que me impediria?...

Ia descalçar a primeira botina, quando espantou-se com a lembrança de Ana Rosa. Uma voz exigente bradava-lhe do coração: "E eu? E eu? E eu?... Esqueceste de mim, ingrato? Pois bem, não quero que vás, ouviste? Não irás! Sou eu quem te impedirá!"

E Raimundo, pasmo por não ter, durante tanto tempo, pensado em Ana Rosa, despiu-se com pressa e, como querendo fugir a esta nova idéia, atirouse de bruços à cama, soluçando.

Às seis horas da manhã ainda havia luz no quarto dele.

No dia seguinte, às duas da tarde, desceu, muito abatido, ao escritório de Manoel e pediu-lhe secamente que apressasse os seus negócios e o despachasse o quanto antes, porque não podia demorar-se mais tempo no Maranhão. Precisava partir o mais cedo possível.

— Mas venha cá, doutor, o senhor não me deve guardar ódio por ter eu...

— Ah, certamente, certamente! Nem pensemos nisso! interrompeu Raimundo, procurando desviar a conversa. O senhor tem toda a razão... Vamos ao que importa! Diga-me quando poderei estar desembaraçado?

— Mas não ficou maçado comigo!... Não é verdade? Creia que...

— Ó senhor! Como quer que lhe diga que não? Maçado! Ora essa! Por quê? Já nem pensava em tal! Vinha até pedir-lhe um serviço...

— Se estiver em minhas mãos...

— É simples.

E, depois de uma pausa, Raimundo continuou, com a voz um pouco alterada, a despeito do esforço que fazia por afetar tranqüilidade: — Como lhe disse ontem... estava autorizado pela senhora sua filha a pedi-la em casamento; em vista, porém, do que me expôs o senhor a meu respeito, cumpre-me dar à Srª Ana Rosa qualquer explicação. Compreende que não posso retirar-me desta província, assim, sem mais nem menos, estando já empenhado em um compromisso tão melindroso...

— Ah, sim... mas não lhe dê isso cuidado... Arranjarei qualquer desculpa...

— Uma desculpa, justamente! É preciso dar-lhe uma desculpa; e o melhor seria declarar-lhe a verdade. Explique-lhe tudo. Conte-lhe o que se passou entre nós. Ninguém, para isso, está mais no caso que o senhor!...

Manoel coçava a nuca com uma das mãos, enquanto com a outra batia o cabo da caneta entre os dentes, na atitude contrariada de quem toma, à pura força de circunstâncias, interesse numa causa estranha; porém, como Raimundo falasse em mudar de casa, ele atalhou logo.

— Como o senhor quiser... mas a nossa choupana está sempre às suas ordens...

— Bem, concluiu o rapaz, agradecendo o oferecimento com um gesto; posso então contar que o meu amigo se encarrega de explicar tudo à senhora sua filha?

— Pode ficar descansado.

— E quando terei os meus negócios concluídos?

— Antes da chegada do vapor já o senhor estará inteiramente desembaraçado.

— Muito agradecido.

E Raimundo subiu para o seu quarto.

Fazia um grande calor. O céu, todo limpo, com as suas nuvens arredondadas, parecia um vasto tapete azul, onde dormiam enormes cães felpudos. Raimundo lembrou-se de sair; faltou-lhe o ânimo: afigurava-se-lhe que na rua todos os apontariam, dizendo: "Lá vai o filho da escrava!" Ia abrir a janela e hesitou; sentia um grande tédio, um mal-estar crescente, desde a revelação de Manoel; uma surda indisposição contra tudo e contra todos; naquele momento, irritava-o, por exemplo, a voz aflautada de um quitandeiro, que argumentava, lá embaixo na rua, com um súcio. Abriu o álbum com a intenção de desenhar, mas repeliu-o logo; tomou um livro e leu distraidamente algumas linhas; levantou-se, acendeu um cigano e passeou a largos passos pelo quarto, com as mãos nas algibeiras.

Em um destes passeios, parou defronte ao espelho e mirou-se com muita atenção. procurando descobrir no seu rosto descorado alguma coisa, algum sinal, que denunciasse a raça negra. Observou-se bem, afastando o cabelo das fontes; esticando a pele das faces, examinando as ventas e revistando os dentes; acabou por atirar com o espelho sobre a cômoda, possuído de um tédio imenso e sem fundo.

Sentia uma grande impaciência, porém vaga, sorrateira, sem objeto, um frouxo desejar que o tempo corresse bem depressa e que chegasse um dia, que ele não sabia que dia era; sentia uma vontade indefinida de ir de novo a Vila do Rosário, procurar a pobre mãe, a pobre negra, e dedicada escrava de seu pai, e trazê-la em sua companhia, para dizer a todos: "Esta preta idiota, que aqui vêem ao meu braço, é minha mãe, e ai daquele que lhe faltar ao respeito!" Depois fugir com ela da pátria, como quem foge de um covil de homens maus e meter-se em qualquer terra, onde ninguém conhecesse a sua história. Mas, de improviso, chegava-lhe Ana Rosa à lembrança, e o infeliz desabava num grande desânimo, vencido e humilhado.

E deixava cair a cabeça na palma das mãos, a soluçar.

Por este tempo, Manoel acabava de expor à filha a necessidade absoluta de não pensar em Raimundo.

— Enfim, dizia ele, tu já não és uma criança, e bem podes julgar o que te fica bem e o que te fica mal!... Há por aí muito rapaz decente, de boa família... e nos casos de fazer-te feliz. Vamos! Não quero ver esse rostinho triste!... Deixa estar que mais tarde me agradecerás o bem que agora te faço!...

Ana Rosa, de cabeça baixa, ouvia, aparentemente resignada, as palavras do pai. Confiava em extremo no seu amor e nos juramentos de Raimundo, para recear qualquer obstáculo. Só agora soubera ao certo da procedência de seu primo bastardo, e no entanto, ou fosse porque lhe germinavam ainda no coração os supremos conselhos matemos, ou fosse que o seu amor era dos que a tudo resistem, o caso é que essa história que a tantos arrancara exclamações de desprezo; isso que forneceu assunto a gordas palestras nas portas dos boticários; isso que foi comentado em toda a província, entre risos de escárnio e cuspalhadas de nojo, desde a sala mais pretensiosa, até a quitanda mais pífia; isso que fechou muitas portas a Raimundo e cercou-o de inimigos; isso, essa grande história escandalosa e repugnante para os maranhenses, não alterou absolutamente nada, o sentimento que Ana Rosa lhe votava. As palavras de Manoel não lhe produziam o menor abalo; ela continuava a estremecer e desejar o mulato com a mesma fé e com o mesmo ardor; tinha lá para si que ele possuía bastante merecimento próprio, bastante atrativo, para ocupar de todo a atenção de quem o observasse, sem ser preciso remontar aos seus antepassados. Estabelecia comparações entre as regalias do amor de Raimundo e as vergonhas que dele pudesse resultar, e concluía que aquelas bem mereciam o sacrifício destas, Amava-o - eis tudo.

Manoel, depois dos seus conselhos, passou a fazer considerações desfavoráveis a respeito das qualidades morais do mulato, e com isso apenas conseguiu estimular o desejo da filha, juntando aos atrativos do belo rapaz mais um, não menos poderoso, o da proibição. Enquanto ele, entestando com a inadmissível hipótese de um casamento tão desastrado, desenrolava um quadro assustador, profetizando, com as negras cores da sua experiência e com febre do seu amor de pai, um futuro de humilhações e arrependimentos chegando até a ameaçá-la de retirar-lhe a bênção; Ana Rosa, distraída, olhando para um só ponto, respondia maquinalmente: "Sim... Não... Decerto!... Está visto!.. " sem prestar a mínima atenção ao que ele discreteava, porque o próprio objeto discutido lhe arredava dali o pensamento, trazendo-lhe, por associação de idéias, os seus devaneios favoritos, nos quais se sonhava ao lado de Raimundo, em plena felicidade conjugal.

— Enfim, disse Manoel, procurando encenar o discurso e satisfeito pelo ar atento e resignado da filha; nada temos que recear... Ele muda-se por estes dias e parte definitivamente no primeiro vapor para o Sul!

Esta notícia, dada assim à queima-roupa e em tom firme, despertou-a com violência.

— Hein? Como? Parte? Muda-se? Por quê?...

E fitou o pai, sobressaltada.

— É, ele muda-se... Não quer esperar aqui o dia da viagem...

— Mas por que, senhores?

O negociante viu-se num grande embaraço; não lhe convinha dizer abertamente a verdade; dizer que Raimundo se retirava, para fugir ao tormento de ver todos os dias Ana Rosa, sem esperança de possuí-la. E não atinando com uma resposta, com uma saída, o pobre homem balbuciava:

— É! O rapaz maçou-se com o que eu lhe disse, e como é senhor do seu nariz, muda-se! Ora essa! Pensas talvez que ele se sinta muito com isso?... Estás enganadinha, filha! Foi-me muito lampeiro ao escritório e pediu-me que o desculpasse contigo. "Que desses o dito por não dito! Que ele precisava mudar de ares!... Que se aborrecia muito cá pela província! pela aldeola — como ele a chama!"

— Mas por que não veio ele mesmo entender-se comigo?...

— Ora, filha! Bem se vê que não conheces o Raimundo... Pois ele é lá homem para essas coisas?... Um tipo que não liga a menor importância às coisas mais respeitáveis! Um ateu que não acredita em nada! Até ficou mais satisfeito depois da minha recusa! Só parece que estava morrendo por um pretexto para desfazer o seu compromisso contigo!

— Percebo! exclamou Ana Rosa, transformando-se e cobrindo o rosto com as mãos. É que não me ama! Nunca me amou, o miserável!

E abriu a chorar.

— Hein?! Olá! Então que quer isto dizer... Ora, ora os meus pecados! Ai, que isto de mulheres não há quem as entenda!

Ana Rosa fugiu para o seu quarto, nervosa, soluçando, e atirou-se de bruços na rede.

O pai seguiu-a assustado:

— Então, minha filha, que é isto?...

— Diabo da peste!

E a infeliz soluçava.

— Então, que tolice a tua, Anica! Olha, minha filha! Escuta!

— Não quero escutar nada! Diga-lhe que pode ir quando entender! Pode ir, que ate é favor!

— Grande coisa perdes, na verdade! Ora vamos! Nada de asneiras!

Ana Rosa continuava a soluçar, cada vez mais aflita, com o rosto escondido nos braços; as mangas do seu vestido e os travesseiros da rede estavam já ensopados das lágrimas. Assim levou algum tempo, sem responder ao que lhe dizia o pai, de repente suspendeu de chorar, ergueu a cabeça e soltou um gemido rápido e agudo. Era o histérico.

— Diabo! resmungou Manoel, coçando a nuca atrapalhado. E chamou logo pelos de casa: D. Maria Bárbara! Brígida! Mônica!

O aposento encheu-se imediatamente.

O cônego Diogo, que ficara na saleta, à espera daquela conferência de Manoel com a filha, entrou também atraído pelos gritos da afilhada.

— *Hoc opus, hic labor est!*

Nessa ocasião, Raimundo, no seu quarto, passava pelo sono, estendido sobre um divã. Sonhava que fugia com Ana Rosa e que, em caminho, eram, os dois, perseguidos por três quilombolas furiosos armados de facão. Um pesadelo. Raimundo queria correr e não podia: os pés enterravam-se-lhe no solo, como no tijuco, e Ana Rosa pesava como se fosse de chumbo. Os pretos aproximavam-se, dardejando os ferros, iam alcançá-los. O rapaz suava de medo; estava imóvel, sem ação, com a língua presa

Os gritos reais da histérica coincidiam com os gritos que Ana Rosa, no sonho, soltava, ferida pelos mocambeiros. Com o esforço, Raimundo pulou do divã e olhou estremunhado em torno de si; depois, deitou a correr para a varanda.

O cônego, ouvindo-lhe os passos, veio sair-lhe ao encontro.

— *Attendite!*

— Ora, até que enfim nos encontramos! disse-lhe Raimundo.

— Psiu! fez o cônego. Ela está sossegando agora! Não vá lá, que lhe pode voltar o ataque!... O senhor é o causador de tudo isto!...

— Preciso dar-lhe duas palavras incontinente, senhor cônego!

— Homem, deixe isso para outra ocasião... Não vê o alvoroço em que está a casa?...

— Se lhe digo que preciso falar-lhe incontinente!... Ande! Vamos ao meu quarto!

— Que diabo tem o senhor que me dizer?!

— Quero tomar alguns esclarecimentos sobre São Brás, percebe?

—*Horresco referens!...*

E Raimundo, com um empurrão, meteu-se, mais o cônego, no quarto, e fechou-se por dentro.

— Vá dizer-me quem matou meu pai! exclamou, ferrando-lhe o olhar.

— Sei cá!

E o cônego empalideceu. Mas estava a prumo, defronte ao outro.

Cruzou os braços.

— Que quer isto dizer?...

— Quer dizer que descobri afinal o assassino de meu pai e posso vingar-me no mesmo instante!

— Mas isto é uma violência! tartamudeou o padre, com a voz sufocada pela comoção.

E, fazendo um esforço sobre si, acrescentou mais seguro:

—Muito bem, senhor doutor Raimundo! Muito bem! Está procedendo admiravelmente! É então por esta forma que me pede notícias de seu pai? é este o modo pelo qual me agradece a amizade fiel, que dediquei noutro tempo ao pobre homem? Fui o seu único amigo, o seu amparo, a sua darradeira consolação! E é um filho dele que vem agora, depois de vinte anos, ameaçar um pobre velho, que foi sempre respeitado por todos! Parece que só esperavam que me embranquecessem de todo os cabelos, para insultarem esta batina, que foi sempre recebida de chapéu na mão! Ah, muito bem! Muito bem! Era preciso viver setenta anos para ver isto! Muito bem! Quer vingar-se? Pois vingue-se! Que lho impede?! Sou eu o criminoso? Pois venha o carrasco! Não me defenderei, mesmo porque já me faltam as forças para isso!... Então! Que faz que não se mexe?!

Raimundo, com efeito, estava imóvel. “Ter-se-ia enganado?...” À vista do aspecto sereno do cônego chegara a duvidar das conclusões dos seus raciocínios. “Seria crível que aquele velho, tão brando, que só respirava religião e coisas santas, fosse o autor de um crime abominável?...” E, sem saber o que decidir, atirou-se a uma cadeira, fechando a cabeça nas mãos.

O padre compreendeu que ganhara terreno e prosseguiu, na sua voz untuosa e resignada:

— É, o senhor deve ter razão!... Fui eu naturalmente o assassino de seu pai!... É um rasgo generoso e justo de sua parte desmascarar-me e cobrir-me de ultrajes, aqui nesta casa, onde sempre me beijaram a mão. O senhor está no seu direito! Olhe! Agarre aquela bengala e bata-me com ela! Está moço, pode fazê-lo! Está no vigor dos seus vinte e cinco anos! Vamos! Fustigue este pobre velho indefeso! Castigue este corpo decrépito, que já não presta para nada! Então! Bata sem receio que ninguém o saberá! Pode ficar descansado que não gritarei - tenho defronte aos olhos a imagem resignada de Cristo, que sofreu muito mais!

E o cônego Diogo, com os braços e olhos erguidos para cima, caiu de joelhos e disse entre dentes, soluçando:

— Ó Deus misericordioso! Tu, que tanto padeceste por nós, lança um olhar de bondade sobre esta pobre criatura desvairada! Compadece-te da pobre alma pecadora, levada só pela paixão mundana e cega! Não deixes que Satanás se apodere da mísera. Salva-a, Senhor! Perdoa-lhe tudo, como perdoaste aos teus algozes! Graça para ela! Eu te suplico, graça, meu divino Senhor e Pai!

E o cônego ficou em êxtase.

— Levante-se, observou-lhe Raimundo, aborrecido. Deixe-se disso! Se lhe fiz uma injustiça, desculpe. Pode ir descansado, que não o perseguirei. Vá!

Diogo ergueu-se, e pousou a mão no ombro do moço.

— Perdôo-te tudo, disse; compreendo perfeitamente o teu estado de excitação. Sei o que se passou! Mas consola-te, meu filho, que Deus é grande, e só no seu amor consiste a verdadeira paz e felicidade!

E saiu de cabeça baixa, o ar humilde e contrito; mas, ao descer a escada para a rua, resmungava:

— Deixa estar, que me pagarás, meu cabrinha apistolado!...

XIV

Sete dias depois, morava Raimundo em uma das suas casinhas da Rua de São Pantaleão.

Vivia aborrecido; vivia exclusivamente a esperar o dia da viagem para a Corte. Nunca a província lhe parecera tão enfadonha, nem o seu isolamento tão pesado e tão triste. Não saía quase nunca à rua; não procurava pessoa alguma, nem tampouco ninguém o visitava. Dizia-se por aí que ele estava de cama por uma bonita sova, que lhe mandara dar o pai da namorada. "Era bem feito! Para se não fazer apresentado com uma menina branca!"

Os maldizentes, empenhados na vida dele, como se Raimundo fosse um político de quem dependesse a salvação da província, afiançavam que alguma peça estava o tratante urdindo em silêncio.

— Acreditem, exclamava um dos tais, a um grupo, que todos estes sujeitos, que se fazem muito santarrões e de quem a boca do mundo nada tem que dizer, são os mais perigosos! Eu, cá por mim, não me fio de ninguém! Quando vejo um tipo, julgo logo mal dele; se o traste prega-me alguma, não me espanta, porque já esperava!

— E se não prega?

— Fico na certeza de que muita coisa se faz às caladas neste Maranhão! Mas lá acreditar em virtudes de aventureiros, isso é que nem à sétima facada!

Entretanto, Raimundo levava uma vida de degradado, sem amigos e sem carinhos de espécie alguma. No seu desterro tinha por companhia única uma preta velha, que se encarregara de servi-lo; magra, feia, supersticiosa, arrastando-se, a coxear, pela varanda e pelos quartos desertos, fumando um cachimbo insuportável, e sempre a falar sozinha, a mastigar monólogos intermináveis.

E esta solidão enchia-o de tédio e de saudades pelas boas horas alegres, que passava dantes ao lado de Ana Rosa, aquecido ao calor benéfico da família. Ultimamente muito pouco se dava ao estudo; estava desleixado, preguiçoso, vivia para as suas preocupações recentes. Ficava horas esquecidas à mesa, depois do almoço ou do jantar, olhando vagamente para o seu quintal sem plantas, com os pés cruzados, a cabeça molemente caída sobre o peito, a fumar cigarros um atrás do outro, num aborrecimento invencível.

Tomara embirrância por tudo e emagrecia.

À noite, acendia-se o candeeiro de querosene, e Raimundo assentava-se junto à secretária, lendo distraído algum romance ou revendo as gravuras de algum jornal ilustrado. A um canto da varanda resmungava a criada, cosicando trapos. O rapaz sentia um fastio de morte, tinha espreguiçamentos de febre, moleza geral no corpo; não podia entrar com a cozinha da preta — era uma coisa muito mal amanhada — tinha nojo de beber pelos copos mal lavados; banhava com repugnância o rosto na bacia barrada de gordura. "Ó senhores! Que vida!" E ficava cada vez mais nervoso e frenético; esperava o dia da viagem contando os minutos; porém, a despeito de tudo, sentia uma surda e funda vontade de não ir, uma íntima esperança de ser ainda legitimamente amado por Ana Rosa.

— Impossível!... concluía sempre, fazendo-se forte. Deixemo-nos de asneiras!

E pensava no que não estaria ela julgando dele; no juízo que formara do seu caráter. Nunca mais tiveram ocasião de trocar uma palavra ou um olhar; apenas recebia notícias de Ana Rosa por aquela idiota, que não as sabia dar. "Ora! também de que servia afligir-se daquele modo? O melhor era deixar que as coisas levassem o seu destino natural! Não podia, nem devia, por forma alguma, casar com semelhante mulher, para que, pois, pensar ainda nisso?..."

Em casa de Manoel as coisas igualmente não corriam lá muito bem. Ana Rosa curtia densas tristezas, mal dissimuladas aos olhos do pai, da avó e do cônego. A pobre moça esforçava-se por esquecer o desleal amante que a abandonara covardemente. E, na sua decepção, imaginava vinganças irrefletidas; tinha desejos absurdos: queria casar-se por aqueles dias, arranjar um marido qualquer, antes que Raimundo se retirasse da província; desejava provar-lhe que ela não ligava a menor importância ao caso e que se entregaria com prazer a outro homem.

Pensou no Dias e esteve quase a falar-lhe.

Manoel, soprado pelo compadre, indispunha mais e mais o ânimo da filha contra o mulato; contando-lhe, a respeito deste, fatos revoltantes, inventados pelo cônego; fazia-se agora muito meigo ao lado dela, submetia-se aos seus caprichos, às suas vontadezinhas de menina doente, com a compungida solicitude de um bom enfermeiro.

Ana Rosa abanava a cabeça, resignada. O fato provado de que Raimundo consentia sem resistência e talvez por gosto, em abandoná-la, ao mesmo tempo que aumentava nela o desejo de reconquistá-lo e possuí-lo, dava a seu orgulho bastante energia para esconder de todos o seu amor. Supunha-se vítima de uma decepção; julgava o seu amante mais apaixonado e mais violento, e, à vista da passividade com que ele se submeteu logo às circunstâncias; à vista daquela condescendência burguesa e medrosa, pois Raimundo não se animara a dar-lhe, nem a escrever-lhe, uma palavra depois da recusa de Manoel, ela se julgava desenganada e desiludida. "Nunca me amou! dizia de si para si desesperada. Se me amasse, como eu imaginava, teria reagido! É um impostor! um tolo! Um vaidoso, que desejou apenas ter mais uma conquista amorosa!

E vinha-lhe um grande desejo de chorar e preferir muito mal contra Raimundo. Agora, achava que ele era o pior dos homens, a mais desprezível das criaturas. Às vezes, porém, arranhava-lhe a consciência uma pontinha de remorso: lembrava-se de que a iniciativa daquele namoro partira toda de sua parte, e então, com uma dorzinha de vergonha, assistiam-lhe considerações mais favoráveis ao primo; chegava até a doer-se de haver feito um juízo tão mau do pobre rapaz. "Sim... pensava. Verdade, verdade, se não fosse eu... coitado! Ele talvez nunca me falasse em amor!... Fui eu que o provoquei, que lhe lancei a primeira faísca no coração!..." E por este caminho Ana Rosa fazia mil raciocínios, que abrandavam um tanto a sua má vontade contra o perjuro.

Mas a avó saltava-lhe logo em cima:

— Parece que ficaste meio sentida com o que se passou!... Pois olha: se tivesse de assistir ao teu casamento com um cabra, juro-te, por esta luz que está nos alumiando, que te preferia uma boa morte, minha neta! Porque serias a primeira que na família sujava o sangue! Deus me perdoe pelas santíssimas chagas de Nosso Senhor Jesus Cristo! gritava ela, pondo as mãos para o céu e revirando os olhos, mas tinha ânimo de torcer o pescoço a uma filha, que se lembrasse de tal, credo! Que nem falar nisto é bom! E só peço a Deus que me leve, quanto antes, se tenho algum dia de ver, com estes que a terra há de comer, descendente meu coçando a orelha com o pé!

E, voltando-se para o genro, num assanhamento crescente:

— Mas creia, seu Manoel, que se tamanha desgraça viesse a suceder, só a você a deveríamos, porque, no fim das contas, a quem lembra meter em casa um cabra tão cheio de fumaças como o tal doutor das dúzias?... Eles hoje em dia são todos assim!... Dá-se-lhes o pé e tomem a mão!... Já não conhecem o seu lugar, tratantes! Ah, meu tempo! Meu tempo! Que não era preciso estar cá com discussões e políticas! Fez-se besta? - Rua! A porta da rua é a serventia da casa! E é o que você deve fazer, seu Manoel! Não seja pamonha! Despeça-o por uma vez para o Sul, com todos os diabos do inferno! E trate de casar sua filha com um branco como ela. Arre.

— Amém! disse beaticamente o cônego.

E sorveu uma pitada.

Falou-se em toda a capital do rompimento de Raimundo com a família do Manoel Pescada. Cada qual comentou o fato como melhor o entendeu, alterando-o, já se sabe, cada um por sua parte. O Freitas aproveitou logo a ocasião para dizer dogmaticamente aos seus companheiros de secretaria:

— Acontece, meus senhores, com um boato, que corre a província, o mesmo que com uma pedra levada pela enxurrada da chuva; à proporção que rola, de rua em rua, de beco em beco, de fosso em fosso, vão-se-lhe apegando toda sorte de trapos e imundícia que encontra na sua vertiginosa carreira; de sorte que, ao chegar à boca-de-lobo, já se lhe não reconhece a primitiva forma. Do mesmo feitio, quando uma notícia chega a cair no esquecimento, já tão desfigurada vai de si, que da própria não conserva mais do que a origem!

E o Freitas, satisfeito com esta tirada, assoou-se estrondosamente, sem despregar do auditório o seu penetrante sorriso de grande homem, que prodigaliza, sem olhar a quem dá, as preciosas jóias da sua pródiga eloqüência.

Durante aqueles dias não se falava senão em Raimundo.

— Desacreditou, para sempre, a pobre moça!... dizia um barbeiro no meio da conversa da sua loja.

— Desacreditar quis ele! responderam-lhe, mas é que ela nunca lhe deu a menor confiança! Isto sei eu de fonte limpa!

Na casa da praça, afirmava um comendador, que a saída de Raimundo da casa do tio era devida simplesmente a uma ladroeira de dinheiro, perpetrada na burra de Manoel, e que este, constava, já tinha ido queixar-se à polícia e que o doutor chefe procedia ao inquérito.

— É bem feito! É bem feito!... vociferava um mulato pálido, de carapinha rente, bem vestido e com um grande brilhante no dedo. É muito bem feito, para não consentirem que estes negros se metam conosco!

Seguiu-se um comércio rápido de olhadelas expressivas, trocadas entre os circunstantes, e a conversa torceu de rumo, indo a cair sobre as celebridades de raça escura: vieram os fatos conhecidos a respeito do preconceito da cor; citaram-se pessoas gradas da melhor sociedade maranhense, que tinham um moreno bem suspeito; foram chamados à conversa todos os mulatos distintos do Brasil; narrou-se enfaticamente a célebre passagem do Imperador com o engenheiro Rebouças. Um sujeito, levantou pasmo da roda, nomeando Alexandre Dumas, e dando a sua palavra de honra em como Byron tinha casta.

— Ora! Isso que admira?... disse um estúpido. Aqui Já tivemos um presidente tão negro como qualquer daqueles cangueiros, que ali vão com a pipa de aguardente!

— Não... rosnou convencido um velhote, que entre os comerciantes passava por homem de boa opinião. Que eles têm habilidade, principalmente para a música, isso é inegável!...

— Habilidade?... segredou outro, com o mistério de quem revela uma coisa proibida. Talento! Digo-lhe eu! Esta raça cruzada é a mais esperta de todo o Brasil! Coitadinhos dos brancos se ela pilha uma pouca de instrução e resolve fazer uma chinfrinada. Então é que vai tudo pelos ares! Felizmente não lhe dão muita ganja!

— Aquilo, comentava Amância, boquejando esse dia, sobre o mesmo assunto, em casa de Eufrásia; aquilo não podia ter outro resultado! Cá está quem não poria lá mais os pezinhos, se o basbaque do Pescada metesse o cabra na família!

— Ora, não é também tanto assim!... objetava a quente viúva. Conheço certa gente, que se faz muito de manto de seda e que, no entanto, vai filar constantemente o jantar dos cabras que passam bem. A questão é de boa mesa!

— O quê? berrou a velha, pondo as mãos nas cadeiras. Isso é uma indireta?! Comigo?!...

E subiu-lhe uma roxidão às faces.

— Diga! exclamou. Pois diga! Quero que diga qual foi o negro a quem Amância Diamantina dos Prazeres Sousela, neta legítima do Brigadeiro

Cipião Sousela, conhecido pelo "Corisco" na Guerra dos Guararapes, desse algum dia a confiança de ocupar! Eu?!... Até brada ao céu! Qual foi o cabra com quem a senhora já me viu de mesa?!...

— Eu não falo com a senhora! E esta?

— Ah!... Pois então conheça!

— Falo no geral!

E Eufrasinha dava as provas, citava nomes, contava fatos, e terminou declarando que, apesar de tudo que se dizia nesse Maranhão velho, Raimundo era um cavalheiro distinto, com um futuro bonito, alguns cobres, e... enfim. Ora, adeus, deixasse lá falar quem falava! - era um marido de encher as medidas!

E a viúva arregalou os olhos e mordeu os beiços, chupando o ar com um suspiro.

— Que lhe faça muito bom proveito! arrematou a neta do "Corisco" traçando o xale já na porta, para sair. Há gente para tudo nesta vida! Credo!

E foi logo, direitinha como um fuso, para a casa do Freitas.

Pois não sabem de uma muito boa?... disse ao chegar lá, sem tomar fôlego. A sirigaita de Eufrásia diz que não se lhe dava de casar com o Mundico do Pescada!

— Ele é que eu duvido que a aceitasse!... bocejou o Freitas, estendendo com preguiça as suas magras e longas pernas na cadeira, e cruzando os pés, com um ar feliz e descansado. Que ela morre por um marido — isso é velho! E tem razão, coitada!

Riu-se.

— Credo! Cruz! trejeitou Amância. Assim também não!... No meu tempo...

— Era a mesmíssima coisa, D. Amância; as raparigas pobres pediam aos céus um marido, como... como... insistia ele, à procura de uma comparação, como não sei o quê!... A senhora, já sei que fica para jantar...

— Se tiver peixe, fico! disse, autorizada pelo cheiro ativo de azeite frito, que vinha da cozinha.

— Então, titia Amância, saiba que temos e muito bom! observou Lindoca, bamboleando-se pela varanda.

— Ó menina! gritou-lhe a velha, onde queres ir tu com toda essa gordura? Já basta! Apre!

— Não irá muito longe, disse o Freitas, sempre risonho, cansaria depressa...

— Olhe, veja, reclamou a moça, fazendo parar a escrava, que passava com a terrina do peixe. Está convidando! Quentinho que é um fogo!

— Ai, filha! É a minha paixão! Um peixinho bem preparado, quentinho, com farinha-d'água! Mas, olha, bradou para a criada, e levantou-se logo, não o deites aí, rapariga, que o gato é muito capaz de pregar-nos alguma peça... Bota antes neste armário!

E, como se estivesse na própria casa, tomou a terrina e acondicionou-a em uma das prateleiras. "Não havia que fiar em gatos!... Eles eram necessários por mor dos ratos, mas que canseira seu Bom Jesus! Ind'estrodia o seu *Peralta* fora-lhe ao guarda-petiscos e... nem dizia nada! Unhara-lhe a carne-de-sol, que havia para o almoço, porque ela estava de purga. Forte ladrão! Também, dera-lhe uma mela, que o pusera assim!..."

E Amância, procurando mostrar como ficara o gato, arreganhou uns restos de dentadura acavalada e espichou as peles do pescoço.

Passava já das três da tarde. Os empregados públicos saíam da repartição, procurando a sombra, com o seu passo metódico e inalterável, o chapéu-de-sol dependurado no braço esquerdo, como de um cabide, o ar descansado e indiferente dos homens pagos por mês, que nunca se apressam, que nunca precisam se apressar.

Começava a soprar a viração da tarde, e o tempo refrescava.

Lindoca, com grande estremecimento do assoalho, arrastou-se até a janela, para ver passar o Dudu Costa. Dudu era um praticante da Alfândega, que lhe arrastava a asa, rapaz sério, sequinho de carnes, bem arranjado e com muito jeito para o casamento. O Freitas olhava com bons olhos este namoro, e só esperava que o moço tivesse nesse mesmo ano um acesso na repartição: havia lá um empregado superior muito doente, que, sem dúvida, bateria o cachimbo por todos aqueles três meses, e, como Dudu tinha um amigo, cujo pai dispunha de bons empenhos para o presidente, dava como certa a sua nomeação; tão certa que pensava já no enxoval do casamento, punha de parte alguma coisa do ordenado e convidava os amigos mais íntimos para o grande dia da amarração. De tudo isto o Freitas andava a par. 'Diabo era só aquela maldita gordura da menina, que aumentava todos os dias e estava fazendo dela um odre!"

— Ora queira Deus não seja alguma praga!... observava Amância. Há muita gente invejosa neste mundo, minha rica!

— Minha senhora, "o casamento e a mortalha no céu se talham! citou o grande homem, sacrificando a rima à boa concordância gramatical.

Por essas mesmas horas, topavam-se numa esquina o Sebastião Campos e o Casusa.

— Olá! Por cá, seu Susa?

— Como vai isso?

— Ora! Você não faz idéia! Desquerido de dor de dentes. Este diabo não me deixa pôr pé em ramo verde!

E Sebastião escancarou a boca, para mostrar um queixal ao amigo.

— Andaço! resmungou este. Dê cá um cigarro

Sebastião passou-lhe prontamente a enorme bolsa de borracha amarela e o caderninho de mortalhas de papel.

— Então que há de novo por aí? perguntou.

— Tudo velho... Você vai se chegando pra casa...

— Hum-hum, afirmou o Campos com a garganta. Chegou o vapor do Pará?

— Chegou; sai amanhã para o Sul às nove. É verdade! O Mundico vai nele, sabe?

— É! Ouvi dizer que tinha brigado com o Pescada.

— Brigou, hein?...

— Diz que por causa de dinheiro; que Raimundo pedira-lhe certa quantia emprestada, e, como o outro negara, disparatou!

— Homem! Não sei se pediu dinheiro, mas a filha sei, por fonte limpa, que pediu!

— E o galego?

— Negou-a! Diz que porque o outro é mulato!

— Sim, em parte... aprovou Sebastião.

— Ora, deixe disso, seu Campos! Não sei se é porque não tenho irmãs, mas o que lhe asseguro é que preferia o doutor Raimundo da Silva a qualquer desses chouriços da Praia Grande.

— Não! Lá isso é que não. Preto é preto! Branco é branco! Nada de confusões!

— Djgo-lhe então mais! Asneira seria a dele se se amarrasse, porque o cabra é atilado às direitas!

— Sim, isso faria... confirmou o Campos entretido a quebrar a caliça da parede com a biqueira do chapéu-de-sol. Aquilo está se perdendo por cá... é homem para uma cidade grande!.. Olhe, ele talvez faça futuro no Rio... Você lembra-se do...?

— E segredou um nome ao ouvido do Casusa.

— Ora! Como não? Muita vez dei-lhe aos cinco e aos dez tostões para comer, coitado! E hoje, hein?

— É! Foi feliz... mas, quer que lhe diga? Não acredito lá essas coisas no futuro deste, por causa daquelas idéias de repúblicas... porque, convençam-se por uma vez de uma coisa! A república é muito bonita, é muito boa, sim senhor! Porém não é ainda para os nossos beiços! A república aqui vinha dar em anarquia!...

— Você exagera, seu Sebastião.

— Não é ainda para os nossos beiços, repito! Nós não estamos preparados para a república! O povo não tem instrução! É ignorante! E burro! não conhece os seus direitos!

— Mas venha cá! replicou o Casusa, fechando no ar a sua mão pálida e encardida de cigarro. Diz você que o povo não tem instrução; muito bem! Mas, como quer você que o povo seja instruído num país, cuja riqueza se baseia na escravidão e com um sistema de governo que tira a sua vida justamente da ignorância das massas?... Por tal forma, nunca sairemos deste círculo vicioso! Não haverá república enquanto o povo for ignorante, ora, enquanto o governo for monárquico, conservará, por conveniência própria, a ignorância do povo; logo - nunca haverá república!

— E será o melhor!...

— Eu então já não penso assim! Acho que ela devia vir, e quanto antes! Tomara eu que rebentasse por aí uma revolução: só para ver o que seria! Creio que somente quando tudo isto ferver, a porcaria irá na espuma! E será espuma de sangue, seu Sebastião!... Acredite, meu rico, que não há Maranhão como este! Isto nunca deixará de ser uma colônia portuguesa!... O alto governo não faz caso das províncias do Norte! A tal centralização é um logro para nós! Ao passo que, se isto fosse dividido em departamento, cada província cuidaria de si e havia de ir pra diante, porque não tinha de trabalhar para a Corte! A insaciável cortesã! - E o Casusa gesticulava indignado. - Mas o que quer você?! O governo tem parentes, tem afilhados, tem comitivas, tem salvas, tem maçapães, tem o diabo! E para isso é preciso cobre! cobre! O povo está aí, que pague! Tome imposto pra baixo e deixa correr o pau para Caxias!

E, chegando a boca a uma orelha do outro: - Olhe, meu Sebastião, aqui no Brasil vale mais a pena ser estrangeiro que filho da terra!... Você não está vendo todos os dias os nacionais perseguidos e desrespeitados, ao passo que os portugueses vão se enchendo, vão se enchendo, e as duas por três são comendadores, são barões, são tudo! Uma revolução! exclamou repelindo o Campos com ambas as mãos. Uma revolução é do que precisamos!

— Qual revolução, o quê! Você é um criançola, seu Casusa, e ainda não pensa seriamente na vida! Deixe estar que em tempo julgará as coisas a meu modo, porque em nossa terra... Que idade tem você?

— Entrei nos vinte e seis.

— Eu tenho quarenta e quatro... em nossa terra estão se vendo constantemente entradas de leão e saídas de sendeiro!... Você acha que a república convinha ao Brasil! pois bem... Ah!

— O que é?

— O dente! Diabo!

E, depois de uma pausa:

— Adeus. Até logo, disse cobrindo o rosto com o lenço e afastando-se.

— Olhe! Espere, seu Sebastião! gritava o Casusa, querendo detê-lo, empenhado na palestra.

— Nada! Vou ali ao Maneca Barbeiro curar este maldito!

E separaram-se.

Entretanto, na noite desse mesmo dia, quando o relógio de Raimundo marcava onze horas, acabava este de aprontar as suas malas.

— Bom! —E sacudiu as mangas da camisa, que o suor prendia aos braços.— Amanhã a estas horas já estou longe daqui!...

Em seguida, assentou-se à secretária e tirou da pasta uma folha de papel, escrita de princípio a fim com uma letra miúda e às vezes tremida. Releu tudo atentamente, dobrou a folha, meteu-a num envelope e subscritou a "Ex.ª Sr.ª D. Ana Rosa de Sousa e Silva". Depois quedou-se a fitar este nome, como se contemplasse uma fotografia.

— Deixemo-nos de fraquezas!...

E levantou-se.

Fazia um grande silêncio nas ruas; ao longe ladrava tristemente um cão, e, de vez em quando, ouviam-se ecos de uma música distante. E Raimundo, ali, no desconforto do seu quarto, sentia-se mais só do que nunca; sentia-se estrangeiro na sua própria tenra, desprezado e perseguido ao mesmo tempo. "E tudo, por quê?... pensava ele, porque sucedera sua mãe não ser branca!... Mas do que servira então ter-se instruído e educado com tanto esmero? Do que servira a sua conduta reta e a inteireza do seu caráter?... Para que se conservou imaculado?... para que diabo tivera ele a pretensão de fazer de si um homem útil e sincero?..." E Raimundo revoltava-se. "Pois, melhores que fossem as suas intenções, todos ali o evitavam, porque a sua pobre mãe era preta e fora escrava? Mas que culpa tinha ele em não ser branco e não ter nascido livre?... Não lhe permitiam casar com uma branca? De acordo! Vá que tivessem razão! Mas por que insultá-lo e persegui-lo? Ah! Amaldiçoada fosse aquela maldita raça de contrabandistas que introduziu o africano no Brasil! Maldita! Mil vezes maldita! Com ele quantos desgraçados não sofriam o mesmo desespero e a mesma humilhação sem remédio? E quantos outros não gemiam no tronco, debaixo do relho? E lembrar-se que ainda havia surras e assassínios irresponsáveis tanto nas fazendas como nas capitais!... Lembrar-se de que ainda nasciam cativos, porque muitos fazendeiros, apalavrados com o vigário da freguesia, batizavam ingênuos como nascidos antes da lei do ventre livre!... Lembrar-se que a conseqüência de tanta perversidade seria uma geração de infelizes, que teriam de passar por aquele inferno em que ele agora se debatia vencido! E ainda o governo tinha escrúpulo de acabar por uma vez com a escravatura; ainda dizia descaradamente que o negro era uma propriedade, como se o roubo, por ser comprado e revendido em primeira mão ou em segunda, ou em milésima, deixasse por isso de ser um roubo para ser uma propriedade!"

E continuando a pensar neste terreno, muito excitado, Raimundo dispunha-se a dormir, impaciente pelo dia seguinte, impaciente por ver-se bem longe do Maranhão, dessa miserável província, que lhe custara tantas decepções e desgostos; dessa terrinha da intriga miúda e das invejas pequeninas! Desejava arrancar-se para sempre daquela ilha venenosa e traiçoeira, mas pungia-lhe uma grande mágoa de perder Ana Rosa eternamente. Amava-a cada vez mais!

— Ora sebo! interrompeu-se. E eu a pensar nisto!... Tenho tudo liquidado e pronto!... Amanhã está aí o vapor e... adeus! Adeus queridos atenienses!

E, afetando tranqüilidade, acendeu um cigarro.

Nisto, caiu na sala uma carta que meteram pelas rótulas da janela. Raimundo apoderou-se dela e leu no subscrito: "Ao Dr. Raimundo." Teve um estremecimento de prazer, imaginando fosse de Ana Rosa, mas era simplesmente uma carta anônima.

"Ilustre canalha:

Então V.S.ª muda-se amanhã?... Se é verdade! agradeço-lhe o obséquio em nome da província. Creia, meu caro senhor, que será talvez o primeiro ato judicioso que V.S.ª pratica em sua vida tão aventurosa, porque nós já temos por cá muita pomada e não precisamos mais dessa fazenda. Honre-nos com a sua ausência e faça-nos o especial obséquio de ficar-se por lá o maior tempo que puder! Quem disse a V.S.ª que isto aqui é uma terrra de beócios, onde os pedantes arranjam bons casamentos, debicou-o, respeitável senhor, debicou-o redondamente. Já se não amarram cães com lingüiça. No entanto, se vir a prima dê-lhe lembranças. "

Assinava: "O Mulato disfarçado .

Raimundo sorriu, amarrotou a folha de papel e lançou-a ao chão.

— Coitados! disse, e foi pôr-se à janela.

Aí ficou longo tempo, debruçado no peitoril, a olhar a escuridão da noite, onde os bicos de gás se acusavam tristemente, muito distantes uns dos outros. A Rua de 530 Pantaleão tinha um silêncio de cemitério.

Bateu uma badalada, ao longe.

— Devem ser duas e meia.

Raimundo fechou a janela e recolheu-se à cama. Levantou-se de novo, tornou a apanhar a carta e releu-a. Só a assinatura o irritou.

— Cães! disse.

E soprou a vela.

Começavam então as chuvas, que no Maranhão chamam "de caju"; o vento soprou com mais força, esfuziando nas ripas do telhado. Em breve, o céu peneirava um chuvisco fino e passageiro. Na rua, não obstante, um trovador de esquina, cantava ao violão:

"Quis debalde varrer-te da memória,
E teu nome arrancar do coração.
Amo-te sempre, que martírio infindo!
Tem a força da morte esta paixão!"

Na manhã seguinte, Manoel levantou-se antes dos caixeiros, vestiu-se ainda com a meia claridade da aurora e endireitou para a casa de Diogo.

— Olé! Você madrugou, compadre! disse-lhe o cônego da janela, onde fazia a barba em mangas de camisa.

— É verdade. Vim buscá-lo para o embarque do Mundico.

— Tem tempo. Vá subindo, compadre, que lhe vou dar um cafezinho da fazenda!

E, voltando-se para o interior da casa:

— Anda com isso, ó Inácia! Que temos de sair mais cedo! gritava ele, enquanto estendia com pachorra, em um paninho de barba, a espuma do sabão que tirava do queixo.

— Compadre, vá estando à vontade e diga o que há de novo.

A caseira entrou com uma bandeja, onde vinha o café, um pires de papa, uma garrafa de licor e cálices.

— Vai uma papinha, compadre?

— Não, obrigado. Quero o café.

— Pois eu cá não passo sem ela, mais o meu café e o meu *chartreuse*... Vá um calicezinho, seu Manoel! Que tal? Deste é que não vem para negócio, hein?...

— Decerto! Não vale a pena! Mas com efeito, é papa-fina.

— Então outro, vá outro, compadre, isto nunca sobe logo à primeira dose...

— Também não vai a matar...

— Assim! Agora um gole de café... Hein? E o que me diz do café?...

— Soberbo! Do Rio, não é verdade?

— Qual Rio! Muito bom Ceará! Acredite, seu compadre, que o melhor café do Brasil é o do Ceará!... E esta crioula, que o trouxe, é mestra em passá-lo!... Nunca vi! Para um café e para uma papa de araruta com ovos, não há outra!

E o cônego passou a vestir-se esticando muito as suas meias de seda escarlate; calçando, com a calçadeira de tartaruga, os seus sapatos de polimento azeitado, cujas fivelas levantavam cintilações. Enfiou depois a batina de merinó lustroso, ameigando a barriga redonda e carnuda, saracoteando-se todo, a sacudir a perninha gorda, indo ao espelho do toucador alcochetar no pescoço a sua volta de rendas alvas. Estava limpo, cheiroso e penteado; tinha, no rosto escanhoado e nos anéis dos seus cabelos brancos, uns tons frescos de fidalgo velho e namorador; o cristal dos óculos redobrava-lhe o brilho dos olhos, e o seu chapéu novo, de três bicos, elegantemente derreado um pouco para a esquerda, dava à sua cabeça distinta e ao seu rosto todo barbeado o ar pitoresco e nobre dos cortesãos do século XVII.

— Quando quiser, compadre, estou às suas ordens... lembrou ele a Manoel, que fumava um cigarro à janela, pensativo.

— Então vamos indo. O homem talvez já esteja à nossa espera.

E saíram.

A manhã levantava-se bonita. As calçadas de cantaria secavam a umidade da noite aos primeiros raios do sol. Ouviam-se tinir nas pedras os saltos dos sapatos do padre. Passavam os trabalhadores para as suas obrigações; o padeiro com o saco às costas; a lavadeira, em caminho da fonte, com a trouxa de roupa suja equilibrada na cabeça; pretas-minas apregoavam "mingau de milho!"; os escravos desciam para o açougue com a cesta das compras enfiada no braço; das quintas chegavam os vendedores de hortaliças, com os seus tabuleiros acumulados de folhas e legumes. E todos cumprimentavam respeitosamente o cônego, e ele a todos respondia: "Viva!" Algumas crianças em caminho da escola, iam, de boné na mão, beijar-lhe o anel.

— Você diz de que ele já está à nossa espera?...

— É natural! respondeu Manoel.

— Não tenha medo! É muito cedo ainda - e consultou o relógio. - Podemos ir mais devagar. Ele só chegará daqui a uma hora. Ainda não são sete.

— Estou impaciente por vê-lo pelas costas...

— Não tardará muito. E a pequena, como ficou?

— Assim; menos maçada do que eu esperava... É que aquilo passou-lhe.

— E o outro?

— O Dias?

— Sim.

— Por ora... nada.

— Há de chegar! Há de chegar!... afirmou o cônego em ar de experiência. *Labor improbus omnia vincit!...*

— Como?

— Aquilo é um marido que convém à Anica!...

Assim conversando, ao lado um do outro, acharam-se na rampa do Palácio.

Ainda pouca gente lá havia.

— Um bote, patrãozinho! exclamou um rampeiro, aprumando-se defronte de Manoel e descobrindo a cabeça com arremesso.

— Espere, deixe ver se está o Zé Isca, que é freguês.

O catraieiro afastou-se lentamente, jogando o corpo, no seu andar de pernas abertas. Os dois desceram ao cais. Apareceu o Isca, e contratou-se a viagem.

— Patrão, podemos ir?

— Deixe vir o doutor. É preciso esperá-lo.

O padre observou que tinha ido cedo demais, enquanto Manoel fazia SS no chão com a biqueira do guarda-sol.

— Homem! Este vapor assim mesmo fez desta vez uma viagenzinha bem boa!... disse o primeiro, provocando palestra.

— Quinze dias.

— E então?... Quando saiu ele do Rio?...

— No dia dois.

— Daqui a outros quinze está por lá!... calculou o cônego.

— Não, leva menos! Para lá é muito mais favorável a viagem... onze, doze, treze dias e o máximo.

No fim de algum tempo aborreciam-se de esperar: Manoel havia fumado já quatro cigarros. Raimundo demorava-se.

— Isto já são oito horas! Quantas tem você, compadre?

— Oito e um quarto. O rapaz com certeza descuidou-se!... Ó seu Manoel, ele sabe que o vapor sai às dez?

— Como não? Se ainda ontem à tarde lho mandei dizer!...

— Então há de ser alguma despedida mais demorada... explicou o cônego com um risinho velhaco. *Fugit irreparabile tempus!...*

— Isto vai, mas é esquentando demais, seu compadre.

E Manoel limpava e tornava a limpar o carão vermelho, estendendo pela rampa um olhar suplicante, que parecia chamar o sobrinho.

— Vamos cá para a guardamoria, aconselhou o outro, resguardando-se do sol.

Um empregado obsequioso ofereceu-lhes logo duas cadeiras.

— V.S.ª por que não se sentam?... Tenham a bondade de estar a gosto...

— Obrigado, obrigado, meu amigo!

E assentaram-se impacientes.

— V.S.ª vêm ao bota-fora do doutor Raimundo?...

— É! Ele já desceu?

— Não o vi ainda, não senhor; porém não poderá tardar. Vão se fazendo horas!...

Um assovio muito agudo deu o primeira sinal de bordo, chamando os últimos passageiros Manoel levantou-se logo, foi até à porta, lambeu com um olhar o trapiche, consultou sequioso a ladeira de Palácio: "Nada!" Olhou para o relógio, o ponteiro orçava pelas nove. "Ora sebo! Entendam-se lá com semelhante gente!..."

A rampa já se tinha enchido e já se ia esvaziando. Grupos demorados acenavam de terra com o lenço para os escaleres que fugiam; choravam com o rosto escondido nas mãos; outros abraçavam-se por cortesia. Ao lado de protestos e oferecimentos oficiais, ouviam-se frases quentes de sinceridade, arrancadas pela dor; diziam-se ternuras; davam-se conselhos; faziam-se carícias; expunham-se, aí, ao ar livre, em meio do público o amor e o desespero, como se estivessem entre família, no segredo da casa. Os botes largavam com grande algazarra dos catraieiros. Ninguém mais se entendia. Os ganhadores passavam correndo, com as costas carregadas de malas, de baús e gaiolas de papagaio. Havia grandes encontrões. Uma mulatinha escrava gritava que nem doida, lá no fim da rampa, com os pés n'água, agitando os braços, soluçando, porque lhe levavam a irmã mais velha, vendida para o Rio. Os tripulantes praguejavam; os barcos enchiam-se numa confusão, e a lanchinha do Portal guinchava de instante a instante silvos que ensurdeciam.

E Raimundo - nada de chegar!

Pouco a pouco foram rareando os grupos. Enxugavam-se os olhos; guardavam-se os lenços, e os amigos e parentes dos que partiam retiravam-se em magotes, com o passo frouxo, a cara congestionada na ressaca das comoções. O empregado da polícia externa do porto voltou da sua visita ao navio. Só os exportadores de escravos permaneciam encostados ao portão do cais, para ver a última baforada do monstro a que confiavam um bom carregamento de negros.

A rampa recaiu afinal no seu habitual sossego, e Raimundo nada de aparecer.

Manoel suava.

— E esta?! perguntou furioso ao cônego. O que me diz desta, seu compadre?!

O cônego não respondeu. Cismava.

Nisto, chegou uma carruagem, a rodar vertiginosamente. Os que esperavam Raimundo acudiram, de pescoço estirado.

— Deve ser ele!... aventou o cônego.

— Diabo! rosnou Manoel, ao ver saltar um homem e entrar lépido na guardamoria.

Não era Raimundo.

O vapor chamava, insistia com os seus guinchos impacientes e sibilantes. O recém-chegado arrastou uma pequena mala para a rua e entregou-a ao primeiro catraieiro, que pulou de uma nuvem deles.

— Avia, rapaz! Pega daí - E mostrava os outros volumes. - Ligeiro! Ligeiro!

O homem do bote atirou com a bagagem num escaler, gritando para um moleque que o ajudava:

— Anda! Mexe-te! Senão arriscamos a não alcançar o vapor!

Estas últimas palavras acabaram de pôr Manoel fora de si. A pobre criatura suava como o fundo de um prato de sopa.

— E esta, seu compadre?! E esta?! O que me diz desta?!

O cônego não dava palavra, fazia considerações íntimas sorrindo amargamente à superfície dos lábios.

— Ora, ora, ora! - E o negociante passeava a grandes pernadas na guardamoria.—Ora, ora, senhores! Esta só a mim!

O cônego bateu com o chapéu-de-sol no chão.

— *Astutus astu non capitur!*

Os empregados da guardamoria, vestidos de farda, e os curiosos desocupados, que ali estavam por distração, faziam perguntas a Manoel a respeito de Raimundo, satisfeitos com aquele episódio prometedor de escândalo.

Arriscavam-se já os comentários e as opiniões.

— Homem, dizia um. Ele, cá pra nós, nunca me pareceu grande coisa!...

— Eu também, acrescentava outro, a falar verdade, nunca pude tragar aquele cara de máscara!...

— Pois eu cá sabia que ele não havia de ir!

— Nem irá mais! Pilhou-se aqui, adeus!

— Mas que grande patife! Sim senhor!

— Ora, ora, que filho da mãe! resmungava Manoel, a dar voltas no ar com o seu imenso chapéu-de-sol.

Mas todos correram para a porta, porque uma nova carruagem puxada com sofreguidão encheu de tropel a Rua do Trapiche.

É o tipo com certeza! bradou um sujeito. A boas horas!

Fez-se no grupo um silêncio ansioso. A sege estacou em frente à guardamoria. Mas ainda desta vez não era Raimundo.

XV

O paquete havia entrado, na véspera, às duas horas da tarde, fundeando com um tiro, a que todo o litoral da cidade respondeu com um grito alegre de "chegou vapor!" Desde esse momento, Ana Rosa possuíra-se de um sobressalto constante que a punha enferma; sabia que nele se iria Raimundo, para sempre. "Raimundo, que ela tanto amara e tanto desejara!... Todavia, era preciso deixá-lo partir, sem uma queixa, sem uma recriminação porque todos, até o próprio ingrato, assim o entendiam!... E que loucura de sua parte estar ainda a pensar nessas coisas!... Pois já não estava porventura tudo acabado?... Para que então mortificar-se ainda com semelhante doidice?..."

Não obstante, preferia perdoar-lhe tudo, antes que ele se partisse para nunca mais voltar. Passou uma noite horrível à procura de um motivo, um pretexto qualquer para absolver o amante, sentia uma irresistível vontade de fazer de si uma vítima resignada, capaz de comover o coração menos humano. Já não o queria; não contava com ele para mais nada, por Deus que não contava! Mas desejava vê-lo arrependido de tamanha ingratidão, humilhado, triste, padecendo por fazê-la sofrer daquele modo e confessando as suas culpas e a sua crueldade.

— Oh! Se ele me tivesse dado coragem!... monologava a mísera, o que eu não faria?... Porque o amava muito, muito! Sim! É preciso confessar que o amava loucamente!... Mas, aquele silêncio... Silêncio? Que digo eu?... Desprezo! Aquele desprezo insultuoso por mim, que era toda sua, colocou-o abaixo dos outros homens! Pois então ele, tão nobre, tão leal com todos, devia proceder assim comigo?... Abandonar-me em semelhante ocasião, quando sabia perfeitamente que eu precisava, mais do que nunca, da sua energia e da sua firmeza?... Desconfiaria de que não o amava? Não! Falei-lhe com tanta franqueza... Ah! E ele sabe perfeitamente que não se pode fingir o que lhe disse, o que chorei! Sim, sim, tinha plena certeza, o miserável! O que lhe faltava era amor! Nunca me estimou sequer. Ou pensaria ele que eu seria capaz como as outras de sacrificar meu coração aos preconceitos sociais?... Mas, então, por que não me falou com franqueza?... Não me escreveu ao menos?.. Não me disse que também sofria e não me deu ânimo?... Porque, juro, tivesse-o eu, possuísse-o só meu, como marido, como escravo, como senhor, a tudo mais desprezaria! Juro que desprezaria! Que me importava lá o resto?! E o que eu não seria capaz de fazer por aquele ingrato, aquele homem mau e orgulhoso?!

E Ana Rosa soluçava, sem conseguir conciliar o sono.

Às seis da manhã estava de pé e vestida no seu quarto. Manoel tinha saído a ir buscar o cônego para o embarque de Raimundo. Maria Bárbara, ainda de rede, preparava os seus cachos de seda, mirando-se num espelho, que a Brígida segurava com ambas as mãos, ajoelhada defronte a ela.

Havia em toda a casa o triste constrangimento dos dias de enterro. Ana Rosa, ao aparecer na varanda, trazia os olhos muito pisados e a cor desbotada, um ar geral de fadiga espalhado por todo o corpo e duas rosetas de febre nas faces.

Serviram-lhe uma canequinha de café.

— Onde está vovó? perguntou ela com a voz fraca.

— Está lá pra dentro, respondeu o moleque cruzando os braços.

— Olha, Benedito! Dize-lhe que... Está bom não lhe digas coisa alguma...

E, arrastando vagarosamente a cauda do seu vestido de cambraia e, dando às suas tranças castanhas, pesadas e fartas ondulações de cobra preguiçosa, ia voltar, toda irresoluta, para o quarto, quando se deteve com medo de ficar lá dentro sozinha com a impetuosidade do seu amor e a feminilidade da sua razão. Agora causava-lhe terror o isolamento; receava que lhe faltasse coragem para acabar decentemente com aquilo; desfalecera-lhe de todo a energia, que ela afetara até aí; ao contrário da véspera, precisava naquele momento ouvir dizer muito mal de Raimundo, para poder consentir em perdê-lo, sem ficar com o coração inteiramente despedaçado. Compreendia que precisava de alguém que a convencesse das más qualidades de semelhante impostor, alguém que a persuadisse, por uma vez, de que o miserável nunca a merecera, de que ele fora sempre um indigno; alguém que a obrigasse a detestá-lo com desprezo, como a um ente nojento e venenoso; precisava afinal de uma alma caridosa, que lhe arrancasse de dentro, à pura força, aquele amor, como o médico arranca uma criança a ferro.

E no entanto, por mais alto que reclamassem as circunstâncias e por mais forte que gritasse o raciocínio, seu coração só queria perdoar, e atrair o seu amado e dizer-lhe francamente que, apesar de tudo, o estremecia ainda, como sempre, mais que nunca! A realidade estava ali a exigir em honra do seu orgulho, que tudo aquilo se acabasse sem um protesto por parte dela; a exigir que Raimundo partisse, que se fosse por uma vez e que Ana Rosa ficasse tranqüila, ao abrigo de seu pai, mas uma voz chorava-lhe dentro, uma voz fraca de órfão desamparado, de criancinha sem mãe, a suplicar-lhe em segredo, com medo, que não estrangulassem aquele primeiro amor, que era a melhor coisa de toda a sua vida. E esses vagidos, tão fracos na aparência, suplantavam a voz grossa e terrível da razão. "Oh! Era preciso ouvir muitas e muitas verdades contra aquele ingrato, para suportar tamanha provação sem sucumbir! Era preciso que uma lógica de ferro em brasa a convencesse de que aquele homem mau nunca a amara e nunca a merecera!"

Mandou o escravo chamar a avó. Benedito foi ter com Maria Bárbara; e a moça ficou só na varanda, encostada à ombreira de uma porta a conter e reprimir nos soluços os ímpetos dos seus desejos violentados, como se sofresse a um bando de leões feridos.

Um tropel de passos rápidos, que vinham da escada, sobressaltou-a, ia fugir, mas Raimundo, aparecendo de improviso, suplicou-lhe com a voz tomada pela comoção, que o escutasse.

Ana Rosa ficou estática.

— Não nos veremos mais, nunca mais, balbuciou o moço, empalidecendo. O vapor sai daqui a poucas horas. Lê essa carta, depois que eu tiver partido. Adeus.

Entregou-lhe uma carta e, sentindo que lhe fugia de todo o ânimo, ia a descer, muito confuso, quando se lembrou de Maria Bárbara. Perguntou por ela, que acudiu logo, e ele despediu-se, sem saber o que dizia, gaguejando. Ana Rosa, defronte a ambos, conservava-se imóvel, parecia estonteada, não dava uma palavra, não respondia, não apresentava uma objeção.

— Adeus, repetiu Raimundo.

E tomou, trêmulo, a mão que Ana Rosa tinha desamparada e mole; apertou-a nas suas com sofreguidão e, sem se importar com a presença de Maria Bárbara, levou-a repetidas vezes à boca, cobrindo-a de beijos rápidos e sequiosos. Depois desgalgou de uma só carreira a escada, dando encontrões pela parede e tropeçando nos degraus.

— Raimundo! gritou a moça com um gemido.

E abraçou-se à avó vibrando toda numa convulsão de soluços.

O rapaz saiu e achou-se no meio da rua, distraído, apatetado, sem saber bem para que lado tinha de tomar. "Ah! precisava ainda fazer algumas compras..." Pôs-se a aviá-las; nem havia tempo a perder: correu às lojas. Mas, independente da sua vontade e do seu discernimento, dentro dele alimentava-se por conta própria uma dúbia esperança de que aquela viagem não se realizaria; contava topar com qualquer obstáculo que a transtornasse; confiava num desses abençoados contratempos que nos acodem muito a propósito, quando a despeito do coração, cumprimos o que nos manda o dever. Desejava um pretexto que lhe satisfizesse a consciência.

Entrou em várias casas, comprou charutos, um par de chinelas, um boné, mas fazia tudo isto como por mera formalidade, como que para justificar-se aos seus próprios olhos, cada vez mais abstrato sem prestar atenção a coisa alguma. Foi ao armazém, em que mandara, logo ao romper do dia, depositar as suas malas; contava, ao entrar aí, receber a notícia de que elas já lá não estavam, que alguém as havia reclamado, que alguém as roubara, e esta circunstância lhe impediria de sair por aquele vapor; mas qual! Todos os seus objetos se achavam intactos e respeitosamente vigiados. Mandou carregar tudo para a rampa e seguiu atrás, esperando ainda que na Agência lhe dariam a notícia de que a viagem fora transferida para o dia seguinte.

Pois sim!...

Não havia remédio senão ir. Estava tudo pronto, tudo concluído, só lhe faltava embarcar. Despedira-se de todos a quem devia essa fineza; nada mais tinha que fazer em tenra; as suas malas estavam já a caminho do cais - era partir!

Sentia um terrível desgosto em aproximar-se do mar, e contudo era para lá que se dirigia, vacilante, oprimido. Consultou o relógio, o ponteiro marcava pouco mais de oito horas e parecia-lhe como nunca disposto a adiantar-se. O desgraçado, depois disso, perdeu de todo a coragem de puxá-lo da algibeira; aquela inflexível diminuição do tempo o torturava profundamente. “Tinha de seguir! Diabo! Só lhe faltava meter-se no escaler!... Tinha de seguir! E, daí a pouco estaria a bordo, e o paquete em breve navegando, a afastar-se, a afastar-se, sem tornar atrás!... Tinha de seguir! Isto é: tinha de renunciar, para sempre, a sua única felicidade completa - a posse de Ana Rosa! Lá desaparecer, deixá-la, para nunca mais a ver! para nunca mais a ouvir, abraçá-la, possuí-la! Inferno!”

E, à proporção que Raimundo se aproximava da rampa, sentia escorregar-lhe das mãos um tesouro precioso. Tinha medo de prosseguir, parava, respirando alto, demorando-se, como se quisesse conservar por mais alguns instantes a posse de um objeto querido, que depois nunca mais seria seu, mas a razão o escoltava com um bando de raciocínios. “Caminha! Caminha pra diante!” gritava-lhe a maldita. E ele obedecia, de cabeça baixa, como um criminoso. Entretanto, Ana Rosa nunca se lhe afigurou tão bela, tão adorável, tão completa e tão imprescindível como naquele momento! Chegou a ter ciúme e a censurá-la do íntimo da sua dor, porque a orgulhosa não correra ao encontro dele, para impedir aquela separação. E ia deixá-la desamparada, exposta ao amor do primeiro ambicioso que se apresentasse, e a quem ela se daria inteira, fiel, palpitante e casta, porque todo o seu ideal era ser mãe! “Inferno! Inferno!” Inferno!”

Raimundo surpreendeu-se parado na rua, a fazer estas considerações, como um tonto, observado pelos transeuntes; olhou em tomo de si, e pôs-se a caminhar apressado, quase a correr, para a rampa de embarque. À medida que se aproximava do mar, ia avultando ao seu lado o número de carregadores de bagagens; pretos e pretas passavam com baús, malas de couro e de folha-de-flandres, cestas de vime de todos os feitios, cofos de pindoba, caixas de chapéu de pêlo e gaiolas de pássaros. Ele continuava a correr. Todo aquele aparato de viagem que lhe fazia mal aos nervos. De repente, estacou defronte de um raciocínio, que lhe puxou aos olhos um clarão de esperanças: "E se o Manoel não tivesse ido ao cais?... Sim, era bem possível que ele, sempre tão cheio de serviço, coitado! Tão ocupado, não pudesse lá ir!... E seria uma dos diabos - partir assim, sem lhe dizer adeus!..." E, como em resposta à oposição de um estranho, seu pensamento acrescentou: "Oh! como não? Seria uma dos diabos! O homem podia tomar por acinte!... supor-me ridículo!... Seria, além disso, uma imperdoável grosseria, uma ingratidão até! Ele foi receber-me a bordo, hospedou-me no seio da sua família, cercou-me sempre de mil! obséquios!... Não, no fim de contas devo-lhe muitas obrigações!... Não é justo que agora parta sem despedir-me dele!..."

Passava um carro vazio. Raimundo consultou rapidamente o relógio.

— Rua da Estrela, número 80, gritou ao cocheiro, atirando-se para cima da almofada. Toda força! Toda força! Não podemos perder um minuto!

E dentro do carro, impaciente, sentiu uma alegria nervosa, que lhe punha em vibração todo o corpo; enquanto a unha do remorso continuava a esgaravunchar-lhe a consciência. "Oh! Mas seria uma grande falta de minha parte!... respondia ele à importuna. Pois eu devia sair daqui, para sempre, sem me despedir do irmão de meu pai, do único amigo que encontrei na província?... Juro que chego lá, despeço-me e volto incontinente...

E a carruagem voava, soprada pela esperança de uma boa gorjeta.

Ana Rosa, quando tornou a si do espasmo em que a prostara a visita de Raimundo, chorou copiosamente e depois encerrou-se na alcova com a carta, que ele lhe dera. Abriu-a logo, mas sem nenhuma esperança de consolo.

Entretanto, a carta dizia:

"Minha amiga,

"Por mais estranho que te pareça, juro que te amo ainda, loucamente mais do que nunca, mais do que eu próprio imaginava se pudesse amar; falo-te assim agora, com tamanha franqueza, porque esta declaração já em nada poderá prejudicar-te, visto que estarei bem longe de ti quando a leres Para que não te arrependas de me haver escolhido por esposo e não me crimines a mim por me ter portado silencioso e covarde, defronte à recusa de teu pai, sabe minha querida amiga, que o pior momento da minha pobre vida foi aquele em que vi fugir-te para sempre. Mas que fazer? - eu nasci escravo e sou filho de uma negra. Empenhei a teu pai minha palavra em como nunca procuraria casar contigo; bem pouco porém me importava o compromissos que não teria eu sacrificado pelo teu amor? Ah, mas é que essa mesma dedicação seria a tua desgraça e transformaria o meu ídolo em minha vítima; a sociedade apontar-te-ia como a mulher de um mulato e nossos descendentes teriam casta e seriam tão desgraçados quanto eu! Entendi, pois, que fugindo, te daria a maior prova do meu amor. E vou, e parto, sem te levar comigo, minha esposa adorada, entremecida companheira dos meus sonhos de ventura! Se pudesse avaliar quanto sofro neste momento e quanto me custa a ser forte e respeitar o meu dever; se soubesses quando me pesa a idéia de deixar-te, sem esperança de tornar a teu lado — tu me abençoarias, meu amor!

E adeus. Que o destino me arraste para onde quiser, serás sempre o imaculado arcanjo a quem votarei meus dias; serás a minha inspiração, a luz da minha estrada; eu serei bom porque existes.

Adeus, Ana Rosa.

Teu escravo

RAIMUNDO.

Ao terminar a leitura, Ana Rosa levantou-se transformada. Uma enorme revolução se havia operado nela; como que vingava e crescia-lhe por dentro uma nova alma, transbordante. "Ah! Ele amava-me tanto e fugia com o segredo, ingrato! Mas por que não lhe dissera logo tudo aquilo com franqueza?..." E saltava pelo quarto como uma criança, a rir, com os olhos arrasados d'água. Foi ao espelho, sorriu para a sua figura abatida, endireitou estouvadamente o penteado, bateu palmas e soltou uma risada. Mas, de improviso, lembrou-se de que o vapor podia ter já partido, estremeceu com um sobressalto, o coração palpitou-lhe forte, com um aneurisma prestes a rebentar.

Correu à varanda.

— Benedito! Benedito!

Ó senhores! Onde estaria aquele moleque?...

— Que vossemecê queria? perguntou Brígida, com a voz muito tranqüila e compassada.

— A que horas sai o vapor? perguntou a moça, sem tomar fôlego.

— Senhora?

— Quando sai o vapor?!

— Que vapor, sinhá?...

— Diabo! O vapor do Sul!

— Hê! Já saiu, sinhá!

— Hein?! O quê? Não é possível, meu Deus!

E, tremendo por uma certeza horrível, correu ao quarto da avó.

— Sabe se já saiu o vapor, vovó?

— Pergunta a teu pai.

Ana Rosa sentiu uma impaciência medonha, infernal; desceu os primeiros degraus da escada do corredor disposta a ir ao armazém, mas voltou logo, foi à cozinha e encarregou a Brígida de saber de Manoel se o vapor havia largado Já.

A criada tornou, dizendo, muito descansada, que "sinhô tinha saído de manhãzinha cedo, para o bota-fora de nhô Mundico".

— Vai para o diabo! gritou Ana Rosa colérica.

E correu à janela do seu quarto, escancarou-a precipitadamente. O sossego da Rua da Estrela entorpeceu-a, como o efeito de um jato de água fria sobre um doente de febre.

Depois, veio-lhe a reação; teve um apetite nervoso de gritar, morder, agatanhar. Pensou que ia ter um histérico; saiu da janela, para ficar mais à vontade; deu fortes pancadas frenéticas na cabeça. E sentia uma raiva mortal por tudo e por todos, pelos parentes, pela casa paterna, pela sociedade, pelas amigas, pelo padrinho; e assistiu-lhe, abrupto, uma força varonil, um ânimo estranho, um querer déspota; pensou com prazer numa responsabilidade; desejou a vida com todos os seus trabalhos, com todos os seus espinhos e com todos os seus encantos carnais; sentiu uma necessidade imperiosa, absoluta, de entender-se com Raimundo, de perdoar-lhe tudo com beijos ardentes, com carícias doidas, selvagens, agarrar-se a ele, rangindo os dentes, e dizer-lhe cara a cara: "Casa-te comigo! Seja lá como for! Não te importes com o resto! Aqui me tens! Anda! Faze de mim o que quiseres. Sou toda tua! Dispõe do que é teu!"

Nisto, rodou uma carruagem na Rua da Estrela.

Ana Rosa correu à janela, assustada, palpitante. O carro parou à porta de Manoel; a moça estremeceu de medo e de esperança, e, toda excitada, convulsa, doida, viu saltar Raimundo.

— Suba! Suba pra cá! disse-lhe ela, já no corredor. Suba por amor de Deus!

Raimundo sentiu as mãos frias da moça prenderem as suas. Gaguejou.

— Seu pai? Não quis partir, sem...

— Entre, entre para cá. Venha! Preciso falar-lhe.

E Ana Rosa puxou-o violentamente. O rapaz deixou-se arrastar; supunha encontrar-se com Manoel.

— Mas... balbuciava ele confuso, reparando, todo trêmulo, que entrava no gabinete de sua prima. Perdão, minha senhora, porém seu pai onde está?... Vinha pedir-lhe as suas ordens...

Ana Rosa correu à porta, fechou-a bruscamente, e atirou-se ao pescoço de Raimundo.

— Não partirás, ouviste? Não hás de partir!

— Mas...

— Não quero! Disseste que me amas e eu serei tua esposa, haja o que houver!

—Ah, se fosse possível!...

— E por que não? Que tenho eu com o preconceito dos outros? Que culpa tenho eu de te amar? Só posso ser tua mulher, de ninguém mais! Quem mandou a papai não atender ao teu pedido? Tenho culpa de que não te compreendam? Tenho culpa de que minha felicidade dependa só de ti? Ou, quem sabe, Raimundo, se és um impostor e nunca sentiste nada por mim?...

— Antes assim fosse, juro-te que o desejava! Mas supões que eu seria capaz porventura de sacrificar-te ao meu amor? que eu seria capaz de condenar-te ao ódio de teu pai, ao desprezo dos teus amigos e aos comentários ridículos desta província estúpida?... Não, deixa-me ir, Ana Rosa! É muito melhor que eu vá!... E tu, minha estrela querida, fica, fica tranqüila ao lado de tua família; segue o teu caminho honesto; és virtuosa, serás a casta mulher de um branco que te mereça... Não penses mais em mim. Adeus.

E Raimundo procurava arrancar-se das mãos de Ana Rosa. Ela prendeu-se-lhe ao pescoço, e, com a cabeça derreada para trás, os cabelos soltos e dependurados, perguntou-lhe, cravando-lhe de perto o olhar:

— O que há de sincero na tua carta?

— Tudo, meu amor, mas por que a leste antes de eu ter partido?

Então, sou tua! Olha, saiamos daqui! Já! Fujamos! Leva-me para onde quiseres! Fazes de mim o que entenderes!

E deixou cair o rosto sobre o peito dele, e abraçou -o estreitamente.

Raimundo estava imóvel, medroso de sucumbir, entalado numa profunda comoção.

— Decide! exigiu ela, soltando-o.

Ele não respondeu. Ofegava.

— Pois olha, se não quiseres fugir, farei acreditar a meu pai que és um infame! Tens medo, não é verdade?...Pois bem, eu lhe direi tudo que me vier à cabeça!... Chamarei sobre ti todo o ódio e toda a responsabilidade do meu amor porque tu és um homem mau, Raimundo, e meu pai acreditará facilmente que abusaste da hospitalidade que ele te deu. És um miserável. Sai daqui.

Raimundo preciptou-se contra a porta. Ana Rosa atirou-se-lhe de novo ao pescoço, soluçando.

— Perdoa meu amor! Eu não sei o que estou dizendo! Desculpa-me tudo isto, meu querido, meu senhor! Reconheço que és o melhor dos homens, mas não partas, eu te suplico pelo que mais amas! Sei que é o teu orgulho que me faz mal; tens toda razão, mas não me abandones! Eu morreria,

Raimundo, porque te amo muito, muito! E nós mulheres, não temos como tu tens, outras ambições além do amor da pessoa que idolatramos! Bem vês! Eu sacrifico tudo por ti; mas não partas, tem piedade! Sacrifica também alguma coisa por mim! Não sejas egoísta, não fujas! É o orgulho! mas que nos importa os outros, quando nós nos possuímos?...Só a ti vejo, só a ti respeito, só a ti procuro agradar! Anda! Leva-me contigo! Eu desprezarei tudo; mas preciso ser tua, Raimundo, preciso pertencer-te exclusivamente.

E Ana Rosa caiu de joelhos, sem se desgarrar do corpo dele.

— É uma escrava que chora a teus pés! É uma desgraçada que precisa de tua compaixão! Sou tua! Aqui me tens, meu senhor, ama-me! Não me abandones!

E soluçou, empalmando o rosto com as mãos. Raimundo, procurando erguê-la, vergava-se todo sobre ela. E o contato sensual daquela carne branca dos braços e do colo da rapariga, e o sarrafaçar daqueles lábios em brasa, e a proibição de tocar em todo aquele tesouro proibido, fustigavam-lhe o sangue e punham-lhe a cabeça a rodar, numa vertigem. — Meu Deus! Ó Ana Rosa, não chores! Levanta-te pelo amor de Deus!

Ana Rosa continuava a chorar, e um tremor nervoso percorria o corpo inteiro de Raimundo. Foi nessa ocasião que a lanchinha do Portal soltou o seu primeiro sibilo, chamando os passageiros retardados; e aquele grito, penetrante e impertinente chegou aos ouvidos do rapaz, ali, na doce reclusão daquele quarto, como uma nota destacada do coro de imprecações com o público maranhense, formigando lá fora nas ruas, aplaudia a sua retirada da província. Ele num relance mediu a situação, calculou as conseqüências ridículas da sua franqueza, lembrou-se das palavras de Manoel, e afinal o seu orgulho rebentou com impetuosidade de um temporal.

— Não, gritou, repelindo bruscamente a moça.

Preciptou-se para a saída.

Ana Rosa caiu a meio, amparando-se numa das mãos, mas ergueu-se logo, tornando-lhe a passagem. E, com um gesto altivo, atravessou-se contra a porta, de braços abertos, sobranceira, nobre, os punhos cerrados. Estava lívida e desgrenhada; a boca contraía-se-lhe numa dolorosa expressão de sacrifício e desespero. Arfavam-lhe as narinas e o seu olhar fulgurava terrível e cheio de ameaça.

Raimundo conservou-se um instante imóvel e perplexo defronte àquela inesperada energia.

— Não sairás porque eu não quero! disse ela com a voz estalada e surda. Não sairás daqui, do meu quarto, enquanto não estivermos de todo comprometidos!

— Oh!

Houve então um silêncio angustioso para ambos. Raimundo abaixou os olhos e pôs-se a meditar, muito aflito. Parecia arrependido e humilhado pela sua fraqueza. "Por que voltara?..." Ana Rosa foi ter com ele e passou-lhe meigamente o braço pelas costas. Era outra vez a mesquinha rola medrosa e comovida.

— Tudo que de bom eu podia fazer para casar contigo, bem sabes que já o fiz... murmurou ela, agora sem ânimo de encará-lo. Papai não consentiu, na esperança de dar-me a outro... E eu não me sujeito a isso!... Hei de esgotar até o último recurso para continuar a ser só tua, meu amigo! É com essa resolução que te prendo a meu lado!... Pode ser que isso pareça mau e desonesto, mas juro-te que nunca defendi tanto o meu pudor e a minha virtude como neste momento! Para salvar-me tenho por força de fazer-me tua esposa, e só há um meio de conseguir que o permitam, é tomando-me desvirtuada aos olhos de todos e só aos teus me conservando casta e pura...

E abaixou as pálpebras, toda ela afogada em pejo. Raimundo não fez o menor movimento, nem deu uma palavra.

Ana Rosa abriu a soluçar.

— Agora... podes ir quando quiseres... acrescentou, desligando-se dele. Agora podes abandonar-me para sempre... fico com a minha consciência tranqüila, porque lancei mãos de todos os recursos para casar contigo... Vai-te! Nunca pensei é que, nesta última provação, ainda o covarde fosses tu! Vai-te embora por uma vez! Deixa-me! - E soluçou forte. - Se mais tarde hei de arrepender-me, é melhor mesmo que se acabe desde já com isto! Eu sou uma infeliz, uma desgraçada!

E chorava.

Raimundo puxou-a carinhosamente para junto dele; afagou-a, chamando-lhe a cabeça para seu peito.

— Não chores, disse-lhe. Não te mortifiques desse modo...

— Mas não é assim?... queixava-se a mísera, com o rosto escondido no colo do moço. Por uma outra, que não te merecesse mais, farias tudo!... Tola fui eu em confessar que te amo tanto, ingrato!... Tu não merecias a metade do que fiz por ti! És um fingido!

E soluçava, mais e mais, como uma criança magoada. O rapaz abraçou-se com ela e beijou-a repetidas vezes, em silêncio.

— Não chores, minha flor... segredou-lhe afinal. Tens toda a razão... perdoa-me se fui grosseiro contigo! Mas que queres? Todos nós temos orgulho, e a minha posição ao teu lado era tão falsa!... Acredita que ninguém te amará mais do que te amo e te desejo! Se soubesses, porém, quanto custa ouvir cara a cara: "Não lhe dou minha filha, porque o senhor é indigno dela, o senhor é filho de uma escrava!" Se me dissessem: "É porque é pobre!" que diabo! - eu trabalharia! Se me dissessem: "é porque não tem uma posição social!" juro-te que a conquistaria, fosse como fosse! "É porque é um infame, um ladrão, um miserável!" Eu me comprometeria a fazer de mim o melhor modelo dos homens de bem! Mas um ex-escravo, um filho de negra, um - mulato! - E, como hei de transformar todo meu sangue, gota por gota? Como hei de apagar a minha história da lembrança de toda esta gente que me detesta?... Bem vês, meu amor, tenho posição definida, não me faltam recursos para viver em qualquer parte, jamais pratiquei a mínima desairosa, que me envergonhe; e no entanto nunca serei feliz porque só tu és a minha felicidade e eu nada devo esperar de ti! Ah, se soubesses, Ana Rosa, quanto doem estas verdades... perdoarias todo o meu orgulho, porque o orgulho de cada homem de bem está sempre na razão do desprezo que lhe votam!

Ana Rosa bebeu-lhe, boca a boca, estas últimas palavras.

— Entretanto... prosseguiu ele, vencido de todo, já não tenho coragem para deixar-te!...—E abraçavam-se. - Como poderei, de hoje em diante, viver sem ti, minha amiga, minha esposa, minha vida?... Dize, fala! Aconselha-me por piedade, porque eu já não sei pensar!...

Um novo assobio de bordo veio interrompê-lo.

— Não ouves, Ana Rosa?... O vapor está chamando...

— Deixa-o ir, meu bem! tu ficas...

E os dois estreitaram-se, fechados nos braços um do outro, unidos os lábios em mudo e nupcial delírio de um primeiro amor.

Não obstante, Manoel e o cônego ainda se deixavam ficar na guardamoria, depois da decepção da última carruagem.

— Cachorro! exclamava o negociante fora de si, a passear de um para outro lado, ameaçando o teto com o seu enorme guarda-chuva. Grandíssimo tratante!—E parando defronte de Diogo:—Caçoou conosco, seu compadre! caçoou conosco, o desavergonhado! Também, que faça cruz, em casa não me põe mais os pés! Sou eu quem o diz! Nunca mais!

Ouviram-se três silvos repetidos.

— É o último sinal... disse o empregado da guardamoria. O vapor vai largar. Suspendeu a escada.

Manoel, com as mãos cruzadas atrás, o chapéu descaído para a nuca, o corpo a bambolear sobre as suas perninhas curtas, interrogou, muito vermelho, o cônego:

— E o que me diz desta, compadre?... Então que me diz desta?!... Ora já se viu?...

— Deixe-se disso!... repreendeu o outro. E encaminhou-se para a porta, abriu o seu guarda-sol de dezoito varetas, e acrescentou, disposto a retirar-se:

— Vamos indo. Meus senhores, vivam! Obrigado.

Puseram-se os dois a subir vagarosamente a rampa.

— Ora, meta-se um homem com semelhante gente!... resmungava o negociante, batendo com a biqueira do chapéu-de-chuva nas pedras da calçada. Traste! Peralta! Mas também, pode chegar-se para quem quiser!... Comigo não conte mais nada! Canalha!

E continuou a praguejar, numa verbosidade de cólera. O cônego interrompeu-o no fim de algum tempo:

— *Suaviter in modo, fortiter in re!...*

O outro calou-se logo, e prestou-lhe toda a atenção; conversaram uma boa hora, em voz baixa, parados a uma esquina do Largo do Palácio, combinando sobre o que melhor convinha fazer.

— Adeus, disse afinal o cônego. Não se esqueça, hein? E observe bem tudo o que ela responda.

— Você aparece por lá?

— Logo depois do almoço.

E, ambos cabisbaixos, cada qual tomou o seu rumo.

Comentava-se já o fato na Praça do Comércio e na Rua de Nazaré.

Manoel chegou a casa e foi atravessando o armazém.

— O doutor Raimundo esteve aí em cima? perguntou ele ao Cordeiro.

— Esteve, sim senhor, porém já saiu. Metia-se no carro, justamente quando eu chegava da cobrança.

— Há muito tempo?

— Há coisa de meia hora, pouco mais ou menos.

— Vocês já almoçaram?

— Já sim senhor.

— Bem! Diga ao seu Dias, quando vier, que não se esqueça de tirar aquelas contas correntes do interior; e você vá à alfândega e veja se no manifesto do *Braganza* estão aqueles fardos de estopa, número 105 a 110. Olhe, tome o conhecimento.

E passou-lhe um quarto de papel azulado, impresso. Depois ia subir, mas voltou ainda.

— Ah, é verdade! Seu Vila Rica!

— Senhor!

— O pequeno está aí?

— Não senhor, foi ao tesouro.

— Aviaram-se já aquelas encomendas de Caxias?

— Já estão duas caixas de chitas arrumadas. O vapor só sai depois de amanhã.

— Bom...

E Manoel pensou um pouco.

— Ah, sabe se seu Cordeiro despachou os fósforos?

— Ainda não senhor, porque o conferente , que está nos despachos sobre água, não os pôde fazer ontem.

— Bem, diga ao Cordeiro que veja se acaba com isso hoje.

E o negociante subiu afinal.

A varanda estava deserta. Maria Bárbara rezava no seu quarto, agradecendo a Deus e aos santos a suposta partida de Raimundo. Manoel tomou seu cálice de conhaque ao aparador, e dirigiu-se depois para a cozinha.

— Que é de Anica?

— Está no quarto, deitada.

— Doente?

— Sim senhor, com febre.

— Que tem ela?

— Não sei, não senhor...

Manoel bateu à porta da alcova de Ana Rosa. Veio ela mesma abrir, muito pálida, e voltou logo, para se meter de novo na rede.

— Que tens tu, Anica?

— Não estava boa!... Nervoso!...

Mas não encarava com o pai, e suspiros estalavam-lhe na garganta.

Manoel assentou-se pesadamente na cadeira, junto dela, limpando com o lenço o rosto, o pescoço e a cabeça.

— Recomendações do Mundico! disse no fim de um silêncio, disfarçadamente.

— Como?! exclamou Ana Rosa, soerguendo-se em sobressalto e ferrando no pai o mais estranho e doloroso olhar.

— Foi-se! explicou Manoel o; vapor deve estar saindo neste momento. Lá ficou ele a bordo! Coitado! Talvez seja feliz na Corte!...

— Miserável! bradou a moça, com um grito desesperado.

E deixou-se cair para trás, na rede, a estrebuchar.

— Bonito! Ana Rosa! Então que é isto, minha filha?... gritava Manoel, procurando conter -lhe os movimentos crônicos. D. Maria Bárbara! Brígida! Mônica!

O quarto encheu-se. Escancararam-se a porta e as janelas; vieram os sais e o algodão queimado. Mas, só depois de grandes lutas, a histérica quebrou de forças e pôs-se a soluçar, extenuada e arquejante. Manoel, todo aflito, não sossegava, de um para outro lado, na ponta dos pés, falando em voz discreta, indo de vez em quando ao corredor verificar se o cônego já tinha chegado, e voltando sempre a coçar a nuca, o que nele indicava extrema perplexidade.

— Vossemecê já quer almoçar? perguntou-lhe a Brígida,

— Vai para o diabo!

O cônego chegou afinal, ao meio-dia, com um ar muito tranqüilo de boa digestão; o palito ao canto da boca

— Então?... informou-se ele de Manoel, levando-o misteriosamente para um canto da varanda.

— Foi o diabo... seu compadre! A pequena, logo que ouviu a peta, caiu-me com um ataque; e agora o verás! Gritou e estrebuchou por um ror de tempo, até que lhe vieram os soluços! Um inferno!

— E agora? Como está ela?

— Mais sossegadinha, porém suponho que vai ter febre... Eu não quis chamar o médico, sem falar primeiro com você...

— Fez bem.

E o cônego recolheu-se a meditar.

— Com os demos!... resmungou por fim. A coisa estava muito mais adiantada do que eu fazia...

— E agora?

—Agora, é dizer-lhe a verdade!... O que eu queria era saber em que pé estava a questão... Ela se supõe traída e, para supor tal, é preciso que tenha concertado algum plano com o melro... E eis justamente o que convém destruir quanto antes!...

E, depois de uma pausa:

— Aquela indiferença pela retirada de Raimundo era devida à certeza do contrário...

Calou-se e perguntou daí a um instante:

— Ela acreditou logo no que você disse?

— Logo, logo! gritou: "Miserável!" E zás! Caiu com o ataque!

— É singular...

— O quê?

— Ter acreditado tão facilmente... mas, enfim... conte-se-lhe a verdade!...

— Então, espere um instantinho, que...

— Não senhor, venha cá, compadre, vou eu; a mim talvez que a pequena diga tudo com mais franqueza.

E, inspirado por uma idéia, voltou-se para Manoel:

— Olhe, você, o melhor é fingir que não sabe de coisa alguma... compreende?

— Como assim?

— Não se dê por achado... finja que estás deveras persuadido da partida de Raimundo.

— Para quê?

— É cá uma coisa...

E o cônego, revestindo um ar consolador e respeitoso, entrou, com passos macios, no aposento de Ana Rosa.

A crise tinha cessado de todo; a doente soluçava baixinho, com o rosto escondido entre dois travesseiros. A boa Mônica, ajoelhada aos pés dela, vigiava-a com a docilidade de um cão. D. Maria Bárbara, assentada perto da rede, exprobrava a neta, à meia voz, aquele mal cabido pesar por um fato que nada tinha de lamentável.

— Então, minha afilhada que é isso?... perguntou o padre, passando carinhosamente a mão pela cabeça da rapariga.

Ela não se voltou; continuava a chorar, inconsolável, assoando de espaço a espaço o narizinho, agora vermelho do esforço do pranto. Não podia falar, os soluços secos e muito suspirados, repetiam-se quase sem intervalo. Com um sinal o cônego afastou Maria Bárbara e Mônica, e, chegando os seus lábios finos ao ouvido da afilhada, derramou nele estas palavras, doces e untuosas, como se fossem ungidas de santo óleo:

— Tranqüilize-se... Ele não partiu... está aí... Sossegue...

— Como?

E Ana Rosa voltou-se logo.

— Não faça espalhafato... Convém que seu pai não saiba de coisa alguma... Descanse! Sossegue! Raimundo não partiu, ficou!

— Vossemecê está me enganando, dindinho!...

— Com que interesse, minha desconfiada?

— Não sei, mas...

E soluçou ainda.

— Está bom! Não chore e ouça o que lhe vou dizer: Saindo daqui, procuro o rapaz e faço-o ausentar-se por algum tempo, até que as coisas voltem de novo aos seus eixos; mais tarde ele se mostrará, e então nós trataremos de tudo pelo melhor... *Nec semper lilia florent!...*

— E papai?

— Deixe-o por minha conta! Fie-se inteiramente em mim! Mas precisamos ter uma conferência completa, sozinhos, num lugar seguro, onde possamos falar à vontade. Para ajudá-los preciso pôr-me bem a par do que há! Entregue-se pois às minhas mãos e verá que tudo se arranja com a divina proteção de Deus!... Nada de desesperos! Nada de precipitações!... Calma, minha filha! Sem calma nada se faz que preste!...

E, depois de uma meiguice: - Olhe, venha um dia à Sé, confessar-se comigo... Sua avó encomendou-me uma missa cantada. Não pode haver melhor ocasião... Confesso-a depois da missa. Está dito?

— Mas, para quê, dindinho?...

— Para quê?... É boa! Para poder ajudá-la, minha afilhada!...

— Ora...

— Não? Pois então lá se avenham vocês dois, mas duvido muito que consigam alguma coisa!... Se tem confiança em seu padrinho, vá à missa, confesse-se, e prometo que ficará tudo arranjado!

Ana Rosa tinha já a fisionomia expansiva, sentia vontade até de abraçar o cônego; aquele bom anjo que lhe trouxera tão agradável notícia.

— Mas não me engane, dindinho!... Diga sério! Ele não foi mesmo?

— Já lhe disse que não, oh! Tranqüilize-se por esse lado e venha comigo à igreja! Tudo se acomodará a seu gosto!

— Jure!

— Ora, que exigência!... que criancice!...

— Então não vou.

— Está bom, juro.

E o cônego beijou os indicadores, traçados em forma de cruz sobre seus lábios.

— E agora, está satisfeita?

— Agora sim.

— E vai à confissão?

— Vou.

— Ainda bem!

XVI

A casa particular de Manoel Pescada tinha, pelo menos em aparência, recaído no seu primitivo estado de paz e esquecimento. Tanto aí como pela cidade, já bem pouco se falava de Raimundo.

Ele, ao sair do quarto da amante, havia reformado seu programa de vida. No mesmo dia partiu para Rosário; foi visitar a mãe, na esperança de trazê-la em sua companhia para a capital e viver ao lado dela, mas Domingas não se deixou apanhar e o infeliz teve de voltar só.

Instalou-se no Caminho Grande, numa casinha velha, escondido como um criminoso de morte. Daí, com muita dificuldade, escreveu uma carta a Ana Rosa, confiando-lhe os seus projetos; a carta terminava assim: "O melhor é deixarmos que tudo serene completamente e que de todo se esqueçam de nós, e então eu te aparecerei na noite que combinarmos e poremos em prática o plano exposto no começo desta. Quanto a teu pai, só me entenderei com ele, no dia em que esse teimoso estiver resolvido a perdoar o genro e a filha. Adeus. Não desanimes e tem plena confiança no teu noivo extremoso. - Raimundo."

Com essa missiva Ana Rosa tranqüilizou-se tanto, que procurou dissuadir o cônego da idéia da tal confissão. "No fim de contas, se era pecadora, fora-o premeditadamente e não se arrependia. A consciência dizia-lhe que o casamento resgatava a sua falta. Dindinho, por conseguinte, que tivesse paciência, ela não sentia necessidade de perdão!..." Raciocinando deste modo, falou com franqueza ao padre e retirou a promessa que lhe fizera; mas o reverendo repontou, ameaçando-a com uma denúncia a Manoel. A rapariga chegou a suspeitar que o padrinho sabia de tudo, e amedrontou-se.

— Mas, dindinho, vossemecê embirrou com este negócio da confissão!...

O cônego assentou os olhos no teto, à míngua de céu, e, recorrendo aos efeitos artísticos da sua profissão, desenrolou uma prática, que terminava no seguinte:

— *Malos tueri haud tutum...* Não sabes porventura, pecadora, vítima inocente de tentações diabólicas, que eu devo à minha consciência e a Deus duplas contas do que faço cá na terra?... Não sabes, minha afilhada, que todo sacerdote caminha neste vale de lágrimas entre dois olhos perspicazes e penetrantes, dos juízes austeros e inflexíveis, um chamado—Deus, e outro—Consciência?... Um que olha de fora para dentro, e outro de dentro para fora?... E que o segundo é o reflexo do primeiro, e que, satisfeito o primeiro, o segundo está também satisfeito?... Não sabes que terei um dia de prestar contas dos meus atos mundanos, e que, percebendo agora que uma ovelha se desgarra do rebanho e arrisca perder-se do caminho da luz e da pureza, é de minha obrigação, como pastor, correr em socorro da desgraçada e guiá-la de novo ao aprisco, ainda que se faça preciso a violência?... Por conseguinte, filha de Eva, vem à igreja! Vem! Confessa-te ao sacerdote de Nosso Senhor Jesus Cristo! abre tua alma de par em par defronte dele, que teu coração se fechará logo aos imundos apetites da carne! Abraça-te, como Madalena, aos pés do representante de Deus, até que este último se compadeça de ti, pecadora! *Deum colenti stat sua merces!*

E o cônego ficou ainda um instante a olhar para o teto com os braços erguidos e os olhos em branco.

— Pois bem Dindinho, pois bem! disse Ana Rosa, impressionada. E desarmou sem cerimônia a posição extática do padre. - Irei a tal confissão, mas deixe-se dessas coisas e não esteja a falar desse modo, que isso me faz mal aos nervos! Bem sabe que sou nervosa.

Ficou resolvido que a missa encomendada por Maria Bárbara seria no primeiro domingo do seguinte mês, e que Ana Rosa iria à confissão.

Mônica, sempre desvelada e extremosa por sua filha de leite, iniciara-se nos segredos desta e, como era lavadeira, todas as vezes que ia à fonte, dava um pulo à casa de Raimundo para trazer notícias dele a Iaiá.

Uma noite, o cônego Diogo, envolvido na sua batina de andar em casa, debruçado sobre uma velha mesa de pau-santo, com os pés cruzados sobre um surrado couro de onça, ainda do tempo do Rosário, a cabeça engolida num trabalhado gorro de seda, primorosamente bordado pela afilhada, lia, defronte do seu candeeiro, um grosso volume de encadernação antiga, em cujo frontispício estava escrito: "História Eclesiástica. Tomo undécimo. Continuação dos séculos cristãos ou História do Cristianismo nos seus estabelecimentos e progresso: Que compreende desde o ano de 1700 até o atual Pontificado de N.S.P. Pio VI. Traduzida do espanhol. Lisboa. Na Tipografia Rolandina, 1807. Com a licença da mesa do desembargo do Paço".

O bom velho perdia-se numas descrições enfadonhas sobre a seita dos Pietistas, fundada nos fins do século XVIII por Spener, cura de Francfort, quando bateram à porta do seu gabinete três pancadinhas discretas e compassadas. Marcou logo o livro, com o palito com que escarafunchava os dentes, e foi abrir.

Era o Dias. Estava cada vez mais magro e mais bilioso, porém com a figura mascarada sempre por aquele inveterado sorriso de astuciosa passividade.

— Venho incomodá-lo, senhor cônego...

— Essa é boa!... Vá entrando.

E, como a visita não se animasse a falar, acrescentou depois de uma pausa:

— Mandou a carta que lhe dei?...

— Já ele a tem no papo. Atirei-a eu mesmo pelas rótulas da sua janela, na véspera do tal embarque!

— Já descobriu onde ele mora presentemente?

— Ainda não consegui, não senhor, mas quer me parecer que o patife se aninha lá pras bandas do Caminho Grande.

— Olho vivo. O traste pode surgir de repente e pregar-nos alguma partida! Olho vivo! Você tem feito o que lhe recomendei?

— A que respeito?

— A respeito da espionagem.

— Tenho, sim senhor.

— Então? O que já descobriu?

— Por hora nada que valha... E creia o senhor cônego que não me descuido. Além daquela busca que dei no dia de São João, não há instantinho, que possa roubar ao serviço, que não seja para dar fé do que se passa lá por casa. Mas, do que tenho apanhado, só o que me disse respeito ao negócio foi uma conversa entre a D. Anica e a velha...

— A Bárbara?

— Sim senhor.

— E então?

— É que a pequena, depois de pedir muito à avó que se compadecesse dela e obtivesse do pai liberdade para se casar com o cabra, abriu a chorar e a lamentar-se como uma varrida! E "que era muito desgraçada; que ninguém em casa a estimava; que todos só queriam contrariá-la... E porque faria isto, e porque faria aquilo!..."

— Mas o que dizia ela que faria?... Ora que diabo de maneira tem você de contar as coisas!...

— Tolices, senhor cônego, tolices de moça... Que se matava! Ou que fugia! que se metia à freira!... E porque o casamento pra cá! E porque o casamento pra lá! Enfim, queria dizer na sua, que uma mulher nunca devia casar obrigada! Afinal! Atirou-se aos pés da avó, soluçando e dizendo que, se não a deixassem casar com o Raimundo, que ela não responderia por si!...

— Então, a velha já sabe que o Raimundo ficou?...

— Parece. A rapariga, pelo menos, disse que a avó, junto com o pai, haviam de amargar muito desgosto por mor de não consentirem no casamento!...

— E o que fez ela?

— Quem, a pequena?

— Não, a velha.

— A velha enfezou-se e pô-la do quarto pra fora, jurando que antes queria vê-la estirada debaixo da terra do que casada com um cabra, e que, se o patrão...

— Que patrão, senhor?

— Seu Manoel, o pai!

— Ah, o compadre.

— Sim senhor. Mas sim, se o patrão, por qualquer aquela, cedesse, ela é que não consentiria no casamento da neta, e romperia com o genro!

— Bom, bom! Vamos bem! E a rapariga?

— Ora, a rapariga lá se foi choramingando para o quarto e, se me não engano, meteu-se a rezar.

— Reza, hein?! perguntou o cônego com interesse.

— É! Ela reza mais agora...

— Muito bem, muito bem! Vamos maravilhosamente!

— E está toda cheia de abusões... Ainda outro dia, dei fé que ela pendurava alguma coisa no pescoço; logo que pude, corri para ver se descobria o que vinha a ser. Ora o que pensa vossemecê que era?...

— Um Santo Antônio.

— Justo. Em um Santantoninho assinzinho!... confirmou o Dias, marcando uma polegada no índex.

— Bem! disse o cônego. Continue a espreitar, mas... todo cuidado é pouco! Que ninguém perceba!... principalmente minha afilhada, compreende?... Se descobrem que você anda farejando, está tudo perdido!... Finja-se tolo!... Tenha fé em Deus! E ânimo! Quando apanhar qualquer novidade, apareça-me logo! Não deixe de espiar! lembre-se de que a arma com que havemos de esmagar o bode, ainda está nas mãos dele!...

— Ora, senhor cônego, mas eu já vou perdendo a fé!... Confesso-lhe que...

— Não seja idiota, que você não tem razão nenhuma para desanimar! trate, mas é de ver se descobre alguma coisa, porém coisa grossa, que dê para agarrar, porque depois o mais fácil é o seu casamento! Olhe! Preste atenção para quem entra e para quem sai! Se eles ainda não se correspondem, o que duvido, virão a corresponder-se mais tarde! Em todo o caso, é prudente não recorrer por ora às cartas - deixe-os escrever, deixe-os escrever, que lhe direi quando é que você terá de apoderar-se de alguma delas. A fruta, para ser aproveitável, deve ser colhida de vez!...

— Bem, senhor cônego, posso retirar-me?...

— Viva!

— Então, vou-me chegando.

— *Sis felix!*

— Como? perguntou o Dias, voltando-se.

— Não se descuide. Vá!

O caixeiro fez uma mesura e saiu. Diogo fechou a porta e tornou à sua História Eclesiástica, até que a caseira Inácia foi chamá-Io para a ceia. Então, depois de abaixar a luz do candeeiro, passou-se à varanda e assentou-se, pachorrentamente, defronte a uma tigela de canja. Veio logo um gato maltês, gordo, grande, encarapitar-se-lhe nas coxas, miando ternamente e voltando para ele a sua fosforescente pupila, que lhe suplicava carícias.

Dir-se-ia que naquele canto, modesto e asseado, reinava a paz abençoada dos justos.

No domingo seguinte a Sé chamava para a missa, com um alegre repinicar de sinos. Era a promessa de D. Maria Bárbara.

Havia grande afluência do povo. As beatas subiam piedosamente os arruinados degraus do átrio e iam, de cabeça vergada, ajoelhar-se no corpo principal da igreja. Sentia-se o frufru de vetustas e farfalhudas saias de chamalote, restauradas com chá preto, o estalar de fortes chinelas novas na sonora cantaria do templo, e o tilintar das contas de coco babaçu, cujos rosários deslizavam entre os trêmulos dedos das velhas, no fervoroso sussurro das orações. Viam-se-lhes as camisas de cabeção bordado e cheias de rendas e labirintos; destacavam-se também grandes toalhas de linho branco, penduradas dos ombros carnudos das cafuzas e mulatas; reluziam os seus enormes pentes de tartaruga, enfeitados de ouro, e as contas preciosas, que lhes circulavam, com muitas voltas, as tocinhudas espáduas e as roscas taurinas do cachaço. Em cima, perto do altar-mor, em lugares privilegiados, sobressaíam chapéus enfeitados de fitas e plumas, leques irrequietos, que se agitavam desordenadamente, com um ruído casquilho de varetas batendo de encontro aos broches e alfinetes de peito, numa confusão de cores espantadas; eram devotas de fino trato, velhas e moças ostentavam jóias vistosas e perfumes ativos segurando, com luva *Horas Marianas* encadernadas de marfim, veludo, prata e madrepérola.

Recendia por toda a catedral um aroma agreste de pitangueira e trevo cheiroso. Pela porta da sacristia lobrigavam-se de relance padrecos apressados, que iam na carreira, vestindo as suas sobrepelizes dos dias de cerimônia. Havia na multidão um rumor impaciente de platéia de teatro. O sacristão, cuidando dos pertences da missa, andava de um para outro lado, ativo como um contra-regra, quando o pano de boca vai subir.

Afinal, à deixa fanhosa de um padre muito magro que, aos pés do altar desafinava uns salmos da ocasião, a orquestra tocou a sinfonia e começou o espetáculo. Correu logo o surdo rumor dos corpos que se ajoelhavam; todas as vistas convergiam para a porta da sacristia; fez-se um sussurro de curiosidade, em que se destacavam ligeiras tosses e espirros; e o cônego Diogo apareceu, como se entrasse em cena, radiante, altivo senhor do seu papel e acompanhado de um acólito que dava voltas frenéticas a um turíbulo de metal branco.

E o velho artista, entre uma nuvem de incenso, que nem um deus de mágica, e coberto de galões e lantejoulas, como um rei de feira, lançou, do ato da sua solenidade, um olhar curioso e rápido sobre o público, irradiando-lhe na cara esse vitorioso sorriso dos grandes atores nunca traídos pelo sucesso.

Com efeito, os espectadores adoravam-no, posto que ele agora raras vezes trabalhasse; mas nessas poucas, em que se dignava mostrar-se por condescendência a uma velha amiga, como naquela ocasião, o seu triunfo era esplêndido e certo. Vinha gente de longe para vê-lo; para admirar a imponência, a gentileza daquele porte de homem. Incomodaram-se muitas pessoas para não perder aquela missa; sexagenárias do seu tempo mandaram espanar o palanquim, havia longos anos esquecido debaixo da escada, e espantaram a vizinhança com uma saída à rua; e ali, esses duros corpos encarquilhados, que envelheceram com Diogo, pareciam reviver por instantes, como cadáveres sujeitos a uma ação galvânica, e, trêmulos, mordiam o beiço roxo e franzido, palpitante de recordações.

Em caminho para o altar, o exímio artista olhou para os lados, falou em voz baixa aos seus ajudantes, e encarou a platéia com um sorriso de discreta soberania; mas de súbito o seu sorriso dilatou-se numa feição mais acentuada de orgulho: é que distinguira Ana Rosa, entre as devotas, ajoelhada num degrau da nave, de cabeça baixa, o ar contrito, a rezar freneticamente ao lado da avó.

Os turíbulos fumegaram com mais força; espirais de incenso espreguiçaram-se, dissolvendo-se no espaço; o ambiente saturou-se de perfumes sacros, e enervantes, e as mulheres, todas, se contraíram preparadas para místicos enlevos. O celebrante chegara enfim ao altar, depois de ajoelhar-se de leve, como fazendo uma mesura apressada, defronte aos santos grandes, aprumados nos seus tronos de brocados falsos. Os janotas, separados do altar-mor por uma grade de madeira preta, tiraram da algibeira, com a ponta dos dedos, o lenço almiscarado e ajoelhavam-se sobre ele, numa atitude elegante. As moças escondiam a boca no livrinho das rezas e passeavam furtivamente o olhar para o lado dos fraques pretos. Os que até aí estiveram ajoelhados, rezando à espera da missa, mudavam de posição; os opulentos quadris das pretas-minas rangiam; os ossos dos velhos estalavam; criancinhas soltavam aclamações de aplauso pela festa, algumas choravam. Mas, finalmente, tudo tomou um sossego artificial; fez-se silêncio, e a missa principiou solene, ao som do órgão.

Ao repicarem de novo os sinos, toda a gente se levantou com algazarra; os rapazes endireitavam as joelheiras das calças; as moças arranjavam os pufes e os laçarotes; as beatas sacudiam as suas eternas saias, agora entufadas pela pressão dos joelhos. A orquestra tocou uma música profana, alegre como uma farsa depois de um drama; e o cônego Diogo, na sacristia, tirava o seu pitoresco vestuário de seda bordada, que o sacristão recolhia religiosamente nas suas mãos de tísico, para guardar nos extensos gavetões de pau-negro.

O povo, confortado de religião, mas estalando pelo almoço espremia-se sôfrego pelas largas portas da matriz. Mendigos, alinhados à saída, pediam, com chorosa insistência, uma esmola pelo amor de Deus ou pelas divinas chagas de Nosso Senhor Jesus Cristo; as devotas desapareciam pelo largo, ligeiras como baratas perseguidas; algumas senhoras, no vestíbulo, arejavam-se ao sol, esperando quem lhes dizia respeito e conversando garrulamente sobre o bom desempenho da missa, sobre a excelência das vozes, a riqueza da roupa do padre e da toalha do altar e sobre a boa observância das cerimônias. Tudo agradara.

A igreja estava quase vazia. D. Maria Bárbara e a neta esperavam pelo herói da função.

— Cá está sua afilhada, senhor cônego! Comungue-a; veja se lhe arranca o diabo de dentro do corpo! disse a velha ao vê-lo.

E, falando-lhe mais baixo, pediu-lhe com interesse que a aconselhasse bem; que lhe secasse da cabecinha a idéia do tal cabra. E afinal afastou-se, traçando no espaço uma cruz na direção da neta.

— Vai! Deus te ponha virtude, que mau coração não tens tu, minha estonteada!

E saiu, para esperá-la na sala do cortador Benedito, que nessa ocasião aparecia trazendo um carro da cocheira do Porto.

O cônego Diogo calculara bem. A encenação da missa, os amolecedores perfumes da igreja, o estômago em jejum, o venerando mistério dos latins, o cerimonial religioso, o esplendor dos altares, as luzes sinistramente amarelas dos círios, os sons plangentes do órgão, impressionariam a delicada sensibilidade nervosa da afilhada e quebrantariam o seu ânimo altaneiro, predispondo-a para a confissão. A pobre moça considerou-se culpada; pela primeira vez, entendeu que era um crime o que havia praticado com Raimundo. sentiu minguar-lhe aquela energia de aço, que lhe inspirara o seu amor, e, ao terminar a missa, quando a avó a depusera nas mãos do velho lobo da religião, a sua vontade era chorar.

Ajoelhou-se, muito comovida, na cadeira, junto ao confessionário e gaguejou, quase sem fôlego, o *confiteor*. Mas, à proporção que rezava, os seus sentidos embaciavam-se por um acanhamento espesso.

— Vamos... disse-lhe o padrinho quando ela terminou a oração. Não tenha receios, minha filha!. Confie em mim, que sou seu amigo... *Plus videas tuis oculis quam alienis!* Por que chora?... Diga...

Ana Rosa tremia.

— Vamos! Não chore e abra-me o coração... Vai responder-me, como se estivesse falando com o próprio Deus, que tudo escuta e perdoa. Faça o sinal-da-cruz.

Ela obedeceu.

— Diga-me, minha afilhada, não se tem ultimamente descuidado da religião?...

— Não senhor, balbuciou Ana Rosa por trás do lenço.

—Tem rezado todas as vezes que se deita e todas as vezes que se levanta?...

—Tenho, sim senhor...

— E nessas rezas não promete obedecer a seus pais?...

— Prometo, sim senhor...

— E tem cumprido?

— Tenho, sim senhor.

— E sente a sua consciência tranqüila? Acha que tem cumprido, à risca, tudo o que prometeu a Deus, e tudo o que lhe manda a Santa Madre Igreja?...

Ana Rosa não respondeu.

— Então!... Vamos... disse o padre com brandura. Não tenha medo!... Isto é apenas uma conversa que a senhora tem com a sua própria consciência, ou com Deus, que vem a dar na mesma... Conte-me tudo!... Abra-me seu coração!... Fale. minha afilhada!.. Aqui, eu represento mais do que seu pai; se fosse casada - mais do que seu marido! Sou o juiz, compreende, represento Cristo! - represento o tribunal do céu! Vamos, pois, conte-me tudo com franqueza; conte-me tudo, e eu lhe conseguirei a absolvição!... eu pedirei ao Senhor Misericordioso o perdão dos seus pecados!...

— Mas o que lhe hei de eu contar?...

E soluçava.

— Diga-me: o que é que ultimamente a tem posto triste?... Sente-se possuída de alguma paixão, que a atormenta?... Diga.

— Sim, meu padrinho, respondeu ela, sem levantar os olhos.

— Por quem?

— Vossemecê já sabe por quem é...

— Pelo Raimundo...

A moça respondeu com um gesto afirmativo de cabeça.

— E quais são as suas intenções a esse respeito?

— Casar com ele...

— E não se lembra que, com isso, ofende a Deus por vários modos?...Ofende, porque desobedece a seus pais; ofende porque agasalha no seio uma paixão reprovada por toda a sociedade e principalmente por sua família; e ofende, porque com semelhante união, condenará seus futuros filhos a um destino ignóbil e acabrunhado de misérias! Ana Rosa, esse Raimundo tem a alma tão negra como o sangue! Além de mulato, é um homem mau, sem religião, sem temor de Deus! É um - pedreiro livre! - é um ateu! Desgraçada daquela que se unir a semelhante monstro!... O inferno aí está, que o provo! O inferno aí está carregado dessas infelizes, que não tiveram, coitadas! Um bom amigo que as aconselhasse, como te estou eu aconselhando neste momento!... Vê bem! Repara, minha afilhada, tens o abismo a teus pés! Mede, ao menos, o precipício que te ameaça!... A mim, como pastor e como padrinho, compete defender-te! Não cairás, porque eu não deixo!

E, como a rapariga mostrasse um certo ar de dúvida, o cônego abaixou a cabeça, e disse misteriosamente:

— Sei de coisas horrorosas, praticadas por aquele esconjurado!... Não é somente o fato de cor o que levanta a oposição do teu pai... (Ana Rosa fez um gesto de surpresa). Saberás, porventura, o que precedeu ao nascimento daquele homem; saberás como veio ele ao mundo?!.. (E, alterando a voz, para um tom sinistro): *Horrible dictu!*... É filho de um enxame de crimes e vergonhas!... Aquilo é o próprio crime feito gente!... É um diabo! É o inferno em carne e osso! Não te diria isto, minha filha, se assim não fosse preciso; sabe, porém, que ele, se quer casar contigo, é porque tem a teu pai ódio de morte e pretende vingar-se do pobre homem na pessoa da filha!...

— Mas do que quer ele vingar-se de papai?...

— Do quê?... De muitas e muitas coisas, que lhe não perdoa!... São segredos de família, que ainda és muito criança para conhecer e julgar!... Mas um dos motivos é, digo-te aqui no sagrado sigilo do confessionário, o fato de haver teu pai herdado consideravelmente do irmão!...

— Não é possível! exclamou Ana Rosa, tentando erguer-se.

— Menina! repreendeu o cônego, obrigando-a a ficar ajoelhada. Reze já! Incontinente, para que Deus se compadeça de tamanho desatino! De joelhos, pecadora, que és muito mais culpada do que eu supunha!

A moça caiu de joelhos, tonta sob o bombardear daquelas imprecações, e gaguejou: o *confiteor*, batendo muito no peito na ocasião de dizer o "Por mea culpa! Mea máxima culpa! E depois calaram-se ambos, por um instante.

— Então?... disse afinal o padre, tornando à primitiva brandura. Ainda está na mesma ou já entrou a razão nessa cabecinha?... Fale, minha afilhada!

— Não posso mudar de resolução, meu padrinho...

— Ainda pensa em casar com...?

— Não posso deixar de pensar... creia!

O padre velho levantou-se tragicamente, fechou as sobrancelhas e ergueu o braço como um profeta.

— Pois então, declamou, sabe, infeliz, que sobre ti pesará a maldição eterna! Sabe que tenho plenos poderes de teu pai para retirar-te a sua bênção! Sabe que...

Foi interrompido por um "Ai" de Ana Rosa que perdia os sentidos, caindo a seus pés.

Ora bolas! resmungou ele, entre dentes.

E saiu do confessionário, para assentar a afilhada num dos longos bancos de madeira preta, que havia ali junto.

Felizmente não era nada. A rapariga deu um profundo suspiro e encostou a cabeça ao colo do parinho, chorando em silêncio de olhos fechados.

Ele ficou algum tempo a contemplá-la naquela posição, que a fazia mais bonita, e, perdido em saudosas reminiscências da sua mocidade, admirava a curva macia dos seios, palpitantes, sob a compressão da seda, a brancura mimosa das faces, a engraçada harmonia das feições. *"O têmpora! O mores!..."* disse consigo a depô-la, carinhosamente, contra o alto espaldar do banco.

— Vamos... continuou, quase em segredo, como um amante sequioso pelas pazes, depois de um arrufo. Vamos... não seja teimosa...Não se faça má... Ponha-se bem com Deus e comigo...

— Se para isso, balbuciou Ana Rosa, sem abrir os olhos, é preciso desistir do casamento, não posso...

— Mas por que não podes, minha tolinha?... insistiu o confessor, tomando-lhe as mãos com meiguice. - Hum?... por que não podes?...

— Porque estou grávida! respondeu ela, fazendo-se escarlate e cobrindo o rosto com as mãos.

— Horresco referens!

E o cônego deu um salto para trás, ficando de boca aberta por muito tempo, a sacudir a cabeça.

— Sim senhora!... fê-la bonita!...

Ana Rosa chorava, escondendo a cara.

— Sim senhora!...

E o velho apalpava com o olhar o corpo inteiro da afilhada, como procurando descobrir nele a confirmação material do que ela dizia.

— Sim senhora!...

E tomou uma pitada.

— Bem vê... arriscou afinal a rapariga, entre lágrimas, que não tenho outro remédio senão...

— Está muito enganada! interrompeu o cônego energicamente. Está muito enganada! O que tem a fazer é casar com o Dias! E logo! Antes que a sua culpa se manifeste!

Ela não deu palavra.

— Quanto a isso... acrescentou o lobo velho, apontando, desdenhoso, com o beiço, o ventre da afilhada, eu me encarregarei de lhe dar remédio para...

Ana Rosa ergueu-se com um só movimento e ferrou o olhar no cônego.

— Matar meu filho?!... exclamou lívida.

E, como se temesse que o padre lho arrancasse ali mesmo das entranhas, precipitou-se correndo para fora da igreja.

Saiu pelo lado que fronteia com o jardim público. Maria Bárbara só a pôde alcançar já dentro do carro.

— Com efeito! disse-lhe agastada. Parece antes que vens do inferno do que da casa de Deus!

— É mesmo!

— Que diabos de modos são esses, Anica? repreendeu a velha. Ora vejam se no meu tempo se dava disto! Por que estás com essa cara tão fechada, criatura?!

Ana Rosa, em vez de responder, virou o rosto. E não trocaram mais palavra até a casa, apesar do muito que serrazinou a avó por todo o caminho.

E, no entanto, a pobre moça sentia-se horrivelmente oprimida e precisava desabafar com alguém. Um desejo doido a devorava: era correr em busca de Raimundo, contar-lhe tudo e pedir-lhe conselhos e amparo, porque nele, e só nele, confiaria inteiramente. Queimava-lhe o corpo uma necessidade carnal de vê-lo, abraçá-lo, prendê-lo ela com todo o ardor dos seus beijos, e depois arrastá-lo para longe para um lugar oculto, bem oculto, um canto ignorado de todos, onde os dois se entregariam exclusivamente ao egoísmo feliz daquele amor.

Desde que se apercebera grávida, não podia suportar o seu acanhado quarto de menina; a sua rede de solteira causava-lhe íntimas revoltas. E agora, depois de disparatar com o padrinho, sentia-se com forças para tudo; vibrava-lhe no sangue uma energia estranha e absoluta; pensava no filho com transporte e orgulho, como se ele fora uma concepção gloriosa da sua inteligência. E, na obsessão dessa idéia, alheava-se de tudo mais, sem pensar sequer na falsidade da situação em que se avinha.

Aguardava ansiosa os prazeres da maternidade, como se os conquistasse por meios lícitos, e tremia toda em sobressalto só com a lembrança de que poderia vir a faltar à criancinha o menor cuidado ou o mais dispensável conforto; vivia exclusivamente para ela; vivia para esse entezinho desconhecido que lhe habitava o corpo; o filho era o seu querido pensamento de todo o instante; passava os dias a conjeturar como seria ele, menino ou menina, grande ou pequeno, forte ou franzino; se puxaria ao pai. Tinha pressentimentos e tornava-se mais supersticiosa. Apesar, porém, de todos os perigos e dificuldades, sentia-se muito feliz com ser mãe e não trocava a sua posição pela mais digna e segura, se para isso fosse preciso sacrificar o filho. O filho! Só este valia por tudo; só este lhe merecia verdadeira importância, o mais era mesquinho, incompleto, falso ou ridículo, ao lado daquela verdade que se realizava misteriosamente dentro dela, como por milagre aquela felicidade, que Ana Rosa sentia crescer de hora a hora, de instante a instante no seu ventre, como um tesouro vivo que avulta; aquela outra existência, que esgalhava da sua existência e que era uma parcela palpitante do seu amado, do seu Raimundo, que ela trazia nas entranhas!

Ao chegar a casa, correu logo para o quarto, fechou-se por dentro, tomou pena e papel e escreveu, sem tomar fôlego, uma enorme carta ao rapaz. "Vem, dizia-lhe, vem quanto antes meu amigo, que preciso de ti, para não acreditar que somos dois monstros! Se soubesses como me fazes falta! Como me dóis ausente, terias pena de mim! Vem, vem buscar-me! Se não vieres até o fim do mês, irei ter contigo, irei ao teu encontro, farei uma loucura!"

Mas Raimundo respondeu que ainda era cedo e pediu-lhe que esperasse com resignação o momento de pôr em prática o que eles já tinham antes combinado.

O rapaz vivia agora muito aborrecido e muito nervoso; estava macambúzio; não queria ver ninguém. Às vezes assustava-se todo quando a criada lhe entrava inesperadamente no quarto. Deixou crescer a barba; já mal cuidava de si; lia pouco e ainda menos escrevia. As suas relações, granjeadas por intermédio do tio, fecharam-se logo como golpes em manteiga. Não se despregava nunca de casa porque, sendo Ana Rosa o único motivo de sua demora no Maranhão, só ela o interessava e o atraía à rua.

Ana Rosa, porém, era guardada à vista, desde a malograda partida do primo. E, não obstante, as visitas de Manoel abstinham-se de falar em Raimundo; estabeleceu-se uma hipócrita indiferença em torno do fato; ninguém dava palavra a esse respeito, mas todos sentiam perfeitamente que o escândalo ali estava ainda, abafado, mas palpitante, espreitando a primeira ocasião para rebentar de novo E a panelinha da casa do negociante esperava, esperava, reunida à noite até as horas regimentais do chá com o pão torrado, conversando em mil assuntos, menos naquele que mais interessava a todos eles, posto que nenhum tivesse coragem de iniciá-lo.

Mas a primeira semana correu sem novidade, e a segunda, a terceira, a quarta; foram-se dois meses, e a panelinha afrouxou desanimada. Eufrásia, a pouco e pouco, ausentara-se de todo; Lindoca, chumbada à sua obesidade, prendera o Freitas ao seu lado; o Campos moscara-se afinal para a roça; o José Roberto afastara-se também, e vivia por aí, na pândega; só quem não desertou, e aparecia com a mesma regularidade, era D Amância Souselas pronta sempre para tudo, sempre a dizer mal da vida alheia, nunca deixando de clamar que os tempos estavam outros e que hoje em dia os cabras queriam meter o nariz em tudo.

— Também se lhe dão confiança!... disse ela, uma noite, envesgando uma olhadela indireta sobre Ana Rosa.

A filha de Manoel cruzou instintivamente os braços sobre o ventre.

XVII

E passaram-se três meses. Ana Rosa, ao contrário do que era de esperar, parecia mais tranqüila; a vigilância contra ela diminuíra consideravelmente: o cônego, fosse por cálculo ou fosse por cumprimento de dever, guardara o segredo da confissão. A casa de Manoel havia, enfim, recaído na sua morna e profunda tranqüilidade burguesa.

De tudo isto Raimundo recebera parte fielmente; e deliberou jogar a última cartada. Escreveu à amante, marcando o dia da fuga. Ana Rosa adoeceu de contente. A coisa seria no próximo domingo; ele faria um carro esperá-la ao canto da rua e uma vez que estivessem juntos, fugiriam para lugar seguro. O raptor não seria facilmente reconhecido, porque as barbas lhe transformavam de todo a fisionomia. "No entanto, dizia ele na carta, domingo, às oito da noite, hora em que teu pai costuma conversar na botica do Vidal; quando os vizinhos e caixeiros ainda estão no passeio e tua avó aos cuidados da Mônica, que é nossa, nessa ocasião um sujeito barbado vestido de preto, assoviará junto à tua porta uma música tua conhecida. Esse sujeito sou eu. Ao meu sinal descerás cautelosamente e sem risco algum. O resto fica por minha conta, a casa que nos há de receber e o padre que nos casará, estarão nesse momento à nossa disposição. Ânimo! E até domingo às oito horas da noite."

"P.S. - Toda a cautela é pouca!..."

Ana Rosa, durante os poucos dias que faltavam para a fuga, não fazia mais do que sonhar- se na futura felicidade; estava sobressaltada e ao mesmo tempo radiante de satisfação; mal se alimentava, mal dormia, cheia de uma impaciência frenética que lhe dava vertigens de febre. No egoísmo da sua alegria materna suportava de mau humor as poucas amigas que a procuravam ou os velhos companheiros de Manoel, que às vezes apareciam para jantar. Mas ninguém parecia, nem por sombras, desconfiar dos seus planos; ao contrário, em casa falava-se, à boca cheia, na obediência daquela boa filha tão resignada à vontade do pai, e cochichava-se devotamente sobre o salutar efeito da confissão. Maria Bárbara resplandecia de triunfo e como os outros da família, redobrava de solicitudes para com a neta; Ana Rosa era tratada como uma criança convalescente de moléstia mortal, cercavam-na de pequenas delicadezas e mimos amorosos, evitavam-lhe contrariedades. Perdoavam-lhe os caprichos e as rabugices. O cônego, malgrado o que sabia, nunca se lhe mostrara tão paternal e tão meigo. E o Dias, o inalterável Dias, ia surdamente ganhando certo predomínio sobre seus colegas, que principiavam já respeitá-lo como patrão, porque viam iminente o seu casamento com Ana Rosa.

— Está de dentro! Está ali, está entrando pra sociedade!... rosnavam os caixeiros do Pescada, depois de comentar os novos ares com que a menina tratava o Luís.

Ela, com efeito, agora o acolhia com menos repugnância; uma vez chegou mesmo a sorrir para ele. Este sorriso, porém, tão mal entendido por todos, nada mais era do que o contentamento de quem observa o precipício por onde passou e do qual se considera livre.

O fato, porém , é que Manoel andava satisfeito de sua vida. Ouviam-no cantarolar ao serviço; viam-no à porta dos vizinhos, sem chapéu, às vezes em mangas de camisa, a chacotear ruidosamente, afogado em risos; e à noite, em casa, quando chegava o cônego, agora ferrava-lhe sempre um abraço.

— Você é um homem dos diabos, seu compadre. Você é quem as sabe todas!...

— *Davus sum non Aepidus!...*

A panelinha discutia em particular o grande acontecimento."Quem seriam os padrinhos?... Quais seriam os convidados?... Como seria o enxoval?... Como seria o banquete?..." E, em breve, por toda província, falou-se no próximo casamento da filha do Pescada. Comentaram-no, profetizando boas e más conseqüências; riram-se muito de Raimundo; elogiaram, em geral, o procedimento de Ana Rosa: "Sim senhor! Pensou como moça de juízo!..." Todos os amigos da casa começaram a preparar-se para a festa, antes mesmo do convite. O Rosinha do Santos andava pouco depois preocupado com o improviso de uma poesia, com que contava reabilitar-se do seu fiasco no dia de São João; o Freitas desfazia-se em discursos, aprovando o fato, mas lastimando Raimundo, cujos artigos e cujos versos ele apreciava convictamente; o Casusa verberava contra os portugueses, furioso porque uma brasileira tão bonita e tão mimosa fosse cair nas mãos de um puça fedorento; Amância e Etelvina perdiam horas a boquejar sobre o caso, insistindo a viúva em que, só vendo, acreditaria em semelhante casamento. Afiançavam por toda a parte que a festa seria de arromba; diziam, com assombro respeitoso, que haveria sorvetes, e constava até que o Pescada, só para aquele dia, ia fazer funcionar de novo a máquina de gelo de Santo Antônio.

Mas o domingo fatal, que Raimundo destinara a fuga, chegou finalmente. Por sinal que foi um dia bem aborrecido para a gente do Manoel, porque o cônego não apareceu, como de costume, para a palestra, e ninguém sabia por onde andava Dias. O jantar correu frio, sem pessoas de fora, mas em boa disposição de humor; à mesa, o negociante fez várias considerações sobre o futuro da filha; mostrou-se bom e alegre com o seu corpo de Lisboa; acudiram-lhe anedotas já conhecidas da família; vieram-lhe pilhérias a respeito de casamento; disse, a brincar com a filha, que havia de arranjar-lhe para noivo o Tinoco ou o major Cotia. Ela ria-se exageradamente; estava corada, muito inquieta e nervosa; tinha vontade de acariciar o pai, abraçá-lo, beijá-lo, despedir-se dele. À sobremesa, sentiu um desejo absurdo de contar-lhe com franqueza todos os seus planos, e pedir-lhe, pela última vez, a sua aprovação a favor de Raimundo.

Às seis horas entrou D. Amância; ainda os encontrou no café. Ana Rosa teve uma pontada no coração. "Que contratempo!..." A velha declarou que estava cansada, vinha ofegante; pediu que a deixassem repousar um pouco.

— Que estafa a sua, credo! Subir oito ladeiras no mesmo dia!...

— Oito, hein?...

E Ana Rosa mordia os beiços, sorrindo contrariada.

— Coitadinhas! É de estrompar uma criatura!

E conversaram largamente sobre as ladeiras do Maranhão.

— Então aquela do Vira Mundo!.. Benza-te Deus!

— Não é pior do que a do Largo do Palácio...

— Deixe estar que a desta sua rua, seu Manoel, também tem o que se lhe diga!...

— E a da Rua do Giz?...

— Um inferno! resumiu a velha, ainda arquejante. Ter a gente de estar sempre a subir e a descer como uma coisa danada! Cruzes!

A conversa continuou, tomando para Ana Rosa um caráter assustador. Amância parecia disposta a dar à língua; não se despregaria dali tão cedo. Os caixeiros recolhiam-se já, e a rapariga tremia de impaciência. "Diabo daquela velha não se poria ao fresco?... " Qual!

O tempo corria.

Manoel declarou, daí a pouco, que não saía de casa. Foi buscar os seus jornais portugueses e pôs-se a ler, à mesa de jantar, na varanda.

A pequena quase disparava. Correu para o seu quarto, fula de raiva, chorando. "Também, diabo! tudo parecia conspirar contra ela!.."

O relógio bateu uma badalada. Eram sete e meia. Ana Rosa soltou um murro na cabeça"Diabo!"

Manoel bocejava. Amância parecia resolvida a não sair.

Ana Rosa voltou à varanda; tinha as mãos frias; o coração queria saltar-lhe de dentro. Sentia uma impaciência saturada de medo; seu desejo era gritar, descompor aquele estafermo da velha, pô-la na rua, aos empurrões, "que fosse amolar a avó!" Semelhantes obstáculos à sua fuga pareciam-lhe uma injustiça, uma falta de consideração; vinha-lhe vontade até de queixar-se ao pai; de protestar contra aquelas contrariedades que a faziam sofrer.

Decorreu um quarto de hora. Manoel levantou-se, espreguiçando-se com os jornais na mão.

— Bom! D. Amância dá licença!...

E recolheu-se ao quarto, para dormir.

— Ah!

Ana Rosa criou alma nova; teve vontade de abraçar o pai, agradecendo-lhe tamanha fineza

— Eu também já me vou chegando... disse Amânca. E ergueu-se.

— Já?... balbuciou a moça, por delicadeza.

A visita tornou a assentar-se; a outra sentiu ímpetos de estrangulá-la.

Maria Bárbara veio do quarto, e entabulou conversa com a amiga.

Ana Rosa arfava.

— Diabo!

Faltavam cinco para as oito. Amância levantou-se afinal, e despediu-se.

— Ora graças a Deus!...

Maria Bárbara foi até o corredor.

— Olhe, gritou a Souselas. Não se esqueça, hein?... Três pingos de limão e uma colherzinha de água de flor de laranja.... Santo remédio! Ainda é receita da nossa defunta Maria do Carmo!...

E desceu.

Mas, já debaixo, voltou, chamando por Maria Bárbara.

— Olhe, Babu!

Ana Rosa quase perde os sentidos.

Deixou-se cair em uma cadeira.

— É verdade, você não sabe de uma?...— Pois não lhe ia esquecendo?...— A Eufrasinha estava de namoro com um estudante do Liceu?...

— Que estouvada!...

— Um menino de quinze anos, criatura!

E contou toda a história, puxando pelos comentários, e esticando-os.

Ana Rosa, assentada na varanda, em uma cadeira de balanço, rufava com as unhas nos dentes.

— Bem, bem, adeus, minha vida!

E Amância beijocou a cara de Maria Bárbara

— Até que enfim!

Ana Rosa correu logo ao quarto. Raimundo recomendara-lhe que não levasse nada, absolutamente nada, de casa, que ele estava preparado e prevenido para recebê-la.

O relógio pingou, inalteravelmente, oito badaladas roucas. Maria Bárbara afastara-se para o interior da casa; Manoel continuava a dormir no seu quarto. E daí a instantes, no silêncio da varanda, ouviu-se o assovio forte de Raimundo, entoando um trecho italiano.

Ana Rosa, cujo coração fazia do seu peito um círculo de ginástica, apanhou trêmula as saias e, com uma ligeireza de pássaro que foge da gaiola, desceu a escada na ponta dos pés, atirando-se lá embaixo nos braços de Raimundo, que a esperava nos primeiros degraus.

Mas, ao transporem a porta da rua, ela soltou um grito, e o rapaz estacou, empalidecendo. Do lado de fora, o cônego Diogo e o Dias, acompanhados por quatro soldados de polícia, saíram ao seu encontro, cortando-lhes a passagem.

Dias, só por si, era um pobre pedaço de asno, incapaz da mínima sutileza de inteligência e pouco destro na pontaria dos seus raciocínios; posto, porém, ao serviço do cônego Diogo, tornara-se uma arma perigosa, de grande alcance e maior certeza. Guiado pelo mestre, o imbecil nunca tinha deixado de espreitar, sempre desconfiado e atento, sondando tudo aquilo que lhe parecia suspeito, acordando, muita vez, por alta noite, para ir, tenteando as trevas, espiar e escutar, na esperança de descobrir alguma coisa. As furtivas conversas de Ana Rosa com a preta Mônica, quando esta voltava da fonte, não lhe passaram despercebidas, e por aí chegou ao conhecimento da correspondência de Raimundo, desde logo as primeiras cartas.

— Devo apoderar-me delas... não é verdade? perguntou ao padre.

— Nada! Por ora não! É cedo ainda!... respondeu Diogo.

E este continuava a freqüentar assiduamente a casa do compadre, sempre muito solícito pela saúde da sua afilhada, informando-se, com paternal interesse, das mais pequeninas coisas que lhe faziam respeito; querendo saber quais os dias em que ela comia melhor, quais em que se sentia alegre ou triste, quando chorava, quando se enfeitava, quando acordava tarde e quando rezava. Como bom velho amigo da família, exigia que lhe dessem contas de tudo, e Manoel as dava de bom grado, satisfeito por ver que as coisas iam voltando aos seus eixos e que a sua casa recaía na primitiva tranqüilidade. O cônego, nem por sombra, lhe revelara o segredo da confusão de Ana Rosa, temendo, como solidário do Dias, que o negociante, em conjuntura tão feia, esquecesse tudo e preferisse casar a filha com o homem que a desvirtuara. Quanto ao seu protegido, também não lhe quadrou dizer-lhe a verdade, porque receava que o caixeiro, por escrúpulo ou por medo do rival, desistisse do casamento... Ora, desistindo o Dias, Diogo estaria em maus lençóis, porque Ana Rosa casava-se logo com Raimundo e ele ficaria sujeito à vingança deste, a quem temia, e com razão, depois daquela pequena conferência à volta de São Brás. "Sei perfeitamente, raciocinava o finório, que o traste não tem nenhuma prova contra mim, mas convém-me, a todo custo, fazê-lo sair do Maranhão!... Seguro morreu de velho!... O que o prende aqui é a esperança de obter ainda Ana Rosa; esta, uma vez casada com o basbaque do Dias, irá, mas o marido, dar um passeio à Europa, e o outro musca-se também naturalmente. Mas se, por acaso, quiser antes de ir, desmoralizar-me perante o público, todos lançarão suas palavras à conta do despeito e, além de ridículo, ficará tido como um caluniador!...” E, esfregando as mãos, satisfeito com os seus desígnios, concluía: “Quem o mandou meter-se de gorra cá com o degas!

Assim, nas ocasiões em que Dias ia preveni-lo da chegada de uma nova carta de Raimundo, o cônego tratava de estudar, olho de mestre, a impressão que ela deixava no ânimo de afilhada e, vendo o alvoroço em que a rapariga ficara com a última, apressou-se em dizer ao caixeiro:

— Chegou a vez, meu amigo, é agora! Atire-se! Precisamos desta carta!

— E por que nunca precisamos das outras?... perguntou Luís estupidamente.

— Por quê?... Ora eu lhe digo... (Você pilhou-me em boa maré!). As outras cartas eram simples palavrórios de namoro; não valia a pena arriscar-se a gente por elas; demais, minha afilhada podia a vir desconfiar de uma coisa, redobraria de cuidado, e agora a aquisição desta, que nos é imprescindível, não seria tão fácil como há de ser, compreende?

Mas a verdadeira causa não revelou o disfarçado. O cônego não queria que o caixeiro lesse as primeiras cartas de Raimundo, por dois motivos: um porque temia que este fizesse em alguma delas qualquer revelação a respeito do crime de São Brás; e segundo, porque receava que incidentalmente se referisse a elas ao interessante estado de Ana Rosa. O certo, porém, é que semelhante medida, facilitou, sem dúvida, a posse da carta, em que Raimundo marcava o dia de fuga. O caixeiro, engodando o Benedito com uma cédula de dez mil-réis, no mesmo instante; copiou-a logo, restituiu-a, e correu à casa de Diogo.

Então, os dois aliados, senhores já nos planos do inimigo, trataram de cortar-lhe o vôo, recorrendo à polícia, que lhes forneceu quatro praças.

O escândalo, como era de prever, reuniu povo na Rua da Estrela, e Manoel acordou sobressaltado aos gritos da sogra, da Brígida e da Mônica, que sem darem por falta de Ana Rosa, assustavam-se com a presença dos soldados e com o alvoroço da gentalha acumulada à porta do sobrado. Maria Bárbara, toda sarapantada, correu aos gritos para seu quarto e, abraçando-se a um santo, encafuou-se na rede, porque não estava em suas mãos ver fardas e baionetas “sentia logo um formigueiro pelas pernas e o estômago num embrulho! Credo!”

Raimundo, entretanto, não descoroçoou com a situação e subia a escada, sem hesitar, levando consigo Ana Rosa, meio desfalecida. Em cima, deu cara a cara com Manoel, e estacou, fitando-se os dois com a mesma firmeza, porque cada um tinha plena consciência dos seus atos. O padre e o caixeiro subiram em seguida acompanhados pelos soldados.

Juntos todos, a situação tornou-se difícil; o silêncio coalhava em torno deles, imobilizando-os. Afinal o cônego puxou pelo seu farto lenço de seda da Índia, assoou-se com estrondo e declarou, depois uma máxima que, na qualidade de amigo e compadre do pai de Ana Rosa, entendeu de sua obrigação evitar o criminoso rapto que o Sr. Dr. Raimundo, ali presente, tentara perpetrar contra um dos membros daquela família.

A rapariga voltara a si com as palavras do padrinho e escutava-o de cabeça baixa, ainda amparada ao ombro de Raimundo.

— Eu ia por minha vontade... murmurou ela, sem levantar os olhos. Fugia com meu primo, porque esse era o único meio de casar com ele.

— E o senhor, como se explica?... perguntou o cônego a Raimundo, com autoridade.

— Não me defendo, nem aceito o juiz: apenas declaro que esta senhora nenhuma responsabilidade tem no que se acaba de passar. O culpado sou eu: bem ou mal, entendi, e entendo, que hei de casar com ela e para isso empregarei todos os meios.

Ana Rosa ia dizer alguma coisa, o cônego atalhou:

— Vamos todos cá pra dentro!

E, depois de despedir os soldados, seguiram para a sala, de cuja entrada Maria Bárbara os espiava, ainda corrida e espantadiça do susto.

— Agora que estamos em família, acrescentou ele, fechando as portas, resolvamos, como homens de boa e só justiça, o que nos cumpre fazer em tão melindrosa situação!... *Hodie mihi, cras tibi!*... Seu Manoel, primeiro você! Tem a palavra!

Manoel passeava ao comprido da casa. Parou, fazendo face ao sofá, onde estavam todos, e dirigiu-se ao grupo. O pobre homem tinha uma grande tristeza na fisionomia; transparecia-lhe no olhar a sua perplexidade, impondo o respeito e a compaixão, que nos inspiram as dores resignadas. Percebia-se que lhe faltavam as palavras, e que o infeliz lutava para expor as suas idéias de um modo fiel e claro. Afinal, voltou-se para o cônego e declarou que estimava bastante vê-lo, naquele momento, ao seu lado. "O compadre fora sempre o seu guia, o seu companheiro, o seu melhor amigo, como, ainda uma vez, acabava de prová-lo. Ficasse pois e ouvisse, que era da família!" Depois, pediu à sogra que se aproximasse. "A presença dela e a sua opinião eram igualmente imprescindíveis."

E passou ao caixeiro: "Ali o seu Dias também devia ficar porque não representava um simples empregado, que Manoel tinha no armazém; representava um colega zeloso, um futuro sócio, que em breve devia fazer parte dos seus por direito, que de fato já o era, havia muito tempo. Achavamse por conseguinte na maior intimidade, e ele, para descargo da sua consciência, podia falar com franqueza ao Dr. Raimundo e dizer-lhe tudo, pão, queijo-queijo, o que pensava a respeito do ocorrido!"

E, depois de uma pausa, declarou que, desde o momento em que pensara no casamento de sua filha, fora sempre com sentido no futuro e na felicidade dela. "Não fossem supor que ele queria casá-la com algum príncipe encantado ou com algum sábio da Grécia!... Não senhor! O que queria era dá-la a um homem de bem e trabalhador como ele; mas, com os diabos! Que fosse branco e que pudesse assegurar um futuro tranqüilo e decente para os seus netos! Vai ele então - pensou no Dias: lá lhe dizia não sei o que por dentro que ali estava um bom marido para a Anica.

Um belo dia, descobriu da parte do rapaz certa inclinação por ela e ficara satisfeito, prometendo logo, com os seus botões, dar-lhe sociedade na casa, se porventura se realizasse o casamento... Ora, bem viam os circunstantes, que, em tudo aquilo, Manoel só tinha em vista o bem da rapariga... nem acreditassem que houvesse por aí pais tão desnaturados que chegassem a desejar mal para os seus próprios filhos! Qual o quê, coitados! O que às vezes queriam era prevenir o mal, que só depois havia de aparecer! Como agora poderia ele, que só tinha aquela, que só possuía a sua Anica, que a educara o melhor que pudera, que embranquecera a cabeça a pensar na felicidade daquela filha; ele, que lhe fazia todas as vontades, todos os caprichos! Ele, que seria capaz dos maiores sacrifícios por amor daquela menina!.. como poderia pois contrariá-la, causar-lhe mal, só por gosto?. . Então os senhores achavam que isso tinha cabimento?... Ele desejava vê-la casada, por Deus que desejava! Não a criara pra feira!... mas, com um milhão de raios, desejava vê-la casada em sua companhia! Queria vê-la feliz, satisfeita, cercada de parentes e amigos; mas, boas! Na sua terra, ao lado de seu pai! Ora essa! Pois então um homem por estar velho, já não tinha direito ao carinho de seus filhos?... Ou quem sabe, se a filha por estar mulher já não devia saber do pai? - Morre pr'aí, calhamaço, que me importa a mim! - Não! Que isso também Deus não mandava!... Queria ir-se embora? Queria deixar o pobre velho, ali, sozinho, sem ter quem lhe quisesse bem, sem ter quem tratasse dos seus achaques?... podia ir! Que fosse! Mas esperasse uns instantes, que ele fechasse os olhos primeiro, sua ingrata!"

E Manoel, enxugando os olhos na manga do paletó concluiu com a voz trêmula:

— Aí tem os senhores o que eu pensava fazer; porém, vai o diabo, chega do Rio um meu sobrinho bastardo, um filho do defunto mano José com a preta Domingas, que foi sua escrava! Como era de esperar, visto que sempre me encarreguei dos negócios de meu irmão e ultimamente dos de meu sobrinho, hospedei-o cá em casa; Raimundo afeiçoou-se à minha filha; ela a modos que lhe correspondeu; ele vem, pede-ma em casamento; vou eu - nego-lha! Ele quer saber o porquê, e eu dou-lhe a razão com franqueza! Pois bem! Vejam! Este homem deixa de fazer uma viagem, que, para me iludir, fingiu que ia fazer, e, depois de andar por aí a esconder-se de todos, falta à sua palavra de honra, e...

— Senhor, gritou Raimundo.

— Senhor, não! Que vossemecê deu-me a sua palavra em como nunca procuraria casar com Anica! Por conseguinte digo e sustento: depois de ter faltado à sua palavra de honra, vem astuciosamente raptar minha filha! Será isto legal?! Não haverá nos códigos desta terra uma pena para semelhante abuso?!...

— Há, disse o rapaz, reconquistando o sangue frio, há, quando o delinqüente se nega a reparar o delito com o casamento... Eu, porém, não desejo outra coisa!...

— Iche! disparatou Maria Bárbara, saltando em frente. Casar minha neta com filho de uma negra?! Você mesmo não se enxerga!

Manoel sentiu-se embaraçado.

— Apelo, suplicou, para a consciência de cada um! Coloquem-se no meu lugar e digam o que fariam!... Mas parece-me que nós o que devemos é acabar com isto e evitar um escândalo maior!... Compreendo perfeitamente que o Dr. Raimundo não tem culpa da sua procedência e, como é um homem de juízo e de bastante saber, espero que a pedido de nós todos, deixará o Maranhão quanto antes!...

— Amém!... aprovou o cônego.

— E eu, desde já, propôs Luís, obedecendo a um sinal do guia, peço a mão da Senhora D. Anica ...

— Não quero! exclamou Ana Rosa, ainda mesmo que Raimundo me abandone!

— É uma injustiça que me faz, observou este último à moça. Sei perfeitamente cumprir com os meus deveres!

— Como com os seus deveres?!... interrogou Maria Bárbara, refilando os dentes.

— Sim, minha senhora, com os meus deveres!

— Então o senhor não parte, definitivamente?! interveio Manoel.

— Juro que não me retirarei do Maranhão, sem ter casado com sua filha! respondeu o rapaz, calmo e resoluto.

— E eu declaro, berrou a velha, que você não há de casar com minha neta enquanto eu viva for!

— E eu retiro a minha bênção de minha afilhada, se ela não obedecer à sua família... reforçou o cônego.

Raimundo cravou-lhe um olhar, que perturbou o padre.

E Rosa ergueu-se, levantando a cabeça. Brilhava-lhe no rosto, embaciado pelas lágrimas, o reflexo de uma grande e dolorosa resolução. Todas as vistas se voltaram para ela; estava pálida e comovida, seus lábios tremiam; mas afinal, vencendo a onda vermelha do pudor que a sufocava, balbuciou:

— Tenho por força de casar com ele... Estou grávida!

Foi um choque geral. Até o próprio cônego, para quem o estado da moça não era segredo, pasmou de ouvi-la. Manoel caiu sobre uma cadeira, fulminado com os olhos abertos, arquejante. O Dias fez-se da cor de um cadáver. E Raimundo cruzou os braços; enquanto Maria Bárbara, espumando de raiva, saltava para junto da neta, escondendo-a com o corpo, como se quisesse defendê-la do amante.

— Nunca! Nunca! bramiu a fera. Grávida?... Embora! Antes morta ou prostituída!...

— Pchit... fez o cônego. E disse em tom misterioso e suplicante:

— Mais baixo!... Mais baixo!... Olhe que a podem ouvir da rua, D. Babita!...

—Tu estás de barriga?... exclamou por fim Manoel, erguendo-se, vermelho de cólera.

E arrancou para a filha, com os punhos cerrados.

Raimundo repeliu-o, sem lhe dar palavra.

— O senhor é um malvado, invectivou o pobre pai, afastando-se para um canto a soluçar.

O rapaz foi ter com ele e pediu-lhe humildemente que o perdoasse e lhe desse Ana Rosa por esposa.

O negociante não respondeu e pôs-se a praguejar entre lágrimas

— Calma! Calma! aconselhou o cônego, passando-lhe o braço no ombro. Vamos ver o que se pode arranjar!... Só para a morte não há remédio... *Mentem hominis spectate, non frontem!...*

— Arranjem lá seja o que for, menos o casamento de minha neta com um negro!

— Sim senhora, D. Maria Bárbara... *Minima de malis!...*

E o cônego, depois de tomar uma pitada, voltou-se cortesmente para o Dias:

— O senhor, ainda há pouco, pediu a meu compadre a mão de minha afilhada, não é verdade?

— Sim senhor.

— Pois o seu pedido está de pé, e eu lhe darei a resposta amanhã à tarde. Pode retirar-se.

— Porém.

Diogo não lhe deu tempo para mais. Conduziu-o até a ponta e segredou-lhe rapidamente:

— Espere por mim no canto da Prensa. Vá!

O Dias fez um cumprimento e saiu.

O cônego tornou a meio da sala, para dirigir-se a Raimundo.

— Quanto aqui ao Sr. Doutor, diz que está disposto a reparar o seu crime.

— É exato.

— Sim senhor, é muito natural.... é muito bonito até!... Mas... continuou, estalando os lábios, diz por outro lado o meu compadre, diz a senhora D. Maria Bárbara e diz este seu humilde servo, que V. Sª não está no caso de reabilitar ninguém!... *Suspecta malorum beneficia!*... O que V Sª chama reparação, longe de salvar, prejudicaria a aviltaria ainda mais a vítima!...

— Canalha! gritou Raimundo, perdendo de todo a paciência e agarrando o padre pelo pescoço. Esmago-te aqui mesmo, bandido!

E repulsou-o das mãos, com medo de matá-lo.

Manoel e a sogra acudiram, cheios de indignação contra Raimundo; enquanto o cônego puxava para o lugar a sua volta de rendas e endireitava a batina, resmungando:

— Espere lá, meu amigo! Isto não vai à força!... *Hoo avetart Deus*... Sabemos perfeitamente que V. Sª é muito boa pessoa... Apre! Mas... há de concordar que não tem o direito de pretender a mão de minha afilhada! Nem a murros me obrigará a negar que o senhor é...

— Um cabra! concluiu a velha com um berro. E um filho da negra Domingas! alforriado à pia! É um bode! É um mulato!

— Mas afinal, com todos os diabos! a que pretendem chegar? gritou Raimundo, batendo com o pé. Desembuchem!

— É que, respondeu o cônego, inalteravelmente; nós, para evitarmos que o escândalo prossiga, vamos oferecer-lhe de n ovo o único alvitre a seguir, e olhe que poderíamos, sem mais delongas, processá-lo em regra, se assim o entendêssemos!... Mas... para que negar?... Não acreditamos que o senhor abusasse da inocência desta menina!... aquela declaração de há pouco nada mais foi do que um simples estratagema, urdido por V. Sª, com o fim de realizar os seus intentos. Enganou-se! Sabemos que ela está tão pura como dantes! O que se tem a fazer, por conseguinte, é isto: O doutor vai retirar-se quanto artes desta terra, retire-se imediatamente, sob pena de ser justiçado como o entendermos melhor!

Raimundo foi buscar o chapéu. O cônego atalhou-lhe à saída.

— Então! Que decide?

— Fomente-se! respondeu-lhe aquele, e encaminhou-se para Ana Rosa, que chorava, encostada à parede.

— Ainda nos resta um meio… A senhora é maior. Amanhã terás notícias minhas. Juro que serei seu esposo!

— E eu juro que sou tua! exclamou ela, lançando-se para acompanhá-lo até a porta.

— Cale-se! ordenou Manoel, obrigando-a a retroceder com um empurrão.

— Bem!... resmungou o padre, logo que Raimundo saiu. Seja!...

Ana Rosa correu a fechar-se no quarto.

Manoel deixou-se cair numa cadeira, abafando nas mãos os seus soluços; Maria Bárbara continuou a praguejar, voltando agora contra o genro todo o seu desespero; e o cônego, indo ter, ora com um, ora com outro, procurava acalmá-los, prometendo arranjar tudo. "Que se deixassem daquela arrelia... a situação não era também lá essas coisas!... Não valia a pena afligirem-se de semelhante modo!... Fiassem-se nele, que tudo se arranjaria decentemente!... O negócio da gravidez era uma patranha, engendrada à última hora!... Pois então, se houvesse nisso alguma verdade, a pequena não lha teria confessado?…

E daí a pouco descia a escada, rangendo nos degraus os seus sapatos de polimento.

— Aqui estou, senhor cônego. Podemos ir? perguntou-lhe o Dias, no canto da Prensa, logo que se reuniram.

— Espere! Espere lá meu amigo! Para que lado seguiu o homem?

— Desceu o Beco da Prensa.

— Então temos ainda o que fazer por cá...

E dirigiu-se ao cocheiro de um carro que estacionava na esquina, falou-lhe em voz baixa, e o carro afastou-se.

— Bem, disse, tornando ao caixeiro, agora escondamo-nos aqui, por trás deste lote de pipas.

— Para quê?

— Para não sermos vistos pelo cabra, quando passar.

E ficaram conspirando em voz baixa, até que Raimundo apareceu de volta na entrada do beco. Fora despedir um escaler, que estava lá embaixo às suas ordens, na praia. A luz do lampião da esquina bateu-lhe em cheio no rosto, porque ele trazia o chapéu de feltro derreado para a nuca. Parou um instante, hesitando, procurou o seu carro, e afinal resolveu, com um gesto de impaciência, descer para o lado da Praça do Comércio.

— Bom! murmurou misteriosamente o padre ao companheiro. Siga-o, mas em distância que não seja percebido... E, se ele demorar-se muito na rua, faça o que lhe disse! Tome!

E passou-lhe, sem levantar o braço, um objeto, que o Dias teve escrúpulos em receber.

— Então?! insistiu Diogo.

— Mas...

— Mas o quê?... Ora não seja besta! Tome lá!

O outro quis ainda recalcitrar, o cônego acrescentou:

— Não seja tolo! Aproveite a única ocasião boa, que Deus lhe oferece! Faça o que lhe disse - será rico e feliz! *Audaces fortuna juvat!*... Agradeça à Providência o meio fácil que lhe depara, e que estou vendo agora que você não merecia!... A maior parte dos homens poderosos tiveram. coitados! Muito maiores provações para chegar aos seus fins!... Ande daí! Não seja ingrato com a fortuna que o protege!... Também era só o que faltava, que, por um instante de medo infantil, você perdesse o trabalho de tantos anos!.. afianço-lhe, porém, que ele não teria para com você a mesma hesitação, como há de acontecer naturalmente ...

— Vossa Reverendíssima acha então que?...

— Acho não, tenho plena certeza! "Quem o seu inimigo poupa, nas mãos lha morre!" Mas, quando mesmo ele não o mate, será isto razão para que você não o extermine?... Ora, diga-me cá, mas fale com franqueza! Você está ou não resolvido a casar com minha afilhada?...

— Estou sim senhor.

— Bem! Pois lembro-lhe somente que um homem de cor, um mulato nascido escravo desvirtuou a mulher que vai ser sua esposa, e isto, fique sabendo, representa para você, muito maior afronta que um adultério! Assiste-lhe, por conseguinte, todo o direito de vingar a sua honra ultrajada; direito este que se converte em obrigação perante a consciência e perante a sociedade!

— Mas...

—Imagine-se casado com Ana Rosa e o outro no gozo perfeito da vida; a criança, já se sabe, parecida com o pai... Pois bem! Lá chega um belo dia em que o meu amigo, acompanhando sua família, topa na rua, ou dentro de qualquer casa, com o cabra! . Que papel fará você, seu Dias?... Com que cara fica?... O que não dirão todos?... e, vamos lá, com razão, com toda a razão! E a criança? A criança, se continuar a viver, o que não julgará do basbaque que a educou? .. Sim, porque, convença-se de uma coisa! Com a existência de Raimundo, o filho deste virá fatalmente a saber de quem descendeu! Não faltará quem lhe declare!

— Isso é!...

— Mas, apesar de tudo, se os partidos fossem iguais, ainda vá! Assim, porém, não acontece; você conquistou a sua posição naquela casa com uma longa dedicação, com um esforço de todos os dias e de todos os instantes; você enterrou ali a sua mocidade e empenhou o seu futuro; você deu tudo, tudo do que dispunha, para receber agora o capital e os juros acumulados! E o outro? O outro é simplesmente um intruso que lhe surge pela frente, e um especulador de ocasião, é um aventureiro que quer apoderar-se daquilo que você ganhou! O que pois lhe compete fazer?—Repeli-lo! Fizeram-lhe todas as admoestações; ele insiste - mate-o! Qual é o direito dele? Nenhum! Um negro forro à pia não pode aspirar à mão de uma senhora branca e rica! É um crime! É um crime, que o facínora quer, a todo transe, perpetrar contra a nossa sociedade e especialmente contra a família, do homem a quem você se dedicou, uma família, que, por bem dizer, já é sua, porque Manoel Pedro tem sido para você um verdadeiro pai, um amigo sincero, um protetor que devia merecer-lhe, ao menos, o sacrifício que você agora duvida fazer por ele! É uma ingratidão! Nada mais, nada menos! Mas a justiça divina, seu Dias, nunca dorme! Deus tentou fazer de você um instrumento dos seus sagrados desígnios, e você se recusa Muito bem! Eu com isso nada mais tenho! é lá com a sua consciência!... Lavo as mãos! Como sacerdote, e como amigo do seu benfeitor, já fiz e já disse o que me cumpria; o resto não me pertence! Faça o que entender!

— Sim... mas...

— Apenas lhe observo o seguinte: ainda mesmo que Raimundo não consiga realizar o casamento com Ana Rosa, o que aliás é impossível, porque ela é maior e o outro tem por si a justiça, fique certo de que, enquanto viver aquele homem, a mãe do filho dele nunca fará o menor caso de você!... Isso é o que lhe afianço!

— Mas o pai pode obrigá-la a casar comigo...

— Não seja pedaço de asno, que uma rapariga naquelas condições não se casa senão por gosto próprio! Mas, quando assim não fosse, aceitando a hipótese absurda de que o pai a obrigasse, isso então seria muito pior para você! Era só o Raimundo dizer, em qualquer tempo, a Ana Rosa "Vem cá!" e ela, a sua esposa, meu caro amigo, seguia-o logo, como um cachorrinho! Você sabe lá o que é a mulher para o primeiro homem que a possui, principalmente quando ele a emprenha?... É um animal com dono! Acompanha-o para onde ele for e fará somente o que ele bem quiser! É um autômato! Não se pertence! Não tem vontade sua! Casada com outro? Que importa! Há de correr atrás do amante, segui-lo por todas as degradações! há de rir-se à custa do pobre marido! Cobri-lo de vergonhas! Há de ser a primeira a chamar-lhe nomes! Você, seu palerma, servirá unicamente para apimentar o prazer dos dois, dar-lhe um travo picante de fruto proibido, de pecado! E calcule, por um instante, as terríveis consequências da sua covardia; não pára aqui a negra cadeia das vergonhas que o esperam! Raimundo há de, mais cedo ou mais tarde, aborrecer da amante, como a gente se aborrece de tudo que é ilegal; passada a quadra das ilusões, desaparecerá o ardor que o prende a Ana Rosa e todo o seu sonho será conquistar uma posição brilhante na sociedade; pois bem, desde que ele não possa associar a amiga às suas aspirações, às suas glórias políticas e literárias, ela se converterá num obstáculo à sua carreira, num estorvo para o seu futuro, num trambolho, a que ele, na primeira ocasião dará um pontapé, substituindo-a por uma esposa legítima, de quem tire partido para subir melhor! Então, Ana Rosa passará à segunda mão, depois à terceira, à quarta, à quinta; até que, por muito batida, resvale no lodo dos trapiches, na taverna dos marujos, em todo lugar, enfim, onde possa vender-se para matar a fome! E lembre-se bem que ela, por tudo isto, nunca deixará de ser sua mulher, sua senhora, recebida aos pés do altar, em face de Deus e dos homens! Ora diga-me pois, seu Dias, não lhe parece que evitar tamanhas calamidades é servir bem ao nosso criador e aos nossos semelhantes?... Ainda duvidará que pratica uma boa ação, removendo a causa única de tanta desgraça?.. Vamos, meu amigo, não seja mau, salve aquela ovelha inocente das voragens da prostituição! Salve-a em nome da igreja! Em nome do bem! Em nome da moral!

E o grande artista levantou os braços para o céu, exclamando em voz chorosa:

— *Quis talia fando temperat a lacrymis?...*

Dias escutava-o concentrado. O cônego prosseguiu, mudando de tom:

— Viremos a medalha! Vejamos agora o que sucederá se você seguir o meu conselho: A rapariga chora por algum tempo, pouco, muito pouco, porque eu a consolarei com as minhas palavras; depois como precisa de um pai para o filho, casa-se com você e aí está o meu amigo, de um dia para outro, feliz, rico, independente! Sem contar o seu gozo íntimo de haver resgatado de infalível perdição a filha do seu benfeitor, a qual deixará de ser uma mulher perdida para ser o modelo das esposas!

— É exato!

— Pois mãos à obra! Todo aquele que encontra em casa o ladrão, que lhe vai roubar o simples dinheiro, tem direito a meter-lhe uma carga de chumbo nos miolos, e, como há de ficar de braços cruzados o que se vê ameaçado na sua honra, na sua fortuna, na sua mulher e na sua tranqüilidade?... Sim, fica! Quando é um miserável! Um basbaque!

— Reverendo, juro-lhe que...

— Então avie-se! Está a fugir a única ocasião que Deus lhe faculta!.. Amanhã será tarde!... já ele a terá por justiça e, ainda que não se casem, o escândalo será patente! Resolva-se ou deixe por uma vez o campo livre ao mais forte e mais esperto!

— Adeus, senhor cônego!

— Vá com a Virgem Santíssima!

E o Dias, de cabeça baixa, passos largos e abafados, subiu a Rua da Estrela. De repente, voltou, chamou o padre e perguntou-lhe alguma coisa ao ouvido.

— É melhor, é...

O caixeiro tomou então a Rua de Santana.

Daí a uma hora, o compadre de Manoel, depois de saborear a sua canja e depois de amaciar o lombo luzidio do seu maltês, fazia a oração do costume e espichava-se tranqüilamente numa rede de algodão, lavada e cheirosa, disposto a passar uma boa noite.

XVIII

Entrementes, Ana Rosa chorava no seu quarto; Manoel continuava a passear na sala, com as mãos cruzadas atrás e a cabeça descaída sobre o peito, como se uma preocupação de chumbo a puxasse para baixo; e Maria Bárbara ceava na varanda, resmungando, embebendo fatias de pão torrado na sua xícara de chá verde. E a noite envelhecia, e as horas rendiam-se, que nem sentinelas mudas, e nenhum dos três procurava dormir, afinal, Marta Bárbara obrigou o genro a recolher-se, depois foi ter com a neta e dispôs-se a fazer-lhe companhia até amanhecer, Em breve, porém, a velha ressonava, e tanto o pai, como a filha, viram, através das suas lágrimas, nascer o dia.

Raimundo, esse vagara pelas luas da cidade, com o coração encharcado de um grande desânimo. Apoquentava-o menos a estreiteza da situação do que a brutal pertinácia daquela família, que preferia deixar a filha desonrada a ter de dá-la por esposa a um mulato. “Com efeito!... Era preciso levar muito longe o escrúpulo de sangue!...” E, malgrado o vigor e a firmeza com que ele até aí afrontara as contrariedades, sentia-se agora abatido e miserável. Na transtornada corrente das suas idéias, a do suicídio misturava-se, como uma moeda falsa que mareasse as outras. Raimundo repelia-a com repugnância, mas a teimosa reaparecia sempre. Para ele o suicídio era uma ação ridícula e vergonhosa, era uma espécie de deserção da oficina; então, para animar-se, para meter-se em brios, evocava a memória dos fortes, lembrava-se dos que lutaram muito mais contra os preconceitos de todos os tempos; e, de pensamento em pensamento, sonhava-se em plena felicidade doméstica, ao lado de uma família amorosa, cercado de filhos, e feliz, cheio de coragem, trabalhando muito, sem outra ambição, além de ser um homem útil e honrado. Mas todas estas esperanças já lhe não acordavam no espírito o mesmo eco de entusiasmo agora, o que mais o preocupava era a sua humilhação e o seu amor ultrajado: desejava esposar Ana Rosa, desejava-o, como nunca, mas por uma espécie de vingança contra aquela maldita gente que o envilecia e rebaixava; queria amarrá-la ao seu destino, como se a amarrasse a um posto infamante; queria espalhar bem o seu sangue, porque onde ele caísse, deixaria uma nódoa incandescente; precisava, para sofrer menos, ver sofrer alguém; era necessário que os outros chorassem muito, para que, por sua vez, risse um pouco. “Oh! havia de rir!. Ana Rosa pertencer-lhe-ia de direito! .. Por que não?... Ele tinha a lei por si! Quem poderia impedir-lhe de tirá-la por justiça?... Além de que, com um filho nas entranhas. ela lhe obedeceria como escrava!...”

E ruminando estes projetos, fingindo-se muito senhor de si, mas com grande desespero a ladrar-lhe por dentro, Raimundo vagabundeava pelas ruas, à espera que amanhecesse, com as mãos nas algibeiras, vacilante como um ébrio. Impacientava-se pelo dia seguinte, perecia atraí-lo com a sua ansiedade crescente; aquela noite, comprida e silenciosa, pesava-lhe nas costas, que nem a mochila do soldado no meio da batalha. “Sim! Urgia que amanhecesses!... Queria tratar dos seus interesses, liquidar aquela maçada, aquela grande maçada!. . Mais doze horas, doze horas! E estaria tudo concluído! No dia seguinte estaria tudo pronto! Ele no primeiro vapor seguiria para a Corte, acompanhado da esposa, feliz, independente! Sem lembrar-se, nunca mais, do Maranhão, dessa província madrasta para os filhos!”

Ao chegar ao Largo do Carmo, assentou-se num banco. Um vento fresco agitava as árvores: ameaçava chuva; ouvia-se o surdo e longínquo marulhar da costa, e, por ali perto, em algum sarau, uma garganta de mulher cantava ao piano a “Traviata”.

Raimundo passou a mão pela testa e reparou que estava suando frio. Deram duas horas. Um polícia aproximou-se vagarosamente e pediu-lhe um cigarro e o fogo, e seguiu depois, com ar preguiçoso de quem cumpre uma formalidade inútil aborrecida. E Raimundo ficou a escutar os passos sonoros do rondante, cadenciados com a regularidade monótona de uma pêndula.

Deram três horas. Chuviscava.

Raimundo levantou-se e seguiu pela Rua Grande. "Agora talvez dormisse um pouco... Estava tão fatigado!..." Quando atravessou o campo de Ourique, pensou sentir alguém acompanhando-o, olhou para os lados e não descobriu viva alma. "Enganara-se com certeza... Era talvez o eco dos seus próprios passos..." Continuou a andar, até chegar a casa.

Mas, do vão escuro, em que se formava o limite da parede, rebentou um tiro, no momento em que ele dava volta à chave.

Este tiro partira de um revólver fornecido ao Dias pelo cônego Diogo. Todavia, no instante supremo, faltara ao pobre diabo coragem para matar um homem, mas as palavras do padre ferviam-lhe na cabeça, em tomo da sua idéia fixa. "Como poderia agora perder num momento o trabalho de toda uma existência, destruir o seu castelo dourado, a sua preocupação, a coisa boa da sua vida?... Perder o jogo no melhor lance!... inutilizar-se, reduzir-se a lama, quando, só com um ligeiro movimento de dedo, estaria tudo salvo!..."

Isto pensava o caixeiro de Manoel escondido na treva, por detrás de um montão de pedras e barrotes, ao lado dos espeques de um casebre em ruínas. Mas o tempo corria, e Raimundo ia entrar pra casa, sumir-se numa fronteira inexpugnável, e só reapareceria no dia seguinte, à luz do sol. "Era preciso aviar!... Um instante depois seria tarde, e Ana Rosa passaria às mãos do mulato e a cidade inteira ficaria senhora do escândalo, a saboreá-lo, a rir-se do vencido! E, então, estaria tudo acabado, para sempre! Sem remédio! E ele, o Dias, coberto de ridículo e... pobre! "

Nisto, rangeu a fechadura. Aquela porta ia abrir-se como um túmulo, onde o miserável sentia resvalar o seu futuro e a sua felicidade; no entanto, tamanha calamidade dependia de tão pouco! O grande obstáculo da sua vida estava ali, a dois passos, em magnífica posição para um tiro.

Dias fechou os olhos e concentrou toda a energia no dedo que devia puxar o gatilho. A bala partiu, e Raimundo, com um gemido, prostrou-se contra a parede.

Amanhecera um dia enfadonho, cheio de chuviscos e umidade. Pouca gente pela rua; nenhum sol, e um aborrecimento geral a abrir a boca por toda parte. Grossas nuvens, grávidas e sombrias, arrastavam-se pelo espaço, no peso da sua hidropisia; o ar mal podia contê-las. Ouvia-se um trovejar ao longe, que lembrava o rolar de balas de peça por um assoalho.

A casa de Manoel tinha a silenciosa quietação do luto; as janelas fechadas; os moradores tristes; a varanda e a sala de visitas totalmente desertas. Embaixo, no armazém, os caixeiros fingiam não saber de nada. Os pretos cochichavam na cozinha, com medo de falar alto, e iam dar trela à vizinhança, onde se comentava já o escândalo da véspera.

Manoel só apareceu fora do quarto à hora do almoço, que nesse dia foi tarde, porque os escravos, privados da vigilância de Maria Bárbara e empenhados no mexerico, descuidaram-se das obrigações. O pobre homem trazia no rosto, fotografada, a sua dor e a sua insônia; tinha os olhos pisados e intumescidos. Mal tocou nos pratos, cruzou logo o talher e limpou com o guardanapo uma lágrima, que o lugar vazio de Ana Rosa lhe desprendera. Aquela cadeira sem dono parecia dizer-lhe com a tristeza: "Descansa, desgraçado, que filha nunca mais terás tu!..." Não quis descer ao armazém e fechou-se em cima, no seu escritório, recomendando que mandassem lá o Dias quando chegasse.

O sabiá trinava desesperadamente na varanda. Tinham-se esquecido de encher-lhe o comedouro.

Ana Rosa não saíra da rede; estava excitada, doente, toda nervosa, com uma irritação de estômago. A avó, cheia de mau humor, levara-lhe um bule de chá de contra-erva, para a febre, e, depois de recomendar à neta que não saísse do quarto e fizesse por dormir, fechou-se com os seus santos, a rezar.

A rapariga ignorava o que ia lá por fora. Amância foi a única visita que apareceu, falando muito da palidez que lhe notara.

— Até lhe achei mau hálito, disse à Mônica, logo que saiu do aposento da enferma.

— É do estômago, explicou a cafuza. Ela, coitada, ainda hoje não comeu nada, e ainda não pregou olho desde ontem de manhã!

A velha passou à cozinha, à procura da Brígida, para indagar que diabo havia sucedido naquela casa, que andavam todos a modos de assombrados!

Ana Rosa achava-se, com efeito, muito abatida, num estado perigoso de irritação e fraqueza. Mônica obrigou-a a tomar um mingau de farinha, e ela vomitou-o logo.

— Hê, Iaiá! Isto assim não está bom!... censurava maternalmente a preta. Não te fica nada no bucho!

— Mãe-pretinha, pediu depois a moça, eu posso ir até à sala? Não corre vento; as vidraças estão fechadas!

— Vai, laiá, porém mete algodão no ouvido. Espera! Agasalha a cabeça!

E envolveu-lhe a testa com um lenço encarnado de seda.

— laiá quer que eu te ajude?

— Não, mãe-pretinha, fique; você deve estar cansada.

A preta assentou-se junto à rede, encolheu as pernas, que abrangeu com os braços, e pôs-se a cochilar, escondendo a cara contra os joelhos. Ana Rosa levantou-se muito fraca e, lentamente, apoiando-se nos móveis, atravessou por entre o desarranjo do seu quarto e foi até a sala.

Fazia má impressão vê-la com aquele andar vagaroso e triste, acompanhado de suspiros e descaimentos de pálpebras. Parecia convalescente de uma longa moléstia grave; estava cor de cera, com grandes olheiras roxas; muito puxada, os cabelos, despenteados e secos, caíam-lhe por debaixo do lenço vermelho, que lhe dava à cabeça certa expressão pitoresca e graciosa. Dela toda respirava um tom melancólico e dolorido: o longo roupão, abotoado sobre o estômago, arrastando-se negligentemente pelo chão, os braços moles, as mãos frouxas, o pescoço bambo, os lábios entreabertos, estalando de febre, o olhar morto, infeliz, mas embebido de ternura; tudo nela transpirava um tácito queixume de fundas mágoas escondidas. Seus pezinhos traziam de rastros umas chinelas de criança e, por entre a abertura do vestido, via-se-lhe a camisa de renda amarrotada e um cordão de ouro escorrendo pela brancura do seio, com um pequeno crucifixo que se lhe balançava entre os peitos.

E, com a resignação dos doentes que não podem sair do quarto, passeava pela sala o seu isolamento, procurando entreter-se a examinar os objetos de cima dos consolos, minuciosamente, como se nunca os tivera visto. Tomou entre os dedos um galgozinho de jaspe e ficou a observá-lo um tempo infinito. É que seu pensamento não estava ali; andava lá fora, em busca de Raimundo, em busca do seu cúmplice estremecido, o autor daquele delito que ela sentia dentro de si, enchendo-a de alegria e de medo. Amava-o muito mais agora, tal como se o seu amor crescesse também como o feto que se lhe agitava nas entranhas. Apesar da estreiteza da situação, achava-se cada vez mais feliz; sonhara a ventura de ser mãe e sentia-a realizar-se no seu corpo, no seu ventre, de instante a instante, com um impulso misterioso, fatal, incompreensível. "Era mãe!... Ainda lhe parecia um sonho!... "

Impacientava-se por preparar o enxoval do seu filhinho. Um enxoval bom, completo, a que nada, nada, faltasse. Ah, ela sabia perfeitamente como tudo isso era feito; qual a melhor flanela para os cueiros; quais as melhores toucas e os melhores sapatinhos de lã. Via em sonhos um berço junto a sua rede, com um entezinho dentro, todo rendas e fitas cor-de-rosa, a vagir uns princípios de voz humana. E fazia-se muito pressurosa, a queimar alfazema, para defumar os panos da criança; a preparar água com açúcar, para curar-lhe as cólicas; a evitar em si mesma o abuso do café e de todo o alimento que pudesse alterar-lhe o leite, porque ela queria ser a própria a criar o seu filho, e por coisa nenhuma desta vida, o confiaria à melhor ama. E, a pensar nestas coisas, que, aliás, nunca ninguém procurara ensinar-lhe, esquecia-se inteiramente dos vexames e das dificuldades que a sua falsa posição teria de levantar; nem sequer, lhe passava pela idéia a hipótese de não casar com Raimundo. "Oh, isso havia de ser, desse por onde desse e sofresse quem sofresse!"

Assim lhe correu o dia. Só despertou dos seus devaneios às duas e meia da tarde, quando o sino da Sé badalou o dobre dos finados "Por quem estaria dobrando?..." perguntou de si para si, tomada de compassiva estranheza. Parecia-lhe absurdo que alguém cuidasse em morrer, quando ela só pensava em dar à vida aquele outro alguém que tanto a preocupava.

Todavia, o dobre continuou ao longe, rolando no espaço, como um soluço que se desdobra. E aquele som lúgubre, ali, na sala toda fechada, parecia fazer o dia mais triste e o céu mais sombrio e chuvoso. Ana Rosa sentiu um ligeiro tremor de medo indefinido arrepiar-lhe as carnes; lembrou-se de rezar, chegou mesmo a dar alguns passos na direção da alcova, mas deteve-a um rumor de vozes que vinha da rua.

Foi até a janela. O zunzum do povo crescia "Alguma briga!..." pensou ela, encostando a cara na vidraça, para espiar o que se passava lá fora.

O motim recrescia à proporção que um grupo imenso de homens e mulheres se aproximava cheio de curiosidade. Ana Rosa pôde então compreender a causa do ajuntamento: dois pretos traziam um corpo dentro de uma rede, cuja taboca carregavam no ombro.

— Credo! Que agouro!... disse impressionada.

E quis afastar-se da janela, mas deixou-se ficar, por curiosidade. "Algum pobre homem que ia doente para o hospital... ou talvez fosse algum defunto, coitado!..." E procurou pensar no filho, para desfazer a impressão desagradável que acabava de receber.

O corpo estava inteiramente coberto por um lençol de linho e parecia ser de um homem de boa estatura. Algumas manchas vermelhas destacavam-se aqui e ali na brancura do pano.

Ana Rosa sentia já certo interesse aterrorizado; quis de novo deixar a janela; agora, porém, o que se passava lá na rua atraía-lhe irresistivelmente o olhar. A fúnebre procissão aproximava-se entretanto, chegando-se para a parede do lado em que ela estava. Ia deixar de ver, mas não lhe convinha abrir a janela, por causa do vento; além disso ameaçava chuva; era até muito natural que estivesse chuviscando. Continuou a olhar atentamente, com o rosto achatado de encontro aos vidros.

A rede adiantava-se a pouco e pouco, jogando com a irregularidade da rua e do caminhar desencontrado dos carregadores; o que obrigava o lençol a fazer e desfazer fartas rugas instantâneas. Ana Rosa sentiu-se inquieta e sobressaltada, como se aquilo lhe dissera respeito; a rede ia desaparecer de todo a seus olhos, porque cada vez mais se aproximava da parede, já mal podia alcançá-la com a vista.

Céus! Dir-se ia que se encaminhava para a porta de Manoel!

Uma rajada de nordeste esfuziou nos vidros. Os chapéus dos transeuntes saltaram como folhas secas; as janelas de diversas casas bateram contra os caixilhos num repelão de cólera; o vento zuniu com mais força e, numa segunda refrega, arrancou de uma só vez o lençol que cobria a rede.

Ana Rosa estremeceu toda, deu um grito, ficou lívida, levou as mãos aos olhos. Parecia-lhe ter reconhecido Raimundo naquele corpo ensangüentado. Duvidou e, sem ânimo de formular um pensamento, abriu de súbito as vidraças.

Era, com efeito, ele.

O povo olhou todo para cima e viu uma coisa horrível. Ana Rosa, convulsa, doida, firmando no patamar das janelas as mãos, como duas garras, entranhava as unhas na madeira do balcão, com os olhos a rolarem sinistramente e com um riso medonho a escancarar-lhe a boca, as ventas dilatadas, os membros hirtos.

De repente, soltou um novo rugido e caiu de costas.

A mãe-preta acudira logo e arrastou-a para o quarto.

A moça deixou atrás de si, pelo chão, um grosso rastro de sangue, que lhe escorria debaixo das saias, tingindo-lhe os pés. E, no lugar da queda, ficou no assoalho uma enorme poça vermelha.

XIX

No dia seguinte, por todas as ruas da cidade de São Luís do Maranhão, e nas repartições públicas, na Praça do Comércio, nos açougues, nas quitandas, nas salas e nas alcovas, boquejava-se largamente sobre a misteriosa morte do Dr. Raimundo. Era a ordem do dia.

Contava-se o fato de mil modos; inventavam-se lendas; improvisavam-se romances. O cadáver fora recolhido pela Santa Casa de Misericórdia; procedeu-se a um corpo de delito; verificou-se que o paciente morrera a tiro de bala, mas a polícia não descobriu o assassino.

Nessa mesma tarde os caixeiros de Manoel, vestidos de luto, entregavam de porta em porta a seguinte circular:

"Ilmo. Sr.,

"Manoel Pedro da Silva e o cônego Diogo de Melo Freitas Santiago participam a V.S^{a} que acabam de receber o profundo golpe do falecimento de seu prezado e nunca assaz chorado sobrinho e amigo Raimundo José da Silva; e, como o seu cadáver tenha de baixar ao túmulo, hoje às 4 e 1/2 horas da tarde, no cemitério da Santa

Casa de Misericórdia, esperam receber de V.Sª o piedoso obséquio de acompanhar o féretro da casa de seu inconsolável tio à Rua da Estrela n.° 80, pelo que desde já se confessam eternamente agradecidos.

Maranhão, etc, etc "

A Misericórdia cedeu uma sepultura. mediante a quantia de 60$000 . O enterro foi a pé e bastante concorrido. Muitos negociantes acompanharam-no por consideração ao colega; grande número de pessoas por mera curiosidade.

O cônego ungiu o cadáver com água benta e encomendou-o a Deus.

Maria Bárbara, para completo descargo de consciência e porque soubessem que ela não tinha mau coração, prometeu uma missa por alma do mulato.

Dias só apareceu em casa à tarde, à hora do saimento. Notaram que o bom rapaz muito se sentira daquela morte e que, no ato de baixar o caixão à sepultura, afastara-se de todos, naturalmente para chorar mais à vontade. Não constou que mais ninguém, além dele e o cônego, tivesse chorado.

De volta do cemitério, Freitas, em conversa com os caixeiros de Manoel, mais o Sebastião Campos e o Casusa, lamentou com palavras finas o lastimável falecimento do infeliz moço, e disse que sentia bastante não ter a polícia descoberto o autor do crime; mas que, segundo a sua modesta opinião, aquilo fora, nada mais, nada menos, do que um suicídio, e que Raimundo viera até a ponta da rua nas agonias da morte.

— Uma fatalidade! rematou ele, filosoficamente, a espanar com o lenço os seus sapatos envernizados. - Não me posso conformar com o diabo deste pó vermelho de São Pantaleão! Mas creiam que me comoveu bastante a morte do pobre Mundico! Era um moço hábil.. Tinha muita habilidade para fazer versos...

— E muita presunção, vamos lá!

— Não, coitado! Tinha seus estudos, tinha! Não se lhe pode negar!...

— Mas também não era lá essas coisas que queria ser!...

— Ah, sim, não digo o contrário... Concordou delicadamente o pai de Lindoca, porque não tinha por costume contrariar ninguém. - Uma fatalidade!... repetiu, meneando a cabeça.

— E talvez não fique nesta!.. observou Sebastião. A pequena está bem perigosa!...

— É! Ouvi dizer que sim...

— O Jaufert mandou que a carregassem pra fora.

— Segue, num dia destes para a Ponta-d'Areia.

— Não. Para o Caminho Grande.

— Ah! Ela era perdida pelo Raimundo!...

— Tolice.

E deram de mão o assunto para ouvir Casusa, que contava alegremente o caso de um bêbado que uma vez fora parar no cemitério e lá ficara fechado; e que, depois, acordando pelas altas horas da noite, levantara-se para ir até ao portão pedir fogo ao ronda, que fumava muito distraído, encostado de costas nas grades, e que o soldado, sentindo passar-lhe no pescoço a mão fria do borracho, deitara a correr e a pedir socorro em altos berros.

Todos acharam graças, e o Freitas contou logo um fato equivalente que lhe sucedera no tempo de rapaz. Esta anedota puxou por outras, e cada qual exibiu as que sabia: de sorte que, ao entrarem na Rua Grande ainda empoeirados da terra vermelha de São Pantaleão, riam-se a bom rir, apesar da profunda tristeza do crepúsculo, que nesse dia não vestira as galas do costume.

O Pescada, mal o tempo levantou, mudou-se, junto com a filha e a sogra, para um sítio ao Caminho Grande, onde Ana Rosa esteve à morte. Chegaram a fazer Junta de médicos.

Desde então o pobre Manoel vivia muito apoquentado. Falou-se que os seus cabelos tinham embranquecido totalmente e que ele agora se dedicava ao trabalho como nunca, com uma espécie de furor, um desespero de quem bebe para esquecer a sua desventura.

A nova firma comercial Silva e Dias nasceu, entretanto, no meio da mais completa prosperidade.

Seis anos depois, em meado de fevereiro, havia uma partida no Clube Familiar. Era uma galanteria que os liberais dedicavam a um seu correligionário político, chegado da Corte por aqueles dias, com destino à presidência do Maranhão.

Estava-se no rigor do inverno e chovera durante toda a tarde. As calçadas refletiam em ziguezague a luz vermelha dos lampiões. Alguns telhados ainda gotejavam melancolicamente, e o céu, todo negro, pesava sobre a cidade que nem uma tampa de chumbo. Não obstante, chegava bastante gente para a festa; velhas carruagens enfileiravam-se na Rua Formosa, despejando golfadas de seda e cambraia. As damas, finamente envolvidas nas ondas dos seus pufes, subiam, arrepanhando a cauda, aos salões do baile, pelo braço de homens sérios de casaca. Havia luxo. Os lances da escadaria mostravam-se juncados de flores desfolhadas e folhas de mangueira, e os degraus, de quatro a quatro, estavam guarnecidos por grandes vasos de pó de pedra, vazios de planta. Espelhos de bom tamanho refletiam de alto a baixo, no corredor, os pares que subiam. Em todas as portas havia alvas cortinas de labirinto.

O presidente acabava de chegar, e a banda do 5.° de Infantaria tocava embaixo o Hino Nacional. Todos se agitavam para vê-lo; comentavam-lhe já, em voz soturna, a figura, os movimentos, o andar, a cor, e os botões da camisa.

Na sala de honra, as senhoras, parafusadas nas suas cadeiras, numa resignação cerimoniosa, espichavam discretamente o pescoço, para ver o "Presidente novo". Os rapazes, com o cabelo dividido em duas pastas sobre a testa, fumavam nos corredores ou bebiam nos bufetes. Na varanda jogavam em silêncio os inalteráveis pares do voltarete. A casa toda recendia a perfumaria francesa.

Reinava um constrangimento pesado e estúpido; poucos se animavam a conversar, e ninguém ria. Mas de improviso, a orquestra deu o sinal da primeira quadrilha e uma onda de homens invadiu brutalmente as salas, por todas as portas. Era uma aluvião mesclada; havia o *croisé* de luva branca, a casaca sem luva, o fraque de três botões com o lenço de seda debruçado na algibeira; sobressaíam as enormes gravatas de cambraia engomada, com as pontas em bico sistematicamente espichadas sobre a negrura da lapela. Alguns tinham um tique pretensioso; outros um ar encalistrado e cheio de rubores. Principiava-se a suar.

Destacavam-se os filhos dos negociantes ricos, que haviam ido à Europa "estudar comércio" e os acadêmicos de Pernambuco, Bahia e Rio, que estavam de férias na província. A dança abalava-os a todos; as senhoras iam-se já levantando; arrastavam-se cadeiras; a luz do gás mordia os ombros nus e fazia faiscar os diamantes; as rabecas começavam a gemer.

As quadrilhas e as valsas sucederam-se quase sem intervalo. O entusiasmo apoderou-se dos ânimos.

Tremia no ambiente o vozear frouxo dos cochichos, das coisas amorosas, dos pequeninos risos delicados, do tilintar dos braceletes, do farfalhar das saias, do rumorejar dos leques e do surdo arrastar dos pés no tapete.

As mulheres rodavam, presas pela cintura, num abandono voluptuoso, com a cabeça esquecida sobre a espádua do cavalheiro. De envolta com os extratos de Lubin, saturava a atmosfera um cheiro tépidos e penetrante de carnes e cabelos. Pares fatigados prostravam-se nos canapés, amolecidos por um entorpecimento sensual; dilatavam-se as narinas, ofegavam os colos e as pálpebras bambeavam num quebranto de febre.

Em breve, porém, um frenesi galvânico eletrizou todos os pares. "Galop!" gritaram. E um turbilhão doido, desenfreado, precipitou-se pelas salas, percorrendo-as aos saltos, numa confusão de casacas e caudas de seda;

anovelando-se, abalroando-se e rebentando afinal numa vozeria medonha, atroadora, num bramido de onda que espoca em plena tempestade.

Rasgaram-se vestidos, espicaçaram-se folhos de renda, desfloraram-se penteados e soltaram-se exclamações de prazer.

Um rapaz, ao terminar a quadrilha, refugiava-se, coxeando, na varanda. Tinham-lhe pisado o melhor calo.

— Maus raios te partam, diabo!

E foi assentar-se a um canto, segurando carinhosamente o pé.

— Ó seu Rosinha, fale com os amigos velhos!.. disse o Freitas, aproximando-se dele e estendendo-lhe a mão. Não sabia que o tínhamos aqui em nossa terra, doutor!

Estava o mesmo homem, sempre engomado e teso, com o seu eterno colarinho à Pinaud e a sua unha de estimação. "Então!... que lhe contava o caro Sr. Rosinha, depois que se viram a última vez? Já lá se iam três anos!..."

Rosinha achava-se em férias; era terceiranista de Direito em Pernambuco.

O Freitas notou que ele estava rapagão; estava muito melhor; mais desenvolvido!

O Faísca sorriu. Com efeito engrossara de ombros e deitara melhor corpo. Agora tinha um par de suíças e parecia menos tolo, porém muito mais míope. Falaram superiormente contra aquele modo bárbaro de dançar. O estudante descreveu as dores que sentiu quando lhe pisaram o cato e jurou nunca mais dançar com semelhantes estouvados. Depois, conversaram a respeito do novo presidente; Freitas queixou-se do partido liberal. "Uma súcia de criançolas!... dizia ele, indignado. Era fechar os olhos e apanhar o primeiro!... O tal Gabinete de 5 de janeiro podia limpar as mãos à parede!... Incúrias! só incúrias!" Em seguida ocuparam-se do passado; lembraram-se do defunto Manoel Pescada e da falecida Maria Bárbara.

— A velha Babu! .. murmurou o Freitas, cheio de recordações.

Outro pediu notícias de Lindoca.

Sempre gorda! Agora estava lá pela Paraíba, com o marido, o Dudu Costa, que fora removido para a alfândega dessa província. Sabe? A Eufrasinha fugiu com um cômico!...

— Ah, sei, sei!

Estonteada! O pobre Casusa, coitado, é que estava perdido! - Extravagâncias!... Rosinha, se o visse, não o conheceria. - Muito desfigurado, cheio de cãs! Faísca declarou que ainda não o tinha encontrado em parte alguma.

— Qual encontrado o quê! Estava de cama! Entrevado! Uma perna, que era isto!

E o Freitas mostrou a cintura.

— E o Sebastião? perguntou o rapaz.

Metido na fazenda. Já não havia quem o visse. E acrescentou sem transição.

— Homem, quer saber quem está a decidir?... O nosso cônego Diogo!

— Sim. Já ouvi dizer.

— Coitado! Retenção de urina. Ele sempre sofreu de estreitamento!

— Um santo!

— Se o é!...

E ambos sacudiram a cabeça, no recolhimento da mesma convicção.

Faísca calculava escrever o necrológio do cônego, caso este morresse antes da sua volta para Pernambuco. Falaram também do Cordeiro, que se tinha estabelecido com Manoelzinho. O Freitas afirmava que iam muito bem, porque o Bento Cordeiro deixara o diabo do vício. E interrompeu-se, para segredar ao outro:

— Você conhece este rapaz, que vai passando de braço dado a uma moça?

— Não

— É o Gustavo!

— Que Gustavo?

— De Vila Rica! Aquele que foi caixeiro do Pescada!...

Ah, sim! já sei! Mas, como ficou mudado! Ele que era um rapaz tão bonito!...

De fato, Gustavo perdera inteiramente as suas belas cores européias e tinha agora a cara sarapintada de funchos venéreos.

Estava para casar com a moça, que levava pelo braço. Uma filha do velho Furtado da Serra.

— Hum! Bravo! Está bom!

Dava meia-noite e algumas famílias embrulhavam-se nas capas para sair. O Freitas despediu-se logo do Rosinha, apressado.

— Depois da meia-noite - nada! nada absolutamente!... observava ele, sempre metódico

Mas, no patamar da escada, teve de esperar um instante que descesse um casal que se despedia. Adivinhava-se que era gente de consideração pelo riso afetuoso com que todos o cumprimentavam; muitos se arredavam pressurosos, para lhe dar passagem. O próprio presidente acompanhara-o até ali e agradecia-lhe o obséquio do comparecimento ao baile, com um enérgico aperto de mão, à inglesa.

O par festejado eram o Dias e Ana Rosa, casados havia quatro anos. Ele deixara crescer o bigode e aprumara-se todo; tinha até certo emproamento ricaço e um ar satisfeito e alinhado de quem espera por qualquer vapor ; a mulher engordara um pouco em demasia, mas ainda estava boa, bem torneada, com a pele limpa e a carne esperta.

Ia toda se saracoteando, muito preocupada em apanhar a cauda do seu vestido, e pensando, naturalmente, nos seus três filhinhos, que ficaram em casa, a dormir.

— *Grand'chaine, double, serré!* berravam nas salas.

O Dias tomara o seu chapéu no corredor e, ao embarcar no carro, que esperava pelos dois lá embaixo, Ana Rosa levantara-lhe carinhosamente a gola da casaca.

—Agasalha bem o pescoço, Lulu! Ainda ontem tossiste tanto à noite, queridinho!...

Coleção Grandes Mestres da Literatura Brasileira

01 - O Cortiço - Aluísio Azevedo
02 - Memórias de um Sargento de Milícias - Manuel Antônio de Almeida
03 - A Moreninha - Joaquim Manuel de Macedo
04 - Iracema - José de Alencar
05 - Dom Casmurro - Machado de Assis
06 - Recordações do Escrivão Isaías Caminha - Lima Barreto
07 - O Guarani - José de Alencar
08 - Lucíola - José de Alencar
09 - A Mão e a Luva - Machado de Assis
10 - Diva - José de Alencar
11 - Lira Dos Vinte Anos - Álvares de Azevedo
12 - Senhora - José de Alencar
13 - Encarnação - José de Alencar
14 - O Alienista - Machado de Assis
15 - Cinco Minutos e A Viuvinha - José de Alencar
16 - Guerra dos Mascates - José de Alencar
17 - Casa Velha - Machado de Assis
18 - Clara dos Anjos - Lima Barreto
19 - Esaú e Jacó - Machado de Assis
20 - Casa de Pensão - Aluísio Azevedo
21 - Espumas Flutuantes - Castro Alves
22 - Triste Fim de Policarpo Quaresma - Lima Barreto
23 - Ubirajara - José de Alencar
24 - O Mulato - Aluísio Azevedo

Impressão e acabamento
Oceano Ind. Gráfica (11) 4446-7000